MENTIRAS

Obras do autor publicadas pela Galera Record:

Série Gone

Gone: o mundo termina aqui
Fome
Mentiras

MICHAEL GRANT

MENTIRAS

UM LIVRO DA SÉRIE GONE

Tradução
Alves Calado

1ª edição

GALERA RECORD
RIO DE JANEIRO • SÃO PAULO
2012

CIP-BRASIL. CATALOGAÇÃO NA FONTE
SINDICATO NACIONAL DOS EDITORES DE LIVROS, RJ

G79m   Grant, Michael, 1954-
      Mentiras / Michael Grant; tradução Alves Calado. -
      Rio de Janeiro: Galera Record, 2012.
      (Gone; 3)

      Tradução de: Lies: a Gone novel
      ISBN 978-85-01-08637-2

      1. Sobrenatural – Ficção. 2. Ficção americana. I. Alves-
      Calado, Ivanir, 1953-. II. Título.

12-4565   CDD: 813
                                                                                 CDU: 821.111(73)-3

Título original em inglês:
Lies: a Gone novel

Copyright © 2010 by Michael Grant
Publicado mediante acordo com HarperCollins Children's Books, um selo de HarperCollins Publishers.

Todos os direitos reservados. Proibida a reprodução, no todo ou em parte, através de quaisquer meios. Os direitos morais do autor foram assegurados.

Texto revisado segundo o novo Acordo Ortográfico da Língua Portuguesa.

Composição de miolo: Abreu's System
Capa: Estúdio Insólito

Direitos exclusivos de publicação em língua portuguesa somente para o Brasil adquiridos pela
EDITORA RECORD LTDA.
Rua Argentina 171 – Rio de Janeiro, RJ – 20921-380 – Tel.: 2585-2000, que se reserva a propriedade literária desta tradução.

Impresso no Brasil

ISBN: 978-85-01-08637-2

Seja um leitor preferencial Record.
Cadastre-se e receba informações sobre nossos lançamentos e nossas promoções.

Atendimento e venda direta ao leitor:
mdireto@record.com.br ou (21) 2585-2002.

Para Katherine, Jake e Julia

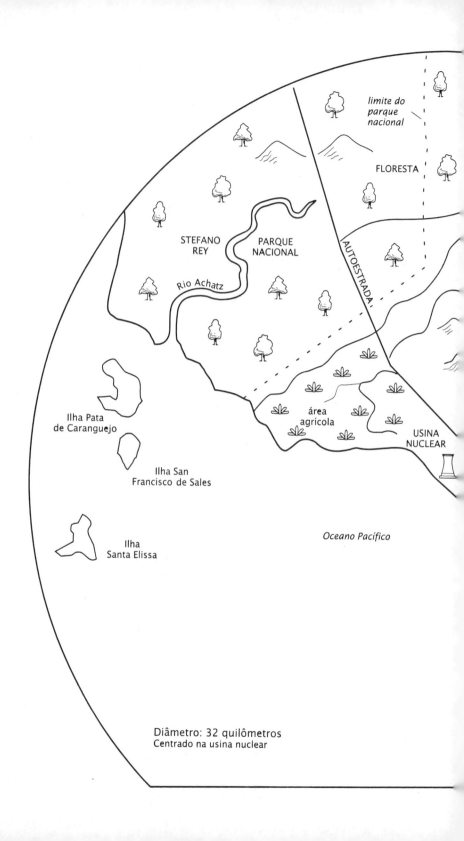

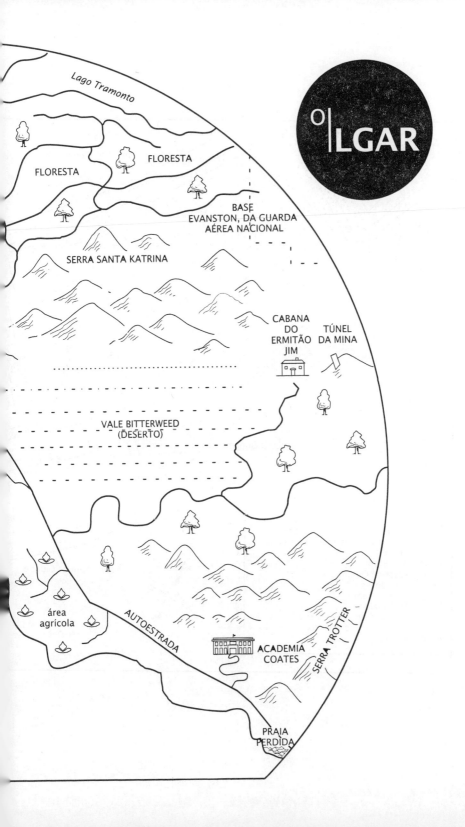

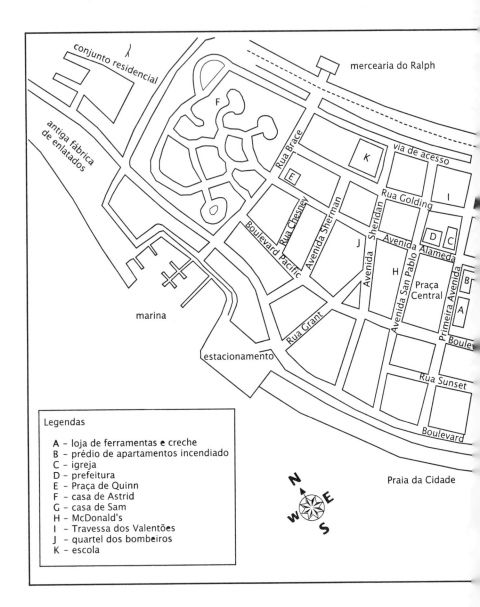

UM | 66 HORAS E 52 MINUTOS

PICHAÇÕES OBSCENAS.

Recados da Galera Humana, o logotipo junto a avisos expulsando as aberrações.

A distância, na rua, longe demais para Sam pensar em perseguir, dois garotos de uns 10 anos, talvez nem isso. Quase invisíveis sob o falso luar. Apenas silhuetas. Passando uma garrafa, tomando goles, cambaleando.

Capim crescendo em toda parte. Mato abrindo caminho pelas rachaduras da rua. Lixo: sacos de salgadinhos, embalagens de cerveja, sacolas de supermercado, pedaços de papel, peças de roupas, sapatos sem par, embrulhos de hambúrguer, brinquedos quebrados, garrafas quebradas e latas amassadas — qualquer coisa que não fosse comestível —, formando coleções aleatórias e coloridas. Lembranças pungentes de dias melhores.

Uma escuridão tão profunda que, antigamente, seria preciso andar fora da civilização para experimentar algo parecido.

Nenhuma luz nos postes nem nas varandas. Não havia eletricidade. Talvez nunca mais houvesse.

Ninguém desperdiçando baterias, não mais. O suprimento delas estava curto também.

E não eram muitos que tentavam usar velas ou fazer fogueiras com lixo. Principalmente depois do incêndio que destruiu três casas e queimou um garoto a tal ponto que Lana, a Curadora, levou meio dia para salvá-lo.

A água não tinha pressão. Nada saía dos hidrantes. Não havia o que fazer com relação ao incêndio, a não ser olhá-lo arder e ficar fora do caminho.

Praia Perdida, Califórnia.

Pelo menos costumava ser a Califórnia.

Agora era Praia Perdida, o LGAR. Onde quer, o que quer, por que quer que fosse.

Sam tinha o poder de produzir luz. Podia dispará-la em raios assassinos que saíam de suas mãos. Ou formar bolas de luz persistente, que pairavam no ar como lanternas. Como relâmpago engarrafado.

Mas não eram muitas as pessoas que queriam as luzes de Sam, que as crianças chamavam de Samsóis. Zil Sperry, líder da Galera Humana, tinha proibido que qualquer um dos seus aceitasse as luzes. A maioria dos normais obedecia. E algumas aberrações não queriam um alerta luminoso de quem e do que eram.

O medo havia se espalhado. Uma doença. Passava de pessoa para pessoa.

As pessoas ficavam sentadas no escuro, com medo. Sempre com medo.

Sam estava na zona leste, a parte perigosa da cidade, a parte que Zil havia declarado proibida para as aberrações. Precisava hastear a bandeira, por assim dizer, demonstrar que ainda estava no comando. Mostrar que não seria intimidado pela campanha de medo criada por Zil.

As crianças precisavam disso. Precisavam ver que alguém ainda iria protegê-las. E esse alguém era *ele*.

Tinha resistido a assumir esse papel, mas ele lhe escolhera, de qualquer modo. E estava decidido a representá-lo. Sempre que permitia, sempre que perdia o foco e tentava levar uma vida diferente, algo terrível acontecia.

Então ele andava pelas ruas às duas da madrugada, preparado. Só para garantir.

Caminhava perto da praia. Não havia ondas, claro. Não mais. Nem mudanças no clima. Nem vastas ondulações atravessando o Pacífico para se chocar, em magníficos jorros de espuma, contra a orla de Praia Perdida.

Agora as ondas eram apenas um sussurro fraco. *Shhh. Shhh. Shhh.* Melhor do que nada. Mas não muito.

Sam ia em direção ao Penhasco, ao hotel, o lar atual de Lana. Zil a havia deixado em paz. Aberração ou não, ninguém mexia com a Curadora.

O Penhasco ficava bem contra a parede do LGAR, e ali era o fim da área de responsabilidade de Sam, a última parte de sua ronda.

Alguém estava descendo na sua direção. Ficou tenso, temendo o pior. Não havia dúvida de que Zil gostaria de vê-lo morto. E por aí — em algum lugar — estava Caine, seu meio-irmão. Caine ajudara a destruir o gaiáfago e o psicopata Drake Merwin. Mas Sam não se enganava, acreditando que Caine havia mudado. Se Caine ainda estava vivo, os dois iriam voltar a se encontrar.

E sabia Deus que outros horrores estariam rondando na noite que caía — humanos ou não. Nas montanhas escuras, nas cavernas negras, no deserto, na floresta ao norte. No oceano calmo demais.

O LGAR nunca dava uma folga.

Mas a figura parecia apenas uma garota.

— Sou eu, Sinder — disse a voz, e Sam relaxou.

— E aí, Sinder? Tá meio tarde, não?

Ela era uma garota gótica e meiga que, na maior parte do tempo, conseguia ficar longe das várias guerras e divisões que assolavam o LGAR.

— Que bom que encontrei você — disse Sinder. Ela carregava um tubo de aço, segurando-o pela extremidade protegida com fita isolante. Ninguém andava sem uma arma, especialmente à noite.

— Você está bem? Tem comido?

Este havia se tornado o cumprimento padrão. Não "Como vai?", e sim "Tem comido?".

— É, a gente se vira — respondeu Sinder. Sua pele clara e fantasmagórica a fazia parecer muito jovem e vulnerável. Claro que o tubo, as unhas pintadas de preto e a faca de cozinha enfiada no cinto faziam com que não parecesse muito afável.

— Escuta, Sam. Não sou do tipo que, você sabe, gosta de dedurar os outros — disse Sinder, desconfortável.

— Sei. — Sam esperou.

— É a Orsay. — Sinder olhou para trás, culpada. — Sabe, às vezes eu converso com ela. Ela é meio maneira, na maior parte do tempo. Tipo, interessante.

— Aham.

— Na maior parte do tempo.

— Aham.

— Mas, sabe, meio esquisita, também. — Sinder deu um sorriso torto. — Como se eu pudesse dizer alguma coisa em relação a isso.

Sam esperou. Ouviu o som de vidro se despedaçando e risos agudos a distância, atrás dele. Eram as crianças, jogando a garrafa de bebida vazia fora. Um garoto chamado K.B. tinha sido encontrado morto, com uma garrafa de vodca na mão.

— O negócio é que... a Orsay... está na parede.

— Na parede?

— Na praia, perto da parede. É, tipo... ela acha... Olha, fala com ela, OK? Só não diga que fui eu quem contei. OK?

— Ela está lá embaixo agora? São, tipo... duas da manhã.

— É quando eles fazem. Não querem que o Zil ou... ou você, acho, peguem no pé deles. Sabe onde a parede corta o Penhasco até a praia? Naquelas pedras? É onde ela está. Não está sozinha. Tem mais gente lá também.

Sam sentiu um arrepio desagradável na coluna. Tinha desenvolvido um instinto bastante bom para detectar problemas nos últimos meses. E isso parecia um problema.

— Certo, vou dar uma olhada.

— Tá bom. Legal.

— Boa noite, Sinder. Se cuida.

Continuou a andar, imaginando que novo perigo ou loucura estaria adiante. Subiu pela estrada que passava pelo Penhasco. Olhou para a varanda de Lana.

Patrick, o labrador dela, deve tê-lo ouvido, porque deu um latido curto, alerta.

— Sou eu, Patrick — disse Sam.

Restavam poucos cachorros ou gatos no LGAR. O único motivo para Patrick não virar cozido de cachorro era porque pertencia à Curadora.

Do topo do penhasco, Sam olhou para baixo e pensou ver várias pessoas nas pedras, perto das ondas que não eram exatamente ondas. Aquelas pedras eram enormes e perigosas, na época em que Sam saía com a prancha e Quinn e esperava uma das grandes.

Ele não precisava de luz para descer o penhasco. Poderia fazer isso de olhos fechados. Nos velhos tempos, descia carregando seu equipamento.

Quando chegou à areia, escutou vozes baixas. Uma falando. Outra chorando.

A parede do LGAR, a barreira impenetrável, impermeável e espantosa que definia os limites do LGAR, reluzia quase imperceptivelmente. Não era nem mesmo uma luz, na verdade, e sim uma sugestão de translucidez. Cinzenta e vazia.

Uma pequena fogueira ardia na praia, lançando uma leve luz alaranjada num pequeno círculo de areia, pedras e água.

Ninguém notou Sam se aproximando, então ele conseguiu identificar a maioria da meia dúzia de crianças. Francis, Charuto, D-Con, alguns outros, e Orsay.

— Eu vi algo... — começou Orsay.

— Fale sobre a minha mãe — gritou alguém.

Orsay levantou a mão num gesto pacificador.

— Por favor. Vou me esforçar ao máximo para alcançar seus entes queridos.

— Ela não é um celular — disse rispidamente a garota no escuro ao lado de Orsay. — É muito doloroso para a Profetisa fazer contato com a barreira. Dê um pouco de paz a ela. E ouça suas palavras.

Sam forçou a vista, sem reconhecer a garota de cabelos escuros à luz tremeluzente. Alguma amiga de Orsay? Sam pensou que conhecia todo mundo dentro do LGAR.

— Comece de novo, Profetisa — disse a garota em questão.

— Obrigada, Nerezza — respondeu Orsay.

Sam balançou a cabeça, espantado. Não somente desconhecia o fato de que Orsay estava fazendo isso como não sabia que ela conseguira uma empresária. E a garota chamada Nerezza não lhe era familiar.

— Vi algo... — recomeçou Orsay, e hesitou como se esperasse ser interrompida. — Uma visão.

Isso provocou um murmúrio. Ou talvez fosse apenas o sussurro da água na areia.

— Na minha visão havia todas as crianças do LGAR, as mais velhas e as mais novas também. Vi todas de pé em cima do penhasco.

Todo mundo se virou para olhar para o penhasco. Sam se abaixou, depois sentiu-se idiota: a escuridão o escondia.

— As crianças do LGAR, os *prisioneiros* do LGAR, olhavam para o sol poente. Um lindo pôr do sol. Mais vermelho e mais nítido do que qualquer coisa que já viram. — Ela parecia hipnotizada pela visão. — Um pôr do sol tão vermelho...

Todas as atenções estavam de novo concentradas em Orsay. Nenhum som vinha do pequeno grupo.

— Um pôr do sol vermelho. Todas as crianças olhavam aquele sol vermelho. Mas atrás delas havia um diabo. Um demônio. — Orsay se encolheu como se não pudesse encarar a criatura. — Então as crianças perceberam que, naquele sol vermelho, estavam todas as pessoas que elas amavam, com os braços estendidos. Mães e pais. E todos unidos, todos cheios de saudade e amor. Esperando ansiosamente para receber os filhos de volta.

— Obrigada, Profetisa — disse Nerezza.

— Eles esperam... — continuou Orsay. Em seguida levantou uma das mãos e acenou na direção da barreira. Estremeceu. — Logo do outro lado da parede. Logo depois do pôr do sol.

Sentou-se bruscamente, como uma marionete cujos fios tivessem sido cortados. Durante um tempo ficou sentada, largada; mãos abertas no colo, palmas viradas para cima, cabeça baixa.

Então, com um sorriso trêmulo, levantou-se.

— Estou pronta — disse.

Encostou a palma da mão na parede do LGAR. Sam se encolheu. Sabia, por experiência própria, como aquilo era doloroso. Era como segurar um fio elétrico desencapado. Não causava nenhum dano, mas parecia.

O rosto fino de Orsay estava franzido de dor. Mas, quando ela falou, sua voz saiu clara, inabalada. Como se estivesse lendo um poema.

— Ela sonha com você, Bradley — disse.

Bradley era o nome verdadeiro de Charuto.

— Ela sonha com você... Estão no Pomar Knott. Você está com medo de subir no cavalo... Ela se lembra de como tentou ser corajoso... Sua mãe sente saudade de você...

Charuto fungou. Carregava uma arma que ele próprio havia feito, um sabre de luz de brinquedo com lâminas de barbear presas na ponta. Seu cabelo estava preso num rabo de cavalo com um elástico.

— Ela... ela sabe que você está aqui... Ela sabe... ela quer que você vá para ela...

— Não posso — gemeu Charuto, e a ajudante de Orsay, quem quer que fosse, passou o braço pelos ombros dele, reconfortando-o.

17

— ... quando chegar a hora... — completou Orsay.

— Quando? — soluçou Charuto.

— Ela sonha que você estará com ela logo... Ela sonha... só três dias, ela sabe, tem certeza... — A voz de Orsay havia assumido um tom quase de êxtase. De desejo. — Ela viu outros fazerem isso.

— O quê? — perguntou Francis.

— ... os outros que reapareceram — disse Orsay, agora sonolenta, como se fosse dormir. — Ela as viu na TV. As gêmeas, Anna e Emma... Ela viu... Elas dão entrevistas e contam...

Orsay puxou a mão da parede do LGAR como se só agora tivesse notado a dor.

Sam ainda não tinha sido visto. Hesitou. Deveria descobrir o que era aquilo. Mas sentia-se estranho, como se estivesse se intrometendo no momento sagrado de outra pessoa. Como se estivesse invadindo um serviço religioso.

Voltou para as sombras mais profundas do penhasco, tomando cuidado para não ser ouvido acima do *shhh... shhh... shhh...* da água.

— Por hoje é só — disse Orsay, e baixou a cabeça.

— Mas eu quero saber do meu pai — insistiu D-Con. — Você disse que podia ver para mim hoje. É a minha vez!

— Ela está cansada — disse a ajudante de Orsay com firmeza. — Não sabe como isso é difícil para ela?

— Meu pai deve estar ali fora, tentando falar comigo — gemeu D-Con, apontando para um local específico na barreira do LGAR, como se pudesse visualizar o pai bem ali, tentando espiar através de um vidro fosco. — Provavelmente está ali, do lado de fora da parede. Provavelmente... — Sua voz embargou, incapaz de continuar, e Nerezza abraçou-o como havia feito com Charuto, reconfortando-o.

— Todos eles estão esperando — disse Orsay. — Todos estão lá fora. Logo do outro lado da parede. Tantos... tantos...

— A Profetisa tentará de novo amanhã — disse a ajudante. Então colocou D-Con de pé. — Agora vão, todos vocês. Vão. Vão!

O grupo se levantou com relutância e Sam percebeu que logo eles viriam direto em sua direção. A fogueira desmoronou, lançando uma chuva de fagulhas.

Sam recuou para uma fenda. Não havia um centímetro quadrado daquela praia e daquele penhasco que ele não conhecesse. Esperou e observou enquanto Francis, Charuto, D-Con e os outros subiam a trilha e se afastavam na noite.

Orsay desceu da pedra, obviamente exausta. Quando passaram, de braços dados, a ajudante sustentando o peso de Orsay, esta parou. Olhou diretamente para Sam, mesmo que ele soubesse que não estava visível.

— Eu sonhei com ela, Sam — disse Orsay. — Sonhei com ela.

A boca de Sam estava seca. Ele engoliu em seco. Não queria perguntar. Mas não pôde se conter.

— Minha mãe?

— Ela sonha com você... e diz... ela diz... — Orsay cambaleou, quase caiu de joelhos, e sua ajudante segurou-a.

— Ela diz... Deixe eles irem, Sam. Deixe eles irem quando chegar a hora.

— O quê?

— Sam, chega uma hora em que o mundo não precisa mais de heróis. E então o verdadeiro herói sabe que deve partir.

DOIS | 66 HORAS E 47 MINUTOS

*Não chore, meu neném,
Já pode dormir seu soninho.
Quando acordar ganhará
Mais um lindo cavalinho...*

PROVAVELMENTE SEMPRE HAVIA sido uma linda canção de ninar, pensou Derek. Talvez fosse linda até quando as pessoas normais cantavam. Talvez até provocasse lágrimas nas pessoas.

Mas a irmã de Derek, Jill, não era uma pessoa normal.

Às vezes as músicas bonitas tiram a pessoa de onde está e a levam para um lugar mágico. Mas, quando Jill cantava, não dependia da música, na verdade. Ela podia cantar a lista telefônica. Podia cantar uma lista de compras. O que quer que cantasse, quaisquer que fossem as palavras ou a melodia, era tão lindo, tão dolorosamente lindo que ninguém conseguia ouvir e não se emocionar.

Ele queria dormir.

Queria ter mais um cavalinho.

Enquanto ela cantava, era só isso que ele queria. Tudo que sempre quisera.

Derek havia se certificado de fechar as janelas. Porque, quando Jill cantava, todas as pessoas que estivessem por perto vinham ouvir. Não podiam evitar.

A princípio nenhum dos dois tinha entendido o que estava acontecendo. Jill tinha apenas 9 anos, não havia estudado canto nem nada. Mas um dia, cerca de uma semana atrás, tinha começado a cantar. Alguma coisa idiota, lembrou Derek. O tema de *Os padrinhos mágicos*.

Derek parou o que estava fazendo. Não podia se mexer. Era incapaz de parar de ouvir. Rindo da lista rápida de desejos do Timmy, também querendo cada uma daquelas coisas. Querendo ter seus próprios padrinhos mágicos. E quando finalmente Jill ficou em silêncio, foi como se ele estivesse acordando do sonho mais perfeito e se encontrando numa realidade cinzenta e medonha.

Demorou apenas cerca de um dia para Derek perceber que aquele não era um talento comum. Precisava encarar o fato de que sua irmãzinha era uma aberração.

Foi uma descoberta aterrorizante. Derek era normal. As aberrações — pessoas como Dekka, Brianna, Orc e, especialmente, Sam Temple — o amedrontavam. Seus poderes significavam que eles podiam fazer o que queriam. Ninguém podia impedi-los.

A maioria das aberrações era legal. Na maior parte, usavam os poderes para fazer coisas que precisavam ser feitas. Mas Derek tinha visto Sam Temple no meio de uma luta. Sam contra aquela outra mega-aberração, Caine Soren. Eles haviam destruído grande parte da praça da cidade tentando matar um ao outro. Derek havia se encolhido e se escondido do melhor modo possível durante a batalha.

Todo mundo sabia que as aberrações se achavam especiais. Todo mundo sabia que elas conseguiam a melhor comida. Você nunca via uma aberração tendo que comer carne de rato. Nunca via uma aberração comendo insetos. Algumas semanas antes, quando a fome estava no auge, Derek e Jill tinham feito isso. Tinham comido gafanhotos.

Já as aberrações? Nunca precisavam se rebaixar tanto. Todo mundo sabia disso. Pelo menos era o que Zil dizia.

E por que o Zil iria mentir?

E agora a irmãzinha de Derek era uma delas. Uma mutante. Uma aberração.

Mas quando cantava... Quando ela cantava, Derek não estava mais naquele LGAR escuro e desesperado. Quando Jill cantava, o sol era luminoso e a grama, verde, e uma brisa fresca soprava. Quando Jill cantava, os pais deles estavam ali, com todo mundo que havia desaparecido.

Quando ela cantava, o pesadelo da vida no LGAR sumia e era substituída pela música, pela música, pela música.

Derek estava nesse lugar agora, voando com asas mágicas em direção ao Céu.

Quando eu morrer, aleluia...

Uma música sobre morte, Derek sabia. Mas era tão linda quando Jill cantava. Rasgava seu coração.

Ah, como ficarei feliz quando nos encontrarmos...

Ah, que felicidade, mesmo que estivessem sentados no escuro, numa casa cheia de lembranças tristes.

O facho de luz foi alarmante.

Jill parou de cantar. O silêncio foi devastador.

A luz atravessou as cortinas diáfanas. Brincou na sala. Encontrou o rosto de Derek. Depois virou até iluminar o rosto sardento de Jill e fazer seus olhos azuis parecerem vítreos.

A porta da casa voou com um estrondo. A fechadura se despedaçou.

Os intrusos não disseram uma palavra enquanto entravam correndo. Cinco garotos com bastões de beisebol e chaves de roda. Usavam máscaras de Halloween e meias sobre o rosto.

Mas Derek sabia quem eram.

— Não! Não! — gritou.

Os cinco garotos usavam grossos protetores de ouvido. Não podiam escutá-lo. Porém, mais importante, não podiam escutar Jill.

Um dos garotos ficou junto à porta. Estava no comando. Um nanico chamado Hank. A meia puxada sobre o rosto amassava suas feições como massa de modelar, mas só podia ser o Hank.

Um dos garotos, gordo porém rápido e usando uma máscara do coelhinho da páscoa, foi até Derek e acertou-o na barriga com seu bastão de beisebol de alumínio.

Derek caiu de joelhos.

Outro garoto agarrou Jill. Pôs a mão sobre sua boca. Alguém pegou um rolo de *silver tape*.

Jill gritou. Derek tentou se levantar, mas o golpe em seu estômago o havia deixado sem fôlego. Se esforçou para ficar de pé, mas o gordo empurrou-o de volta.

— Não seja idiota, Derek. Não queremos você.

Eles passaram a fita várias vezes ao redor da boca de Jill. Trabalhavam à luz de lanternas. Derek podia ver os olhos da irmã, arregalados de terror. Implorando em silêncio para o irmão mais velho salvá-la.

Quando sua boca estava selada, os bandidos tiraram os protetores de ouvido.

Hank deu um passo adiante.

— Derek, Derek, Derek — disse, balançando a cabeça devagar, como se lamentasse. — Você sabe que não deveria fazer isso.

— Solta a minha irmã — conseguiu dizer Derek, engasgado, apertando a barriga e lutando contra a ânsia de vômito.

— Ela é uma aberração — disse Hank.

— É minha irmãzinha. Essa casa é nossa.

— Ela é uma aberração. E essa casa fica a leste da Primeira Avenida. É uma área proibida para as aberrações.

— Cara, qual é! — implorou Derek. — Ela não está machucando ninguém.

— A questão não é essa — disse um garoto chamado Turk. Ele tinha uma perna menor e mancava de modo que seria impossível não reconhecê-lo. — Aberrações com aberrações, normais com normais. Tem que ser assim.

— Tudo que ela faz é...

O tapa de Hank doeu.

— Cala a boca. Traidor. Um normal que defende uma aberração é tratado como aberração. É isso que você quer?

— Além disso — disse o gordo com um risinho —, nós estamos pegando leve com ela. Vamos consertá-la para que ela nunca mais possa cantar. Nem falar. Se é que você me entende.

Ele tirou uma faca de uma bainha às costas.

— Você entende, Derek?

A resistência de Derek morreu.

— O Líder mostrou misericórdia — disse Turk. — Mas o Líder não é fraco. Por isso essa aberração vai para o oeste agora mesmo, para o outro lado da fronteira. Ou... — Ele deixou a ameaça no ar.

As lágrimas de Jill corriam livremente. Ela mal conseguia respirar com o nariz escorrendo. Derek percebia pelo modo como ela sugava a fita para dentro da boca, buscando o ar. Ela sufocaria se eles não a soltassem logo.

— Deixe ao menos eu pegar a boneca dela — disse Derek.

— É o Panda.

Caine se levantou através de camadas de sonho e pesadelo, como se abrisse caminho por entre grossas cortinas que envolvessem seus braços e pernas e tornassem qualquer movimento cansativo.

Piscou. Ainda estava escuro. Noite.

A voz obviamente não tinha dono, mas ele a reconheceu mesmo assim. Mesmo se houvesse luz, ele poderia não ver o garoto que tinha o poder de se esconder e quase desaparecer.

— Bug. Por que está me incomodando?

— Panda. Acho que ele morreu.

— Você verificou a respiração? Ouviu o coração? — Então outro pensamento lhe ocorreu. — Por que está me acordando para dizer que alguém está morto?

Bug não respondeu. Caine esperou, mas Bug ainda não podia dizer em voz alta.

— Faça o que tem de fazer — disse Caine.

— Não podemos chegar até ele. Ele não morreu simplesmente. Entrou no carro, sabe? O verde?

Caine balançou a cabeça, tentando acordar por completo, tentando fazer a viagem de volta à consciência plena. Mas as camadas de sonho e pesadelo, e também de memória, puxavam-no, confundiam seu cérebro.

— Não tem gasolina naquele carro — disse Caine.

— Ele empurrou. Até começar a andar sozinho. Depois pulou para dentro. Desceu pela estrada. Até chegar à curva.

— Tem um parapeito lá.

— Ele passou direto. Pou. Foi chacoalhando até lá embaixo. O barranco é comprido. Eu e Penny descemos agora mesmo, por isso sei que é.

Caine queria que aquilo parasse. Não queria ter de ouvir a próxima parte. Panda era legal. Não era um garoto horrível. Não como alguns dos seus poucos seguidores que permaneciam.

Talvez isso explicasse por que havia pulado com o carro num penhasco.

— De qualquer modo, ele está morto com certeza — disse Bug.

— Eu e Penny tiramos ele do carro. Mas não conseguimos subir pelo penhasco.

Caine se levantou. As pernas trêmulas, o estômago parecendo um buraco negro, a mente cheia de escuridão.

— Me mostre — disse.

Saíram pela noite. Pés fazendo barulho no cascalho agora salpicado pelo mato alto. Pobre Academia Coates, pensou Caine. Sempre tão meticulosamente cuidada nos velhos tempos. O diretor não aprovaria de jeito nenhum o enorme buraco de explosão na frente do prédio, ou o lixo espalhado na grama por aparar.

Não era uma caminhada longa. Caine ficou em silêncio. Às vezes usava Bug; ele era útil. Mas o sacaninha não era exatamente um amigo.

À luz perolada das estrelas, era fácil ver onde o anteparo havia sido arrebentado. Era como uma fita de aço, cortada e meio enrolada, pendurada sobre o penhasco.

Caine espiou pela escuridão. Podia ver o carro. Estava de cabeça para baixo, com uma porta aberta.

Demorou alguns minutos para localizar o corpo.

Suspirou e levantou as mãos. O corpo estava quase no limite de seu alcance, por isso Panda não saiu voando do chão. A princípio meio que se sacudiu e se arrastou. Como se um predador invisível estivesse levando-o para o covil.

Mas então Caine conseguiu "segurar" melhor e Panda se ergueu do chão. Estava de costas, encarando as estrelas irreais, os olhos ainda abertos.

Caine levitou o garoto para longe do carro, subindo e subindo até fazê-lo pousar do modo mais suave que pôde. Agora Panda estava deitado na estrada.

Sem uma palavra, Caine começou a caminhada de volta para a Coates.

— Não vai carregar ele de volta? — gemeu Bug.

— Pegue um carrinho de mão. A carne é sua: carregue você.

TRÊS | 63 HORAS E 31 MINUTOS

O CHICOTE BAIXOU com força.

Era feito de carne, mas em seu pesadelo era uma serpente, uma jiboia se retorcendo, cortando a carne de seus braços, costas e peito.

A dor era terrível demais para suportar. Mas ele havia suportado.

Tinha implorado pela morte. Sam Temple havia implorado para morrer. Havia implorado para que o psicopata o matasse, para acabar com aquilo, para lhe dar o único alívio possível.

Mas não tinha morrido. Tinha suportado.

Dor. Uma palavra pequena demais. Dor e humilhação medonha.

E o chicote continuava baixando, de novo e de novo, e Drake Merwin gargalhava.

Sam acordou numa cama cheia de lençóis embolados e encharcados de suor.

O pesadelo não o abandonou. Mesmo morto e enterrado sob uma montanha de pedras, Drake mantinha Sam sob o controle de sua mão de chicote.

— Você está bem?

Astrid. Quase invisível no escuro. Apenas uma leve luz das estrelas se infiltrava pela janela e a emoldurava, parada junto à porta.

Ele sabia como ela era. Linda. Olhos azuis, inteligentes e compassivos. Cabelos louros embaraçados e revoltos porque ela havia acabado de se levantar.

Podia visualizá-la com facilidade demais. Uma imagem mais detalhada do que a vida real. Frequentemente visualizava-a enquanto estava sozinho na cama. Com frequência demais e por tempo demais. Noites demais.

— Estou bem — mentiu Sam.

— Você estava tendo um pesadelo. — Não era uma pergunta.

Ela entrou. Dava para ouvir o farfalhar da camisola. Ele sentiu seu calor quando sentou-se na beira da cama.

— O mesmo? — perguntou ela.

— É. Está ficando meio chato — brincou Sam. — Sei como termina.

— Termina com você vivo e bem.

Sam não disse nada. Esse havia sido o resultado: ele tinha sobrevivido. É, estava vivo. Mas bem?

— Volte a dormir, Astrid.

Ela estendeu a mão, moveu-a só um pouco, incapaz de encontrar seu rosto. Mas então os dedos tocaram sua bochecha. Ele se virou para o outro lado. Não queria que os dedos dela encontrassem as lágrimas ali. Mas ela não o deixou empurrar sua mão.

— Não — sussurrou ele. — Você só deixa a coisa mais dura.

— Isso foi uma piada?

Ele riu. A tensão se rompeu.

— Bom, pelo menos não foi intencional.

— Não é que eu não queira, Sam. — Ela se curvou e o beijou na boca. Ele empurrou-a.

— Você está tentando me distrair. Fazer com que eu pense em outra coisa.

— Está funcionando?

— Está, eu diria que muito bem, Astrid.

— É hora de eu ir. — Ela se levantou, e Sam ouviu-a se afastar. Rolou para fora da cama. Seus pés bateram no chão frio.

— Preciso fazer uma ronda.

Ela parou junto à porta.

— Sam, ouvi você chegando há duas horas. Você quase não dormiu. E daqui a pouco vai amanhecer. A cidade vai sobreviver esse tempo sem você. Os garotos do Edilio estão de serviço.

Sam vestiu a calça jeans e fechou o zíper. Pensou em contar a ela sobre Orsay, sobre essa última loucura. Mas haveria tempo para isso mais tarde. Sem pressa.

— Há coisas que os caras do Edilio não podem resolver — disse.

— Zil? — O calor estava rapidamente se esvaindo da voz de Astrid. — Sam, eu desprezo o Zil tanto quanto você. Mas por enquanto você ainda não pode partir para cima dele. Precisamos de um sistema. Zil é um criminoso, basicamente, e nós precisamos de um sistema.

— Ele é um vagabundo sacana, e até você bolar o seu grande sistema, alguém precisa ficar de olho nele — reagiu Sam rispidamente. Antes que Astrid pudesse responder irritada ao seu tom de voz, ele disse: — Desculpe. Não queria descontar em você.

Astrid voltou para dentro do quarto. Ele esperou que fosse porque ela se sentia atraída demais por ele, mas não era isso. Mal podia vê-la, mas dava para ouvir e sentir que ela estava muito perto.

— Sam. Escute. Nem tudo está mais sobre seus ombros.

— Sabe, acho que me lembro de um tempo em que você era totalmente a favor de eu assumir a responsabilidade. — Sam enfiou uma camiseta pela cabeça. Estava rígida de sal e fedia a maré baixa. Era o que acontecia quando você lavava roupas com água salgada.

— Isso mesmo. Você é um herói. Sem dúvida, o maior que temos. Mas, Sam, a longo prazo nós vamos precisar de mais do que isso. Precisamos de leis e de pessoas para fazer as leis valerem. Não precisamos... — Ela parou bem a tempo.

Sam fez uma careta.

— De um chefe? Bom, é meio difícil me ajustar tão depressa. Num dia eu sou apenas eu, cuidando da minha vida. Então o LGAR chega e de repente todo mundo diz para eu me apresentar. E agora todos vocês querem que eu recue.

As palavras de Orsay lhe vieram, saindo dos recessos turvos e sonolentos da memória. *O verdadeiro herói sabe quando partir.* Poderia facilmente ser Astrid a dizer isso.

— Só quero que você volte para a cama — disse ela.

— Sei como você pode me fazer voltar para a cama — provocou ele.

Astrid empurrou-o de brincadeira pelo peito.

— Bela tentativa.

— A verdade é que não vou conseguir voltar a dormir agora. É melhor dar outra volta.

— Bom, tente não matar ninguém.

Isso deveria ser uma piada, mas incomodou Sam. Era o que ela pensava dele? Não, não, era só uma piada.

— Te amo — disse ele enquanto ia para a escada.

— Eu também.

Dekka nunca se lembrava dos sonhos. Tinha certeza de que sonhava porque às vezes acordava com uma sombra na mente. Mas, na verdade, não recordava os detalhes. Os sonhos ou pesadelos deviam vir — diziam que todo mundo sonhava, até os cães —, mas tudo que Dekka retinha era um sentimento de premonição.

Seus sonhos — e pesadelos — eram todos no mundo real.

Os pais dela a haviam mandado para longe. Para a Academia Coates, um internato destinado a jovens problemáticos. No caso de Dekka, o "problema" não eram os poucos incidentes de mau comportamento em que estivera envolvida. Nem as brigas ocasionais — Dekka tinha o hábito de defender garotas que não tinham quem as defendesse, e às vezes isso resultava em confronto. Nove em cada dez vezes as brigas não levavam a lugar nenhum. Dekka era grande, forte e corajosa, de modo que os valentões geralmente achavam uma desculpa para se afastar assim que percebiam que ela não recuaria. Mas, em meia dúzia de ocasiões, socos tinham sido trocados.

Dekka venceu algumas e perdeu outras.

Mas, para os seus pais, as brigas não eram o problema. Os pais de Dekka haviam lhe ensinado a se defender.

O problema fora um beijo. Uma professora a tinha visto beijando uma garota e ligou para os pais. Nem foi na escola. Foi num estacionamento perto de um restaurante Claim Jumper.

Dekka se lembrava de cada detalhe daquele beijo. Era o primeiro. Tinha-a amedrontado mais do que qualquer coisa anterior. E mais tarde, quando recuperou o fôlego, empolgado-a como nada havia feito antes.

Isso perturbou seus pais. Para dizer pouco. Especialmente quando Dekka usou a palavra que começava com "L" abertamente pela primeira vez. Seu pai não admitiria uma filha lésbica. Na verdade, falou de um modo um pouco mais grosseiro do que isso. Bateu com força em seu rosto, duas vezes. A mãe ficou ali, confusa e inútil, sem dizer nada.

Assim Dekka partiu para a Coates, para ficar com outros estudantes que iam desde garotos decentes cujos pais só queriam se livrar deles até o valentão brilhante e manipulador, Caine, e seu capanga assustador, Drake.

Seus pais imaginaram que ela ficaria sob disciplina constante. Afinal de contas, a Coates tinha reputação de consertar crianças problemáticas. E parte de Dekka desejava ser "consertada", porque isso tornaria a vida muito mais fácil. Mas nunca havia escolhido ser o que era, assim como não escolhera ser negra. Não havia como "consertá-la".

Mas, na Coates, Dekka conheceu Brianna. E todos os pensamentos sobre mudar, sobre se tornar "normal", sumiram.

Apaixonou-se por Brianna à primeira vista. Mesmo na ocasião, muito antes de virar "a Brisa", Brianna tinha uma insolência e um estilo que Dekka achava irresistíveis. Esse era um sentimento que ela nunca havia contado a Brianna. Provavelmente jamais contaria.

Enquanto Dekka era distraída e introspectiva, Brianna era extrovertida, ousada e imprudente. Dekka havia procurado algum indicativo de que Brianna também pudesse ser gay. Mas, quando era honesta, Dekka precisava admitir que não parecia ser o caso.

No entanto, o amor não era racional. O amor não precisava fazer sentido. Nem a esperança. Por isso, Dekka se agarrava ao amor e à esperança.

Será que sonhava com Brianna? Não sabia. Provavelmente não queria saber.

Rolou para fora da cama e se levantou. A escuridão era total. Achou o caminho até a janela e empurrou os postigos. Ainda faltava uma hora para o amanhecer, pelo menos. Não tinha relógio. De que adiantaria?

Olhou na direção da praia. Podia apenas vislumbrar a areia e a leve fosforescência da beira d'água.

Achou o livro que estava lendo, O *litoral desconhecido*. Fazia parte de uma série de livros sobre viagens marítimas que havia encontrado na casa. Era uma escolha incomum, mas ela achava estranhamente tranquilizador habitar um mundo muito diferente durante um tempo, a cada dia.

Levou-o para baixo, até a única luz da casa. Era uma pequena bola que flutuava no meio de sua "sala de estar". Um Samsol, como o pessoal chamava. Sam o havia feito para ela, usando aquele poder estranho. Ficava aceso noite e dia. Não era quente ao toque, não tinha fio nem qualquer outra fonte de energia. Simplesmente ficava lá, como uma lâmpada sem peso. Mágica. Mas mágica era notícia velha no LGAR. Dekka também tinha a sua.

Revirou o armário da cozinha e achou uma alcachofra cozida, velha. Havia muita alcachofra no LGAR. Não era exatamente ovos com bacon e batata frita, mas era melhor do que a alternativa: passar fome. O suprimento de comida no LGAR — uma sigla bastante cruel para "Lugar da Galera da Área Radioativa" — era débil, geralmente desagradável e, às vezes, literalmente nojento. Mas Dekka havia suportado a fome prolongada nos meses anteriores, de modo que um desjejum de alcachofra estava ótimo.

De qualquer modo, tinha perdido um pouco de peso. Isso era bom, ela achava.

Sentiu, mais do que ouviu, um sopro de ar. A porta bateu, um som que chegou ao mesmo tempo que Brianna, que parou subitamente no meio da sala.

— Jack está pondo os pulmões para fora! Preciso de remédio para tosse!

— Oi, Brianna — disse Dekka. — Está, tipo... no meio da noite.

— E daí? Belo pijama, por sinal. Comprou na loja dos caminhoneiros?

— É confortável.

— É. Para você e seus doze amigos mais íntimos. Você tem curvas, diferentemente de mim, e deveria ter orgulho delas, só isso.

— Jack está doente? — lembrou Dekka, escondendo um sorriso.

— Ah, é. Está tossindo. Todo dolorido e mal-humorado.

Dekka suprimiu o ciúme do fato de Brianna estar cuidando de um garoto doente. E logo o Jack Computador. Jack Computador era um gênio tecnológico que, para Dekka, não tinha absolutamente nenhum senso de moral. Bastava balançar um teclado sob seu nariz e ele fazia o que você quisesse.

— Parece gripe — sugeriu Dekka.

— Bom, dããã. Eu não disse que ele tinha antraz, peste negra ou sei lá o quê. Mas você não sacou: quando o Jack tosse ele se dobra, certo? Às vezes bate com o pé ou dá um soco na cama, né?

— Ah. — Jack, para seu próprio desgosto, havia desenvolvido um poder mutante. Tinha a força de dez homens adultos.

— Ele quebrou a minha cama!

— Ele está na sua cama?

— Ele não queria quebrar nenhum daqueles computadores idiotas na casa idiota dele. Por isso foi para a minha. E agora está arrebentando tudo. Meu plano é o seguinte: você vai até lá, OK? E faz ele levitar, OK? Se ele estiver no ar, não vai poder estragar nada.

Dekka olhou para Brianna.

— Você é louquinha, sabia? Se há uma coisa que a gente tem sobrando, são casas. Coloque o cara em algum lugar desocupado.

— Humm — respondeu Brianna, parecendo sem-graça. — É.

— A não ser que você queira que eu vá para fazer companhia — disse Dekka, odiando o tom de esperança na própria voz.

— Não, tudo bem. Volte para a cama.

— Quer ver se tem algum remédio para tosse lá em cima?

Brianna estendeu um frasco pela metade com um líquido vermelho.

— Já vi. Você estava falando. Dizendo alguma coisa. Obrigada.

— Certo. — Dekka não conseguiu esconder totalmente a frustração por ela ter recusado a oferta de ajuda. Não que Brianna fosse notar. — Geralmente a gripe vai embora sozinha depois de uma semana. A não ser que seja uma gripe de 24 horas. De qualquer modo, o Jack não vai morrer por isso.

— É, certo. Tchau. — E Brianna sumiu, batendo a porta.

— Claro que às vezes a gripe pode ser fatal — disse Dekka para o vazio. — A gente pode ter esperança.

QUATRO | 62 HORAS E 33 MINUTOS

TROUXERAM-LHE UMA PERNA. Uma canela, para ser mais específico. Afinal de contas, Caine ainda era o líder da tribo cada vez menor dos garotos da Coates. Agora restavam apenas quinze, com a morte de Panda.

Bug havia encontrado um carrinho de mão e carregado Panda até a escola. Ele e alguns outros fizeram uma fogueira com galhos caídos e algumas mesas.

O cheiro manteve todo mundo acordado durante o restante da noite.

E agora, no alvorecer, com os rostos sujos de gordura, tinham-lhe trazido uma perna. A esquerda, supôs Caine. Sinal de respeito. E um desejo não dito de que ele se juntasse ao crime.

Assim que Bug saiu, Caine começou a tremer.

A fome era uma força muito poderosa. Mas a humilhação e a raiva também.

Lá em Praia Perdida o pessoal tinha comida. Talvez não muita, mas Caine sabia que para eles a ameaça da fome havia se reduzido. Não estavam comendo bem. Mas muito melhor do que o pessoal da Coates.

Todo mundo que poderia ter ido embora dali já havia ido. Os que restavam eram garotos com problemas demais, com sangue nas mãos demais...

Na verdade, a coisa havia se reduzido a Caine e Diana. E uma dúzia de sujeitos repulsivos e fracassados. Só uma pessoa servia de ajuda verdadeira em caso de problema — Penny. Penny, a criadora de monstros.

Havia alguns dias que Caine quase sentia falta de Drake Merwin. Ele havia sido um louco instável, mas pelo menos era útil numa briga. Não fazia as pessoas acharem que viam monstros, como Penny. Drake *era* o monstro.

Ele não teria olhado para aquela... aquela coisa na mesa. Aquele objeto reconhecível demais, chamuscado e enegrecido. Drake não hesitaria.

Uma hora depois, Caine encontrou Diana. Ela estava sentada numa cadeira em seu quarto, olhando os primeiros raios do sol no topo das árvores. Ele sentou-se na cama. As molas estalaram. Diana estava na sombra, quase invisível à luz fraca, com nada além do brilho dos olhos e a silhueta das faces encovadas.

No escuro, Caine ainda podia fingir que ela era a mesma. A bela Diana. Mas sabia que seu cabelo escuro lustroso estava quebradiço e amarronzado. Que a pele estava macilenta e áspera. Que os braços eram gravetos. Que as pernas eram alfinetes instáveis. Ela não parecia mais ter 14 anos. Parecia ter 40.

— Precisamos tentar — disse Caine, sem preâmbulo.

— Você sabe que ele está mentindo, Caine — sussurrou Diana. — Ele nunca esteve na ilha.

— Ele leu sobre isso em alguma revista.

Diana conseguiu soltar um eco de seu antigo riso sarcástico.

— Bug leu numa revista? É, Bug é um grande leitor.

Caine não disse nada. Ficou sentado, tentando não pensar, tentando não lembrar. Tentando não desejar que tivesse havido mais para comer.

— Temos que procurar o Sam — disse Diana. — Temos que nos entregar. Eles não vão matar a gente. Então vão ter que nos dar comida.

— Eles vão nos matar se nos entregamos. Não o Sam, talvez, mas os outros. Nós fomos responsáveis por desligar as luzes. Sam não vai poder impedi-los. Se não forem as aberrações como Dekka, Orc ou Brianna, vão ser os vagabundos do Zil.

A única coisa que ainda tinham na Coates era uma boa ideia do que acontecia na cidade. Bug tinha a capacidade de ficar invisível. Entrava e saía de Praia Perdida a intervalos de alguns dias, principalmente roubando comida para si mesmo. Mas também ouvindo o que o pessoal dizia. E supostamente lendo revistas rasgadas que não se preocupava em levar de volta à Coates.

Diana deixou para lá. Ficou em silêncio. Caine ouviu sua respiração.

Será que ela havia feito o mesmo? Teria cometido o pecado também? Ou estaria sentindo o cheiro nele e desprezando-o?

Será que ele queria saber? Poderia esquecer mais tarde que os lábios dela haviam comido aquela carne?

— Por que continuamos, Caine? Por que não simplesmente nos deitamos e morremos? Ou você... Você poderia...

O modo como ela olhou para ele deixou-o enjoado.

— Não, Diana. Não. Não vou fazer isso.

— Você estaria me fazendo um favor — sussurrou ela.

— Você não pode. Ainda não estamos derrotados.

— É. E eu não ia querer perder essa festa.

— Você não pode me deixar.

— Todos vamos embora, Caine. Todos nós. Para a cidade, onde seremos derrubados um a um. Ou ficando aqui e morrendo de fome. Ou vamos pular fora assim que tivermos a chance.

— Eu salvei sua vida — acrescentou ele, e odiou-se por implorar.

— Eu...

— Você tem um plano — disse Diana secamente. Zombando. Era uma das coisas que Caine adorava nela, aquele jeito mau e zombeteiro.

— É — respondeu ele — É. Eu tenho um plano.

— Baseado em alguma história idiota do Bug.
— É só isso que eu tenho, Diana. Isso e você.

Sam caminhava pelas ruas silenciosas.

Sentia-se abalado pelo encontro com Orsay. E também pelo encontro com Astrid no quarto.

Por que não havia contado sobre Orsay? Porque as duas estavam dizendo a mesma coisa?

Deixe para lá, Sam. Pare de tentar ser tudo para todas as pessoas. Pare de bancar o herói. Nós já superamos tudo isso.

Precisava contar a Astrid. No mínimo para que ela examinasse, descobrisse o sentido daquela história que estava acontecendo com Orsay. Astrid analisaria aquilo com clareza.

Mas não era tão simples assim, era? Astrid não era somente sua namorada. Era a presidente do conselho da cidade. Ele precisava informar oficialmente o que ficara sabendo. Ainda estava se acostumando com isso. Astrid queria leis, sistemas e ordem lógica. Durante meses, Sam estivera no comando. Não quisera isso, mas foi o que aconteceu, e ele havia aceitado.

E agora não estava mais no comando. Isso era libertador. Ele dizia a si mesmo: era libertador.

Mas era frustrante também. Enquanto Astrid e o restante do conselho se ocupavam brincando de Fundadores da Nação, Zil corria por aí sem que ninguém se opusesse.

O negócio de Orsay na praia o havia abalado. Seria possível? Seria ao menos um pouquinho possível que Orsay estivesse em contato com o mundo lá fora?

O poder dela — a capacidade de habitar os sonhos dos outros — não estava em dúvida. Sam já a vira andar em seus próprios sonhos. E ele a havia usado para espionar o grande inimigo, o gaiáfago, antes que aquela entidade monstruosa fosse destruída.

Mas isso? Essa afirmação de que podia ver os sonhos de quem estava fora do LGAR?

Sam parou no meio da praça e olhou ao redor. Não precisava da luz perolada para saber que o mato agora sufocava os espaços verdes que já haviam sido muito bem-cuidados. Havia cacos de vidro por toda parte. Janelas que não tinham sido quebradas em batalha haviam sido despedaçadas pelos vândalos. Lixo preenchia a fonte. Nesse lugar os coiotes haviam atacado. Nesse lugar Zil havia tentado enforcar Hunter porque o garoto era uma aberração.

A igreja estava meio destruída. O prédio de apartamentos fora incendiado. As lojas e a escadaria da prefeitura estavam cobertas de pichações, algumas simplesmente aleatórias, algumas românticas, a maioria mensagens de ódio ou fúria.

Todas as janelas estavam escuras. Todas as portas estavam sob sombras. O McDonald's, que já fora uma espécie de boate administrada por Albert, estava fechado. Não havia mais eletricidade para tocar música.

Poderia ser verdade? Será que Orsay havia sonhado os sonhos da mãe dele? Teria falado com Sam? Teria visto alguma coisa sobre ele que ele próprio não conseguira enxergar?

Por que esse pensamento lhe causava tanta dor?

Era perigoso, percebeu. Se outras crianças ouvissem Orsay falar daquele jeito, o que aconteceria? Se aquilo estava incomodando tanto a *ele*...

Teria de conversar com Orsay. Dizer para ela parar com aquilo. Ela e aquela sua ajudante. Mas, se contasse a Astrid, a coisa ficaria fora de controle. Por enquanto ele poderia simplesmente colocar um pouco de pressão em Orsay, fazer com que ela parasse.

Podia imaginar o que Astrid faria. Um discurso sobre liberdade de expressão ou qualquer coisa assim. Ou talvez não; talvez ela também visse a ameaça, mas Astrid era melhor com teorias do que com a capacidade de simplesmente ir até as pessoas e mandar que parassem.

Num canto da praça ficavam as sepulturas. Os marcos improvisados — cruzes de madeira, uma tentativa inepta de fazer uma Estrela de Davi, algumas simplesmente tábuas enfiadas na terra. Alguém havia derrubado a maioria das lápides e ninguém ainda tivera tempo de recolocá-las de volta.

Sam odiava ir até ali. Cada criança enterrada naquele terreno — e havia muitas — era um fracasso pessoal. Alguém que ele não conseguira manter vivo.

Seus pés pisaram em terra macia. Franziu a testa. Por que haveria torrões de terra?

Levantou a mão esquerda acima da cabeça. Uma bola de luz se formou. Era uma luz esverdeada, que escurecia as sombras. Mas dava para ver que o chão fora remexido. Havia terra solta em toda parte; não empilhada, mais como se torrões e pás cheias tivessem sido jogados.

No centro, um buraco. Sam aumentou a luz e a pôs sobre o lugar. Espiou lá dentro, pronto para golpear se alguma coisa o atacasse. Seu coração estava martelando no peito.

Movimento!

Saltou para trás e lançou um facho de luz para dentro do buraco. A luz não fez nenhum som, mas a terra sibilou e estalou, derretendo-se para formar vidro.

— Não! — gritou ele.

Tropeçou, caindo de costas na terra, e soube na mesma hora que havia cometido um erro. Tinha visto alguma coisa se mexer, e quando disparou sua luz ofuscante viu o que era.

Arrastou-se de volta à beira do buraco. Olhou por cima da borda, iluminando a cena cautelosamente com a mão.

A menininha olhou-o, aterrorizada. Seu cabelo estava sujo. As roupas, enlameadas. Mas estava viva. Não queimada. Viva.

Havia fita adesiva sobre sua boca. Ela estava lutando para respirar. Apertava uma boneca com força. Seus olhos azuis imploravam.

Sam se deitou, estendeu o braço e segurou a mão que a menina estendia.

Não tinha força suficiente para puxá-la com facilidade. Precisou arrastar e puxar, então reposicionar-se e puxar mais um pouco. Quando ela saiu do buraco, estava coberta de terra da cabeça aos pés. Sam estava quase igualmente sujo, e ofegava pelo esforço.

Tirou a fita do rosto dela. Não foi fácil. Alguém havia dado várias voltas. A menininha gritou quando ele puxou a fita do cabelo.

— Quem é você? — perguntou Sam.

Ele notou alguma coisa estranha. Aumentou a força da luz. Alguém havia escrito algo com caneta hidrográfica na testa da menina.

A palavra era "Aberração".

Sam apagou a luz de sua mão. Lentamente, com cuidado para não amedrontá-la, passou o braço em volta dos ombros que arfavam.

— Tudo vai ficar bem — mentiu.

— Eles... eles disseram... por que... — Ela não conseguiu terminar. Desmoronou de encontro a ele, chorando em sua camisa.

— Você é a Jill. Desculpe, não te reconheci antes.

— Jill — disse ela, em seguida assentiu e chorou mais um pouco.

— Eles não querem que eu cante.

Serviço número um, disse Sam a si mesmo: dar um jeito no Zil. Chega. Quer Astrid e o conselho gostassem ou não, era hora de cuidar do Zil.

Ou não.

Olhou para o buraco de onde havia tirado Jill, vendo-o de verdade pela primeira vez. Um buraco no chão, onde não deveria haver nenhum. Havia alguma coisa nele... algo terrivelmente errado.

Ofegou, inspirando com força. Um arrepio subiu por sua coluna.

O horror não era uma menininha ter caído num buraco. O horror era o buraco em si.

CINCO | 62 HORAS E 6 MINUTOS

SAM LEVOU JILL para Maria Terrafino na creche. Depois encontrou Edilio, acordou-o e levou-o à praça da cidade. Ao buraco no chão.
Edilio espiou.
— Então a menina caiu aí dentro, andando de noite — disse Edilio. Ele esfregou os olhos para afastar o sono e balançou a cabeça vigorosamente.
— É — disse Sam. — Ela não fez o buraco. Só caiu dentro dele.
— E o que fez o buraco?
— Me diga você.
Edilio espiou com mais atenção. Desde a primeira vez em que isso fora necessário, Edilio havia assumido a triste tarefa de cavar as sepulturas. Conhecia cada uma delas, sabia quem estava onde.
— *Madre de Dios* — sussurrou ele. Fez o sinal da cruz no peito. Seus olhos estavam arregalados quando ele se virou para Sam. — Você sabe o que isso parece, não sabe?
— O que você acha que parece?
— É fundo demais para ser tão estreito. De jeito nenhum alguém fez isso com uma pá. Cara, esse buraco não foi cavado. Foi aberto de *baixo para cima.*
Sam confirmou com a cabeça.
— É.
— Você está bem calmo — disse Edilio, trêmulo.

— Na verdade, não. Foi uma noite estranha. O que... quem... estava enterrado aí?

— Brittney.

— Então nós a enterramos viva?

— Você não está pensando direito, cara. Faz mais de um mês. Nada fica vivo embaixo da terra por tanto tempo.

Os dois permaneceram lado a lado, olhando o buraco. O buraco estreito e fundo demais.

— Ela tinha aquela coisa com ela — disse Edilio. — Nós não conseguimos tirar dela. Achamos que estava morta, então qual seria o problema, certo?

— Aquela coisa — disse Sam, embotado. — Nós nunca descobrimos o que era.

— Sam, nós dois sabemos o que era.

Sam baixou a cabeça.

— Precisamos manter isso em segredo, Edilio. Se contarmos, a cidade inteira vai pirar de vez. O pessoal já tem problemas demais.

Edilio parecia nitidamente desconfortável.

— Sam, não estamos nos velhos tempos. Agora temos um conselho da cidade. Eles precisam saber o que está acontecendo.

— Se souberem, todo mundo vai saber.

Edilio não disse nada. Sabia que era verdade.

— Conhece aquela garota, Orsay? — perguntou Sam.

— Claro que conheço. Nós quase fomos mortos juntos.

— Faz um favor para mim: fique de olho nela.

— O que há com Orsay?

Sam deu de ombros.

— Ela pensa que é algum tipo de profeta, acho.

— Profeta? Quer dizer, tipo aqueles velhotes da Bíblia?

— Ela está agindo como se conseguisse contatar as pessoas do outro lado. Pais, mães e coisa e tal.

— E é verdade?

— Não sei, cara. Duvido. Quero dizer; não tem como, tem?

— Provavelmente você deveria perguntar a Astrid. Ela sabe esse tipo de coisa.

— É, bem, prefiro esperar um pouco.

— Ei, espera aí, Sam. Você está pedindo que eu não conte isso a ela também? Está pedindo que eu esconda duas coisas importantes do conselho?

— É para o próprio bem deles. E de todo mundo. — Sam segurou o braço de Edilio e trouxe o amigo para perto. Em voz baixa, disse: — Edilio, que tipo de experiência Astrid e Albert têm de verdade? E John? Para não falar do Howard, que nós dois sabemos que não passa de um babaca. Você e eu passamos por todas as lutas que aconteceram desde o início do LGAR. Eu amo Astrid, mas ela fica tão concentrada nas próprias ideias sobre como temos de organizar tudo que não me deixa fazer o que preciso.

— É, bem, nós precisamos de umas regras e coisa e tal.

— Claro que precisamos. Claro que sim. Mas enquanto isso Zil está expulsando as aberrações de casa, e alguém ou alguma coisa cavou esse buraco de baixo para cima. Preciso ser capaz de cuidar das coisas sem ter todo mundo de olho em mim o tempo todo.

— Cara, não é legal jogar isso para cima de mim — disse Edilio. Sam não respondeu. Seria injusto pressionar Edilio mais ainda. Ele estava certo: era errado pedir isso a ele.

— Eu sei — disse Sam. — É só... Olha, é temporário. Até o conselho terminar de fazer todas as regras, alguém ainda precisa impedir que as coisas desmoronem. Certo?

Finalmente, Edilio suspirou.

— Certo. Tudo bem, vou pegar duas pás. Vamos encher isso depressa antes que o pessoal comece a aparecer.

Jill era velha demais para a creche. Sam sabia disso. Mas mesmo assim a havia jogado no colo de Maria.

Fantástico. Exatamente do que Maria precisava: mais uma criança para cuidar.

No entanto, era difícil dizer não. Especialmente para o Sam.

Maria lançou um olhar cansado pela creche. Que bagunça. Teria de juntar Francis, Eliza e alguns outros e fazer outra tentativa de dar alguma ordem àquele desastre. De novo.

Olhou com amargura para a folha de plástico turvo que cobria a parede arrebentada entre a creche e a loja de ferramentas. Quantas vezes havia pedido ajuda para cuidar daquilo? A loja de ferramentas fora saqueada muitas vezes e quase todos os machados, marretas e maçaricos haviam sumido, mas ainda havia pregos, parafusos e tachas espalhados por toda parte. As crianças precisavam ser vigiadas constantemente porque viviam engatinhando por baixo do plástico e acabavam cutucando umas às outras com chaves de fenda e depois chorando, brigando e exigindo Band-Aids, que haviam acabado muito tempo antes, e...

Maria respirou fundo. O conselho tinha muita coisa para fazer. Muitos problemas para enfrentar. Talvez essa não fosse a prioridade.

Forçou um sorriso para a menina, que a olhava solenemente, apertando a boneca.

— Desculpe, querida: qual é mesmo o seu nome?

— Jill.

— Bom, é um prazer conhecer você, Jill. Pode ficar um tempo aqui, até a gente arranjar alguma coisa.

— Quero ir para casa.

Maria sentiu vontade de dizer: *É, todos nós queremos, querida. Todos nós queremos ir para casa.* Mas tinha aprendido que a amargura, a ironia e o sarcasmo não ajudavam quando estava lidando com os pequeninos.

— O que aconteceu? Por que você estava na rua?

Jill deu de ombros.

— Eles disseram que eu tinha que ir embora.

— Quem?

Jill deu de ombros de novo, e Maria trincou os dentes. Estava cansada de ser compreensiva. Cansada demais, demais, de ser responsável por cada criança desgarrada de Praia Perdida.

— Certo, então, você sabe por que saiu de casa?

— Eles disseram que iriam... me machucar, acho.

Maria não tinha certeza se queria sondar mais fundo. Praia Perdida era uma comunidade em estado permanente de medo, preocupação e perda. As crianças nem sempre se comportavam muito bem. Às vezes irmãos mais velhos perdiam as estribeiras ao lidar com os menores.

Maria tinha visto coisas... Coisas que jamais acreditaria possíveis.

— Bom, você pode ficar um tempo com a gente — disse. Deu um abraço na menina. — Francis vai lhe dizer as regras, tá? É aquele garoto grande, ali no canto.

Jill se virou com relutância e deu dois passos hesitantes na direção de Francis. Depois se virou de novo.

— Não se preocupa, eu não vou cantar.

Maria quase não respondeu. Mas algo no modo como Jill falou...

— Claro que você pode cantar — disse.

— É melhor não.

— Qual é a sua música preferida?

Jill pareceu envergonhada.

— Não sei.

Maria insistiu:

— Eu adoraria ouvir você cantar, Jill.

Então Jill cantou. Uma canção de natal.

Quem é essa criança
Dormindo no colo de Maria?
Para quem os anjos cantam docemente
Enquanto o pastorzinho vigia...

E o mundo parou.

Mais tarde — quão mais tarde, Maria não sabia — Jill sentou-se numa cama desocupada, abraçou sua boneca e caiu no sono.

O cômodo havia silenciado enquanto ela cantava. Cada criança permaneceu imóvel, feito uma pedra, como se tivesse sido congelada. Mas, em todas, os olhos estavam iluminados e a boca formava sorrisos sonhadores.

Quando Jill parou de cantar, Maria olhou para Francis.

— Você...

Francis confirmou com a cabeça. Havia lágrimas em seus olhos.

— Maria, querida, você precisa dormir um pouco. Eliza e eu cuidamos do café da manhã.

— Só vou me sentar e descansar um pouco os pés — respondeu ela. Mas o sono dominou-a assim mesmo.

Francis acordou Maria depois do que pareciam ter sido apenas alguns minutos.

— Preciso ir — disse ele.

— Está na hora? — Maria sacudiu a cabeça para clareá-la. Seus olhos pareciam não querer focalizar.

— Daqui a pouco. Ainda preciso me despedir. — Ele pôs a mão no ombro dela e disse: — Você é uma pessoa fantástica, Maria. E outra pessoa fantástica veio ver você.

Orsay. Era tão magra e frágil que Maria instintivamente gostava dela. Quase parecia uma das crianças, um dos pequeninos.

Francis tocou a mão de Orsay e quase pareceu baixar a cabeça em oração por um momento.

— Profetisa — disse.

— Mãe Maria, a Profetisa — continuou Francis, fazendo uma apresentação muito formal. Maria sentiu como se estivesse conhecendo o presidente ou algo assim.

— Só Orsay, por favor — disse a menina em voz suave. — E esta é minha amiga, Nerezza.

Nerezza era muito diferente de Orsay. Tinha olhos verdes, pele morena e cabelo preto lustroso, preso frouxamente num dos lados.

Maria não se lembrava de tê-la visto antes. Mas ela ficava presa na creche durante a maior parte do dia; não conversava muito com as pessoas.

Francis deu um risinho nervoso, ou pelo menos foi o que pareceu a Maria.

— Feliz dia do renascimento — disse Nerezza.

— Sim. Obrigado — respondeu Francis. Ele ergueu os ombros, assentiu para Nerezza e então disse a Orsay: — Preciso ver outras pessoas e não tenho muito tempo. Profetisa, obrigado por me mostrar o caminho. — E com isso ele se virou rapidamente e saiu.

Orsay parecia quase enjoada. Como se quisesse cuspir alguma coisa. Assentiu, tensa, na direção das costas de Francis e trincou os dentes.

O rosto de Nerezza era ilegível. Deliberadamente, pensou Maria, como se estivesse escondendo uma emoção muito forte.

— Oi... Orsay. — Agora Maria não sabia direito como chamá-la. Tinha ouvido crianças falando que Orsay era algum tipo de profetisa e havia descartado isso. As pessoas diziam todo tipo de maluquice. Mas sem dúvida ela tivera um efeito profundo sobre Francis.

Orsay não parecia saber o que dizer em seguida. Olhou para Nerezza, que preencheu rapidamente o vazio:

— A Profetisa quer ajudar você, Maria.

— Me ajudar? — Maria riu. — Na verdade, pela primeira vez tenho voluntários suficientes.

— Não é isso. — Nerezza descartou a ideia, impaciente. — A Profetisa gostaria de adotar uma criança que chegou há pouco tempo.

— O quê?

— O nome dela é Jill — disse Orsay. — Eu tive um sonho sobre...

— E então parou, deixando a frase no ar, como se não tivesse total certeza do que fora o sonho. Franziu a testa.

— Jill? — repetiu Maria. — A menininha que foi aterrorizada pelo Zil? Ela só está aqui há algumas horas. Como você sabia?

— Ela foi forçada a sair de casa porque era uma aberração — disse Nerezza. — Agora o irmão está apavorado e fraco demais para cuidar dela. Mas ela é muito velha para a creche, Maria. Você sabe.

— É. Sem dúvida, é velha demais.

— A Profetisa cuidaria dela. É uma coisa que ela quer fazer.

Maria olhou para Orsay em busca de confirmação. Depois de alguns segundos, Orsay percebeu que era sua vez de falar:

— É, eu gostaria muito.

Maria não se sentia muito bem em relação a aquilo. Não sabia o que estava acontecendo com Orsay, mas Nerezza era sem dúvida uma garota estranha, pensativa e até mesmo meio durona, pelo que pareceu.

Mas a creche não cuidava de crianças mais velhas. Não podia. E não era a primeira vez que Maria abrigava temporariamente uma criança mais velha que depois encontrava outro lugar para conseguir as refeições.

Francis parecia que estivera atuando em favor de Orsay e Nerezza. Ele devia ter contado a Orsay sobre Jill enquanto Maria estava dormindo.

Maria franziu a testa, imaginando por que Francis estivera com tanta pressa de ir embora. *Renascimento?* O que isso queria dizer?

— Certo — disse. — Se Jill concordar, ela pode ir morar com você.

Orsay sorriu. Os olhos de Nerezza brilharam de satisfação.

Justin havia molhado a cama em algum momento da noite. Como um bebê. Tinha 5 anos, não era bebê.

Mas não havia como negar que fizera isso.

Contou à mãe Maria e ela disse que não era grande coisa, que isso acontecia. Mas não costumava acontecer com Justin. Não quando ele tinha uma mãe de verdade. Fazia muito tempo que não fazia xixi na cama.

Chorou quando contou a mãe Maria. Não gostava de contar porque mãe Maria aparentava estar meio doente, ou algo assim. Ela não era tão legal quanto antes. Em geral ele contava a Francis, se precisava. Em algumas noites não fazia, porque não bebia água praticamente o dia todo. Mas na noite anterior havia se esquecido de não beber água. Por isso bebeu, mas só um pouquinho.

Agora tinha 5 anos, era mais velho do que praticamente todas as crianças da creche. Mas ainda molhava a cama.

Duas garotas grandes tinham vindo e levado a garota que cantava. Justin não tinha ninguém para levá-lo.

Mas sabia onde era sua casa, sua casa de verdade, com a cama antiga. Ele não fazia xixi na cama lá. Mas agora dormia no chão, naquele colchonete idiota, e outras crianças passavam por cima, de modo que provavelmente era por isso que estava molhando a cama de novo.

Sua casa antiga não ficava muito longe. Ele já havia ido lá. Só para olhar e ver se era de verdade. Porque às vezes não achava que fosse.

Tinha ido verificar se a mãe estava lá. Não a encontrou. E quando abriu a porta e entrou, ficou tão apavorado que voltou correndo para mãe Maria.

Mas agora estava mais velho. Na época tinha só 4 anos e meio, e agora tinha 5. Provavelmente não ficaria mais com medo.

E provavelmente não faria xixi na cama se estivesse na sua casa de verdade.

SEIS | 57 HORAS E 17 MINUTOS

LUZ DO DIA, clara e brilhante.

Sam e Astrid caminhavam pelo shopping. Não levou muito tempo. Havia a barraca de peixe, já quase vazia, com apenas dois polvos pequenos, uma dúzia de mariscos e um peixinho tão feio que ninguém tivera coragem de comprar.

A barraca de peixes era uma comprida mesa dobrável arrastada da lanchonete da escola. Havia cestos de plástico cinzento enfileirados. Uma placa de papelão meio caída, presa com fita adesiva, pendia na frente da mesa. Dizia "Mar-avilhosos frutos do mar do Quinn". E, abaixo disso, em letras menores: "Um empreendimento da Companhia Albert".

— O que acha que é esse peixe? — perguntou Sam a Astrid.

Ela espiou o suposto peixe com atenção.

— Acho que é um exemplo de *pesce inedibilis*.

— É? — Sam fez uma careta. — Acha que dá para comer?

Astrid suspirou com exagero.

— *Pesce inedibilis*? Incomível? É uma piada, dããã. Tente se ligar, Sam, essa foi bem fácil.

Sam sorriu.

— Sabe, um gênio de verdade saberia que eu não ia sacar. E o corolário é: você não é um gênio de verdade. Rá. Isso mesmo: eu disse "corolário".

Ela lançou-lhe um olhar de pena.

— Muito impressionante, Sam. Especialmente vindo de um garoto que tem 22 utilizações diferentes para a palavra "cara".

Sam parou, segurou o braço dela e girou-a. Então puxou-a para perto.

— Cara — sussurrou no ouvido dela.

— Certo, 23 — consertou Astrid. Em seguida empurrou-o. — Preciso fazer compras. Você quer comer ou quer... *cara*?

— Cara. Sempre.

Ela deu-lhe um olhar crítico.

— Vai me contar por que estava coberto de lama hoje de manhã?

— Tropecei e caí. Quando vi a garota, Jill, no escuro, tropecei nos próprios pés. — Não era exatamente uma mentira. Era parcialmente verdade. E ele contaria toda a verdade assim que tivesse a chance de descobrir qual era. Tinha sido uma noite estranha, perturbadora: ele precisava de tempo para pensar e bolar um plano. Era sempre melhor ir ao conselho com um plano em mente; assim eles poderiam só concordar e deixá-lo ir em frente.

O shopping havia sido montado no pátio da escola. Desse modo, as crianças menores podiam vir usar os brinquedos enquanto as mais velhas faziam compras. Ou fofocavam. Ou paqueravam. Sam pegou-se olhando os rostos com mais atenção. Não esperava de verdade ver Brittney andando por ali. Era loucura. Tinha de haver alguma outra explicação. Mas mesmo assim mantinha os olhos abertos.

O que faria se efetivamente visse uma garota morta andando por aí era uma coisa em que teria de pensar. Por mais estranha que fosse a vida no LGAR, esse ainda era um problema que ele não precisara enfrentar.

Sem uma ordem específica, o shopping consistia nos Mar-avilhosos frutos do mar do Quinn; na barraca de verduras chamada Presentes da minhoca; uma livraria identificada como Lombada rachada; a barraca coberta de moscas Carne misteriosa; a Totalmente solar — onde dois garotos empreendedores haviam conseguido uma meia dúzia de painéis solares e usavam-nos para carregar baterias; a Troca-tudo, onde brinquedos, roupas e porcarias variadas eram trocados e vendidos.

Uma churrasqueira a lenha fora montada um pouco separada. Você podia levar seu peixe, sua carne ou seus legumes para lá e cozinhá-los por alguns trocados. Depois de grelhado sobre o carvão, praticamente tudo — cervo, gambá, pombo, rato, coiote — tinha o mesmo gosto: enfumaçado e queimado. Mas nenhum fogão ou micro-ondas funcionava mais, não havia mais óleo para cozinhar, e certamente nem manteiga, de modo que até as crianças que optavam por cozinhar a própria comida acabavam replicando a mesma experiência. A única alternativa era cozinhar na água, e as duas garotas que cuidavam da churrasqueira mantinham uma grande panela com água fervente. Mas todo mundo concordava que rato grelhado era muito melhor do que cozido.

O "restaurante" mudava de nome a intervalos de alguns dias. Já havia sido Maria Fumaça, Não acredito que não é o Pizza Kitchen, Coma e arrote, Entre e dê o fora, Zé Fumaça e Le Grand Churrascô. Hoje a placa dizia "Mas que..." e, em letras menores: "Comida?".

Algumas crianças se demoravam em duas das três precárias mesas de comer, as cadeiras inclinadas para trás, os pés para cima. Algumas comiam, outras apenas matavam o tempo. Pareciam uma versão infantil de algum tipo de filme sobre o fim do mundo, pensou Sam, não pela primeira vez. Armadas, vestindo roupas esquisitas, com chapéus estranhos, roupas de homem, roupas de mulher, capas feitas de toalhas de mesa, descalços ou usando sapatos de número errado.

Agora a água potável tinha de ser trazida de caminhão do reservatório meio vazio nos morros fora da cidade. A gasolina era rigidamente racionada, de modo que os caminhões de água pudessem funcionar pelo maior tempo possível. O conselho tinha um plano para quando a gasolina terminasse: transferir todo mundo para o reservatório. Se ainda houvesse água lá.

Calcularam que tinham seis meses antes de a água acabar. Como a maioria das decisões do conselho, isso parecia besteira para Sam. O conselho passava pelo menos metade do tempo bolando situações, para em seguida discutir sem chegar a qualquer decisão. Supostamente estava criando um conjunto de leis desde quase o início de sua existência. Sam havia se esforçado ao máximo para ser paciente, mas, enquanto os conselheiros embromavam e debatiam, ele continuava tendo de manter a paz. O conselho tinha suas regras, ele tinha as dele. Era graças às suas que a maioria das crianças vivia.

O shopping era montado ao longo da parede oeste do ginásio da escola, para aproveitar a sombra. À medida que o dia prosseguia e o sol subia, as barracas de comida ficavam sem coisas e fechavam. Em alguns dias havia muito pouca comida. Mas ninguém tinha morrido de fome, realmente.

A água era trazida em garrafões plásticos de vinte litros e distribuída de graça — quatro litros por pessoa, por dia. Havia 306 nomes na lista de água.

Havia boatos sobre crianças morando fora da cidade, numa casa de fazenda. Mas Sam nunca vira prova disso. E pessoas inventadas não eram problema seu.

As outras 16 pessoas no LGAR estavam na Academia Coates, em cima do morro; eram tudo que restava do bando isolado de Caine. O que eles comiam e bebiam não era da conta de Sam.

Longe da parede da escola, na sombra menor de uma construção "temporária", um grupo diferente trabalhava. Uma garota lia cartas de tarô por um Berto. Berto era diminutivo de "Albert". Albert havia criado uma moeda baseada em balas de ouro e peças de jogo do McDonald's. Queria dar outro nome à moeda, mas ninguém lembrava qual. Logo, eram Bertos, uma brincadeira com "Albert" inventada por Howard, claro, que também tinha bolado o "LGAR" para descrever aquele mundinho esquisito.

Sam havia pensado que Albert era louco, com sua obsessão por criar dinheiro. Mas a prova estava ali: o sistema de Albert produzia comida, apenas o suficiente para as crianças sobreviverem. E muito mais gente trabalhava. Um número muito menor ficava à toa. Não era mais impossível conseguir que o pessoal fosse para o campo fazer o serviço estafante de colher legumes e verduras. Eles trabalhavam em troca de Bertos, gastavam seus Bertos, e pelo menos por enquanto, a ideia de morrer de fome era apenas uma lembrança ruim.

A menina do tarô era ignorada. Ninguém tinha dinheiro para desperdiçar com isso. Um garoto tocava um violão enquanto a irmã menor tocava uma bateria profissional que eles haviam tirado da casa de alguém. Não eram bons, mas faziam música, e numa Praia Perdida sem eletricidade, sem música gravada, sem iPods ou aparelhos de som, onde discos rígidos de computador juntavam poeira e aparelhos de DVD permaneciam intocados, até uma diversão patética era bem-vinda.

Enquanto Sam olhava, uma garota pôs um quarto de melão no prato de gorjeta dos músicos. Eles pararam de tocar imediatamente, dividiram o melão e o devoraram.

Sam sabia da existência de um segundo mercado, fora das vistas mas fácil de encontrar para quem tivesse interesse. Esse mercado vendia álcool, maconha e fazia vários outros contrabandos. Sam havia tentado acabar com o álcool e as drogas, mas não conseguiu grande coisa. Tinha prioridades mais prementes.

— Pichação nova — disse Astrid, olhando a parede atrás da barraca de carne.

O logotipo preto e vermelho formava um "G" e um "H". Galera Humana. O grupo preconceituoso de Zil Sperry.

— É, está por toda a cidade. — Sam sabia que não deveria ficar falando, mas falou mesmo assim: — Se eu não estivesse com as mãos atadas, iria ao suposto complexo de Zil e acabaria com isso de uma vez por todas.

— O que você quer dizer? Iria matá-lo? — perguntou Astrid, fingindo-se de boba.

— Não, Astrid. Arrastaria ele até a prefeitura e colocaria numa sala trancada até ele decidir crescer.

— Em outras palavras, iria colocá-lo na prisão. Porque você decidiu. E pelo tempo que você decidir mantê-lo lá. Para um cara que nunca quis estar no poder, você está tremendamente disposto a ser um ditador.

Sam suspirou.

— Certo, ótimo. Tudo bem. Não quero brigar.

— E aí, como está a menininha de ontem à noite? — perguntou Astrid, mudando de assunto.

— Maria estava cuidando dela. — Ele hesitou. Olhou por cima do ombro para ver se ninguém estaria ao alcance de ouvir. — Pediu que ela cantasse. Disse que, quando ela canta, é como se o mundo parasse. Tipo: ninguém fala, ninguém se mexe, a criançada toda ficou praticamente congelada. Maria disse que é como um anjo cantando. Só para você.

— Um anjo? — perguntou Astrid, cética.

— Ei, eu achei que você acreditasse em anjos.

— Acredito. Só não creio que essa menininha seja um. — Ela suspirou. — É mais como uma sereia.

Sam encarou-a com ar vazio.

— É — disse Astrid. — Como a história de Odisseu. Ulisses. As sereias. Que, quando cantam, nenhum homem pode resistir.

— Eu sabia disso.

— Ahã.

— Sabia. Fizeram uma paródia nos *Simpsons*.

Astrid suspirou.

— Por que estou com você?

— Porque sou incrivelmente atraente?

— Você é ligeiramente atraente, na verdade — provocou Astrid.

— Então sou uma espécie de ditador gostosão?

— Não me lembro de ter dito "gostosão".

Sam sorriu.

— Não precisa. Está nos seus olhos.

Beijaram-se. Não foi um beijo longo e passional, mas foi legal, como sempre era. Alguém vaiou com desprezo. Outra pessoa gritou:

— Vão arranjar um quarto!

Sam e Astrid ignoraram tudo isso. Os dois tinham consciência de que eram o "primeiro casal" do LGAR, e seu relacionamento era um sinal de estabilidade para as crianças. Era como ver a mãe e o pai se beijando: meio nojento, mas meio tranquilizador.

— E o que vamos fazer com a sereia, agora? — perguntou Astrid.

— Ela é velha demais para ficar com Maria.

— Orsay a pegou. — Sam esperou para ver se a menção a Orsay provocaria alguma reação em Astrid. Não. Astrid não sabia o que Orsay estava aprontando.

— Com licença. Sam?

Ele se virou e viu Francis. Não era a melhor hora para ser interrompido, principalmente quando estava tentando discutir sua gostosura com Astrid.

— O que é, Francis?

O menino deu de ombros. Parecia confuso e sem jeito. Estendeu a mão. Sam hesitou; depois, sentindo-se ligeiramente ridículo, apertou a mão de Francis.

— Senti que precisava agradecer — disse Francis.

— Ah. Ah, hum... tranquilo.

— E não sinta como se fosse sua culpa, OK? E não fique chateado comigo. Eu tentei...

— Do que você está falando?

— É o meu aniversário — explicou Francis. — O Grande Quinze Anos.

Sam sentiu uma gota de suor escorrer pelas costas.

— Você está preparado, certo? Quero dizer, você leu a orientação quanto ao que fazer?

— Li — respondeu Francis. Mas sua voz o traiu.

Sam segurou seu braço.

— Não, Francis. Não.

— Vai ficar tudo bem — respondeu ele.

— Não — interveio Astrid com firmeza. — Você não quer fazer isso.

Francis deu de ombros. Depois riu, tímido.

— Minha mãe precisa de mim. Ela e meu pai acabaram de se separar. E, de qualquer modo, sinto falta dela.

— Como assim, eles acabaram de se separar?

— Eles vinham pensando nisso há um bom tempo. Mas na semana passada meu pai foi embora. E ela está sozinha, por isso...

— Francis, do que você está falando? — perguntou Astrid, irritada. — Nós estamos no LGAR há sete meses. Você não sabe o que está acontecendo com seus pais.

— A Profetisa me contou.

— A o *quê*? — reagiu Astrid rispidamente. — Francis, você andou bebendo?

Sam sentiu-se imobilizado, incapaz de reagir. Soube no mesmo instante do que se tratava.

— A Profetisa me contou — disse Francis. — Ela viu... ela sabe, e me contou... — Ele estava ficando cada vez mais agitado. — Olha, não quero que vocês fiquem com raiva de mim.

— Então pare de agir feito um idiota — disse Sam, finalmente encontrando a voz.

— Minha mãe precisa de mim — insistiu Sam. — Mais do que vocês. Preciso ir para ela.

— O que faz você pensar que o puf vai levar você para a sua mãe?

— É uma porta — disse Francis. Os olhos dele se nublaram enquanto falava. Não estava mais olhando para Sam. Estava dentro da própria cabeça, a voz cantarolada, como se recitasse algo que tinha ouvido. — Uma porta, um caminho, uma fuga para a bem-aventurança. Não é um aniversário: é o dia do *renascimento*.

— Francis, não sei quem andou te dizendo isso, mas não é verdade — disse Astrid. — Ninguém sabe o que acontece quando a gente sai.

— *Ela* sabe — respondeu Francis. — Ela me explicou.

— Francis, estou dizendo para não fazer isso — insistiu Sam. — Olha, eu sei sobre a Orsay. Eu sei, OK? E talvez ela ache que isso é verdade, mas você não pode arriscar.

Ele sentiu o olhar penetrante de Astrid. Recusou-se a reconhecer a pergunta não dita.

— Sam, você é o cara — disse Francis com um sorriso suave. — Mas nem você pode controlar isso.

Francis se virou e foi se afastando rapidamente. Parou depois de uns quatro metros. Maria Terrafino estava correndo para ele. Ela balançava os braços finos como gravetos e gritava:

— Francis! Não!

Francis levantou a mão e olhou o relógio. Seu sorriso era sereno.

Maria alcançou-o, segurou-o pela camisa e gritou:

— Você não vai abandonar as crianças. Não ouse abandonar as crianças! Elas já perderam demais. Elas amam você.

Francis tirou o relógio e entregou a ela.

— É tudo o que tenho para dar a você.

— Francis, não.

Mas ela já estava segurando o ar. Gritando para o ar.

O relógio caiu na grama.

Francis havia sumido.

SETE | 56 HORAS E 30 MINUTOS

— O QUE mais você não contou pra gente, Sam?

Astrid havia convocado imediatamente uma reunião do conselho municipal. Nem havia gritado com ele em particular. Apenas cravou-lhe um olhar venenoso e disse:

— Vou convocar uma reunião.

Agora estavam sentados na antiga sala de reuniões do prefeito. Estava escuro; a única luz vinha de uma janela que ficava à sombra. A mesa era de madeira pesada, as cadeiras macias e confortáveis. As paredes — se é que essa era a palavra certa — eram decoradas com grandes fotos de antigos prefeitos de Praia Perdida.

Sam sempre sentia-se idiota naquela sala. Sentou-se numa cadeira grande demais a uma extremidade da mesa. Astrid estava na outra. As mãos dela estavam sobre a mesa, os dedos finos apoiados na superfície.

Dekka estava de cara feia, mal-humorada. Alguma coisa azul estava presa em uma de suas trancinhas grudadas ao couro cabeludo — não que alguém fosse idiota a ponto de apontar ou rir.

Ela era uma aberração, a única além de Sam na sala. Tinha o poder de cancelar temporariamente a gravidade em pequenas áreas. Sam contava com ela como aliada. Dekka não gostava de bater papo, sem fazer nada.

Albert era a pessoa mais bem-vestida na sala, usando uma camisa polo incrivelmente limpa e aparentemente não salgada e calças pouco amassadas. Parecia um empresário muito jovem que tivesse parado a caminho de uma partida de golfe.

Albert era normal, mas mesmo assim parecia ter uma capacidade quase sobrenatural de organizar, de fazer as coisas acontecerem, de realizar negócios. Olhando o grupo com olhos baixos, Sam soube que Albert era provavelmente a pessoa mais poderosa da sala. Albert, mais do que qualquer outra pessoa, tinha impedido que Praia Perdida morresse de fome.

Edilio estava com o corpo frouxo, a cabeça apoiada entre as mãos, sem fazer contato visual com ninguém. Tinha uma submetralhadora encostada na cadeira, visão que havia se tornado normal demais.

Ele era oficialmente o chefe de polícia da cidade. Provavelmente a pessoa mais afável, mais modesta e menos presunçosa do conselho, era encarregado de fazer valer qualquer regra que os conselheiros criassem. Se eles conseguissem criar alguma.

Howard era o curinga do grupo. Sam ainda não sabia como ele conseguira entrar no conselho. Ninguém duvidava de que Howard era inteligente, mas ninguém achava que ele tivesse um grama de ética no corpo. Howard era o principal lacaio de Orc, o garoto mal-humorado e bêbado que havia se transformado em monstro e lutado do lado certo algumas vezes, quando realmente importara.

O membro mais jovem era um garoto de rosto sereno chamado John Terrafino. Também era normal — era o irmão mais novo de Maria. Raramente tinha muito a dizer, e ouvia na maior parte do tempo. Todo mundo presumia que ele votasse seguindo ordens de Maria. Ela poderia estar ali, mas era ao mesmo tempo indispensável e frágil.

Sete membros do conselho. Astrid era a presidente. Cinco normais, duas aberrações.

— Algumas coisas diferentes aconteceram ontem à noite — disse Sam com o máximo de calma que pôde. Não queria brigar. Especialmente não queria brigar com Astrid. Amava Astrid. Era desesperado por Astrid. Ela era tudo que havia de bom em sua vida, lembrou-se.

E agora estava furiosa.

— Nós sabemos sobre a Jill — disse Astrid.

— Os vagabundos do Zil. Que não estariam fazendo coisas assim se estivessem trancados — murmurou Dekka.

— Nós votamos sobre isso — disse Astrid.

— É, eu sei. Quatro contra três a favor de deixar o babaquinha maluco e seus amiguinhos malucos aterrorizarem toda a cidade — reagiu Dekka, irritada.

— Quatro contra três a favor de ter algum sistema de leis e não simplesmente tentar usar fogo contra fogo — disse Astrid.

— Nós não podemos andar por aí prendendo pessoas sem algum tipo de sistema — concordou Albert.

— É, Sammy — disse Howard com um risinho. — Você não pode sair bancando o mãos de laser sempre que decidir que não gosta de alguém.

Dekka se remexeu na cadeira, curvando os ombros fortes à frente.

— Não, e em vez disso temos menininhas sendo chutadas para fora de casa e aterrorizadas.

— Olha, de uma vez por todas, não podemos ter um sistema em que o Sam é juiz, júri e carrasco — disse Astrid. Então suavizou um pouco, acrescentando: — Apesar de que, se há uma pessoa em quem eu confiaria, é ele. Sam é um herói. Mas precisamos que todo mundo no LGAR saiba o que pode e o que não pode fazer. Precisamos de regras, e não de apenas uma pessoa decidindo quem está fora da linha e quem não está.

— Ele era mesmo um bom trabalhador — sussurrou John. — O Francis. Era um bom trabalhador de verdade. As crianças vão sentir uma puta falta dele. Elas adoravam ele.

— Eu só descobri sobre isso ontem à noite. Na verdade, foi hoje de madrugada — disse Sam. E fez uma breve descrição do que tinha visto e ouvido na reunião de Orsay.

— Poderia ser verdade? — perguntou Albert. Ele parecia preocupado. Sam entendia sua ambivalência. Albert havia se transformado, deixando de ser apenas um garoto comum dos velhos tempos para ser a pessoa que, em muitos sentidos, governava Praia Perdida.

— Não creio que haja algum modo de a gente saber — disse Astrid.

Todo mundo ficou em silêncio. A ideia de que fosse possível entrar em contato com pais, amigos e familiares do lado de fora do LGAR era atordoante. A ideia de que os de fora pudessem saber o que acontecia dentro do LGAR...

Mesmo ali, naquele momento, com algum tempo para digerir, Sam sentia emoções poderosas e não necessariamente agradáveis. Durante muito tempo era assolado pelo medo de que quando a parede do LGAR, de algum modo, algum dia, sumisse, ele seria considerado responsável. Pelas vidas que havia tirado. Pelas que não tinha salvado. A ideia de que o mundo inteiro poderia estar olhando, dissecando suas ações, questionando cada movimento assustado, cada momento desesperado, era perturbadora, para dizer o mínimo.

Eram muitas coisas sobre as quais não queria falar jamais. Muitas coisas que podiam fazer parecer horríveis.

Senhor Temple, pode explicar como ficou sentado olhando enquanto as crianças desperdiçavam a maior parte da comida e acabavam morrendo de fome?

Está nos dizendo, Sr. Temple, que as crianças estavam cozinhando e comendo seus próprios animais de estimação?

Sr. Temple, pode explicar as sepulturas na praça?

Sam fechou os punhos e controlou a respiração.

— O que Francis fez foi suicídio — disse Dekka.

— Acho que isso é meio pesado — respondeu Howard. Em seguida se recostou na cadeira, pôs os pés sobre a mesa e cruzou os dedos sobre a barriga magra. Sabia que isso irritaria Astrid. Na verdade, Sam achou que ele fez exatamente por esse motivo. — Ele queria correr para a mamãezinha, o que posso dizer? Claro, é difícil para mim acreditar que alguém escolheria sair do LGAR. Quero dizer, em que outro local você pode comer rato, usar seu quintal como banheiro e viver com medo de 19 tipos de horrores diferentes?

Ninguém riu.

— Não podemos deixar as crianças fazerem isso — disse Astrid. Ela parecia muito segura.

— Como vamos impedir? — perguntou Edilio. Ele levantou a cabeça e Sam viu a perturbação em seu rosto. — Como você acha que vamos impedir? Quando os 15 anos chegam, a coisa mais fácil é o puf. É preciso lutar para resistir. Nós sabemos. Então como vamos dizer à garotada que isso não é real, essa coisa da Orsay?

— Vamos contar a eles — disse Astrid.

— Mas nós não *sabemos* se é real ou não — argumentou Edilio.

Astrid deu de ombros. Olhou para o nada e manteve as feições imóveis.

— Vamos dizer que é tudo mentira. As crianças odeiam esse lugar, mas não querem morrer.

— Como vamos dizer, se não sabemos? — Edilio parecia verdadeiramente perplexo.

Howard gargalhou.

— Dílio, Dílio, às vezes você é tão bobão. — Ele baixou os pés e se inclinou para o menino como se compartilhasse um segredo. — Ela quis dizer: nós vamos *mentir*. Astrid quer dizer que vamos mentir para todo mundo e dizer que sabemos com certeza.

Edilio olhou para Astrid como se estivesse esperando que ela negasse.

— É para o bem das pessoas — disse Astrid em voz baixa, ainda olhando para o nada.

— Sabe o que é engraçado? — observou Howard, rindo. — Eu tinha quase certeza de que a gente vinha a essa reunião para que Astrid pudesse dar uma bronca no Sam por não contar toda a verdade pra gente. E agora fico sabendo que estamos aqui na verdade para que Astrid possa convencer todos nós a virarmos mentirosos.

— Virarmos? — rosnou Dekka, lançando um olhar cínico para Howard. — Para você isso não seria exatamente uma transformação, Howard.

— Olhem — disse Astrid. — Se deixarmos Orsay continuar com essa loucura, não vamos só ter gente pulando fora quando fizer 15 anos. Podemos ter crianças que não queiram esperar tanto tempo. Que decidam acabar com tudo agora mesmo, achando que vão acordar do outro lado, com os pais.

Todo mundo na mesa se inclinou para trás ao mesmo tempo, absorvendo isso.

— Não posso mentir — disse John simplesmente. Ele balançou a cabeça e seus cachos ruivos se moveram também.

— Você é membro do conselho — reagiu Astrid com rispidez. — Precisa seguir nossas decisões. É esse o trato. É assim que funciona. — Em seguida, em voz mais calma, disse: — John, Maria não vai fazer 15 anos daqui a pouco?

Sam viu o golpe acertar em cheio. Talvez Maria fosse *a* pessoa mais necessária em toda a Praia Perdida. Desde o início, ela havia se voluntariado para cuidar da creche. Havia se tornado uma mãe para os pequeninos.

Porém, Maria tinha seus problemas. Era anoréxica e bulímica. Engolia antidepressivos aos punhados, e o suprimento estava acabando rapidamente.

Dahra Baidoo, que controlava os remédios em Praia Perdida, procurou Sam em segredo e contou que Maria a procurava a cada dois dias, pedindo qualquer coisa que Dahra tivesse. "Ela está tomando Prozac, Zoloft e Lexapro, e essas coisas não são remedinhos comuns, Sam. As pessoas precisam começar e parar essas coisas com cuidado, seguindo o manual. Não se pode pegar qualquer um e misturar tudo."

Sam não havia contado a ninguém além de Astrid. E tinha alertado Dahra para não contar, também. Depois guardou na memória ter que conversar com Maria, e tinha se esquecido de fazer isso.

Agora, com a expressão abalada de John, Sam podia adivinhar que ele estava longe de ter certeza de que Maria não cederia ao puf e não daria o fora.

Votaram. Astrid, Alberto e Howard levantaram as mãos imediatamente.

— Não, cara — disse Edilio, balançando a cabeça. — Eu teria que mentir para o meu pessoal, meus soldados. Gente que confia em mim.

— Não — votou John. — Eu... sou só um menino e coisa e tal, mas teria que mentir para Maria.

Dekka olhou para Sam.

— O que diz, Sam?

Astrid interrompeu.

— Olha, a gente poderia fazer isso temporariamente. Só até descobrir se Orsay está inventando. Se ela abrir o jogo mais tarde e admitir que era tudo mentira, bom, teremos nossa resposta.

— Talvez a gente devesse torturá-la — disse Howard, só meio brincando.

— Não podemos ficar parados se achamos que as crianças vão morrer — implorou Astrid. — O suicídio é um pecado mortal. Essas crianças não vão sair do LGAR, elas vão para o inferno.

— Uau — disse Howard. — O inferno? E nós sabemos disso exatamente como? Você não sabe mais do que nenhum de nós sobre o que acontece depois de um puf.

— Então é essa toda a questão? — perguntou Dekka. — Sua religião?

— A religião de todo mundo é contra o suicídio — reagiu Astrid rispidamente.

— Eu também sou — respondeu Dekka, na defensiva. — Só não quero ser arrastada para o meio de alguma coisa religiosa.

— O que quer que Orsay represente, não é uma religião — disse Astrid gelidamente.

Sam escutou a voz de Orsay no pensamento. *Deixe eles irem, Sam. Deixe eles irem e saia do caminho.*

Eram as palavras de sua mãe, se Orsay estivesse dizendo a verdade.

— Vamos dar uma semana — disse Sam.

Dekka respirou fundo.

— Certo. Concordo com o Sam. Vamos mentir. Durante uma semana.

A reunião terminou. Sam foi o primeiro a sair da sala, subitamente desesperado por ar puro. Edilio alcançou-o enquanto ele descia correndo a escadaria da prefeitura.

— Ei. Ei! Nós não contamos a eles sobre o que vimos ontem à noite.

Sam parou e olhou na direção da praça, do buraco que os dois tinham enchido de novo.

— É? O que nós vimos ontem à noite, Edilio? Eu só vi um buraco no chão.

Sam não deu chance para Edilio discutir. Não queria ouvir o que ele tinha a dizer. Afastou-se rapidamente.

OITO | 55 HORAS E 17 MINUTOS

CAINE ODIAVA LIDAR com Bug. Aquele garoto o deixava arrepiado. Para começar, Bug estava cada vez menos visível. Antes Bug só fazia o número de desaparecimento quando era necessário. Depois começou a fazer sempre que queria espionar alguém, o que era bem frequente.

Agora só ficava visível quando Caine ordenava.

Caine estava apostando tudo na história de Bug. A história de uma ilha mágica. Era insano, claro. Mas quando a realidade era impossível, a fantasia se tornava cada vez mais necessária.

— Quanto falta para chegar nessa sua fazenda, Bug? — perguntou Caine.

— Não é longe. Pare de se preocupar.

— Pare de se preocupar — murmurou Caine. Bug estava andando invisível pelos campos abertos. Não havia nada além de pegadas onde ele pisava. Caine estava visível demais. Em plena luz do dia. Andando por um campo arado, cheio de poeira, sob um sol luminoso e quente. Bug disse que não havia ninguém naqueles campos. Disse que os campos não tinham nada crescendo, e que ninguém do grupo de Sam sabia sobre a fazenda, que era praticamente imperceptível, perto de uma estrada de terra e com aparência de abandonada.

A primeira pergunta de Caine fora:

— Então como você sabe sobre a fazenda?

— Sei um monte de coisas — respondeu Bug. — Além disso, há muito tempo você disse para ficar de olho no Zil.

— E como o Zil sabe sobre essa fazenda?

A voz acima das pegadas de pés invisíveis disse:

— Acho que um dos caras do Zil conhecia esse pessoal. Antigamente.

E a pergunta seguinte de Caine:

— Eles têm comida lá?

— Têm. Um pouco. Mas também têm espingardas. E a garota, a irmã Emily, é uma espécie de aberração, acho. Não sei o que ela faz, e não a vi fazendo nada esquisito, mas o irmão tem medo dela. O Zil também, mais ou menos, só que não deixa transparecer.

— Fantástico — murmurou Caine. E observou que Zil era um garoto que não se permitiria demonstrar medo. Talvez fosse útil.

Caine protegeu os olhos com a mão e examinou o terreno em volta, procurando a poeira reveladora de uma caminhonete ou um carro. Bug disse que o pessoal de Praia Perdida também estava com pouca gasolina, mas que ainda usava veículos quando precisavam.

Tinha confiança de que poderia derrotar qualquer aberração do grupo de Sam, com a única exceção do próprio Sam. Mas se fossem Brianna e Dekka juntas? Ou mesmo aquela babaca metida da Taylor e alguns soldados do Edilio?

Mas nesse momento o problema verdadeiro era simplesmente que Caine estava fraco. Andar essa distância — quilômetros — era difícil. Muito difícil quando o estômago o esfaqueava de novo e seu umbigo estava colado às costas. As pernas estavam bambas. Às vezes os olhos ficavam desfocados.

Uma boa refeição... bom, não realmente uma boa refeição... não bastava. Mas o estava mantendo vivo. Digerindo Panda. A energia de Panda fluía do estômago para o sangue.

A fazenda era escondida por um bosque, mas fora isso ficava em terreno aberto. Era um longo caminho desde a estrada, sim, mas Caine não podia acreditar que o pessoal do Sam nunca a tivesse encontrado e revistado em busca de comida.

Muito estranho.

— Não se aproximem — disse uma voz jovem e masculina vinda da varanda da frente da casa.

Bug e Caine se imobilizaram.

— Quem é você? O que você quer?

Caine não conseguia ver ninguém através da tela suja.

Bug respondeu:

— Nós só...

— Não você — interrompeu a voz. — Sabemos tudo sobre você, garotinho invisível. Estamos falando dele.

— Meu nome é Caine. Quero conhecer o pessoal que mora aqui.

— Ah, quer, é? — disse o garoto escondido. — E por que eu deveria deixar?

— Não estou procurando encrenca — respondeu Caine. — Mas acho que é justo dizer que posso derrubar essa sua casinha em uns dez segundos.

Clic clic.

Algo frio tocou a nuca de Caine.

— Pode? Deve ser interessante de ver. — Uma voz de menina. A menos de dois passos atrás dele.

Caine não teve dúvida de que o objeto frio encostado em sua nuca era o cano de uma arma. Como a garota havia chegado tão perto? Como tinha se esgueirado até eles?

— Como falei, não estou procurando encrenca — disse Caine.

— Isso é bom — respondeu a garota. — Você não gostaria do tipo de encrenca que eu posso arrumar.

— Nós só queríamos... — Na verdade Caine não conseguia pensar exatamente no que desejava fazer.

— Bom, entrem — disse a garota.

Não houve movimento. Nada de andar nem subir os degraus. A casa pareceu se dobrar por um segundo e de repente estava ao redor deles. Caine estava de pé numa sala meio escura. Havia capas de plástico no sofá bambo e numa espreguiçadeira de veludo cotelê.

Emily devia ter 12 anos. Vestia bermuda jeans e um suéter cor-de-rosa, de Las Vegas. Como Caine havia esperado, estava segurando uma enorme espingarda de cano duplo.

O garoto veio de fora. Pareceu não ter qualquer surpresa ao ver que Caine e Bug estavam em sua sala. Como se esse tipo de coisa acontecesse o tempo todo.

Caine imaginou se estaria alucinando.

— Sentem-se — disse Emily, indicando o sofá. Caine sentou-se, agradecido. Estava exausto.

— Esse é um truque bem legal — observou ele.

— É útil — respondeu Emily. — Fica difícil para as pessoas nos encontrarem se a gente não quiser ser encontrado.

— Vocês têm alguma eletricidade? — perguntou o irmão a Caine.

— O quê? — Caine olhou-o. — No meu bolso? Como eu teria eletricidade?

O garoto apontou, triste, para a TV. Um Wii e um Xbox estavam conectados. Com todas as luzes apagadas, claro. Havia uma grande pilha de jogos.

— É um monte de jogos.

— Os outros trazem para a gente — explicou Emily. — Meu irmão gosta dos jogos.

— Mas não dá para jogar — disse o garoto.

Caine olhou-o atentamente. Não parecia nenhum tipo de gênio. Emily, por outro lado, tinha um jeito astuto e focalizado. Ela estava no comando.

— Qual é o seu nome? — perguntou Caine ao garoto.

— Irmão. O nome dele é Irmão — respondeu Emily.

— Irmão — disse Caine. — Certo. Bom, Irmão, esses jogos não são muito divertidos se não houver eletricidade, não é?

— Aqueles outros disseram que iam conseguir um pouco.

— É? Bom, só uma pessoa pode trazer a eletricidade de volta — disse Caine.

— Você?

— Não. Um garoto chamado Jack Computador.

— Nós conhecemos ele — exclamou Irmão. — Ele consertou meu Wii, há um tempão. Na época os jogos ainda funcionavam.

— Jack trabalha para mim — disse Caine. Em seguida se recostou na poltrona e deixou isso ser absorvido. Era uma mentira, claro. Mas duvidava que Emily soubesse. Ela não saberia que Jack estava em Praia Perdida. E que, segundo Bug, estava sentado numa sala esquálida lendo quadrinhos e recusando-se a fazer qualquer coisa.

— Você pode fazer as luzes voltarem? — perguntou Emily com um olhar para o irmão ansioso.

— Posso — mentiu Caine com tranquilidade. — Demoraria cerca de uma semana.

Emily gargalhou.

— Garoto, você parece que nem consegue se alimentar. Olha só. Parece um espantalho. Sujo, com o cabelo caindo. E está mentindo descaradamente. O que você *pode* fazer?

— Isso — respondeu Caine. Em seguida levantou uma das mãos, e a espingarda voou da mão de Emily. Bateu na parede com tanta força que o cano se prendeu ao reboco como uma flecha. O cabo de madeira estremeceu.

Irmão avançou, mas foi como se acertasse uma parede de tijolos. Caine jogou-o casualmente pela janela. O vidro se despedaçou. Houve um estrondo alto quando o garoto pousou na varanda telada.

Emily estava de pé num instante, e de repente a casa desapareceu ao redor de Caine. Ele se viu parado no quintal com Bug.

— Esse é definitivamente um truque maneiro — gritou Caine. — Aqui está um melhor ainda.

Com as mãos estendidas, arremessou Irmão diretamente na tela da varanda. Ela se enrolou no corpo do garoto como uma mortalha e ele começou a ser erguido no ar, lutando um pouco, gritando para a irmã salvá-lo.

No mesmo instante Emily surgiu a 30 centímetros de Caine, cara a cara.

— Tente alguma coisa — rosnou Caine. — Vai ser uma queda enorme para seu irmão idiota.

Emily olhou para cima e Caine viu sua vontade de lutar se esvair. Irmão ainda estava subindo, cada vez mais alto. A queda poderia matá-lo. No mínimo, o deixaria aleijado.

— Sabe, eu não passei meus dias e noites aqui na fazenda — disse Caine. — Estive em algumas lutas. Ganhei experiência. É meio útil.

— O que você quer? — perguntou Emily.

— Quando os outros chegarem, você vai deixar eles entrarem. Vou ter uma conversinha com eles. Sua espingarda já era. E seus truquezinhos não vão salvar você nem ele.

— Acho que você quer mesmo falar com aqueles garotos.

— É. Acho que sim.

Lana ouviu a batida à porta e suspirou. Estava lendo um livro. Meg Cabot. Um livro de mil anos atrás. Uma garota que virava uma princesa de verdade.

Agora lia um bocado. Ainda havia muitos livros no LGAR. Quase não existia música, nada de TV nem filmes. Mas muitos livros. Lia tudo, desde os de diversão para garotas até os pesados, chatos.

O objetivo era continuar lendo. No mundo de Lana, havia o tempo acordada. E havia o tempo tendo pesadelos. A única coisa que a mantinha sã era a leitura. Não que tivesse certeza de que estava sã, na verdade.

Certeza nenhuma.

Patrick ouviu a batida, também, e latiu alto.

Lana presumiu que fosse alguém precisando ser curado. Era o único motivo para alguém vir vê-la. Mas, pelo hábito e pelo medo profundamente entranhado, levou a pesada pistola que estava na mesa consigo até a porta.

Sabia usar a arma. Estava muito acostumada à sensação do cabo na mão.

— Quem é?

— Sam.

Inclinou-se para espiar pelo olho mágico. Talvez fosse o rosto de Sam, talvez não: não havia janelas no corredor lá fora, por isso, nada de luz. Soltou a tranca e abriu a porta.

— Não atire em mim — disse Sam. — Você só teria que me curar depois.

— Entre. Puxe uma cadeira. Pegue um refrigerante na geladeira e eu vou pegar as batatas fritas.

— Bom, você ainda tem senso de humor.

Ele escolheu a espreguiçadeira no canto. Lana ocupou a poltrona virada para a varanda. Seu quarto era um dos melhores do hotel. Nos velhos tempos, a diária devia custar centenas de dólares, com aquela vista fantástica do oceano.

— E então, qual é a emergência? — perguntou Lana. — Você não estaria aqui se não houvesse algum problema.

Sam deu de ombros.

— Talvez eu só tenha vindo dizer oi.

Fazia um tempo que ela não o via. Lembrou-se dos danos medonhos causados nele por Drake. Lembrava-se bem demais de ter posto as mãos sobre a pele solta.

Havia curado seu corpo. Não a mente. Ele não estava mais curado do que ela. Dava para ver nos olhos. Isso deveria ter criado alguma simpatia entre os dois, mas Lana odiava ver aquela sombra pairando sobre ele. Se Sam não conseguia superar, como ela poderia?

— Ninguém nunca vem só para dizer oi. — Lana tirou um maço de cigarros do bolso do roupão de banho e acendeu um com habilidade. Tragou profundamente.

Notou a expressão desaprovadora dele.

— Como se algum de nós fosse viver o bastante para ter câncer — disse ela.

Sam não falou nada, mas a desaprovação havia sumido.

Lana observou-o através de uma nuvem de fumaça.

— Você parece cansado, Sam. Está comendo o suficiente?

— Bom, peixe misterioso cozido e gambá grelhado nunca é suficiente.

Lana riu. Depois ficou séria.

— Semana passada comi um pouco de carne de veado. Hunter trouxe. Perguntou se eu poderia curá-lo.

— E pôde?

— Tentei. Acho que não ajudei muito. Dano cerebral. Acho que é mais complicado do que um braço quebrado ou um buraco de bala.

— Você está bem?

Lana se remexeu e começou a acariciar o pescoço de Patrick.

— Honestamente? E você não vai falar com Astrid, para ela vir correndo e tentar ajudar?

— Só entre nós dois.

— Certo. Então, não, acho que não estou bem. Tenho pesadelos. Lembranças. É difícil dizer o que é o quê, na verdade.

— Talvez você devesse sair um pouco.

— Mas nada disso está acontecendo com você, certo? Pesadelos e tal?

Ele não respondeu, apenas baixou a cabeça e olhou para o chão.

— É — disse ela.

Lana se levantou abruptamente e foi até a porta da varanda. Ficou ali parada, os braços cruzados diante do peito, o cigarro aceso esquecido na mão.

— Parece que não aguento ficar perto das pessoas. Fico cada vez mais furiosa. Não é como se fossem fazer alguma coisa comigo, mas quanto mais falam ou olham para mim, ou só ficam paradas ali, mais furiosa fico.

— Já passei por isso. Na verdade acho que ainda estou nessa.

— Mas você é diferente, Sam.

— Não deixo você com raiva?

Ela riu, um som curto, amargo.

— É, na verdade, deixa. Estou aqui, agora, e parte de mim quer pegar qualquer coisa e arrebentar sua cabeça.

Sam levantou-se e foi até ela. Ficou parado às suas costas.

— Pode me dar um soco, se for ajudar.

— Quinn costumava vir me ver — disse Lana, como se não tivesse escutado. — Até que deixou um copo cair e eu... quase o matei. Ele contou? Peguei a arma e apontei direto para o rosto dele, Sam. E eu queria, queria mesmo, puxar o gatilho.

— Mas não puxou.

— Eu atirei no Edilio. — Ela continuava olhando para a água.

— Não era você.

Lana não falou nada, e Sam deixou o silêncio se estender. Finalmente, ela disse:

— Achei que talvez o Quinn e eu... Mas acho que isso bastou para que ele decidisse desistir.

— Quinn está trabalhando um bocado — disse Sam, e viu que a desculpa era idiota. — Ele sai tipo... quatro da manhã, todo dia.

Ela abriu a porta da varanda e jogou a guimba do cigarro por cima do corrimão.

— Por que você veio, Sam?

— Preciso fazer uma pergunta, Lana. Tem alguma coisa acontecendo com a Orsay.

— É. — Ela apontou para a praia lá embaixo. — Eu a vi ali. Algumas vezes. Ela e um pessoal. Não dá para ouvir o que dizem. Mas olham para ela como se fosse a salvação.

— Ela está dizendo que consegue enxergar através da parede do LGAR. Diz que pode sentir os sonhos das pessoas lá fora.

Lana deu de ombros.

— Precisamos tentar descobrir se há alguma verdade nisso.

— Como eu iria saber? — perguntou ela.

— Uma das possibilidades... quero dizer, fiquei pensando... quero dizer, se não for uma mentira, e se Orsay acredita nisso de verdade...

— Vá em frente, Sam — sussurrou Lana. — Você quer dizer alguma coisa.

— Eu preciso saber, Lana: a Escuridão, o gaiáfago, foi embora de verdade? Você ainda escuta aquela voz na sua cabeça?

Ela ficou gelada. Cruzou os braços sobre o peito. Apertou-se com força. Podia sentir o próprio corpo; era real, era ela. Sentia seu próprio coração batendo. Ela estava ali, viva. Não estava lá no túnel da mina. Não era uma parte do gaiáfago.

— Não me pergunte isso.

— Lana, eu não perguntaria se não fosse...

— Não — alertou ela. — Não.

— Eu...

Ela sentiu os lábios se retorcendo num rosnado. Uma fúria selvagem cresceu por dentro. Girou para encará-lo. Praticamente grudou o rosto no dele.

— Não!

Sam permaneceu firme.

— Nunca, *jamais* me pergunte sobre isso de novo!

— Lana...

— Fora! — gritou ela. — Fora!

Ele recuou rapidamente. Saiu para o corredor, fechando a porta.

Lana caiu no chão acarpetado. Cravou os dedos no cabelo e puxou, precisando da dor, precisando saber que era real, que estava ali, naquele momento.

Ele teria partido, o gaiáfago?

Nunca partiria. Pelo menos não de dentro dela.

Ficou deitada de lado, soluçando. Patrick veio e lambeu seu rosto.

NOVE | 54 HORAS E 42 MINUTOS

ZIL SPERRY ESTAVA se sentindo muito bem. Tinha passado o dia esperando o golpe chegar. Esperando Sam e Edilio aparecerem em seu complexo. Se tivessem aparecido, ele poderia brigar, mas não era louco de achar que venceria. Os soldados de Edilio tinham metralhadoras. A Galera Humana de Zil tinha bastões de beisebol.

Tinha armas mais sérias, também, mas elas não estavam no complexo. Não com aquela aberração da Taylor, aparecendo em qualquer lugar a qualquer hora para ver o que quisesse.

E havia as outras aberrações: aquela bandida lésbica mal-humorada, a Dekka; a presunçosa da Brianna. E o próprio Sam.

Sempre o Sam.

O complexo era composto por quatro casas no fim da Quarta Avenida, depois da Golding. Era uma rua sem saída, terminando numa espécie de *cul-de-sac*. Quatro casas não muito grandes, não muito chiques. Eles haviam montado um bloqueio com carros para formar um muro atravessando a Quarta Avenida. Os carros tiveram de ser empurrados para o lugar — todas as baterias tinham acabado, menos as dos poucos veículos que o pessoal de Sam mantinha em condições de funcionamento.

No centro do bloqueio havia uma abertura estreita, uma passagem. Um Scion quadradão, que já fora branco, estava posicionado num dos lados da abertura. Era suficientemente leve para que quatro garotos pudessem empurrá-lo para bloquear o portão.

Claro, Dekka poderia simplesmente levantar aquela coisa no ar. Isso e o resto das defesas de Zil.

Mas ninguém tinha vindo atrás dele. E Zil sabia por quê. O conselho da cidade era covarde demais. Sam? Sam teria vindo atrás dele. Dekka? Ela adoraria ir atrás dele. Brianna já atravessara o complexo rapidamente várias vezes, usando sua velocidade de aberração para passar praticamente sem ser vista pelos guardas.

Zil esticara fios depois disso. Que Brianna viesse de novo, e teria a surpresa de sua vida.

Sam era a chave. Se matasse Sam, Zil poderia até ser capaz de cuidar do restante.

Ao meio-dia, quando todo mundo devia estar procurando o almoço, Zil levou Hank, Turk, Antoine e Lance para fora do complexo, atravessando a autoestrada e seguindo para o norte, até o pé das montanhas.

A fazenda. Aquela aberração, Emily, e seu irmão retardado. A princípio Turk tinha falado daquilo como um lugar que ele conhecia dos velhos tempos. Tinha ido a uma festa de aniversário lá, do garoto chamado Irmão. Irmão e Emily estudavam em casa, e Turk os conhecia da igreja.

Turk ficara surpreso ao descobrir que Irmão e Emily ainda estavam lá. E todos ficaram surpresos ao descobrir que Emily era uma aberração tremendamente poderosa.

Mas tinham concordado em deixar a Galera Humana esconder coisas lá.

Assim Zil os aguentou, fez promessas, lhes deu jogos que não poderiam usar, tudo para ter a fazenda como esconderijo. Mas quando chegasse a hora... Bom, uma aberração era sempre uma aberração, mesmo que fosse útil.

Chegar à fazenda significava passar pelo posto de gasolina, que era muito bem-vigiado. Felizmente havia uma vala funda, de escoamento de chuva, que seguia paralela à estrada e passava por trás do posto. Não chovia mais, de modo que a vala estava seca e cheia de mato. Mas ali havia um caminho, e desde que se mantivessem em silêncio, os soldados de Edilio não iriam ouvi-los.

Assim que saíram da cidade, andaram pela estrada durante um tempo. O pessoal da colheita estaria todo nos campos, almoçando. Ninguém estaria levando produtos para a cidade.

A estrada estava num vazio fantasmagórico. O mato crescia alto no acostamento. Carros que haviam batido nos primeiros segundos de existência do LGAR continuavam vazios, empoeirados, inúteis. Relíquias de uma era morta. As portas estavam escancaradas, capôs levantados, janelas frequentemente despedaçadas. Cada porta-luvas e cada porta-malas fora revistado pelo pessoal do Sam ou por quem procurava comida, armas, drogas...

Um dos carros fora a fonte do pequeno arsenal de Zil. Tinham achado as armas, junto a dois tijolos de maconha prensada e dois sacos cheios de metanfetamina. Antoine provavelmente já havia cheirado metade do pó, aquele drogado idiota.

Ele era um problema, percebeu Zil. Os bêbados e os viciados em drogas eram sempre problema. Por outro lado, podia contar com que ele fizesse o que era mandado. E se algum dia Antoine perdesse totalmente as estribeiras, Zil encontraria alguém para ocupar seu lugar.

— Fiquem de olhos abertos — disse Hank. — Não queremos ser vistos.

Hank era o homem da ação. O que era estranho, por ser um pirralho. Mas tinha um lado maligno. Não havia nada que ele não fizesse por Zil. Nada.

Lance, como sempre, andava um pouco afastado. Mesmo agora Zil ficava pasmo ao ver que ele fazia parte de sua equipe. Lance era tudo que os outros não eram: inteligente, bonito, atlético, agradável.

E Turk? Bom, Turk mancava com sua perna ruim e falava:

— No fim temos de ficar totalmente livre das aberrações. As grandes, as perigosas; temos de acabar com elas. Exterminá-las. Com dano extremo. É o que costumavam dizer quando queriam falar "assassinar". Exterminar com dano extremo.

Às vezes Zil gostaria que ele simplesmente calasse a boca. De certa forma, lembrava o irmão mais velho dele, Zane. Sempre falando, nunca calava a boca.

Claro que o que Zane falava era diferente. Zane falava principalmente de Zane. Tinha opinião sobre tudo. Sabia tudo, ou pensava que sabia.

Durante toda a vida, Zil mal havia dito uma palavra ou dado uma opinião perto de Zane. E quando conseguia contribuir com as intermináveis discussões de família, quase sempre recebia olhares condescendentes, de pena.

Seus pais provavelmente não queriam que as coisas fossem assim. Mas o que poderiam fazer? Zane era o astro. Tão inteligente, tão maneiro, tão bonito! Tanto quanto Lance.

Bem cedo Zil havia percebido que nunca, jamais, seria o astro. Zane tinha esse papel. Era charmoso, bonito e inteligente demais.

E era tão bonzinho, tão bonzinho com o pequenino Zil!

— Precisa de ajuda com o dever de matemática, Zilinho?

Zilinho. Rimando com bobinho. Zilinho Bobinho. E Zane era o gênio.

Bom, onde está você, Zane?, pensou Zil. Não está aqui, isso é certo. Zane tinha 16 anos. Tinha pufado no primeiro dia, no primeiro minuto.

Já foi tarde, irmão, pensou Zil.

— Então a gente acaba com as aberrações perigosas — continuou Turk. — Acaba com elas. Mantemos algumas basicamente como escravas. Tipo a Lana. É, a gente fica com a Lana. Só que talvez mantenha ela amarrada ou algo assim, pra não fugir. E depois os outros, cara, eles vão ter de achar algum lugar para ir. É simples. Para fora da Praia de Sperry.

Zil suspirou. Era a última ideia de Turk: mudar o nome da cidade para Praia de Sperry. Deixar claro para todo mundo que agora Praia Perdida pertencia à Galera Humana.

— Só humanos. Fora, aberrações — disse Turk. — Vamos governar. Dá para acreditar que o Sam não veio atrás da gente? Estão todos com medo.

Turk era capaz de continuar assim para sempre, falando sozinho. Era como se tivesse de repassar tudo dez vezes. Como se discutisse com alguém que não respondia.

A última parte da viagem era a longa caminhada pelos campos arados. Quando chegassem lá haveria água boa, pura — limpa, pelo menos —, mesmo que não houvesse comida. Emily e Irmão tinham seu próprio poço. Não era água suficiente para tomar um banho de chuveiro nem nada, porque não havia eletricidade para a bomba, de modo que precisava ser bombeada à mão. Mas dava para beber o quanto você quisesse. Isso era raro na seca e faminta Praia Perdida.

Praia de Sperry.

Talvez. Por que não?

Zil subiu a escada na frente dos outros.

— Emily — gritou. — Somos nós.

Bateu à porta. Isso era surpreendente, porque em todas as outras vezes Emily tinha-os visto chegar e feito aquele truque de aberração, aparecendo atrás deles. Às vezes brincava com eles, fazendo a casa desaparecer e deixando-os andar por ali feito idiotas.

Aberração. Acabaria tendo o que merecia. Quando Zil tivesse terminado com ela.

Emily abriu a porta.

Os instintos de Zil gritaram, avisando do perigo.

Recuou, mas algo o impediu. Como se algum gigante o tivesse envolvido com a mão.

A mão invisível levantou-o ligeiramente do chão, só o bastante para os dedos dos pés se arrastarem enquanto levitava para dentro, passando por Emily, que ficou parada com um ar pesaroso.

— Me solta! — gritou Zil. Mas agora podia ver quem o segurava. Ficou em silêncio. Caine estava sentado no sofá, praticamente sem mover a mão, mas controlando Zil completamente.

O coração de Zil martelava. Se havia alguma aberração tão perigosa quanto Sam, era Caine. Mais perigosa. Havia coisas que Sam não faria. Não havia nada que Caine não fizesse.

— Me solta!

Caine pousou Zil gentilmente.

— Para de gritar, OK? — disse Caine com a voz cansada. — Estou com dor de cabeça e não vim aqui machucar você.

— Aberração! — cuspiu Zil.

— Bom, é. Sou sim. Sou a aberração que pode esmagar você contra o teto até você não passar de um saco de pele e gosma.

Zil olhou-o com ódio. Aberração. Aberração imunda, mutante.

— Mande os garotos entrarem — disse Caine.

— O que você quer, aberração?

— Uma conversa. — Caine abriu as mãos, pedindo paz. — Olha, seu merdinha, se eu quisesse você morto, você estaria morto. Você e sua galerinha de fracassados.

Caine mudara desde a primeira vez em que Zil o vira. Não havia mais o elegante blazer da Coates, o corte de cabelo chique, o bronzeado e o corpo de rato de academia. Caine parecia uma versão espantalho de si mesmo.

— Hank. Turk. Lance. 'Toine — gritou Zil. — Entrem.

— Sente-se. — Caine indicou a espreguiçadeira.

Zil sentou-se.

— Bom — disse Caine em tom afável. — Ouvi dizer que você não é grande fã do meu irmão, Sam.

— O LGAR é para humanos — murmurou Zil. — Não para aberrações.

— É, que seja. — Por um momento Caine pareceu empalidecer, recolher-se. Fraco de fome. Ou de alguma outra coisa. Mas em seguida a aberração se controlou e, com esforço visível, recuperou a expressão presunçosa. — Eu tenho um plano — disse. — E envolve você.

Turk, mostrando mais coragem do que Zil esperaria, disse:

— É o Líder que faz os planos.

— Ahã. Bom, *Líder Zil* — disse Caine apenas com um mínimo de sarcasmo. — Você vai gostar desse plano. Termina com você tendo o controle total de Praia Perdida.

Zil se recostou na espreguiçadeira. Tentou recuperar parte da dignidade.

— Certo. Estou ouvindo.

— Bom. Preciso de alguns barcos.

— Barcos? — repetiu Zil com cautela. — Por quê?

— Estou meio a fim de fazer um cruzeiro.

Sam foi almoçar em casa. A casa era a de Astrid. Ele ainda pensava assim, como se fosse dela, e não dele.

Na verdade, a casa dela fora queimada até os alicerces por Drake Merwin. Mas ela parecia assumir a propriedade de qualquer casa em que estivesse. Esta casa era o lar de Astrid e seu irmão, o Pequeno Pete; de Maria e seu irmão, John Terrafino; e de Sam. Mas na cabeça de todo mundo a casa era de Astrid.

Astrid estava no quintal dos fundos quando ele chegou. O Pequeno Pete estava sentado na escada do deque brincando com um jogo eletrônico morto. Pilhas eram raras. A princípio, Astrid e Sam, que sabiam a verdade sobre o Pequeno Pete, ficaram com medo. Ninguém sabia o que o Pequeno Pete faria se perdesse o controle por completo, e uma das poucas coisas que o mantinham calmo era seu jogo.

Mas, para surpresa de Sam, o garotinho esquisito havia se adaptado do modo mais estranho imaginável: simplesmente continuava jogando. Sam havia olhado por cima de seu ombro e visto uma tela vazia, escura. Mas não tinha como saber o que o Pequeno Pete via ali.

O Pequeno Pete tinha um alto grau de autismo. Vivia num mundo da própria imaginação, sem reagir; raramente falava alguma coisa.

Além disso, era de longe a pessoa mais poderosa do LGAR. Esse fato era segredo, mais ou menos. Alguns suspeitavam em parte da verdade. Mas somente uns poucos — Sam, Astrid, Edilio — percebiam mesmo o fato de que, pelo menos até certo ponto, o Pequeno Pete havia criado o LGAR.

Astrid estava atiçando uma pequena chama num fogareiro em cima de uma mesa de piquenique. Tinha um extintor à mão. Um dos poucos que haviam sobrado — as crianças achavam divertidíssimo brincar com eles nas primeiras semanas do LGAR.

Pelo cheiro, Sam concluiu que ela estava cozinhando um peixe.

Astrid ouviu-o, mas não levantou a cabeça quando ele se aproximou.

— Não quero brigar — disse ela.

— Nem eu.

Ela cutucou o peixe com um garfo. O cheiro era delicioso, embora a aparência não fosse muito boa.

— Pegue um prato — disse Astrid. — Coma um pouco de peixe.

— Tudo bem, eu...

— Não acredito que você mentiu para mim — disse ela rispidamente, ainda cutucando o peixe.

— Achei que você não queria brigar.

Astrid empurrou o peixe razoavelmente cozido numa travessa e deixou-o de lado.

— Você não ia contar pra gente sobre a Orsay?

— Eu não disse que...

— Você não pode decidir isso, Sam. Você não é mais o único no comando. OK?

A raiva de Astrid tinha um forte tom de indiferença. Uma fúria fria que se manifestava com lábios apertados, olhos chamejantes e frases curtas, enunciadas com cuidado.

— Mas mentir para todo mundo em Praia Perdida a gente pode? — contra-atacou Sam.

— Estamos tentando impedir que aquelas crianças matem umas as outras. É um pouco diferente de você decidir não contar ao conselho que há uma garota maluca *mandando* as pessoas se matarem.

— Então não contar a *você* é um grande pecado, mas mentir para umas duzentas pessoas e detonar a Orsay ao mesmo tempo não tem problema?

— Acho que você realmente não quer ter essa discussão comigo, Sam — alertou Astrid.

— É, porque eu não passo de um surfista burro que nem deveria pensar em questionar Astrid Gênio.

— Sabe de uma coisa, Sam? Nós criamos o conselho para tirar a pressão de cima de você. Porque você estava desmoronando.

Sam apenas a encarou, quase sem acreditar que ela havia dito aquilo. E a própria Astrid pareceu chocada. Chocada com o veneno que havia por trás de suas palavras.

— Eu não quis dizer... — começou ela debilmente, mas não conseguiu explicar o que não quisera dizer.

Sam balançou a cabeça.

— Sabe, mesmo agora, depois de tanto tempo juntos, ainda me surpreendo ao ver como você pode ser tão cruel.

— Cruel, eu?

— Você usa qualquer um para conseguir o que quer. Diz qualquer coisa para fazer as coisas do seu jeito. Por que eu fiquei no comando pra começo de conversa? — Ele apontou um dedo acusador para ela. — Por sua causa! Porque você me manipulou para isso. Para quê? Para que eu protegesse você e o Pequeno Pete. Era só com isso que você se importava.

— Mentira! — disse ela acaloradamente.

— Você sabe que é verdade. E agora não precisa se incomodar em me manipular, pode simplesmente me dar ordens. Me deixar envergonhado. Puxar meu tapete. Mas assim que surgir algum problema, adivinha só? Vai ser, ah, por favor, Sam, nos salve.

— Tudo o que eu faço é pelo bem de todo mundo.

— É, então agora você não só é um gênio, é uma santa.

— Você está sendo irracional — disse Astrid com frieza.

— É, porque sou maluco. Esse sou eu, o Sam maluco. Eu levei tiros, fui espancado, chicoteado, e sou maluco porque não gosto que você fique me dando ordens como se eu fosse seu escravo.

— Você é um babaca de verdade, sabia?

— Babaca? — respondeu Sam com voz esganiçada. — É só isso que você consegue? Eu tinha certeza de que você teria uma palavra bem mais complicada.

— Tenho muitas palavras complicadas para você, mas estou tentando não usar uma linguagem que não deveria.

Ela tentou se acalmar com exagero deliberado, então prosseguiu:

— Agora escute. Sem interromper. Certo? Você é um herói. Sei disso. Acredito. Mas estamos tentando fazer a transição para uma sociedade normal. Leis, direitos, júris e polícia. Não uma pessoa tomando todas as decisões importantes e depois forçando sua vontade lançando raios de luz mortais contra qualquer um que o chateie.

Sam começou a responder, mas não confiou em si mesmo. Achou que poderia dizer alguma coisa que não deveria, algo que não poderia retirar.

— Vou pegar minhas coisas — disse, e foi rapidamente para a escada.

— Você não precisa se mudar — gritou Astrid.

Sam parou na metade da escada.

— Ah, desculpe. Essa é a voz do conselho dizendo aonde posso ir?

— Não adianta haver um conselho da cidade se você acha que não precisa ouvi-lo. — Astrid estava usando sua voz paciente, tentando acalmar a situação. — Sam, se você nos ignorar, *ninguém* vai prestar atenção em nós.

— Adivinha só, Astrid, eles já estão ignorando vocês. O único motivo para alguém prestar atenção em você e nos outros é porque as pessoas têm medo dos soldados do Edilio. — Ele bateu no peito. — E ainda mais medo de mim.

Então subiu a escada bem rápido, sinistramente satisfeito com o silêncio dela.

Justin se perdeu uma vez, no caminho para casa. Mas foi parar na escola, então tudo bem, porque sabia como sair de lá.

Rua Sherman três zero um. Tinha decorado havia muito tempo. Antes sabia também o número de telefone. Tinha esquecido. Mas não tinha esquecido o rua Sherman três zero um.

A casa pareceu meio esquisita quando a viu. A grama estava alta demais. E havia um saco preto todo rasgado na calçada. Velhas caixas de leite, latas e garrafas. Tudo isso deveria ir para a reciclagem. Certamente não deveria estar na calçada. Seu pai ficaria maluco se visse isso.

Papai ia dizer o seguinte: *Com LICENÇA? Alguém poderia fazer o FAVOR de explicar como o LIXO foi parar na CALÇADA? Em que universo ISSO é certo?*

Era assim que papai falava quando ficava furioso.

Justin deu a volta no lixo e quase tropeçou em seu velho velocípede. Tinha deixado ali, no caminho da entrada, muito tempo antes. Nem tinha guardado, como deveria.

Subiu a escada até a porta. Sua porta. Não parecia sua porta, na verdade.

Virou a maçaneta pesada, de latão. Estava dura. Quase não conseguiu girá-la. Mas então ela estalou e a porta se abriu.

Empurrou-a e entrou rapidamente, sentindo-se culpado, como se estivesse fazendo algo que não deveria.

O corredor estava escuro, mas ele tinha se acostumado com isso. Agora tudo era escuro o tempo todo. Se você quisesse luz, tinha que brincar na praça. Era onde ele deveria estar. Mãe Maria devia estar se perguntando onde ele estava.

Entrou na cozinha. Geralmente papai estaria na cozinha; era ele quem fazia a comida quase sempre. Mamãe limpava e lavava a roupa, e papai cozinhava. Frango frito. Cozido. Fritada. Carne com risoto, mas chamavam de Carne com arroto depois de uma vez em que Justin estava comendo e arrotou superalto.

A lembrança o fez sorrir e ficar triste ao mesmo tempo.

Não havia ninguém na cozinha. A porta da geladeira estava aberta. Não havia nada dentro, a não ser uma caixa de suco de laranja com um pouco de pó branco dentro. Provou um pouco e cuspiu. Estava com gosto de sal, ou algo assim.

Foi até o andar de cima. Queria se certificar de que seu quarto continuava lá. Seus passos pareciam muito altos na escada, e isso fez com que ele se esgueirasse lentamente, como se estivesse entrando escondido.

Seu quarto ficava à direita. O da mamãe e do papai, à esquerda. Mas Justin não foi nem para um lado nem para o outro, porque logo notou que não era a única pessoa na casa. Havia um garoto grande no quarto de hóspedes, onde a vovó dormia quando vinha visitar, no Natal.

Era mesmo um garoto, pensou Justin, apesar de ter o cabelo bem comprido e estar virado para o outro lado. Estava sentado numa poltrona, lendo um livro, com os pés em cima da cama.

As paredes do quarto estavam cobertas com desenhos coloridos grudados com fita adesiva.

Justin parou à porta.

Então deslizou para trás, virou-se e foi até seu quarto. O garoto grande não o tinha visto.

Seu quarto não era o mesmo. Para começar, não havia lençóis, cobertores nem nada na cama. Alguém tinha pegado seu cobertor predileto. O azul todo fofinho.

— Ei.

Justin deu um pulo. Girou, vermelho e nervoso.

O garoto grande estava olhando-o com uma cara confusa.

— Ei, carinha, fica frio.

Justin encarou-o. Ele não parecia mau. Havia um monte de garotos grandes maus, mas esse parecia legal.

— Se perdeu? — perguntou o garoto.

Justin negou com a cabeça.

— Ah. Saquei. Essa casa é sua?

Justin confirmou.

— Certo. Ah. Desculpe, carinha. Eu precisava de um lugar para ficar e não tinha ninguém morando aqui. — O garoto grande olhou em volta. — É uma casa legal, sabia? Tem uma sensação boa.

Justin confirmou com a cabeça, e por algum motivo começou a chorar.

— Tudo bem, tudo bem, não chora. Eu posso me mudar. Uma coisa que a gente tem de sobra é casas, né?

Justin parou de chorar. Apontou.

— Esse é o meu quarto.

— Tá. Sem problemas.

— Não sei cadê meu cobertor.

— Ah. Bem, certo, a gente arranja um cobertor para você.

Encararam-se por um minuto. Então o garoto grande disse:

— Ah, é, meu nome é Roger.

— Meu nome é Justin.

— Legal. O pessoal me chama de Roger Artista. Porque eu gosto de desenhar e pintar. Sabe, por causa do Dodger Artista, do *Oliver Twist*.

Justin ficou olhando-o sem entender.

— É um livro. Sobre um garoto órfão. — Ele esperou, como se achasse que Justin iria dizer alguma coisa. — OK. Certo, você não lê muitos livros.

— Às vezes.

— Eu posso ler para você, talvez. Assim é tipo um pagamento por eu morar na sua casa.

Justin não sabia o que responder. Então não disse nada.

— Certo — disse Roger. — Certo. Eu... é, vou voltar para o meu quarto.

Justin assentiu com fervor.

— Quero dizer, se não tiver problema para você.

— Não tem problema.

DEZ | 51 HORAS E 50 MINUTOS

— ESSE É todo o combustível que sobrou — informou Virtude, lamentando. — O gerador vai funcionar por mais dois, três dias no máximo. Aí a eletricidade já era.

Sanjit suspirou.

— Acho que foi bom a gente acabar com o sorvete no mês passado. Se não ele iria derreter.

— Olha, *Sabedoria*, está na hora.

— Quantas vezes eu já disse? Não me chame de *Sabedoria*. Esse é o meu nome de escravo.

Era uma piada mais do que velha entre eles. Virtude o chamava de Sabedoria só para provocá-lo, quando achava que Sanjit não estava falando sério.

Durante parte da vida, Sanjit Brattle-Chance fora chamado de Sabedoria por praticamente todo mundo. Mas essa parte da sua vida havia terminado sete meses antes.

Sanjit Brattle-Chance tinha 14 anos. Era alto, magro, meio encurvado, com cabelo preto indo até os ombros, olhos pretos sorridentes e pele cor de caramelo.

Ficou órfão aos 8 anos, e era um garoto de rua na budista Bancoc, Tailândia, quando seus pais muito famosos, muito ricos e muito lindos, Jennifer Brattle e Todd Chance, o sequestraram.

Eles chamaram de adoção.

Batizaram-no de Sabedoria, mas os dois, e todos os outros adultos na ilha de San Francisco de Sales, haviam sumido. A babá irlandesa? Sumiu. O jardineiro japonês velhíssimo e os três mexicanos que cuidavam do terreno? Sumiram. O mordomo escocês e as seis empregadas polonesas? Sumiram. O chefe de cozinha catalão e seus dois assistentes bascos? Sumiram. O cara da piscina/faz-tudo do Arizona, e o carpinteiro da Flórida que estava trabalhando numa balaustrada cheia de ornamentações, e o artista plástico residente, vindo do Novo México, que pintava em folhas de aço amassadas? Sumiu, sumiu, e sumiu.

Quem restou? As crianças.

Havia cinco no total. Além de "Sabedoria", Virtude, que Sanjit havia apelidado de "Chu"; Paz; Bowie e Pixie. Nenhum deles havia começado a vida com esses nomes. Todos eram órfãos. Vinham do Congo, do Sri Lanka, da Ucrânia e da China, respectivamente.

Mas apenas Sanjit havia insistido em lutar pelo nome de nascimento. *Sanjit* significava "invencível" em hindi. Sanjit achava que estava mais próximo de ser invencível do que de ser sábio.

Mas nos últimos sete meses tivera de assumir a dianteira e pelo menos tentar tomar decisões inteligentes. Felizmente tinha Virtude, que apesar de ter apenas 12 anos era inteligente e responsável. Os dois eram os "garotos grandes", enquanto Paz, Bowie e Pixie tinham 7, 5 e 3, e se preocupavam principalmente em assistir a DVDs, roubar doces da despensa e brincar perto demais da beira do penhasco.

Agora Sanjit e Virtude também estavam na beira do penhasco, olhando para o iate arrebentado e meio afundado, 30 metros abaixo.

— Há centenas de litros de combustível lá embaixo — observou Sanjit. — Toneladas de combustível.

— Já falamos nisso um milhão de vezes, Sanjit. Mesmo que a gente pudesse trazer esse combustível para cima do penhasco sem explodir, só adiaríamos o inevitável.

— Mas pensando bem, Chu, na verdade a vida inteira não se baseia em ficar adiando o inevitável?

Virtude deu seu suspiro sofredor.

Ele era baixo e rechonchudo, enquanto Sanjit era anguloso. Virtude era negro. Não negro afro-*americano*, e sim negro africano. Estava com a cabeça raspada — essa não era sua aparência usual, mas ele não gostou do cabelo depois de três meses sem cortar, e o melhor que Sanjit pôde fazer foi um corte rasteiro com um cortador elétrico. Virtude tinha uma expressão de tristeza constante, como se passasse a vida esperando o pior. Como se desconfiasse de boas notícias e se sentisse morbidamente gratificado pelas más. O que era verdade.

Sanjit e Virtude se equilibravam com perfeição: alto e baixo, magro e rechonchudo, animado e pessimista, carismático e obediente, meio maluco e absolutamente são.

— Vamos perder a eletricidade daqui a pouco. Nada de DVDs. Temos comida suficiente, mas nem isso vai durar para sempre. Precisamos sair dessa ilha — disse Virtude com firmeza.

A presunção pareceu deixar Sanjit.

— Irmão, não sei como fazer isso. Não sei pilotar um helicóptero. Ia acabar matando todos nós.

Durante um tempo, Virtude não respondeu. Não havia sentido em negar a verdade. O pequeno helicóptero com a cabine em forma de bolha, empoleirado na popa do iate, era um negócio de aparência frágil, como uma libélula raquítica. Poderia levar os cinco da ilha para o continente. Ou se chocar contra o penhasco e explodir. Ou cair no mar e afogá-los. Ou simplesmente girar sem controle e picá-los como se tivessem sido jogados num gigantesco processador de alimentos.

— Bowie não está melhorando, Sanjit. Ele precisa de um médico.

Sanjit virou o queixo na direção do continente.

— O que faz você pensar que existem médicos por lá? Todos os adultos dessa ilha e do iate sumiram. Os telefones, a TV por satélite e tudo o mais parou de funcionar. E nunca passa um avião no céu, e ninguém veio aqui descobrir o que está acontecendo.

— É, eu notei tudo isso — disse Virtude secamente. — Mas nós vimos barcos passando na direção da cidade.

— Eles podiam estar à deriva. Que nem o iate. E se não existirem adultos lá, também? E se... não sei. — Sanjit riu de repente. — Talvez só existam dinossauros que comam gente por lá.

— Dinossauros? Você vai chutar "dinossauros"?

Paz estava atravessando o que já havia sido um gramado perfeitamente bem-cuidado e que aos poucos ia se tornando uma selva. A menina tinha um passo característico, os joelhos juntos, os pés dando muitos passos curtos. Tinha cabelos pretos lustrosos e os olhos castanhos estavam preocupados.

Sanjit se preparou. Paz estivera vigiando Bowie.

— Posso dar mais um Tylenol pro Bowie? A temperatura dele está subindo de novo — disse Paz.

— Chegou a quanto? — perguntou Virtude.

— Trinta e nove.

Virtude lançou um olhar para Sanjit, que baixou os olhos para a grama.

— É cedo demais para outro comprimido — disse Virtude. — Ponha uma toalha molhada na testa dele. Um de nós vai lá daqui a pouco.

— Faz duas semanas — disse Sanjit. — Não é só uma gripe, é?

— Não sei o que é — respondeu Virtude. — Segundo o livro, uma gripe não dura tanto assim. Pode ser... não sei, tipo, um milhão de coisas.

— Tipo o quê?

— Leia você aquele livro idiota, Sanjit — reagiu Virtude rispidamente. — Febre? Calafrios? Pode ser cinquenta coisas diferentes. Pelo que sei, pode ser até lepra. Ou leucemia.

Sanjit notou como o irmão se encolheu depois de ouvir essa última palavra.

— Nossa, Chu. Leucemia? Isso é, tipo... sério, não?

— Olha, tudo o que posso fazer é olhar no livro. Nem consigo pronunciar a maior parte das palavras. E não acaba nunca: pode ser isso, pode ser aquilo. Puxa, não sei como alguém consegue entender.

— Leucemia — disse Sanjit.

— Ei, não fica achando que foi isso que eu quis dizer, tá? Foi só uma possibilidade. É provável que eu só tenha pensado nisso porque é uma das poucas palavras que consigo pronunciar. Só isso.

Os dois ficaram em silêncio. Sanjit olhou para o iate e, mais especificamente, para o helicóptero.

— A gente podia tentar remendar o barco salva-vidas do iate — disse Sanjit, mesmo já sabendo a resposta de Virtude. Eles haviam tentado pôr o barco salva-vidas no mar. A corda arrebentou e o barco bateu num afloramento de pedra. O casco de madeira foi perfurado, o barco afundou e agora balançava entre duas pedras que lentamente, cada vez mais, aumentavam os danos. O barco salva-vidas era uma pilha de gravetos.

— É o helicóptero ou nada — disse Virtude. Ele não era dado a demonstrações de afeto, mas apertou o fino bíceps de Sanjit e disse: — Cara, sei que isso te deixa apavorado. Me deixa também. Mas você é Sanjit, o invencível, certo? Não é muito inteligente, mas tem uma sorte fantástica.

— *Eu* não sou muito inteligente? Você iria voar comigo. Então quão inteligente *você* é?

Astrid colocou o Pequeno Pete num canto de seu escritório na prefeitura. Ele mantinha os olhos concentrados no jogo eletrônico, desligado havia muito tempo, e continuava apertando os botões, como se o aparelho ainda funcionasse. E talvez, na cabeça do Pequeno Pete, isso fosse verdade.

Era a sala que o prefeito havia usado nos velhos tempos pré-LGAR. A sala que Sam havia usado durante um tempo.

Ela ainda fervia de raiva devido à briga com Sam. Eles já haviam discutido antes. Os dois tinham personalidades fortes. As discussões eram inevitáveis, supunha ela.

Além do mais, estavam supostamente apaixonados, e às vezes isso trazia suas próprias discordâncias.

E dividiam a casa, o que às vezes causava problemas.

Mas nunca haviam brigado assim.

Sam tinha pegado as poucas coisas que tinha e partido. Ela achava que ele acabaria encontrando uma casa desocupada — existiam muitas.

— Eu não deveria ter dito aquilo a ele — murmurou Astrid baixinho enquanto examinava a lista gigantesca de coisas a fazer. As coisas que precisavam ser feitas para manter Praia Perdida funcionando.

A porta se abriu. Astrid levantou os olhos, esperando e temendo que fosse Sam.

Não era. Era Taylor.

— Eu achava que você atravessava portas, Taylor — disse Astrid. Arrependeu-se do tom irritado na voz. A essa hora a notícia da mudança de Sam já teria se espalhado pela cidade. As fofocas se moviam na velocidade da luz em Praia Perdida. E não tinha assunto melhor para fofoca do que o rompimento do primeiro casal do LGAR.

— Sei como você fica chateada quando eu apareço de repente — respondeu Taylor.

— É meio incômodo.

Taylor abriu os braços, num gesto de paz.

— Está vendo? Foi por isso que vim andando.

— Da próxima vez, seria bom bater à porta.

Astrid e Taylor não gostavam muito uma da outra. Mas Taylor era valiosa demais. Tinha a capacidade de se transportar instantaneamente de um lugar para o outro. "Ricochetear", como ela dizia.

A inimizade entre as duas existia porque Astrid acreditava que Taylor era totalmente a fim de Sam. Sem dúvida Taylor acharia que essa era sua oportunidade de ouro.

Ela não faz o tipo dele, disse Astrid a si mesma. Taylor era bonitinha, mas um pouco nova, e nem de longe durona o suficiente para Sam, que, apesar do que poderia estar pensando agora, gostava de garotas fortes e independentes.

Brianna seria mais do estilo de Sam, provavelmente. Ou talvez Dekka, se ela fosse hétero.

Astrid empurrou a lista, irritada. Por que estava se torturando assim? Sam era um idiota. Mas iria pôr a cabeça no lugar. Perceberia, cedo ou tarde, que Astrid estava certa. Pediria desculpas. E voltaria para casa.

— O que você quer, Taylor?

— Sam está aqui?

— Eu sou a presidente do conselho e você acabou de entrar e interromper o meu trabalho, portanto, se tem alguma coisa a dizer, por que não diz a mim?

— Miaaaau — zombou Taylor. — Irritadinha, é?

— Taylor.

— Uma criança disse que viu o Mão de Chicote.

Os olhos de Astrid se estreitaram.

— O quê?

— Sabe Frankie?

— Qual deles?

— O que é um garoto. Disse que viu Drake Merwin andando pela praia.

Astrid encarou-a. A simples menção a Drake Merwin lhe dava arrepios. Drake era — tinha sido — um garoto que provava sozinho que não era preciso ser adulto para ser maligno. Drake fora o capanga número um de Caine. Tinha sequestrado Astrid. Forçou-a com ameaças, com puro terror, a ridicularizar o próprio irmão diante dele

Tinha queimado a casa dela.

Além disso, havia chicoteado Sam quase até a morte.

Astrid não acreditava no ódio. Acreditava no perdão. Mas não havia perdoado Drake. Mesmo com ele morto, não o perdoara.

Esperava que existisse um inferno. Um inferno de verdade, nada metafórico, de modo que Drake pudesse estar lá, agora, queimando por toda a eternidade.

— Drake está morto — disse Astrid tranquilamente.

— É — concordou Taylor. — Só estou te contando o que o Frankie está dizendo. Está dizendo que viu o Drake, com mão de chicote e tudo, andando pela praia, coberto de lama e terra e usando roupas que não cabiam direito.

Astrid suspirou.

— É isso que acontece quando essas criancinhas ficam bebendo.

— Ele parecia sóbrio. — Taylor deu de ombros. — Não sei se estava bêbado, maluco ou só criando confusão, Astrid, por isso não me culpe. Esse é o meu trabalho, não é? Fico de olhos abertos e venho contar ao Sam, ou a você, o que está acontecendo.

— Bom, obrigada.

— Vou contar ao Sam quando encontrar com ele.

Astrid sabia que Taylor estava tentando provocá-la, mas ainda assim funcionou: ela se sentiu provocada.

— Conte a ele o que quiser, esse ainda é um... — Ela ia dizer *país livre*. — Você é livre para dizer ao Sam o que quiser.

Mas Taylor já havia ricocheteado para longe, e Astrid estava falando sozinha.

ONZE | 47 HORAS E 53 MINUTOS

A ANOMALIA DE Praia Perdida, era como chamavam no noticiário. Anomalia. Ou a Cúpula.

Não chamavam de LGAR. Apesar de saberem que era assim que as crianças dentro da Anomalia a chamavam.

Os pais, os familiares e todos os outros peregrinos que se reuniam numa "área de observação" especial na extremidade sul da Cúpula costumavam chamar de aquário. Às vezes, tigela. Era o que era para os que acampavam nas barracas e nos sacos de dormir e "sonhavam" com seus filhos do outro lado: um aquário. Sabiam um pouco do que acontecia no aquário, mas os peixinhos, seus filhos, não sabiam o que havia lá fora, no grande mundo do outro lado.

Havia muitas construções na área. O governo da Califórnia corria para fazer um desvio para a autoestrada. A velha estrada desaparecia no aquário e reaparecia do outro lado, a 30 quilômetros de distância. Foi uma confusão para os negócios no litoral.

E outros negócios brotavam no lado sul do aquário. Os turistas precisavam comer, afinal de contas. A Carl's Jr. estava construindo um restaurante. A Del Taco também.

Um hotel Marriott estava crescendo numa velocidade espantosa. Perto dele, um Holiday Inn Express fora iniciado.

Em seus momentos mais cínicos, Connie Temple pensava que cada empresa de construção no estado da Califórnia via o aquário apenas como uma oportunidade gigantesca de ganhar dinheiro.

Os políticos também gostavam daquilo um pouquinho demais. O governador estivera lá meia dúzia de vezes, acompanhado por centenas de repórteres. Vans de canais de notícias se amontoavam como sardinhas ao longo da praia.

Mas a cada dia Connie notava que o número de repórteres e vans era menor do que na véspera. O mundo havia passado de uma incredulidade atônita para a exploração gananciosa e em seguida para a mundana máquina trituradora que transformava uma tragédia numa armadilha para turistas.

Connie Temple — a enfermeira Temple, como era inevitavelmente chamada pela mídia — havia se tornado uma das porta-vozes das famílias.

Era assim que chamavam todos que tinham filhos trancados dentro do aquário: *as famílias.*

Connie Temple e Abana Baidoo.

Era mais fácil antes de saberem o que estava acontecendo dentro do aquário. A princípio todo mundo só sabia que algo aterrorizante havia acontecido. Um campo de energia impenetrável criara uma cúpula de 30 quilômetros de diâmetro. Deduziram logo que a usina nuclear estava no epicentro.

Surgiram dúzias de teorias sobre o que era aquela cúpula. Parecia que cada cientista do mundo fizera uma peregrinação ao local. Testes tinham sido realizados, medidas foram tiradas.

Haviam tentado furá-la. Passar por baixo. Sobrevoar. Cavar o chão. Aproximar-se com submarino.

Nada funcionava.

Todo tipo de profeta do apocalipse, cada maluco, apresentara sua hipótese. Era um julgamento. Da obsessão tecnológica da América, do fracasso moral da América. Isso. Aquilo. Outra coisa.

Então as gêmeas haviam surgido. Assim. Primeiro, Emma. E alguns momentos depois, Anna. Vivas e ilesas, no momento exato em que faziam 15 anos.

Elas contaram sobre a vida dentro do aquário. Do que chamavam de LGAR.

O coração de Connie Temple inchou de orgulho pelo que ficara sabendo sobre seu filho, Sam. E doeu de desespero com as histórias sobre seu outro filho, o não reconhecido, Caine.

Depois, nada. Nenhuma outra criança veio durante um tempo.

Um terrível desespero baixou sobre as famílias quando se deram conta de que seriam só aquelas duas. Meses passaram. Muitos perderam a fé. Como as crianças poderiam sobreviver sozinhas?

Mas então a Profetisa havia alcançado seus sonhos.

Numa noite, Connie Temple teve um sonho que parecia real, incrível. Nunca tivera um sonho tão detalhado. Era aterrorizante. O poder daquilo tirou seu fôlego. Havia uma menina no sonho.

A garota falava com ela. *É um sonho*, disse.

É, é só um sonho, respondeu Connie.

Não é só um sonho. Nunca diga que é "só" um sonho, corrigiu a garota. *Um sonho é uma janela para outra realidade.*

Quem é você?

Meu nome é Orsay. Conheço o seu filho.

Connie já ia dizer: *Qual deles?*, mas seus instintos a fizeram parar. A garota não parecia perigosa. Parecia faminta.

Você tem uma mensagem para o Sam?, perguntou a garota.

Tenho, disse Connie. *Diga que ele deve deixá-los ir.*

Deixá-los ir.

Deixá-los ir para o pôr do sol vermelho.

Orsay acordou com um susto. Ficou de olhos fechados, porque podia sentir a presença próxima de outra pessoa. Queria ficar dormindo, isolada e sozinha, por só mais um momento.

Mas a outra pessoa, a garota, não deixou.

Nerezza disse:

— Sei que está acordada, Profetisa.

Orsay abriu os olhos. Nerezza estava perto, muito perto. Orsay podia sentir a respiração dela no seu rosto.

Olhou nos olhos da menina.

— Não entendo — disse. — Já tive esse sonho. O sonho com uma mulher sonhando. — Ela franziu a testa, se esforçando para recordar. Era estranho demais, frágil e irreal. Como tentar segurar névoa.

— Deve ser um sonho muito importante — disse Nerezza.

— Na primeira vez, eu estava na parede do LGAR. Agora estou vendo a mesma coisa quando durmo. Mas já dei a mensagem ao Sam. Por que estou vendo a mesma coisa de novo?

— Há uma diferença entre você *dar* a mensagem e Sam *receber* a mensagem, Profetisa.

Orsay sentou-se. Nerezza a estava incomodando. Cada vez mais ela se perguntava sobre Nerezza. Mas havia se tornado dependente da garota para guiá-la, protegê-la e cuidar dela.

— Acha que preciso dar a mensagem para Sam de novo?

Nerezza deu de ombros e sorriu com modéstia.

— Eu não sou a Profetisa. Essa decisão é sua.

— Ela disse para deixar as crianças irem. Para o pôr do sol vermelho.

— É sua visão sobre a grande fuga do LGAR — disse Nerezza. — Para o pôr do sol vermelho.

Orsay balançou a cabeça.

— Não foi um sonho que eu procurei. Eu não estava na parede do LGAR; estava aqui, dormindo.

— Seus poderes estão se expandindo — sugeriu Nerezza.

— Não gosto disso. É como... não sei. Como se eles estivessem vindo de algum lugar. Como se eu estivesse sendo empurrada. Manipulada.

— Ninguém pode empurrar você nem controlar seus sonhos. Mas...

— Mas?

— Talvez seja muito importante fazer Sam ouvir você. Talvez seja muito, muito importante que ele não fique no caminho da verdade.

— Não sou um profeta — disse Orsay, cansada. — Eu apenas sonho. Nem sei se alguma dessas coisas é real. Quero dizer, às vezes parece real, mas outras parece loucura.

Nerezza segurou sua mão. Orsay achou o toque forte e frio. Provocou um arrepio em seu braço.

— Todos estão falando mentiras sobre você, Profetisa. Você não deve duvidar de si mesma, porque agora mesmo eles estão ocupados em atacar você.

— Do que você está falando?

— Eles têm medo de você. Têm medo da sua verdade. Estão espalhando mentiras, dizendo que é uma falsa profeta.

— Eu não... O que você está... Eu...

Nerezza pôs o dedo sobre a boca de Orsay, silenciando-a.

— Não. Você deve ter certeza. Você deve *acreditar*. Deve ser a Profetisa. Caso contrário, as mentiras deles irão persegui-la.

Orsay ficou imóvel como um camundongo aterrorizado.

— O destino dos falsos profetas é a morte — disse Nerezza. — Mas você é a verdadeira Profetisa. E será protegida por sua fé. Acredite, e ficará em segurança. Faça os outros acreditarem e viverá.

Orsay ficou olhando, aterrorizada. Do que Nerezza estava falando? O que ela estava dizendo? Quem eram essas pessoas que contavam mentiras sobre ela? E quem iria ameaçá-la? Ela não estava fazendo nada errado.

Estava?

Nerezza gritou numa voz alta, misturada com impaciência:

— Jill! Jill! Vem cá.

A menina chegou alguns segundos depois. Ainda estava segurando a boneca, com toda a força possível.

— Cante para a Profetisa — ordenou Nerezza.

— O quê?

— Não importa, importa?
Então a Sereia cantou:

Dias de sol...

E Orsay parou de pensar em qualquer coisa que não fosse dias de sol.

DOZE | 45 HORAS E 36 MINUTOS

HUNTER HAVIA SE tornado uma criatura da noite. Era a única maneira. Os animais se escondiam durante o dia e saíam à noite. Gambás, coelhos, guaxinins, camundongos e o maior prêmio de todos: os cervos. Os coiotes caçavam à noite; e Hunter havia aprendido com eles.

Esquilos e pássaros tinham de ser perseguidos durante o dia. Mas a noite era a hora em que Hunter fazia jus ao seu nome: caçador, em inglês.

A área de caça de Hunter era ampla, desde os limites da cidade, onde os guaxinins e os cervos tentavam encontrar maneiras de entrar nos quintais das pessoas, até as terras secas, onde havia cobras, camundongos e outros roedores. Ao longo da praia podia matar pássaros, gaivotas e andorinhas-do-mar. E, uma vez, havia apanhado um leão-marinho perdido.

Tinha responsabilidades, o Hunter. Não era apenas Hunter. Era *o caçador*.

Sabia que, em sua língua, as duas palavras eram iguais, porém não sabia mais como se escrevia.

A cabeça de Hunter não funcionava mais como antes. Sabia disso. Podia sentir. Tinha lembranças turvas de si mesmo levando uma vida muito diferente. Tinha lembranças de si levantando a mão numa sala de aula para responder a uma pergunta difícil.

Hunter não teria essas respostas agora. As respostas que tinha, não podia realmente explicar com palavras. Sabia coisas. Como, por exemplo, se um coelho iria correr ou ficar parado. Se um cervo podia sentir seu cheiro, ouvi-lo ou não.

Mas se tentasse explicar... as palavras não saíam direito.

Um lado de seu rosto não estava normal. Não sentia praticamente nada. Como se não passasse de um pedaço de carne morta. E às vezes era como se aquela mesma carne morta se espalhasse pelo seu cérebro. Mas o estranho poder mutante, a capacidade de direcionar um calor mortal quando quisesse, permanecia.

Não conseguia falar muito bem, nem pensar muito bem, nem dar um sorriso de verdade, mas podia caçar. Tinha aprendido a andar em silêncio. Tinha aprendido a se manter de frente para a brisa. E sabia que, à noite, nas horas mais escuras, os cervos iriam para a plantação de repolho, atraídos para lá apesar das minhocas assassinas, das ezecas que matavam qualquer coisa que pusesse o pé num de seus campos sem permissão.

Os cervos não eram muito inteligentes. Ainda menos do que Hunter.

Ele andava com cuidado, pisando com os calcanhares, sentindo através das botas gastas o graveto ou a pedra solta que poderia denunciá-lo. Movia-se tão silenciosamente quanto um coiote.

A corça estava adiante, andando pelo mato ralo, indiferente aos espinhos, decidida a levar o filhote para o cheiro de verde à frente.

Mais perto. Mais perto. A brisa vinha da corça para Hunter, então ela não sentiria seu cheiro.

Mais alguns metros e ele estaria suficientemente perto. Primeiro a corça. Iria matá-la antes. O filhote não saberia como reagir. Hesitaria. Então ele iria pegá-lo.

Tanta carne! Albert ficaria empolgado. Ultimamente não tinha conseguido muitos cervos.

Hunter ouviu o barulho e viu os cervos dispararem.

Tinham sumido antes que ele pudesse ao menos levantar as mãos, quanto mais lançar o calor mortal invisível.

Sumiram. A noite toda perseguindo, rastreando, e quando faltavam segundos para uma boa matança, eles tinham fugido pelo mato.

O barulho eram pessoas, Hunter soube imediatamente. Falando, empurrando-se, brigando, tropeçando e reclamando.

Hunter estava com raiva, mas ao mesmo tempo filosófico. Caçar era assim: durante boa parte do tempo acabava-se desperdiçando tempo. Mas...

Franziu a testa.

Aquela voz.

Agachou-se no mato e aquietou a respiração. Esforçou-se para ouvir. Mais de uma pessoa. Garotos.

Vinham na sua direção, desviando da plantação das ezecas.

Podia vê-los agora, silhuetas escuras. Eram quatro. Podia vê-los através das hastes de capim e dos emaranhados de espinheiros. Tropeçando porque não sabiam se mover como Hunter. Tropeçando sob o peso de mochilas pesadas.

E aquela voz...

— ... o que ele quer. Esse é o problema das aberrações mutantes, como ele; não dá para confiar numa palavra do que dizem.

Aquela voz...

Hunter a tinha ouvido antes. Tinha ouvido aquela voz gritando para uma turba sedenta por sangue.

Esse mutante, esse lixo não humano aqui, essa aberração, Hunter; esse idiota assassinou deliberadamente meu melhor amigo, o Harry.

Ele é um assassino!

Peguem ele! Peguem ele, aquele lixo de aberração mutante!

Aquela voz...

Hunter tocou o pescoço, sentindo de novo a marca áspera da corda.

Tinha sido machucado demais. Espancado. Sangue escorrendo sobre os olhos. E as palavras que não funcionavam...

A mente não...

Cérebro confuso... tanto medo...

Segurem essa corda!

A voz havia insistido, o tom subindo, berrando, a turba de crianças gritando e rindo, e a corda havia se apertado em volta do pescoço de Hunter e puxado e puxado até ele não conseguir mais respirar, Ah, meu Deus, buscar o ar e não encontrar...

Segurem a corda!

Eles tinham feito isso. Tinham segurado a corda e puxado, e o pescoço de Hunter se esticou e seus pés subiram, chutando o ar, chutando e querendo gritar, e a cabeça martelando e martelando, a visão ficando turva...

Zil!

Zil e seus amigos.

E estavam ali. Nem sabiam da presença de Hunter. Não o viram. Não eram caçadores.

Hunter se esgueirou mais para perto. Moveu-se para cortar o caminho deles. Seus poderes geralmente não alcançavam mais do que uns cinquenta passos. Precisava chegar mais perto.

— ... acho que você está certo, Líder — estava dizendo um dos outros.

— Podemos descansar? — gemeu uma terceira voz. — Esse negócio pesa uma tonelada.

— A gente deveria ter voltado quando ainda estava claro, para poder enxergar — reclamou Antoine.

— Idiota. Nós esperamos até escurecer por um motivo — respondeu Zil com raiva. — Quer que Sam ou Brianna peguem a gente em campo aberto?

— Agora a gente tem armas.

— Que vamos usar na hora certa — respondeu Zil. — Não numa briga aberta com Sam, Dekka e Brianna, para eles acabarem com a gente.

— Na hora certa — ecoou um deles.

Eles tinham armas, pensou Hunter. Estavam se esgueirando com armas.

— O líder vai decidir — disse outra voz.

— É, mas... — começou alguém. E então: — Pssiu! Ei! Acho que vi um coiote. Ou talvez um cervo.

— Melhor que não seja um coiote.

BLAM! BLAM!

Hunter mergulhou de barriga na terra.

— Em que você está atirando? — perguntou Zil.

— Acho que era um coiote!

— Turk, seu idiota! — gritou Zil, furioso. — Atirando feito um imbecil!

— O som vai longe, Turk — disse Hank.

— Passa essa arma para o Hank — ordenou Zil. — Idiota.

— Desculpe. Eu pensei... parecia um coiote.

Não era um coiote. Era a corça de Hunter.

Agora eles estavam andando. Ainda resmungando entre si. Ainda reclamando.

Hunter sabia que podia se mover mais depressa e mais silenciosamente do que eles. Poderia chegar perto o suficiente...

Podia estender as mãos e mandar o calor mortal contra o cérebro de Zil. Cozinhá-lo. Cozinhá-lo dentro do crânio.

Como tinha feito com Harry...

— Foi um acidente — gemeu Hunter baixinho consigo mesmo. — Não queria...

Mas tinha feito.

Lágrimas encheram seus olhos. Enxugou-as, mas outras vieram.

Tinha sido para se defender do Zil. Fazia muito tempo. Eles moravam na mesma casa, Zil, Harry e Hunter. Uma discussão idiota; Hunter não se lembrava mais do motivo. Só lembrava que Zil o ameaçou com um atiçador da lareira. Hunter ficou apavorado. Reagiu. Mas

Harry ficou entre eles, tentando separá-los, tentando parar com a briga.

E Harry gritou. Segurou a cabeça.

Hunter se lembrava dos olhos... de como tinham ficado leitosos... a luz sumindo.

Desde então Hunter vira essa mesma luz agonizante nos olhos de muitos animais. Ele era Hunter, o caçador.

De animais. Não de garotos. Nem mesmo de garotos maus como Zil.

Taylor ricocheteou.

Casa do Sam. De noite. Astrid dormindo, o Pequeno Pete dormindo, Maria na creche, trabalhando no turno da noite, John dormindo.

O quarto de Sam, vazio.

Ainda havia problemas no paraíso, pensou Taylor com alguma satisfação. Sam e Astrid não tinham feito as pazes.

Imaginou se aquilo seria permanente. Sam era gato demais. Se Sam e Astrid tivessem rompido de vez, bom, talvez fosse uma oportunidade.

Ela podia acordar Astrid. Provavelmente seria a coisa certa a fazer. Mas seu instinto dizia que não, especialmente depois da bronca que havia recebido dela mais cedo.

Cara, Astrid ia pirar de vez quando descobrisse que Taylor havia procurado Sam antes. Mas esse era o tipo de coisa que se levava direto ao Sam. Era grande demais para Astrid.

Bom, grande demais para qualquer um, na verdade.

Taylor pensou no corpo de bombeiros. Sam já havia morado lá. Mas só encontrou Ellen, a chefe dos bombeiros, dormindo; a chefe dos bombeiros que não tinha água para usar. Ela resmungava durante o sono.

Não pela primeira vez, Taylor pensou que poderia ser a melhor ladra do mundo. Só precisava pensar num lugar e, *pop!* Estava lá. Sem som — a não ser que por acaso esbarrasse em alguma coisa quando se materializasse. Para dentro e para fora — sem som, sem deixar sinal —, e mesmo que alguém estivesse acordado, ela poderia ricochetear de volta antes que a pessoa sequer respirasse.

É, poderia ser uma grande ladra. Se houvesse algo para ser roubado. E desde que fosse pequeno. Não podia transportar muito mais do que as roupas quando ricocheteava.

Ricocheteou do corpo de bombeiros para a casa de Edilio. Agora ele comandava uma espécie de alojamento, ou algo assim. Havia ocupado uma casa grande, de sete quartos. Um era para ele e os outros seis eram ocupados por dois guardas cada. Essa era sua força de ataque imediato. Metade dos garotos e garotas tinha armas automáticas perto da cama. Um deles estava acordado. Pulou ao ver Taylor.

— Volte a dormir, você está sonhando — disse a garota, dando uma piscadela. — E, cara, cueca samba-canção com *smiles*? Sério?

Para Taylor era como trocar de canal na TV. Não parecia estar se movendo enquanto ricocheteava, era mais como se o mundo se movesse ao seu redor. Isso fazia o mundo parecer irreal. Como um holograma ou algo assim. Uma ilusão.

Pensava num lugar e era como apertar um botão no controle remoto; de repente estava lá.

A creche.

A praia.

O Penhasco, mas não o quarto de Lana. Todo mundo sabia que a Curadora estava esquisita desde que tinha sido praticamente sugada para dentro do gaiáfago. E ninguém com a cabeça no lugar iria querer deixar a Curadora irritada.

Finalmente ocorreu a Taylor onde Sam poderia ficar por um tempo, se estivesse de mal com Astrid.

Quinn estava acordado, vestindo-se no escuro. Pareceu estranhamente inabalado pelo surgimento brusco de Taylor.

— Ele está aqui — disse Quinn sem preâmbulo. — No quarto no topo da escada.

— Você acordou cedo.

— Quatro da manhã. Pescar é trabalho para madrugadores. O que é o meu caso. Agora.

— Bom, boa sorte. Pegue um atum ou algo assim.

— Ei, está indo falar com o Sam? É algum tipo de situação de vida ou morte? Preciso saber se vou ser morto a caminho da marina.

— Não. — Taylor abanou a mão num sinal despreocupado. — Nada de vida ou morte. É mais tipo morte e vida.

Ricocheteou para o topo da escada e então, com incomum consideração, bateu à porta.

Não houve resposta.

— Ah, então tá.

Ricocheteou. Sam estava dormindo, emaranhado numa bagunça de lençóis e cobertores, de rosto para baixo num travesseiro como se estivesse tentando cavar através da cama e escapar do quarto.

Ela agarrou um calcanhar exposto e sacudiu a perna dele.

— Hein?

Ele se virou depressa, a mão levantada com a palma exposta, pronto para lutar.

Taylor não ficou muito preocupada. Tinha feito isso muitas vezes. Pelo menos em metade das ocasiões, Sam acordava pronto para disparar.

— Fica frio, garotão — disse ela.

Sam suspirou e esfregou o rosto, tentando afugentar o sono. Peito e ombros definitivamente maneiros. E braços. Um pouquinho mais magro do que antes, e não tão bronzeado quanto na época em que era um rato de praia de verdade.

Mas, ah, sim, pensou Taylor: bom o suficiente.

— O que é? — perguntou Sam.

— Ah, nada demais. — Taylor examinou as unhas, divertindo-se com o momento. — Eu estava espalhando novidades. Sabe, conversando com o pessoal que ia ver a Orsay. O negócio é totalmente noturno, sabia?

— E?

— Ah, surgiu uma coisinha que achei que poderia ser mais importante do que detonar a Orsay em nome da Astrid.

— Você se importa em só contar o que está acontecendo? — perguntou Sam, irritado.

Tanta coisa, Sam, pensou Taylor, tanta coisa! Mas não havia sentido em complicar a situação contando a história de algum garoto maluco sobre o Drake. Isso poderia tirar a atenção da excelente notícia principal.

— Lembra da Brittney?

A cabeça dele se levantou de repente.

— O que tem ela?

— Está sentada na sala do Howard e do Orc.

TREZE | 45 HORAS E 16 MINUTOS

ORC ACABAVA ESMAGANDO todos os sofás ou camas que Howard arranjava para ele. Não imediatamente, não assim que se sentava, mas em poucos dias.

Isso nunca fez com que Howard parasse. Ele simplesmente continuava tentando. O arranjo atual era mais uma cama do que um sofá ou uma poltrona. Três colchões king-size empilhados e encostados num canto para que Orc pudesse se sentar encostado na parede, se quisesse. Uma lona de plástico ficava estendida sobre a pilha de colchões. Orc gostava de beber. E às vezes, quando bebia o suficiente, podia molhar a cama. Às vezes vomitava no negócio todo. E então Howard pegava a lona pelos cantos e a arrastava para o quintal dos fundos, para junto da pilha de cobertas imundas semelhantes, móveis quebrados, colchões fedendo a vômito e tudo o mais que cobria a maior parte do quintal.

Ninguém sabia de verdade o quanto Orc pesava, mas ele não era leve, isso era certo. Porém também não era gordo.

Orc havia sofrido uma das mutações mais estranhas e perturbadoras. Fora atacado e muito ferido por coiotes. Muito ferido mesmo. Grandes partes dele tinham sido comidas pelos animais selvagens e famintos.

Mas não tinha morrido. As partes rasgadas, mutiladas e massacradas de seu corpo foram substituídas por uma substância que parecia cascalho úmido. Quando ele se mexia, saía um som de arranhar baixinho.

Tudo que restava da pele de Orc era um trecho em volta da boca e uma bochecha. Parecia insuportavelmente delicada para Howard. Howard podia vê-la, a carne rosada que ficava cor de massa de vidraceiro sob a luz verde e artificial.

Orc estava acordado, mas não muito. E só porque Howard havia mentido e dito que não tinha bebida.

O grandão lançava um olhar funesto do seu canto enquanto a garota sentava-se na cadeira que Howard havia arrastado da cozinha.

— Quer um pouco d'água? — perguntou Howard.

— Sim, por favor — respondeu a garota.

Com as mãos trêmulas, Howard encheu um copo de água da jarra e entregou a ela. A garota pegou-o com as duas mãos sujas de terra e levou aos lábios inchados.

Bebeu tudo.

Normal. Perfeitamente normal, não fosse o fato de que não havia absolutamente nada de normal nisso.

— Quer mais? — perguntou Howard.

Brittney devolveu o copo.

— Não, obrigada.

Howard controlou a respiração e os dedos trêmulos e o pegou de volta. Quase deixou cair. Pousou-o na mesa, e então ele tombou da beirada. Não quebrou, só quicou na madeira, mas mesmo assim o som pareceu muito alto. Howard se encolheu.

Em contraste, a batida à porta foi reconfortante.

— Graças a Deus — murmurou ele, e correu para atender.

Era o Sam, com Taylor. Ele parecia sério. Bom, isso era normal. O pobre Sammy tinha perdido um pouco de seu brilho de surfista feliz.

— Howard — disse Sam na voz que usava quando tentava esconder o desprezo.

Mas havia mais alguma coisa acontecendo com Sam. Mesmo tremendo de medo, Howard percebeu. Havia algo estranho no modo como ele reagia.

— Ei, obrigado pela visita — disse Howard. — Eu ofereceria chá e biscoitos, mas só temos toupeira cozida e alcachofra. Além disso, estamos com, tipo, uma garota morta na sala.

— Uma garota morta? — perguntou Sam, e ali estava de novo. A reação errada. Sam estava calmo e sério demais.

Claro que Taylor havia contado. Dã. Claro. Por isso Sam não estava surpreso. Só que ainda havia algo estranho na reação dele. Howard havia mantido sua posição por ser capaz de decifrar as pessoas muito bem. Tinha se mantido amigo de Orc por muito tempo e conseguido, apesar de tudo, um lugar no conselho da cidade. Apesar de Sam suspeitar de que era Howard que vendia a maior parte das substâncias ilegais em Praia Perdida.

Sam ficou parado, olhando para Brittney. Que o olhava de volta. Como se Sam fosse um professor a ponto de lhe fazer uma pergunta.

Brittney, você pode explicar a importância do Acordo do Missouri? Não? Bem, então, mocinha, você precisa voltar e reler o texto.

Ah, e aliás: por que você não está morta?

— Olá, Brittney — disse Sam.

— Oi, Sam.

Havia lama até mesmo no aparelho dela, notou Howard. Fora apenas ligeiramente lavado pela água. Podia ver um pedacinho de cascalho enfiado entre os fios cromados perto do canino esquerdo dela.

Coisa estranha de se notar, pensou Howard.

É, isso é que era estranho. E não ela estar sentada ali, batendo papo.

— Como você chegou aqui? — perguntou Sam.

Brittney deu de ombros.

— Acho que vim andando. Não lembro.

Orc falou pela primeira vez, em seu resmungo grave.

— Ela estava parada na varanda quando saí para dar uma mijada.

Sam olhou para Howard, que assentiu.

— Você sabe onde está? — perguntou Sam a ela.

— Claro. Estou... — começou Brittney. Franziu a testa. Então relaxou. — Estou aqui.

— Você conhece todos nós?

Ela assentiu devagar.

— Sam. Howard. Taylor. Orc. Tanner.

— Tanner? — perguntou Taylor bruscamente.

Isso fez Sam quase perder o equilíbrio. Howard estava perplexo.

— Quem é Tanner?

— Um dos pequeninos que... — começou Taylor, depois mordeu o lábio. — É o irmãozinho dela. Ele estava na creche quando...

As peças se encaixaram na mente de Howard. Tinha esquecido o nome. Tanner, uma das crianças pequenas mortas no que as pessoas chamavam de Batalha do Dia de Ação de Graças, ou a Batalha da Praia Perdida. Coiotes loucos de medo. Tiroteio indisciplinado. Drake, Caine e Sam usando todos os seus poderes.

— Onde está o Tanner? — perguntou Sam baixinho.

Brittney sorriu para o espaço entre Howard e Taylor.

— Ali, onde sempre está.

— Brittney, você sabe o que aconteceu? — Sam obviamente não sabia exatamente como fazer a pergunta. — Brittney, você se lembra de quando estava na usina nuclear? Caine e Drake vieram...

O grito dela fez todo mundo pular, até Orc.

Um berro selvagem, um som chocante e alto, cheio de algo que só podia ser ódio.

— O demônio! — gritou ela. Seguiu-se um uivo animal, um som que se ergueu e eriçou os pelos na nuca de Howard e fez suas entranhas parecerem que derretiam.

De repente ela ficou em silêncio.

Levantou um braço. Olhou para ele. Como se não fizesse parte dela, como se estivesse ali e ela não pudesse entender por quê. Sua testa se franziu, perplexa.

No silêncio, chocado, Sam disse:

— Brittney, você pode contar pra gente...

— Acho que estou com sono — disse ela, baixando o braço de volta.

— Certo — concordou Sam. — Eu, é... Vamos encontrar um lugar para você passar a noite. — Ele olhou para Taylor. — Ricocheteie até a casa de Brianna. Avise que estamos indo.

Howard quase gargalhou. Brianna não ficaria nem um pouco empolgada com isso. Mas Sam estava procurando alguém que era inquestionavelmente leal a ele.

— Isso não sai desta sala — disse Sam.

— Mais segredos, Sammy? — perguntou Howard.

Sam se encolheu. Mas manteve-se firme.

— As pessoas já estão assustadas o suficiente.

— Você está pedindo demais, garotão. Afinal de contas, eu sou do conselho. Você está pedindo que eu esconda isso dos meus colegas. Não preciso da Astrid de mal comigo.

— Eu sei sobre seu negociozinho de bebida e drogas — disse Sam. — Posso estragar sua vida.

— Ah — disse Howard em tom tranquilo.

— É. Preciso de um tempo para descobrir o que é isso. Não preciso de gente falando sobre... sobre qualquer coisa.

Howard gargalhou.

— Você quer dizer...

— Não — reagiu Sam rispidamente. — Nem fale.

Howard gargalhou e fez o sinal da cruz sobre o coração.

— Juro. Não serei o primeiro a usar a palavra com "z". — Depois, num sussurro teatral, disse: — Zum... biiii.

— Ela não é um zumbi, Howard. Não seja idiota. Ela obviamente tem algum tipo de poder que a faz se regenerar. Se você pensar bem, não é muito diferente do que Lana faz. Afinal de contas, ela está fisicamente inteira, e estava destruída quando nós a enterramos.

Howard gargalhou.

— Ahã. Só que, de algum modo, não me lembro de Lana ter se arrastado para fora de uma sepultura.

Sam saiu na direção da casa de Brianna. Brittney andava atrás dele. Perfeitamente normal, pensou Howard, olhando-os. Apenas outro passeio com um morto.

O Pequeno Pete acordou.

Escuro. O escuro era bom. A luz enchia seu cérebro com coisas demais.

Tudo estava silencioso. Bom. Os sons faziam sua cabeça doer.

Precisava ficar quieto, ou então alguém viria e traria luz, barulho, toque, dor, pânico, e tudo viria para cima dele como um maremoto de um milhão de metros de altura, fazendo-o girar, esmagando-o, sufocando-o.

Então teria de se fechar. Teria de desligar tudo aquilo. Esconder-se. Voltar ao jogo, voltar ao jogo, porque dentro do jogo era escuro e silencioso.

Mas por enquanto, sem luz nem som nem toque, podia se segurar, apenas por um momento, em... si mesmo.

Segurar-se em... nada.

Sabia onde estava o jogo. Ali, na mesinha de cabeceira, esperando. Chamando-o baixinho para não incomodá-lo.

Nêmesis, era como o jogo o chamava.

Nêmesis.

Lana não havia dormido. Ficou lendo sem parar, tentando se perder no livro. Tinha uma vela pequena; não era grande coisa, mas era uma raridade no LGAR.

Acendeu um cigarro na chama e sugou a fumaça para os pulmões. Realmente era incrível como tinha se viciado rápido.

Cigarro e vodca. A garrafa estava pela metade, no chão ao lado da cama. Não tinha funcionado, não tinha ajudado a dormir.

Revirou a mente à procura do gaiáfago. Mas não estava com ela. Pela primeira vez desde que ela se arrastara para fora da mina.

Havia se fartado dela; por enquanto, pelo menos.

Isso deveria acalmá-la. Mas Lana sabia que ele retornaria quando precisasse dela, que ainda poderia usá-la. Ela nunca estaria livre.

— O que você fez, seu bicho-papão velho e maligno? — perguntou em tom sonhador. — O que fez com meu poder?

Disse a si mesma que o monstro, o gaiáfago... a Escuridão... só podia usar a Curadora para curar, e que nenhum mal resultaria disso.

Mas sabia que não era tão simples. A Escuridão não estendera as mãos através das portas dos fundos do tempo e do espaço e sugara seu poder sem motivo.

Durante dias, estivera dentro da mente dela, usando-a para curar.

Para curar *quem*?

Baixou a mão para a garrafa de vodca, levou-a aos lábios e engoliu o fogo líquido.

Para curar *o quê*?

QUATORZE | 30 HORAS E 25 MINUTOS

NO PRIMEIRO DIA do desaparecimento — ou, como Sanjit pensava secretamente, da libertação — ele e seus irmãos haviam revistado toda a propriedade.

Nem um único adulto fora encontrado. Nem a babá, nem o cozinheiro, nem o pessoal que cuidava do terreno — o que era um alívio, porque um dos ajudantes do jardineiro parecia meio pervertido — e nenhuma arrumadeira.

Ficaram juntos, em grupo, com Sanjit falando bobagem para manter todo mundo animado.

— Vocês têm certeza de que a gente quer encontrar alguém? — tinha perguntado.

— Nós precisamos de adultos — argumentou Virtude, em seu modo pedante.

— Para quê, Chu?

— Para... — Virtude travou nessa.

— E se alguém ficar doente? — perguntou Paz.

— Você está se sentindo bem? — perguntou Sanjit.

— Acho que sim.

— Está vendo? Estamos ótimos.

Apesar da estranheza inegável da situação, Sanjit ficou mais aliviado do que preocupado. Não gostava de ter de responder ao nome "Sabedoria". Não gostava que lhe dissessem o que fazer praticamente todos os minutos do dia. Não gostava de regras. E, de repente, nada de regras.

Não tivera resposta para as perguntas repetidas dos outros com relação ao que havia acontecido. A única coisa que parecia clara era que os adultos tinham sumido. E o rádio, os telefones e a TV por satélite não funcionavam.

Sanjit achou que poderia viver com isso.

Mas os menores, Paz, Bowie e Pixie, tinham ficado com medo desde o início. Até Chu, que Sanjit nunca vira nervoso, parecia assustado.

O simples silêncio da ilha vazia era opressivo. A casa enorme, com alguns cômodos que as crianças nunca tinham visto, cômodos que ninguém jamais havia usado, parecia grande e morta como um museu. E quando procuraram na casa do mordomo, na suíte da babá no andar de cima, nos bangalôs e nos dormitórios, se sentiram como ladrões.

Mas o humor de todo mundo havia melhorado quando voltaram à casa principal e abriram o freezer à procura de um jantar muito atrasado, naquela primeira noite.

— Eles *têm* sorvete! — acusou Bowie. — Eles sempre tiveram sorvete. Mentiram para nós. Tem toneladas de sorvete aqui.

Havia doze grandes embalagens de vinte litros. Duzentos e quarenta litros de sorvete.

Sanjit deu um tapinha no ombro de Bowie.

— Você está mesmo surpreso, carinha? O cozinheiro pesa 140 quilos, e Annete não fica muito atrás. — Annete era a empregada que limpava os quartos das crianças.

— Podemos comer um pouco?

Sanjit ficou surpreso quando lhe pediram a permissão naquela primeira vez. Ele era o mais velho, mas não lhe ocorrera que estivesse no comando.

— Você está pedindo a mim?

Bowie deu de ombros.

— Acho que você é o adulto por enquanto.

Sanjit sorriu.

— Então, como adulto temporário, decreto que jantaremos sorvete. Pega uma banheira dessas e cinco colheres, e só vamos parar quando chegarmos no fundo.

Isso manteve todo mundo feliz durante um tempo. Mas finalmente Paz levantou a mão, como se estivesse na escola.

— Não precisa levantar a mão — disse Sanjit. — Qual é?

— O que vai acontecer?

Sanjit pensou nisso durante alguns segundos. Em geral não era uma pessoa pensativa, sabia disso. Normalmente era brincalhão. Não era um palhaço, mas também não era alguém que levasse a vida muito a sério. Levar a vida a sério era o trabalho de Virtude.

Na época em que vivia nas ruas e becos de Bangcoc, havia perigos intermináveis: donos de oficinas ilegais que tentavam te sequestrar e te colocar para trabalhar 14 horas por dia, policiais prontos para bater, donos de lojas que te perseguiam para longe das bancas de frutas com varas de bambu, e sempre os cafetões que podiam te entregar a estrangeiros bizarros para fazerem o que quisessem.

Mas Sanjit sempre havia tentado rir ao invés de chorar. Não importava o quanto estivesse faminto, apavorado, doente, nunca havia desistido, como algumas crianças que ele via. Não tinha se tornado violento, ainda que sem dúvida tivesse sobrevivido roubando. E, à medida que crescia naquelas ruas maravilhosamente empolgantes, aterrorizantes e jamais monótonas, havia alimentado uma certa insolência, uma certa atitude que o fazia se destacar. Tinha aprendido a viver cada dia de cada vez, sem se preocupar muito com o próximo. Se tivesse comida, se tivesse uma caixa onde dormir, se os trapos em seu corpo não estivessem com piolhos demais, estava feliz.

— Bom, temos comida suficiente — disse enquanto quatro rostos o olhavam em busca de orientação. — Então acho que só vamos ficar por aqui. Certo?

E isso foi o suficiente para aquele primeiro dia. Todos estavam assustados com a estranheza da situação. Mas de certa forma sempre haviam cuidado uns dos outros, sem contar muito com os adultos indiferentes ao redor. Por isso escovaram os dentes e cada um ajudou o outro a se acomodar nas camas naquela primeira noite; Sanjit foi o último a ir para seu quarto.

Pixie tinha vindo dormir com ele. Depois veio Paz, segurando um cobertor junto aos olhos lacrimosos. E mais tarde, Bowie também.

Quando o dia nasceu, acordaram na hora de sempre. Reuniram-se para o café da manhã, que consistiu basicamente de torradas com um monte de manteiga, que era proibida; geleia, proibida; e grossas camadas de Nutella, também proibida.

Depois saíram, e foi então que notaram o estranho barulho de algo quebrando.

Correram até a beira do penhasco. E viram, 30 metros abaixo. O iate — um barco enorme, lindo, esguio e branco, tão grande que tinha seu próprio helicóptero — havia encalhado. A proa afiada como uma faca estava amassada, enfiada entre enormes pedregulhos. Cada pequena ondulação levantava o barco e depois deixava-o descer lentamente, com um barulho de algo sendo esmagado.

O iate pertencia aos pais deles. As crianças nem sabiam que eles estavam vindo, não sabiam que estavam por perto.

— O que aconteceu? — perguntou Paz com a voz trêmula.

Virtude respondeu:

— Ele bateu na ilha. Devia estar chegando... E então... então bateu na ilha.

— Por que o capitão Rocky não parou ele?

— Porque sumiu — disse Sanjit. — Assim como todos os outros adultos.

De algum modo, naquele momento tudo ficou claro para Sanjit. Nunca sentira muito afeto pelos dois atores que se diziam sua mãe e seu pai, mas ver o iate deles batendo com indiferença nas pedras fez com que tudo se esclarecesse.

Estavam sozinhos na ilha. Talvez no mundo inteiro.

— Alguém vem pegar a gente — disse, sem ter muita certeza se acreditava.

E assim esperaram. Dias. Depois semanas.

Então começaram a racionar a comida. Ainda havia muita. A ilha tinha um grande estoque para festas que às vezes contavam com cem convidados, todos chegando de helicópteros ou jatos particulares.

Sanjit tinha visto alguns desses eventos. Luzes espalhadas por toda parte, todo tipo de gente famosa em roupas chiques, bebendo, comendo e rindo alto demais enquanto as crianças eram mantidas nos quartos, ocasionalmente carregadas para fora para dizer boa-noite e ouvir as pessoas dizerem como era fantástico terem pais tão generosos, resgatando "aquelas crianças".

Sanjit nunca havia se considerado resgatado.

Ainda restava muita comida. Mas o óleo diesel que fazia o gerador funcionar estava acabando, apesar de todos os esforços para economizar.

E agora, havia Bowie. Geralmente Sanjit conseguia se desviar da responsabilidade. Mas não podia deixar Bowie morrer.

Só havia dois modos de sair da ilha. Num barco pequeno — e eles não tinham nenhum. Ou de helicóptero. E isso eles tinham. Mais ou menos.

Havia chegado a hora de examinar seriamente a opção mais impossível.

Sanjit e Virtude encontraram uma corda na casa do jardineiro. O mais velho prendeu uma ponta no tronco não muito firme de uma árvore pequena. Jogou a outra ponta no vazio.

— Provavelmente vamos carregar a árvore para baixo com a gente, hein? — riu ele.

Sanjit e Virtude desceram. O resto foi ordenado que ficasse em cima, longe do penhasco, e esperasse.

Duas vezes Sanjit perdeu o apoio dos pés e escorregou de bunda até conseguir parar firmando o calcanhar num arbusto ou numa pedra. A corda acabou não ajudando em nada na descida. Ficou à direita do caminho, fora do alcance.

O barco, o *Fly Boy II*, ainda estava lá, espancado, enferrujando, com algas crescendo ao redor da linha d'água. Balançava nas ondas suaves, com a proa aparentemente agarrando-se em desespero às pedras onde havia batido meses antes.

— Como vamos entrar no barco? — perguntou Virtude quando chegaram embaixo.

— Essa é realmente uma boa pergunta, Chu.

— Achei que você era invencível, Sanjit.

— Invencível, não sem medo.

Virtude deu seu sorriso torto.

— Se a gente subir naquela pedra, talvez dê para agarrar a amurada da proa e subir.

Dali de baixo o barco era muito maior, e o movimento suave que balançava a proa amassada para trás e para a frente parecia muito mais perigoso.

— Certo, irmãozinho, vou fazer isso, está bem? — disse Sanjit.

— Eu escalo melhor do que você.

Sanjit pôs a mão no ombro dele.

— Chu, meu irmão, eu não vou ser corajoso e me sacrificar muito mais vezes. Aproveite essa. Pode ser a última que você vai ver.

Para impedir mais discussão, Sanjit subiu na rocha e seguiu com cuidado, cheio de cautela, até o fim, os tênis escorregando na pedra coberta de algas e sal. Então inclinou-se com uma das mãos na direção do casco branco. Estava com os olhos na altura do convés.

Agarrou com as duas mãos o corrimão de aço inoxidável, de aparência frágil, e puxou-se para cima até estar com os cotovelos em ângulos de 90 graus. A zona de perigo estava logo abaixo dele, e caso se soltasse teria sorte de sobreviver com apenas um pé esmagado.

A subida a bordo não foi bonita, mas ele conseguiu, terminando com apenas um cotovelo ralado e um machucado na coxa. Deitou-se por alguns segundos, ofegando, de rosto para baixo no convés de madeira de teca.

— Está vendo alguma coisa? — gritou Virtude.

— Vi minha vida passando na frente dos olhos, isso conta?

Sanjit se levantou, dobrando os joelhos para oscilar junto com o barco. Nenhum som de atividade humana. Nenhum sinal de ninguém. Não era exatamente uma surpresa, mas em algum canto obscuro da sua mente Sanjit quase havia esperado encontrar corpos.

Pôs as mãos no corrimão, olhou para o rosto ansioso de Virtude e disse:

— Terra à vista!

— Vai dar uma olhada — disse Virtude.

— Para você é "Dê uma olhada, capitão".

Sanjit caminhou com uma falsa casualidade até a primeira porta que encontrou. Já estivera duas vezes no iate, na época em que Todd e Jennifer ainda estavam lá, de modo que conhecia a disposição geral.

Era a mesma sensação fantasmagórica que tivera no primeiro dia do grande desaparecimento: estava indo a lugares onde não deveria ir, mas não havia ninguém para impedir.

Silêncio. A não ser pelos rangidos do casco.

Fantasmagórico. Navio fantasma. Como algo saído de *Piratas do Caribe*. Mas muito chique. Taças de cristal muito bonitas. Estatuetas enfiadas em nichos. Cartazes de filmes emoldurados. Fotos de Todd e Jennifer com algum velho ator famoso.

— Olá? — gritou, e sentiu-se instantaneamente idiota.

Voltou à proa.

— Não tem ninguém em casa, Chu.

— Já faz meses — respondeu Virtude. — O que você achava? Que todos estariam aí jogando baralho e comendo batata frita?

Sanjit encontrou uma escada de mão e pendurou-a no costado do barco.

— Suba a bordo — disse.

Virtude subiu com cuidado, e Sanjit sentiu-se um pouco melhor no mesmo instante. Protegendo os olhos, pôde ver Paz no topo do penhasco, olhando ansiosamente para baixo. Acenou para mostrar que estava tudo bem.

— Bom, não imagino que você tenha achado um manual do helicóptero por aí, não é?

— *Helicópteros Para Iniciantes*? — brincou Sanjit. — Não. Não exatamente.

— A gente deveria procurar.

— É. Seria fantástico — respondeu Sanjit, perdendo momentaneamente seu senso de humor brincalhão enquanto olhava para Paz, em cima do penhasco. — Porque, cá entre nós, Chu, a ideia de tentar decolar daqui com um helicóptero quase me faz mijar de medo.

Seis barcos a remo partiram da marina sob o brilho das estrelas. Três pessoas em cada barco. Dois remando, um no leme. Os remos agitavam a superfície fosforescente a cada movimento.

A frota de Quinn. A armada de Quinn. A Poderosa Marinha de Quinn.

Quinn não precisava cumprir um turno nos remos; afinal de contas, ele era o chefe de toda a operação de pesca, mas descobriu que meio que gostava daquilo.

Antes eles simplesmente usavam os motores e jogavam as linhas e puxavam as redes. Mas a gasolina, como tudo o mais no LGAR, estava acabando. Tinham algumas centenas de litros de diesel na marina. Precisaria ser guardado para emergências, e não para trabalhos diários como pescar.

Então, eram remos e costas doloridas. Um dia longo, bem longo, que começava muito antes do amanhecer. Demoravam uma hora para ter tudo preparado de madrugada, as redes acomodadas depois de secas, as iscas, os anzóis, as linhas, as varas, os barcos, a comida para o dia, água, coletes salva-vidas. Depois levavam mais uma hora remando para se afastar o suficiente.

Seis barcos, três armados com varas e linhas e três com redes. Revezavam-se, porque todo mundo odiava as redes. Significava mais trabalho com os remos, arrastando-as de um lado para o outro, lentamente, pela água. Depois puxá-las para o barco e tirar os peixes, caranguejos e sujeira variada das linhas. Trabalho duro.

Depois, à tarde, um segundo lote de barcos saía para pescar, principalmente os morcegos aquáticos azuis. Os morcegos aquáticos eram uma espécie mutante que vivia em cavernas durante a noite e voava para a água à luz do dia. O único uso para os morcegos era como alimento das ezecas, as minhocas assassinas que viviam nas plantações de verduras. Os morcegos eram o tributo que as crianças pagavam às ezecas. Sem dúvida a economia de Praia Perdida dependia dos esforços de Quinn.

Hoje Quinn estava num barco de rede. Havia relaxado por muito tempo, ficando cada vez mais fora de forma nos primeiros meses do LGAR. Agora estava até gostando de ver os braços e as pernas, os ombros e as costas ficando mais fortes. Ajudava, claro, o fato de ele ter um suprimento de proteína maior do que a maioria das pessoas.

A manhã de trabalho de Quinn foi longa; ele, Patetão e Katrina tiveram um bom dia. Pegaram vários peixes pequenos e um enorme.

— Eu tinha certeza de que a rede estava presa — disse Patetão, e olhou feliz para o peixe de quase um metro e meio no fundo do barco. — Acho que é o maior que a gente já pegou.

— Acho que é um atum — opinou Katrina.

Nenhum deles sabia realmente de que tipo eram alguns peixes. Eram comestíveis ou não; tinham muita espinha ou não. Esse peixe, ofegando lentamente até morrer, parecia bem comestível.

— Talvez — respondeu Quinn, tranquilo. — Pelo menos é grande.

— Nós três tivemos que puxar o bicho para cima — disse Katrina, rindo feliz com a lembrança dos três escorregando, tropeçando e xingando.

— Foi uma boa manhã de trabalho — disse Quinn. — Então, pessoal. Acham que está na hora do brunch? — Isso agora já era uma piada velha. No meio da manhã todo mundo já estava morrendo de fome. Tinham passado a chamar aquela refeição de "brunch".

Quinn pegou o apito prateado que usava para se comunicar com sua frota espalhada. Deu três sopros longos.

Todos os outros barcos começaram a remar na direção do de Quinn. Todo mundo encontrava uma nova energia na hora de se encontrar para o brunch.

Não havia ondas nem tempestades, mesmo ali, a um quilômetro e meio do litoral; era como o leve balanço no meio de um plácido lago de montanha. Dessa distância, era possível acreditar que Praia Perdida parecia normal. Dessa distância, o lugar era uma linda cidadezinha praiana brilhando ao sol.

Pegaram o fogareiro e a lenha que tinham mantido seca, e Katrina, que tinha uma habilidade incrível com essas coisas, acendeu o fogo. Uma das garotas de outro barco cortou o rabo do atum, tirou as escamas e partiu o peixe em postas rosa arroxeadas.

Além do peixe, tinham três repolhos e algumas alcachofras cozidas e frias. O cheiro de peixe cozinhando era como uma droga. Ninguém conseguia pensar em mais nada até comer.

Depois se recostaram, com os barcos amarrados frouxamente uns aos outros, e conversaram, tirando uma folga antes de passarem mais uma hora pescando e depois enfrentarem o longo trecho remando até a cidade.

— Aposto que era um atum — disse um garoto.

— Não sei o que era, mas estava bom. Eu não me incomodaria em comer mais uns pedaços.

— Ei, nós temos um monte de polvo — brincou alguém. Os polvos não precisavam ser pescados; eles meio que pescavam a si mesmos, na maior parte do tempo. E ninguém gostava muito deles. Mas todo mundo havia comido, em mais de uma ocasião.

— Polvo é o meu... — disse alguém, acompanhando com um gesto grosseiro.

Quinn se pegou olhando para o norte. Praia Perdida ficava na extremidade sul do LGAR, aninhada contra a barreira. Quinn estivera por lá com Sam nos primeiros dias do LGAR, quando haviam fugido de Praia Perdida e subido a costa procurando uma saída.

O plano original de Sam havia sido seguir a barreira até o fim. Metro a metro, por terra e água, procurando um buraco para escapar.

Isso não aconteceu. Outros acontecimentos intervieram.

— Sabe o que a gente deveria ter feito? — disse Quinn, mal percebendo que falava em voz alta. — Explorar aquela área lá. Quando ainda tínhamos gasolina suficiente.

Patetão disse:

— Explorar o quê? Quer dizer, procurando peixe?

Quinn deu de ombros.

— Não estamos exatamente sem peixe por aqui. Quase sempre dá para pegar um pouco. Mas vocês não ficam pensando se não pode haver peixes melhores mais ao norte?

Patetão pensou com cuidado. Não era o cara mais inteligente do planeta; era forte e gentil, mas não muito curioso.

— É bem longe para remar.

— É, seria — admitiu Quinn. — Mas estou dizendo: se a gente tivesse gasolina.

Ele baixou mais a viseira do boné e pensou em tirar um cochilo rápido. Mas não, não seria bom. Estava no comando. Pela primeira vez na vida Quinn tinha responsabilidade. Não iria estragar isso.

— Existem ilhas lá — disse Katrina.

— É. — Quinn bocejou. — Eu gostaria que a gente tivesse verificado tudo isso. Mas Patetão está certo: é muito longe para remar.

QUINZE | 29 HORAS E 51 MINUTOS

BRIANNA FICOU COM Brittney, a pedido de Sam. Deu um quarto a ela.

Sam a havia orientado para não contar a ninguém. Para ela, não havia problema.

Brianna respeitava Astrid, Albert e os outros do conselho, mas ela e Sam... bom, tinham estado juntos em batalha muitas vezes. Ele havia salvado sua vida. Ela havia salvado a dele.

Jack também estava na casa de Brianna, mas ela não achava que isso fosse realmente da conta de Sam, ou de qualquer outra pessoa. Jack estava melhorando um pouco. A gripe parecia ter uma espécie de prazo de validade, era uma daquelas que só duravam 24 horas. Jack havia parado de tossir, graças a Deus. As paredes e o piso estavam em segurança de novo. Além disso, uma das peculiaridades encantadoras de Jack era que, se a coisa não fosse uma tela de computador, ele praticamente não enxergava. Por isso, Brianna duvidava que ele notaria a nova moradora, a não ser que ela viesse com uma porta USB na cabeça.

Além disso, Sam havia pedido para Brianna não fazer nada além de alimentar Brittney, talvez ajudá-la a se lavar um pouco, apesar de atualmente a coisa mais próxima de um chuveiro fosse entrar no mar.

— Não faça perguntas a ela — dissera Sam com bastante ênfase.

— Por quê?

— Porque talvez a gente não queira ouvir as respostas — murmurou. Depois consertou: — Olha, não queremos estressar ela, certo? Aconteceu algo muito estranho. Não sabemos se é algum tipo de aberração ou outra coisa. De qualquer modo, ela já passou por muita coisa.

— Você acha? — disse Brianna. — Morrendo, sendo enterrada e coisa e tal?

Sam suspirou, mas não estava nervoso.

— Se alguém vai interrogar Brittney, provavelmente é melhor que não seja eu. E definitivamente não deve ser você.

Brianna sabia do que ele estava falando. Apesar de fazer segredo sobre Brittney, Sam provavelmente achava que tudo teria de ser revelado em breve. E provavelmente achava que, se alguém fosse interrogar Brittney, deveria ser Astrid.

Bom...

— E aí, Brittney, como você está? — perguntou Brianna. Ela estava acordada havia alguns minutos, o que para Brianna era um longo tempo. Nesses poucos minutos ela pudera correr até a praia, encher um galão de água salgada e correr de volta para casa.

Brittney ainda estava no quarto onde Brianna a havia posto. Ainda na cama. Deitada, de olhos abertos. Brianna se perguntou se ela teria dormido.

Será que os zumbis dormiam?

Brittney sentou-se. Brianna pôs a água na mesinha de cabeceira.

— Quer se lavar?

Os lençóis estavam manchados de lama, não muito mais sujos do que o normal. Era incrivelmente difícil manter as coisas limpas só chacoalhando-as no oceano, mesmo quando você podia chacoalhar em supervelocidade, como Brianna.

As coisas ainda ficavam meio sujas. E com uma crosta de sal. E ásperas. E dando coceiras.

Brittney meio que sorriu, mostrando o aparelho dentário sujo. Mas não demonstrou interesse em se limpar.

— Certo, deixe eu te ajudar. — Brianna pegou uma camiseta velha e suja no chão e mergulhou na água. Esfregou um pouco os ombros sujos de Brittney.

A lama saiu.

Mas a pele de Brittney não ficou limpa.

Brianna esfregou mais um pouco. Mais lama saiu. Nenhuma pele limpa apareceu.

Um arrepio percorreu o corpo de Brianna. Não sentia medo de muita coisa. Tinha se acostumado ao fato de que sua supervelocidade a tornava quase invulnerável, impossível de ser contida. Tinha enfrentado Caine e saído gargalhando. Mas isso era simplesmente perturbador.

Engoliu em seco. Limpou de novo. E de novo a mesma coisa.

— Certo — disse baixinho. — Brittney, acho que talvez seja, tipo... a hora de você contar o que está acontecendo. Porque eu gostaria de saber se você está aí pensando que gostaria de comer o meu cérebro.

— Seu cérebro? — perguntou Brittney.

— É. Quero dizer... qual é, Brittney. Você é um zumbi. Vamos encarar os fatos. Eu não deveria usar essa palavra, mas alguém que volta dos mortos e sai da sepultura e anda no meio das pessoas é isso: um zumbi.

— Não sou um zumbi — disse Brittney com calma. — Sou um anjo.

— Ah.

— Eu invoquei o Senhor em minha provação e ele me ouviu. Tanner foi até Ele e pediu que me salvasse.

Brianna pensou nisso por um momento.

— Bom, acho que é melhor do que ser zumbi.

— Me dá sua mão — disse Brittney.

Brianna hesitou. Mas disse a si mesma que, se Brittney tentasse mordê-la, poderia puxá-la de volta antes que a garota cravasse os dentes.

Estendeu a mão. Brittney pegou-a. Então puxou-a, mas não na direção da boca. Em vez disso, encostou a mão de Brianna no peito.

— Está sentindo?

— O quê? — perguntou Brianna.

— O silêncio. Meu coração não bate.

Brianna sentiu frio. Mas não um frio tão grande quanto o do peito de Brittney. Manteve a mão no lugar. Não sentiu vibração.

Nenhum batimento cardíaco.

— Eu não respiro, também — disse Brittney.

— Não? — sussurrou Brianna.

— Deus me salvou — disse Brittney, séria. — Ele ouviu minhas preces e me salvou para fazer Sua vontade.

— Brittney, você... você esteve lá, enterrada, durante muito tempo.

— Muito — respondeu Brittney. E franziu a testa. O franzido fez rugas na lama que manchava o rosto. A lama que era impossível de limpar.

— Então deve estar com fome, não é? — perguntou Brianna, voltando à preocupação primária.

— Não preciso comer. Antes eu bebi água. Engoli, mas não senti descer. E percebi...

— O quê?

— Que não preciso.

— Certo.

Brittney deu aquele sorriso metálico de novo.

— Portanto, não quero comer seu cérebro, Brianna.

— Isso é bom. E... o que você *quer* fazer?

— O fim está chegando, Brianna. Por isso minhas preces foram atendidas. Por isso Tanner e eu voltamos.

— Você e... certo. Quando você diz "o fim", o que isso quer dizer?

— A profeta já está entre nós. Ela vai nos levar para fora deste lugar. Vai nos levar para nosso Senhor, para longe das amarras.

— Bom — disse Brianna secamente. — Só espero que a comida de lá seja melhor.

— Ah, é sim — respondeu Brittney com entusiasmo. — Tem bolo, cheeseburgers e tudo que você possa querer.

— Então você é a profeta?

— Não, não — disse Brittney com olhos recatadamente baixos. — Não sou a profeta. Sou um anjo do Senhor. Sou a vingadora do Senhor, vinda para destruir o maligno.

— Que maligno? Nós temos alguns. Estamos falando de tridentes?

Brittney sorriu, mas desta vez o aparelho não apareceu. Era um sorriso frio, invernal, secreto.

— Esse demônio não tem tridente, Brianna. O maligno vem com um chicote.

Brianna pensou nisso durante vários segundos.

— Preciso ir a um lugar — disse. Então partiu rapidamente, como só ela podia fazer.

— O que você quer de aniversário? — perguntou John a Maria.

Maria sacudiu o cocô de um guardanapo que estava servindo de fralda. As fezes caíram numa lixeira de plástico que seria tirada mais tarde e enterrada numa vala aberta pela retroescavadeira de Edilio.

— Eu gostaria de não precisar fazer isso. Seria um aniversário fantástico.

— Sério — disse John, censurando.

Maria sorriu e inclinou a cabeça para a dele, encostando testa com testa. Era a versão deles para um abraço. Uma coisa particular entre os dois membros da família Terrafino.

— Estou falando sério, também.

— Você deveria mesmo tirar o dia de folga. Quero dizer, você tem de passar pelo negócio do puf. As pessoas dizem que é meio intenso.

— Parece mesmo — disse Maria vagamente. Em seguida largou a fralda num segundo balde, este com água pela metade, que cheirava a cloro. O balde estava num carrinho vermelho, para poder ser puxado até a praia. Lá, os encarregados fariam uma lavagem sem muito ânimo no oceano e mandariam o pano de volta ainda manchado e áspero de areia e sal.

— Você está pronta, não está? — perguntou John.

Maria olhou o relógio. O relógio de Francis. Havia tirado do pulso enquanto lavava. Quantas horas restavam? Quantos minutos até o Grande Quinze Anos?

Assentiu.

— Eu li as instruções. Falei com uma pessoa que passou por isso. Fiz tudo que deveria.

— Certo — disse John, infeliz. Do nada, disse: — Você sabe que a Orsay está mentindo, não sabe?

— Sei que ela me custou o Francis — reagiu Maria com rispidez. — É só isso que preciso saber.

— É! Está vendo? Veja o que aconteceu com o Francis por ter escutado o que ela diz.

— Me pergunto como Jill está se dando com elas — pensou Maria em voz alta. Estava limpando a fralda seguinte. Sem o Francis e mais ninguém inteiramente treinado para ficar no lugar dele, Maria tinha ainda mais trabalho do que o normal. E não era o melhor dos trabalhos.

— Ela deve estar bem — disse John.

— É, mas se Orsay é tão mentirosa assim, talvez eu não devesse ter deixado que ela levasse a Jill.

John pareceu pasmo com isso, sem saber como responder. Ficou vermelho e baixou os olhos.

— Tenho certeza de que ela está bem — consertou Maria rapidamente, interpretando a expressão dele como preocupação por Jill.

— É. Só porque Orsay está... tipo... mentindo, não significa que ela vá ser má com a Jill — disse John.

— Talvez eu deva ir dar uma olhada nela. No meu tempo livre.

— Ela riu. Era uma piada que deixara de ser engraçada havia muito tempo.

— Você provavelmente deveria ficar longe da Orsay.
— É?
— Quero dizer, não sei. Só sei que Astrid disse que Orsay está inventando tudo isso.
— Se Astrid disse, deve ser verdade — observou Maria.
John não respondeu, só pareceu chateado.
— Certo — continuou Maria. — Essa carga tem de ir para a praia.
John pareceu aliviado pela chance de se afastar. Maria ouviu-o sair, com as rodas do carrinho guinchando. Olhou para o cômodo principal. Havia três auxiliares ali, só um realmente motivado ou treinado. Mas podiam cuidar das coisas por alguns minutos.
Lavou as mãos do melhor modo que pôde e enxugou-as nos jeans largos.
Onde Orsay estaria a essa hora?
Saiu e respirou fundo o ar que não cheirava a xixi ou cocô. Fechou os olhos, desfrutando da sensação. Quando os abriu de novo, surpreendeu-se ao encontrar Nerezza andando rapidamente em direção a ela, como se tivessem combinado de se encontrar e ela estivesse meio atrasada.
— Você é... — começou Maria.
— Nerezza — lembrou a garota.
— É. Isso mesmo. É estranho, mas não me lembro de ter conhecido você antes daquele dia em que vocês vieram e pegaram a Jill.
— Ah, você já me viu por aí. Mas eu não sou importante. No entanto, todo mundo conhece você, Maria. Mãe Maria.
— Eu ia mesmo procurar a Orsay.
— Por quê?
— Queria dar uma olhada na Jill.
— O motivo não é esse — disse Nerezza, quase sorrindo.
A expressão de Maria endureceu.
— Certo. É por causa do Francis. Não sei o que Orsay disse a ele, mas você deve saber o que ele fez. Não acredito que era isso que

Orsay queria. Mas vocês precisam parar com isso, não podem deixar que aconteça de novo.

— Parar com quê?

— O Francis fez o puf. Se matou.

As sobrancelhas escuras de Nerezza subiram.

— Se matou? Não. Não, Maria. Ele foi se encontrar com a mãe.

— Isso é idiotice. Ninguém sabe o que acontece se você sair durante o puf.

Nerezza pôs a mão no braço de Maria. Era um gesto surpreendente. Maria não soube se gostava, mas não o afastou.

— Maria, a Profetisa *sabe* o que acontece. Ela vê. Toda noite.

—Ah, é? Mas eu ouvi dizer que ela está mentindo. Inventando tudo.

— Sei o que você ouviu — disse Nerezza numa voz penalizada. — Astrid diz que a profetisa está mentindo. Mas você deve saber que Astrid é uma pessoa muito religiosa, e muito, muito orgulhosa. Acha que sabe tudo o que há para saber. Não suporta a ideia de que outra pessoa possa ser escolhida para revelar a verdade.

— Eu conheço Astrid há muito tempo. — Maria ia negar o que Nerezza havia dito, mas era verdade, não era? Astrid *era* orgulhosa. Tinha crenças muito bem-definidas.

— Ouça as palavras da Profetisa — disse Nerezza, como se compartilhasse um segredo. — A Profetisa viu que todos vamos sofrer uma provação terrível. Isso acontecerá logo. E então, Maria, *então* virão o demônio e o anjo. E num pôr do sol vermelho seremos libertados.

Maria prendeu o fôlego, hipnotizada. Queria dizer alguma coisa sarcástica, algo que encerrasse o assunto. Mas Nerezza falava com convicção absoluta.

— Venha esta noite, Maria, antes do amanhecer. Venha e a própria Profetisa vai falar com você, eu prometo. E então acredito que você verá a verdade e a bondade que há dentro dela. — Nerezza sorriu e cruzou os braços sobre o peito. — Ela é como você, Maria: forte, boa e cheia de amor.

DEZESSEIS | 16 HORAS E 42 MINUTOS

NAS HORAS MAIS escuras da noite, Orsay subia na pedra. Tinha feito isso muitas vezes, por isso sabia onde pôr os pés, onde se segurar. A pedra era escorregadia em alguns lugares e às vezes ela tinha medo de cair na água.

Imaginou se iria se afogar. Ali não era muito fundo, mas e se ela batesse com a cabeça? Inconsciente na água, com a espuma enchendo a boca.

A pequena Jill, usando um vestido limpo e não mais apertando a boneca com tanta força, subiu atrás dela. Era surpreendentemente ágil.

Nerezza estava logo atrás, vigiando-a com um olhar de águia.

— Cuidado, Profetisa — murmurou Nerezza. — Você também, Jill.

Nerezza era bonita. Muito mais bonita do que Orsay, que era pálida, magra e parecia quase côncava, como se tivesse sido esvaziada, escavada em si mesma. Nerezza era saudável e forte, com pele morena impecável e cabelo preto lustroso. Os olhos tinham um brilho incongruente, um tom incrível de verde. Às vezes Orsay achava que os olhos dela quase reluziam no escuro.

E era feroz em defender Orsay. Um pequeno grupo de crianças estava junto à base da pedra, já esperando. Nerezza havia se virado para falar com elas.

— O conselho está espalhando mentiras porque não quer que ninguém saiba a verdade.

Os suplicantes olhavam para cima, cheios de esperança e expectativa. Queriam acreditar que Orsay era a verdadeira profeta. Mas tinham ouvido coisas...

— Mas por que eles não iriam querer que a gente soubesse? — perguntou alguém.

Nerezza fez uma expressão de pena.

— As pessoas que têm o poder geralmente querem se agarrar a ele. — Seu tom de cinismo e certeza pareceu eficaz. As crianças assentiram, imitando a expressão mais velha, mais fria e mais sábia de Nerezza.

Orsay praticamente não conseguia se lembrar de como era a vida antes de Nerezza se tornar sua amiga e protetora. Nunca sequer havia notado Nerezza na cidade. O que era estranho, porque ela não era o tipo de garota que você deixasse de notar.

Mas, afinal de contas, Orsay também era relativamente nova na cidade. Antes morava com o pai, guarda do Parque Nacional Stefano Rey, e só chegara à cidade muito depois do início do LGAR.

Mas Orsay havia desenvolvido seus poderes antes do LGAR. A princípio não sabia o que estava acontecendo, de onde vinham as imagens bizarras em sua cabeça, mas com o tempo deduziu. Estava habitando os sonhos dos outros. Andando dentro de suas fantasias adormecidas. Vendo o que eles viam, sentindo o que sentiam.

Nem sempre era uma experiência fantástica. Estivera dentro da cabeça de Drake, por exemplo, e aquilo era um poço de serpentes que ninguém gostaria de testemunhar.

Com o passar do tempo, seus poderes pareciam ter se expandido, se desenvolvido. Tinham pedido que ela tocasse a mente do monstro dentro da mina. A coisa que chamavam de gaiáfago. Ou simplesmente de Escuridão.

Aquilo havia rasgado sua mente. Como se lâminas de bisturi cortassem todas as barreiras de segurança e privacidade em seu cérebro.

Depois, nada havia sido igual. Depois daquele contato seus poderes tinham subido a um novo nível. Um nível que não era bem-vindo.

Quando tocava a barreira podia ver os sonhos do outro lado. Dos que estavam lá fora.

Os que estavam lá fora...

Podia sentir a presença deles agora mesmo, enquanto subia na pedra e se aproximava da barreira. Podia senti-los, mas ainda não podia ouvi-los, ainda não podia entrar em seus sonhos.

Só conseguia fazer isso quando tocava na barreira. Porque do outro lado, fora da barreira, do outro lado daquela barreira cinza e implacável, eles também a tocavam. Orsay via a barreira como algo fino mas impenetrável. Uma folha de vidro leitoso com apenas alguns milímetros de espessura. Era no que acreditava, era o que sentia.

Lá fora, do outro lado, no mundo, pais e amigos vinham como peregrinos tocar a barreira e tentar alcançar a mente capaz de ouvir seus gritos e suportar sua perda.

Tentavam tocar Orsay.

Ela os sentia. Na maior parte do tempo. A princípio tivera dúvidas, às vezes ainda tinha. Mas era uma coisa nítida demais para não ser real. Era isso que Nerezza havia lhe dito.

As coisas que parecem reais são reais. Pare de duvidar de si mesma, Profetisa.

Às vezes duvidava de Nerezza, mas nunca dizia isso a ela. Havia algo poderoso em Nerezza. Ela era forte, uma pessoa com profundezas que Orsay não podia ver, mas podia sentir.

Às vezes Orsay quase tinha medo da certeza da garota.

Chegou ao topo da pedra. Ficou surpresa ao perceber que agora havia dezenas e dezenas de crianças reunidas na praia, ou mesmo subindo na base da pedra.

Nerezza ficou logo abaixo de Orsay, atuando como guarda, mantendo o pessoal afastado.

— Olhe quantos vieram — disse Nerezza a ela.

— É — respondeu Orsay. — São muitas. Eu não posso...

— Você só deve fazer o que *pode*. Ninguém espera que você sofra mais do que consegue suportar. Mas certifique-se de falar com Maria. Se não fizer mais nada, profetize para Maria.

— Dói — admitiu Orsay. Sentia-se mal em admitir. Todos aqueles rostos ansiosos, esperançosos, desesperados, virados para ela. E tudo que tinha de fazer era suportar a dor para aliviar os temores deles.

— Veja! Eles vêm apesar das mentiras de Astrid.

— Astrid? — Orsay franziu a testa. Tinha ouvido Nerezza falar algo sobre Astrid antes, mas a maioria dos pensamentos de Orsay estava em outro lugar. Tinha apenas um pouco de consciência do que acontecia ao redor, neste mundo. Desde aquele dia em que tocara a Escuridão, sentia-se como se o mundo inteiro estivesse um pouco descorado, os sons, abafados. As coisas que tocava, parecia sentir através de bandagens de gaze.

— É, Astrid Gênio está contando mentiras sobre você. Ela é a fonte das mentiras.

Orsay balançou a cabeça.

— Você deve estar errada. Astrid? Ela é uma garota tão honesta...

— É Astrid, sem dúvida. Ela está usando Taylor, Howard e alguns outros. As mentiras viajam depressa. A essa altura todo mundo já ouviu. E, no entanto, veja quantos vieram.

— Talvez eu devesse parar com isso.

— Você não pode deixar que as mentiras a incomodem, Profetisa. Não temos o que temer em relação a Astrid, a gênio que nunca vê o que está bem embaixo do próprio nariz.

Nerezza deu seu sorriso misterioso, depois pareceu se sacudir, como se saindo de um devaneio. Antes que Orsay pudesse perguntar o que ela queria dizer, Nerezza prosseguiu:

— Vamos deixar a Sereia cantar.

Orsay só tinha ouvido Jill cantar duas vezes, e ambas haviam sido como experiências místicas religiosas. Não importava qual fosse a música; se bem que algumas quase faziam a pessoa sentir que deveria fazer mais do que simplesmente ficar parado ouvindo.

— Jill — disse Nerezza. — Prepare-se. — Depois, falando mais alto, dirigiu-se aos que estavam na praia. — Pessoal. Temos uma experiência muito especial para vocês. Inspirada pela Profetisa, nossa pequena Jill tem uma canção para vocês. Acho que vão gostar de verdade.

Jill cantou os primeiros versos de uma música que Orsay não reconheceu.

Não chore meu neném,
Já pode dormir seu soninho...

O mundo se fechou ao redor de Orsay como um cobertor macio e quente. Sua mãe, sua mãe de verdade, nunca fora do tipo de canções de ninar. Mas em sua mente havia outra mãe, a que ela gostaria de ter tido.

Quando acordar ganhará
Mais um lindo cavalinho...

E agora Orsay podia ver, com a mente, os pretos e os baios, os malhados e os cinzentos, todos dançando em sua imaginação. Com eles, uma vida que ela nunca tivera, um mundo que jamais conhecera, uma mãe que cantava...

Não chore...

Jill ficou em silêncio. Orsay piscou, como uma sonâmbula acordando. Viu seus seguidores, todos bem juntos agora, quase parecendo fundidos num só. Tinham chegado mais perto de Jill e agora se comprimiam contra a pedra.

Mas os olhos deles não estavam em Jill, nem mesmo em Orsay. Estavam naquele pôr do sol enfeitado com anjos e com o rosto de suas mães.

— Agora é a hora — disse Nerezza a Orsay.

— Certo. É.

Orsay pressionou a mão contra a barreira. O choque elétrico queimou as pontas dos seus dedos. A dor ainda era atordoante, mesmo depois de tantas vezes. Tinha de lutar contra a ânsia premente de recuar.

Mas apertou a mão contra a barreira, e a dor disparou por cada nervo da mão, viajando pelo braço, rasgando, queimando.

Orsay fechou os olhos.

— Ela... ela... Maria está aí?

Uma voz ofegou.

Orsay abriu os olhos cheios de lágrimas e viu Maria Terrafino mais atrás. Pobre Maria, com um fardo tão grande.

Maria, tão terrivelmente magra, agora. A fome piorada demais pela anorexia.

— Está falando de mim? — perguntou Maria.

Orsay fechou os olhos.

— Sua mãe... Vejo os sonhos dela com você, Maria. — Orsay sentiu as imagens tomarem-na, reconfortantes e perturbadoras, uma abençoada distração da dor.

— Maria com 6 anos... Sua mãe sente saudade... Sonha com a época em que você era pequena e ficou chateada porque seu irmãozinho ganhou um brinquedo que você queria, de Natal.

— O skate — sussurrou Maria.

— Sua mãe sonha que você irá para ela em breve — disse Orsay. — É o seu aniversário de novo, muito em breve, Maria. Então cresça, agora. Sua mãe diz que você fez o bastante, Maria. Outros assumirão seu trabalho.

— Não posso... — respondeu Maria. Parecia abalada. — Não posso deixar as crianças sozinhas.

— Seu aniversário é no dia das mães, Mãe Maria — sussurrou Orsay, achando estranhas suas próprias palavras.

— É — admitiu Maria. — Como você...

— Nesse dia, Mãe Maria, você vai libertar seus filhos para que possa ser Maria, a filha, de novo.

— Não posso abandonar...

— Você não vai abandonar, Maria. Quando o sol se puser, você vai guiá-los com você, para a liberdade — sussurrou Orsay. — Quando o sol se puser num céu vermelho...

Sanjit havia passado o fim da tarde assistindo a um filme estrelado por seu pai adotivo. *Fly Boy II*. Ele já tinha visto o filme antes. Todos já tinham visto absolutamente todos os filmes de Todd Chance. E a maioria dos de Jennifer Brattle. Exceto os que tinham nudez.

Mas *Fly Boy II* representava um interesse particular por causa de um trecho de 12 segundos mostrando um ator — ou talvez fosse um piloto de verdade, quem poderia saber? — pilotando um helicóptero. Nesse caso, ele o fazia ao mesmo tempo em que tentava metralhar John Gage — representado por Todd Chance — enquanto Gage saltava entre os vagões de um trem de carga em alta velocidade.

Sanjit havia repassado aquele mesmo trecho de 12 segundos uma centena de vezes, até que seu cérebro começou a vagar e os olhos ficaram vítreos.

Agora, com todos os outros na cama, Sanjit assumiu o último turno com Bowie. Ou talvez fosse o primeiro.

Sentou-se na poltrona funda ao lado da cama do menino.

Havia uma luminária de piso, com a haste flexível curvada sobre seu ombro, apontando um pequeno círculo de luz sobre o livro que ele abriu. Era um romance de guerra. Sobre o Vietnã, que era um país perto da Tailândia, onde ele havia nascido. Evidentemente acontecera uma guerra por lá, muito tempo antes, e os americanos estiveram na tal guerra. Não era isso que interessava. O que interessava era que eles usavam muitos helicópteros e esse romance específico se concentrava num soldado que pilotava um.

Não era muita coisa, mas era tudo que tinha. O autor devia ter feito alguma pesquisa, pelo menos. Suas descrições pareciam boas. Pareciam não ter sido inventadas.

Não era o melhor modo de aprender a pilotar um helicóptero.

Bowie balançou a cabeça furiosamente para o lado, como se estivesse tendo um pesadelo. Sanjit se encontrava suficientemente perto para encostar a mão na testa do garoto. A pele estava quente e úmida.

Bowie era um menino bonito, com olhos azuis aquosos e dentinhos tortos. Tão pálido que às vezes parecia um daqueles deuses de mármore que Sanjit vira em sua infância perdida, havia muito tempo.

Eles eram frios ao toque. Bowie, não.

Leucemia. Não, certamente não era isso. Mas não era um resfriado ou uma gripe também. Aquilo estava perdurando por muito tempo para ser gripe. Além disso, ninguém mais tinha ficado doente. De modo que provavelmente não era esse tipo de coisa. Esse tipo de coisa que a gente pega.

Sanjit realmente não queria ver aquele garotinho morrer. Tinha visto pessoas morrerem. Um mendigo velho e sem pernas. Uma mulher num beco em Bangcoc depois de ter um bebê. Um homem que foi esfaqueado por um cafetão.

E um menino chamado Sunan.

Sanjit havia posto Sunan sob sua proteção. A mãe dele era prostituta. Um dia ela sumiu; ninguém sabia se estava viva ou morta. E Sunan foi parar nas ruas. Não sabia muita coisa. Sanjit lhe ensinou o que podia. A roubar comida. A escapar quando fosse apanhado roubando comida. A fazer os turistas darem dinheiro em troca de carregar as malas deles. A conseguir que os donos das lojas pagassem para ele levar turistas estrangeiros ricos às suas lojas.

A sobreviver. Mas não a nadar.

Sanjit o retirou do rio Chao Phraya, tarde demais. Havia afastado os olhos do garoto só por um minuto. Quando se virou de novo... era tarde demais. No momento em que o pescou da água lodosa era tarde demais.

Sanjit se recostou de novo. Voltou-se para o livro. Suas mãos estavam tremendo.

Paz entrou, usando pijama e esfregando os olhos de sono.

— Esqueci a Nu Nu — disse ela.

— Ah. — Sanjit viu a boneca no chão, pegou-a e entregou. — É difícil dormir sem a Nu Nu, não é?

Paz pegou a boneca e apertou-a contra o corpo.

— Bowie vai ficar bom?

— Espero que sim.

— Você está aprendendo a pilotar o helicóptero?

— Claro — respondeu Sanjit. — É moleza. Tem uns pedais. E uma espécie de vara chamada coletivo. E outra chamada... outra coisa. Esqueci. Mas não se preocupe.

— Eu sempre me preocupo, não é?

— É, acho que sim. — Sanjit sorriu. — Mas tudo bem, porque as coisas que preocupam você quase nunca acontecem, não é?

— É — admitiu Paz. — Mas as coisas que eu tenho esperança de acontecer também não acontecem.

Sanjit suspirou.

— É. Bom, vou me esforçar ao máximo.

Paz veio e abraçou-o. Então pegou a boneca e saiu.

Sanjit retornou à história, algo sobre um tiroteio com "Charlie". Folheou, tentando descobrir pistas suficientes para deduzir como pilotar um helicóptero. Decolando de um barco. Perto de um penhasco.

Levando todo mundo de quem ele gostava.

DEZESSETE | 15 HORAS E 59 MINUTOS

— MÃE MARIA? Posso ficar acordado com você?
— Não, querido. Volte a dormir.
— Mas não estou cansado.
Maria pôs a mão no ombro do menino de 4 anos. Levou-o de volta para o quarto principal. Colchonetes no chão. Lençóis imundos. Atualmente não podia fazer muita coisa com relação a isso.
Sua mãe diz que você já fez o suficiente, Maria.
Mãe Maria, era como a chamavam. Como se ela fosse a Virgem Maria. As crianças sempre demonstravam tanta admiração por ela. Admiração sem tamanho. Grande coisa. Isso não ajudava muito enquanto Maria ralava dia e noite, dia e noite.
"Voluntários" carrancudos. Batalhas intermináveis entre as crianças por causa de brinquedos. Irmãos mais velhos tentando constantemente largar os menores na creche. Arranhões, cortes, fungadelas, narizes sangrando, dentes moles e infecções de ouvido. Crianças que simplesmente iam embora, como Justin, o último a fazer isso. E séries de perguntas intermináveis, intermináveis, para ser respondidas. Uma exigência de atenção que jamais terminava, jamais, nem por um segundo.
Maria mantinha um calendário. Tivera de fazer um à mão, desenhando num grande pedaço de papel de embrulho. Precisava de espaços grandes para escrever lembretes e anotações intermináveis. O aniversário de cada criança. Quando uma delas havia reclamado pela

primeira vez de infecção no ouvido. Lembretes para conseguir mais pano para fraldas. Para conseguir uma vassoura nova. Coisas que precisava dizer ao John ou aos outros trabalhadores.

Olhou para o calendário. Para a anotação que tinha feito dizendo para dar um dia de folga a Francis em homenagem aos três meses de trabalho fantástico.

Mas Francis havia se dado a própria folga.

Na programação, um lembrete de semanas atrás, para encontrar "P". Era o código para Prozac. Não tinha encontrado nenhum. O armário de remédios de Dahra Baidoo estava praticamente vazio. Dahra havia dado a Maria alguns antidepressivos diferentes, mas eles estavam causando efeitos colaterais. Sonhos vívidos, absurdos, que a deixavam inquieta o dia inteiro e com pavor de dormir.

Estava comendo o que deveria.

Mas tinha começado a vomitar de novo. Não todas as vezes. Só algumas. Às vezes era uma escolha entre não comer e se permitir enfiar o dedo na garganta. Às vezes não conseguia controlar os dois impulsos, por isso precisava optar por um.

E depois soluçava, cheia de ódio contra a própria mente, contra os pequenos cânceres que pareciam comer sua alma noite e dia, noite e dia.

Sua mãe sente saudade...

No calendário havia uma marca em vermelho no dia das mães: "15 anos!" Virou o relógio de Francis e olhou a hora. Poderia mesmo ser tão tarde? Faltavam 16 horas. Dezesseis horas para os seus 15 anos.

Não era muito. Precisava estar preparada para aquilo, o Grande Quinze Anos.

Precisava estar pronta para lutar contra a tentação que vinha para cada pessoa do LGAR que chegava à data mortal.

Atualmente todo mundo sabia o que acontecia. O tempo pareceria congelar. E enquanto você pairava numa espécie de limbo, uma tentação chegava. A pessoa a quem você mais queria agradar. A pessoa com quem você mais queria se reunir. E ela ofereceria uma fuga. Imploraria para você atravessar até ela, para sair do LGAR.

Havia uma centena de teorias para o motivo de isso acontecer. Maria ouvira várias: numerológicas, de conspiração, astrológicas, todas as variações possíveis sobre alienígenas, cientistas do governo...

A de Astrid, a "explicação oficial", era que o LGAR era uma aberração da natureza, uma anomalia que ninguém podia compreender, com regras que o pessoal de dentro devia tentar descobrir e entender.

O estranho efeito psicológico do Grande Quinze Anos era apenas uma distorção da mente. Não havia realidade para a "tentação" nem para o demônio que vinha em seguida.

— É apenas o modo de a mente dramatizar uma escolha entre vida e morte — explicara Astrid com seu tom de sempre, ligeiramente superior.

A maioria das crianças não pensava nisso. Para alguém de 10 ou 12 anos, os 15 pareciam distantes demais. Quando começava a chegar perto, você começava a pensar nisso, mas Astrid — na época em que ainda tinham eletricidade e impressoras — havia imprimido uma prática folha de instruções chamada "Sobrevivendo aos 15".

Maria não achava que Astrid mentiria deliberadamente. Não importava o que Nerezza dissesse. Mas não achava que fosse infalível, também.

Acima de tudo, Maria não tinha tempo para perder com indagações filosóficas, para dizer de modo agradável. Acima de tudo, estava enfiada até o pescoço em crises relacionadas às crianças.

Mas a data ficava se aproximando. E então... o Francis.

E agora Orsay.

Nesse dia você libertará seus filhos para que possa ser Maria, a filha, de novo...

Maria podia sentir a depressão chegando. Era uma perseguidora paciente. Ela observava e esperava. E, quando sentia a mínima fraqueza, chegava mais perto.

Tinha se obrigado a comer.

E depois tinha se obrigado a vomitar.

Não era idiota. Não era alienada. Sabia que estava perdendo o controle. De novo.

Arrebentando as costuras.

E logo estaria naquela estase congelada, sem tempo, da qual falava o panfleto útil de Astrid. E veria o rosto de sua mãe chamando-a...

Abandone seu fardo, Maria...

E vá para ela...

Maria fechou os olhos com força. Quando abriu, Ashley estava à sua frente. A menininha chorava. Tinha tido um pesadelo e precisava de um abraço.

Uma garota chamada Consuela, que trabalhava para Edilio, tinha visto primeiro.

Correu para encontrar Edilio. Ela fazia parte do turno da noite, que ficava de olho durante a madrugada. Quando viu aquilo, saiu gritando, e fora correndo achar seu chefe. Era o que deveria fazer.

E agora Edilio estava num impasse. Imaginando o que deveria fazer. Sabia a resposta correta: informar ao conselho. Tinha causado problema para Sam por não ter feito isso antes.

Mas isso...

— O que devo fazer? — sussurrou Consuela.

— Não conte a ninguém.

— Devo chamar Astrid? Ou o Sam?

Eram perguntas perfeitamente razoáveis. Edilio desejou ter uma resposta perfeitamente razoável.

— Vá descansar. Bom trabalho. Uma droga você ter precisado ver isso.

Ela partiu, agradecida por ir embora. E Edilio olhou com expressão funesta para a coisa... a pessoa... o corpo... que seria como uma adaga no coração de Sam.

Nos meses desde a morte de Drake Merwin, desde a derrota do gaiáfago e o controle das ezecas, uma ordem e uma calma tênues haviam baixado sobre o LGAR.

Edilio sentiu que essa estrutura tênue, o sistema que havia trabalhado tão duro para construir, o que tinha começado a acreditar que poderia durar, agora se desfazia em suas mãos, como lenço de papel numa chuvarada.

O sistema nunca fora real. O LGAR sempre venceria.

Sam parou junto ao corpo. A visão o abalou. Deu um passo atrás, cambaleando.

Edilio segurou-o.

Sam sentiu o pânico crescer por dentro. Queria correr. Não conseguia respirar. Seu coração martelava no peito. As veias pareciam se encher de água gelada.

Sabia o que havia acontecido.

— Ei, chefe — disse Edilio. — Você está legal, cara?

Sam não pôde responder. A respiração estava curta, ofegante. Como uma criancinha a ponto de cair no choro.

— Sam. Qual é, cara.

Edilio olhou do corpo mutilado para o amigo, então de volta para o corpo.

Sam havia passado por aquilo. Conhecia os ferimentos terríveis que estava vendo. O corpo do menino de 12 anos chamado Leonard tinha marcas que Sam conhecia e jamais esqueceria.

As marcas de um chicote.

A rua estava silenciosa. Ninguém à vista. Ninguém que tivesse testemunhado.

— Drake — disse Sam, num sussurro.

— Não, cara. Drake morreu, já era.

Subitamente furioso, Sam agarrou a camisa de Edilio.

— Eu sei o que estou vendo, Edilio. É ele — gritou Sam.

Edilio afastou pacientemente os dedos de Sam.

— Escuta, Sam, eu sei o que parece. Eu vi você. Vi como você ficou naquele dia. Por isso eu sei, certo? Mas, cara, não faz sentido. Drake está morto e enterrado embaixo de toneladas de pedras num túnel de mina.

— É o Drake — disse Sam sem sombra de dúvida.

— Certo, já chega, Sam — reagiu Edilio com rispidez. — Você está pirando.

Sam fechou os olhos e sentiu a dor de novo... uma dor que não se parecia com nada que ele tivesse imaginado que poderia existir fora do inferno. Dor como a de ser queimado vivo.

Os golpes da mão de chicote de Drake. Cada um arrancando tiras de carne.

— Você não... Você não sabe como foi...

— Sam...

— Mesmo depois de Brianna me encher de morfina... Você não sabe... Você não sabe... OK? Você não sabe. Reze a Deus para nunca saber.

Taylor escolheu esse momento para ricochetear. Deu uma olhada no corpo e gritou. Cobriu a boca e olhou para o outro lado.

— Ele voltou — disse Sam.

— Taylor, tire o Sam daqui. Leve ele até a Astrid — ordenou Edilio.

— Mas Sam e Astrid estão...

— Faça isso! — berrou Edilio. — E depois se mexa e leve os outros membros do conselho para lá. Eles querem saber o que está acontecendo? Ótimo. Então podem sair da cama.

— Isso nunca acaba — disse Sam com os dentes trincados. — Sabia, Edilio? Isso não acaba. Está sempre comigo. Está sempre comigo.

— Leve ele — ordenou Edilio a Taylor. — E diga a Astrid que precisamos conversar.

DEZOITO | 15 HORAS E 57 MINUTOS

— VAMOS ESTA noite — disse Caine. Estava fraco. Fraco demais em todos os músculos. Dolorido. Ofegando simplesmente por ter subido a escada até o refeitório. Como se tivesse corrido uma maratona.

Fome. Ela provocava isso.

Tentou contar os rostos exaustos e magros que se viravam na sua direção. Mas não conseguia manter o número na cabeça. Quinze? Dezessete? Não mais do que isso, certamente.

A última vela tremeluzia na mesa que já estivera com altas pilhas de empadão de peru, pizza, gelatina, salada de folhas murchas, caixas de leite... a comida de sempre nos refeitórios de escola.

Esse salão já estivera cheio de crianças e adolescentes. Todos com aparência saudável. Alguns magros, alguns gordos, nenhum macilento e hediondo como os que restavam agora.

A Academia Coates, o local elegante para onde os ricos mandavam seus filhos problemáticos. Crianças que provocavam incêndios. Brigões. Maconheiros. Drogados. Crianças com problemas psicológicos. Ou que somente respondiam demais. Ou filhos cujos pais queriam fora de suas vidas.

Os difíceis, os fracassados, os rejeitados. Os mal-amados. A Academia Coates, onde você podia largar seus filhos e não ser mais incomodado por eles.

Bom, certamente isso estava funcionando bem para todos os envolvidos.

Agora só haviam os remanescentes desesperados da Coates. Os que tinham maldade ou sorte suficiente para sobreviver. Somente quatro eram mutantes conhecidos: o próprio Caine, um quatro barras; Diana, cujo único poder era a capacidade de determinar os poderes de outros mutantes; Bug, com sua capacidade de quase desaparecer; e Penny, que havia desenvolvido um poder extremamente útil de ilusão: podia fazer uma pessoa acreditar que estava sendo atacada por monstros, esfaqueada ou pegando fogo.

Tinha demonstrado isso num garoto chamado Barry. Ele foi levado a acreditar que estava sendo perseguido por lanças no meio do salão. Foi engraçado vê-lo correr cheio de terror.

Era isso. Quatro mutantes, dos quais só dois, Caine e Penny, serviriam numa briga. Bug tinha suas utilidades. E Diana era Diana. O único rosto que ele queria ver agora.

Mas ela estava com a cabeça baixa, apoiada nas mãos, os cotovelos nos joelhos.

Os outros o olhavam. Não amavam nem gostavam dele, mas ainda o temiam.

— Chamei todo mundo aqui esta noite porque vamos embora — disse Caine.

— Você tem alguma comida? — gemeu uma voz digna de pena.

— Vamos conseguir comida — respondeu Caine. — Sabemos de um lugar. É uma ilha.

— Como vamos chegar a uma ilha?

— Cala a boca, Jason. É uma ilha. Os donos eram dois atores famosos que você provavelmente lembra. Todd Chance e Jennifer Brattle. É uma mansão enorme numa ilha particular. O tipo de lugar que teria um montão de comida estocada.

— O único modo de chegar é de barco — gemeu Jason. — Como vamos fazer isso?

— Vamos pegar alguns — respondeu Caine com muito mais confiança do que sentia.

Bug espirrou. Ficava quase visível quando espirrava.

— Bug sabe desse lugar — disse Caine. — É famoso.

— Então por que não ouvimos falar antes? — perguntou Diana, murmurando para o chão.

— Porque Bug é um idiota e não pensou nisso — reagiu Caine com raiva. — Mas a ilha está lá. Chama-se San Francisco de Sales. Está no mapa.

Ele tirou do bolso um mapa rasgado e amassado e desdobrou-o. Fora tirado de um atlas na biblioteca da escola.

— Estão vendo? — Ele estendeu-o e sentiu-se gratificado ao ver lampejos de interesse real.

— Vamos conseguir barcos — disse Caine. — Em Praia Perdida.

Isso matou qualquer leve entusiasmo que tivesse existido.

— Eles têm todo tipo de aberrações, armas e coisa e tal — disse uma garota apelidada de Pampers.

— É, têm — admitiu Caine, cansado. — Mas todos vão estar ocupados demais para prestar atenção na gente. E se alguém entrar no caminho, eu cuido deles. Eu ou Penny.

Os garotos olharam para ela. Penny tinha 12 anos. Provavelmente havia sido bonita. Uma garota sino-americana, bonita, com nariz minúsculo e sobrancelhas com ar de surpresa. Agora parecia um espantalho, cabelo quebradiço, gengivas vermelhas de desnutrição, com uma esquimose que cobria o pescoço e os braços num padrão de renda rosada.

— Acho que você pirou — disse Jason. — Atravessar Praia Perdida? Metade de nós nem consegue chegar até lá, quanto mais brigar. Estamos morrendo de fome, cara. A não ser que você tenha alguma comida para dar, vamos cair antes de chegar à estrada.

— Escutem — insistiu Caine baixinho. — Definitivamente vamos precisar de um pouco de comida. Logo.

Diana levantou os olhos, morrendo de medo do que Caine faria em seguida.

— A única comida que vamos conseguir está naquela ilha. Ou chegamos lá ou teremos de arranjar mais alguém para comer.

DEZENOVE | 15 HORAS E 27 MINUTOS

ERA ESTRANHO, PENSOU Zil. Estranho como a coisa havia chegado a esse ponto. Era estranho como estava apavorado, como suas entranhas estavam se revirando, mas não podia deixar que os outros vissem. Porque estava no comando. Porque todos olhavam para ele.

O Líder. Com "O" e "L" maiúsculos, quando Turk pronunciava.

Turk, um sujeitinho horripilante com sua perna ruim e a cara de rato.

E Hank. Hank dava medo. Provavelmente era um maluco total. Certo: não provavelmente. Definitivamente. Hank era sempre o que pressionava, provocava, exigia.

Os outros. Vinte e três. Antoine, o drogado gordo. Max. Rudy. Lisa. Trent. Outros que Zil mal conhecia. O único de quem Zil até gostava de verdade era Lance. Lance era maneiro. Lance era o bonito, o inteligente, que fazia Zil sentir que talvez tudo isso estivesse certo, como se talvez Zil merecesse mesmo ser O Líder, com "O" e "L" maiúsculos.

De qualquer modo, agora era tarde demais para recuar. Ele havia feito um acordo com Caine. O acordo era muito simples: existiam duas pessoas no LGAR que Zil tinha de temer acima de todas as outras — Sam e Caine. Caine havia oferecido a Zil uma chance de desacreditar um e dar adeuzinho ao outro.

Era agora ou nunca.

Uma coisa de cada vez. Gasolina. E depois disso seria tarde demais para se arrepender.

Faltava um minuto para a declaração de guerra total contra as aberrações.

Vinte e três deles se infiltravam pelas ruas escuras em grupos de dois ou três, com armas e porretes escondidos embaixo de agasalhos e casacos. Alguns andando com insolência, outros se esgueirando apavorados como camundongos. O grande medo era de que Sam pudesse vê-los antes do tempo. Que tentasse impedi-los antes que pudessem começar a festa.

Zil gargalhou, sem querer.

Turk estava com ele. Nenhum dos dois levava armas nem nada que pudesse dar a Sam uma desculpa, caso ele os encontrasse.

— Veja só, isso é que é um Líder — disse Turk em seu modo untuoso. — Você ri, apesar de tudo.

Zil não disse nada. Estava com o coração na garganta.

Muita coisa poderia dar errado. Brianna. Dekka. Taylor. Edilio. Até Orc. Aberrações, e pessoas que apoiavam as aberrações, traidores. Qualquer um deles poderia fazer com que isso acabasse de uma hora para a outra.

Zil sentia-se parado na borda de um penhasco.

Um passo de cada vez. Primeiro o posto de gasolina.

Tinha de ser esta noite.

Agora.

E a cidade inteira precisava queimar.

A partir desse incêndio, a Galera Humana juntaria os sobreviventes sob a liderança de Zil. Então ele seria o Líder, não somente dessa galerinha de fracassados, mas de todo mundo.

Brittney não sabia onde estivera. Ou o que tinha feito desde que saíra da casa de Brianna. Tinha clarões, como cenas tiradas de um filme. Um flash de um espaço apertado embaixo de uma casa. De se deitar na terra de novo, de senti-la fria nas costas. De traves cheias de teias de aranha acima, como uma reconfortante tampa de caixão.

Outros flashes mostravam pedras na praia. Areia que tornava difícil andar.

Lembrava-se de ter visto crianças. Duas, ao longe. Elas correram quando a viram. Mas talvez não fossem reais. Talvez fossem apenas fantasmas, porque Brittney não tinha certeza absoluta de que qualquer pessoa que via era real. Elas pareciam reais na superfície — os olhos, o cabelo e os lábios eram familiares. Mas às vezes pareciam ter luzes saindo pelos lugares errados.

Era difícil saber o que era e o que não era real. Só o que sabia era que Tanner aparecia às vezes, ao lado dela. E ele era real.

A voz em sua cabeça também era real, a voz que lhe dizia para servi-lo, para obedecer, para seguir o caminho da verdade e da bondade.

Então Brittney se lembrou de ter sentido que o maligno estava perto. Muito perto. Podia sentir sua presença.

Ah, sim: *ele* estivera aqui.

Mas onde ela havia estado? Perguntou ao irmão, Tanner. O menino parecia meio bagunçado, com os ferimentos visíveis demais.

— Onde eu estou, Tanner? Como cheguei aqui?

— Você ressuscitou, é um anjo da vingança — respondeu ele.

— Sim, mas onde eu estava? Agora mesmo. Logo antes. Onde eu estava?

Houve um barulho no fim do quarteirão. Duas pessoas andando. Sam e Taylor.

Sam era bom. Taylor era boa. Nenhum dos dois estava aliado ao maligno. Eles não pareciam vê-la. Às suas costas, deixavam borrões de luz ultravioleta, como uma trilha de gosma.

— Você viu ele, Tanner?

— Quem?

— O maligno. Você viu o demônio?

Tanner não respondeu. Estava sangrando pelos ferimentos medonhos que o haviam matado.

Brittney deixou para lá. Na verdade já esquecera que tinha feito uma pergunta.

— Preciso encontrar a Profeta. Preciso salvá-la do maligno.

— É. — Tanner havia assumido sua outra aparência, sua indumentária angelical. Reluzia lindamente, como uma estrela dourada. — Siga-me, irmã. Temos boas obras a realizar.

— Louvado seja Jesus — disse Brittney.

Seu irmão encarou-a, e só por um momento pareceu que estava sorrindo. Seus dentes estavam à mostra, os olhos vermelhos com um fogo interior.

— Sim — disse Tanner. — Louvado seja.

VINTE | 15 HORAS E 12 MINUTOS

O POSTO DE gasolina estava escuro. Tudo estava escuro.

Zil olhou para o céu. Estrelas brilhavam. Incrivelmente luminosas e nítidas. Noite preta e estrelas brancas, brilhantes, ofuscantes.

Não era poeta, mas conseguia entender por que as pessoas ficavam meio hipnotizadas pelas estrelas. Muitas pessoas grandiosas, importantes, deviam ter olhado as estrelas quando estavam a ponto de agir, preparando-se para fazer as coisas que iriam marcá-las para sempre como importantes.

Uma pena que não fossem estrelas de verdade.

Hank apareceu, como um fantasma. Estava com Antoine. Zil viu outros no escuro ao lado da estrada, já reunidos. Amontoando-se, apavorados, nervosos, a maioria pronta para fugir como coelhos, provavelmente.

— Líder — disse Hank num sussurro intenso.

— Hank — respondeu Zil, com a voz calma e tranquilizadora.

— A Galera Humana espera suas ordens.

Um murmúrio de muitas vozes. Ovelhas amedrontadas balindo juntas, tentando aumentar a coragem.

Lance estava ali.

— Eu verifiquei. Quatro soldados do Edilio. Dois dormindo. Nenhuma aberração, pelo que pude ver.

— Bom — disse Zil. — Se agirmos rápido e conseguirmos o elemento surpresa, duvido que teremos de machucar alguém.

— Não conte com isso — observou Hank.

— O que quer que aconteça, é o que tinha de ser — disse Turk.

— É o destino.

Zil engoliu em seco. Se mostrasse qualquer fraqueza, a coisa ruiria.

— Esse é o começo do fim das aberrações — disse. — Essa noite vamos devolver Praia Perdida para os Humanos.

— Vocês ouviram o Líder — exclamou Turk.

— Vamos — disse Hank. Ele tinha uma espingarda da sua altura, pendurada no ombro. Tirou-a e, ostensivamente, soltou a trava de segurança.

E então estavam em movimento. Andando rápido. Zil na frente com Hank de um lado, Lance do outro, e Antoine bamboleando com Turk na segunda fila.

Ninguém viu quando chegaram à estrada. Ou quando marcharam em passo rápido pela velha placa que mostrava os preços da gasolina.

Passaram pela primeira bomba antes que a primeira voz gritasse:

— Ei!

Continuaram, agora começando uma corrida empolgada.

— Ei! Ei! — gritou a voz de novo.

Um garoto, Zil não sabia o nome dele, estava gritando, e em seguida uma segunda voz:

— O que está acontecendo?

BLAM!

O som foi ensurdecedor. Uma adaga de fogo amarelo saiu do estrondo.

A espingarda de Hank.

O primeiro garoto caiu.

Zil quase gritou. Quase berrou: "Para." Quase disse: "Não precisa..."

Mas era tarde demais para isso. Tarde demais.

O segundo soldado levantou sua arma, mas hesitou. Hank não.

BLAM!

O segundo soldado se virou e correu. Jogou a arma longe e correu.

Mais vozes gritando com medo e confusão. Tiros. Aqui. Ali. Disparos loucos, todo mundo que podia atirar, explosões de luz no escuro.

— Cessar fogo! — gritou Hank.

Os tiros continuaram. Mas agora todos vinham do lado de Zil.

— Parem com isso! — gritou Zil.

As explosões pararam.

Os ouvidos de Zil retiniam. Longe, uma voz digna de pena chorava. Chorava como um bebê.

Durante um longo momento ninguém disse ou fez nada. O garoto que estava caído não fazia som algum. Zil não se aproximou.

— Certo, sigam o plano — disse Hank, calmo como se aquilo fosse um videogame que ele tivesse posto em pausa.

O pessoal cuja tarefa era trazer garrafas começou a descarregá-las. Lance foi até a bomba manual que tirava a gasolina do depósito subterrâneo. Começou a manuseá-la e encher garrafas de vidro seguras por mãos trêmulas.

— Não acredito — disse alguém.

— Nós conseguimos! — exultou um.

— Ainda não — resmungou Zil. — Mas está começando.

— Lembrem — disse Hank. — Enfiem os trapos bem fundo nas garrafas, como eu ensinei. E mantenham os isqueiros secos.

Acharam um carrinho de mão no mato atrás do posto. A roda não girava muito bem, estava torta, mas servia para levar as garrafas.

O cheiro de gasolina pesava na garganta de Zil. Ele estava tenso, esperando o contra-ataque. Esperando para ver Sam chegar com as mãos chamejando.

Isso acabaria com tudo.

Mas, não importava o quanto observasse a noite escura, não via uma única aberração capaz de impedi-lo.

O Pequeno Pete soltou um grunhido enquanto apertava botões e mexia no touchpad de seu jogo.

Sam estava em silêncio, encolhido. Não tinha dito nada desde que Taylor o havia puxado pela porta e acordado Astrid de um sonho agitado.

Era idiotice não falar com Sam, percebeu Astrid. Quando Taylor a havia acordado, ela imaginou de algum modo, em sua confusão sonolenta, que Sam tinha voltado correndo, perdoando tudo.

Mas então Taylor disse que voltaria com o restante do conselho e Astrid soube que algo estava errado.

Agora estavam todos ali. Bem, a maioria. Segundo disseram, Dekka estava enjoada devido ao que quer que estivesse acontecendo. Mas Albert estava presente e, enquanto Albert e Astrid estivessem ali, admitiu ela para si mesma, os membros importantes do conselho estavam presentes.

Infelizmente, Howard também tinha vindo. Ninguém queria arrastar John no meio da madrugada. Ele poderia ficar sabendo mais tarde.

Já era o suficiente: Astrid, Albert, Howard, Taylor e Sam. Cinco dos sete. E, Astrid não pôde deixar de notar, qualquer votação provavelmente resultaria a seu favor.

Estavam em volta da mesa, sob um fantasmagórico Samsol.

— Certo, Taylor, como Sam não parece exatamente a fim de falar — disse Astrid. — Por que estamos todos aqui?

— Um garoto foi assassinado esta noite — disse Taylor.

Uma centena de perguntas surgiram na cabeça de Astrid, mas ela fez a mais importante.

— Quem?

— Edilio disse que acha que era o Juanito. Ou o Leonard.

— Ele acha?

— É meio difícil dizer — respondeu Taylor, com um quase sorriso mórbido.

— O que aconteceu? — perguntou Albert.

Taylor olhou para Sam. Ele não disse nada. Ficou olhando. Primeiro para a sua própria luz, pairando no ar. Depois para Taylor. Parecia pálido e quase frágil. Como se de repente fosse uma pessoa muito, muito mais velha.

— O garoto foi chicoteado — disse Taylor. — Parecia com o que aconteceu com o Sam.

Sam baixou a cabeça e envolveu o pescoço com as mãos. Parecia que tentava segurar a cabeça, apertando-a com força como se ela pudesse explodir.

— Drake está morto — disse Albert, parecendo querer acreditar muito, muito, que fosse verdade. — Está morto. Está morto.

— É, bem... — disse Taylor.

— É, bem, o quê? — perguntou Astrid, ouvindo instantaneamente a mudança na voz dela, a evasão.

Taylor se remexeu, desconfortável.

— Olha, o Edilio me mandou trazer o Sam aqui e juntar vocês. Acho que Sam está meio, vocês sabem, revivendo coisas que aconteceram.

— Aquele garoto foi chicoteado. Exatamente como eu — disse Sam para o chão. — Eu conheço as marcas. Eu...

— O que não quer dizer que seja o Drake — reagiu Albert.

— Drake está morto — disse Astrid. — Os mortos não voltam. Não sejamos ridículos.

Howard fungou com desprezo.

— Certo. É só até aqui que vou ficar com você nessa, garoto Sammy. — E fez um gesto de lavar as mãos.

Astrid bateu com a palma da mão na mesa, surpreendendo até a si mesma.

— É melhor alguém me explicar o que significam esses olhares.

— Brittney — respondeu Howard, cuspindo o nome como se fosse veneno. — Ela voltou. Sam deixou ela com Brianna e disse para eu não falar sobre isso.

— Brittney? — perguntou Astrid, confusa.

— É — respondeu Howard. — Sabe a garotinha morta, Brittney? Mortinha da silva? Que estava morta há um tempão, enterrada há um tempão e de repente estava sentada na minha casa, batendo papo. Essa Brittney.

— Ainda não enten...

— Bom, Astrid — disse Howard. — Acho que acabamos de encontrar os limites do seu grande e velho cérebro de gênio. O fato é que alguém que estava bem morta mesmo de repente não está mais tão morta assim.

— Mas... — começou Astrid. — Mas o Drake...

— Tão morto quanto Brittney — disse Howard. — O que pode ser um probleminha, já que Brittney não está exatamente morta.

Astrid sentiu enjoo. Não. Com certeza não. Era impossível. Insano. Nem mesmo ali, nem mesmo no LGAR.

Mas Howard não estava mentindo. A expressão de Taylor confirmava. E Sam também não estava pulando para argumentar.

Astrid se levantou. Olhou intensamente para Sam. Podia sentir a garganta latejar.

— Você não me contou? Isso está acontecendo e você não contou ao conselho?

Sam mal levantou os olhos.

— Ele não contou *a você*, Astrid — disse Howard, obviamente gostando do momento.

Parte de Astrid sentiu pena de Sam. Sabia que ele ainda estava longe de se recuperar da surra dada por Drake. Apenas um olhar para ele agora, de cabeça baixa, parecendo pequeno e apavorado, provava isso.

Mas ele não era o único que fora aterrorizado por Drake. O garoto com mão de chicote tinha vindo atrás dela, no início. Se ela pensasse, ainda podia sentir a ardência do tapa no rosto.

Ele havia feito ela...

Havia a obrigado a chamar o Pequeno Pete de retardado. Havia aterrorizado Astrid a ponto de fazê-la trair a pessoa que mais amava no mundo.

Ela tinha conseguido tirar isso da mente. Por que Sam não podia fazer o mesmo?

Howard gargalhou.

— Sammy não queria que o pessoal usasse a palavra com "z".

— O quê? — reagiu Astrid bruscamente.

— Zumbi. — Howard fez cara de bicho-papão e estendeu as mãos como um morto-vivo.

— Taylor, saia daqui — disse Astrid.

— Ei, eu...

— Agora isso é assunto do conselho — respondeu Astrid, colocando na voz toda a frieza que conseguiu.

Taylor hesitou, olhando para Sam em busca de orientação. Ele não levantou os olhos nem se mexeu. Taylor ficou por mais um segundo, o suficiente para erguer o dedo do meio para Astrid, e depois sumiu da sala.

— Sam, sei que você está chateado pelo que aconteceu com você e Drake — começou Astrid.

— Chateado? — Sam repetiu a palavra com um risinho irônico.

— Mas isso não é desculpa para guardar segredos da gente.

— É — disse Howard. — Você não sabe que só Astrid pode ter segredos?

— Cala a boca, Howard — exclamou Astrid.

— É, nós podemos mentir porque somos os inteligentes — disse Howard. — Não somos como todos aqueles idiotas lá fora.

Astrid voltou a atenção para Sam.

— Isso não foi legal, Sam. O conselho tem a responsabilidade. Não é só você.

Sam parecia não se importar com o que ela estava dizendo. Parecia quase fora do alcance, indiferente ao que acontecia ao redor.

— Ei — disse Astrid. — Estamos falando com você.

Foi o suficiente. O maxilar dele se apertou. Ergueu a cabeça em um estalo. Os olhos chamejaram.

— Não me venha com essa. Não foi a *sua* pele que foi chicoteada até ficar coberta de sangue. Foi *a minha*. Fui eu que entrei naquela mina para tentar lutar com o gaiáfago.

Astrid piscou.

— Ninguém está minimizando o que você fez, Sam. Você é um herói. Mas ao mesmo tempo...

Sam ficou de pé.

— Ao mesmo tempo? Ao mesmo tempo você estava aqui na cidade. Edilio levou uma bala no peito. Dekka foi despedaçada. Eu estava tentando não gritar por causa do... Você, Albert e Howard não estavam lá, estavam?

— Eu estava ocupada enfrentando o Zil, tentando salvar a vida do Hunter — gritou Astrid.

— Mas não foi você e suas palavras grandes que o salvaram, foi? Foi o Orc que fez o Zil parar. E ele estava lá porque eu o mandei salvar você. Eu! — Ele pressionou o dedo contra o próprio peito, causando o que parecia um impacto doloroso. — Eu! Eu, Brianna, Dekka e Edilio! E o coitado do Duck.

De repente Taylor estava ali de novo.

— Ei! Um soldado do Edilio chegou cambaleando do posto de gasolina. Disse que alguém atacou, tomou o lugar.

Isso silenciou a discussão.

Sam, com desprezo requintado, virou-se para a namorada e disse:

— Quer cuidar disso, Astrid?

Astrid ficou vermelha.

— Não? Foi o que pensei. Acho que vou ter que tomar as rédeas, então.

Ele deixou silêncio às suas costas.

— Talvez seja melhor aprovarmos algumas leis bem rápido, para o Sam poder salvar a gente legalmente — disse Howard.

— Howard, vá buscar o Orc — disse Albert.

— Agora *você* está me dando ordens, Albert? — Howard balançou a cabeça. — Acho que não. Nem você nem ela — disse ele, apontando o polegar para Astrid. — Vocês dois podem não ter muita consideração por mim, mas pelo menos eu sei quem salva a gente. E se eu for receber ordens de alguém, vai ser do cara que acabou de sair daqui.

VINTE E UM | 14 HORAS E 44 MINUTOS

— ENCONTRE EDILIO, Dekka e Brianna — disse Sam a Taylor. — Mande Edilio e Dekka para o posto de gasolina. Brianna para as ruas. Vamos enfrentar o Zil.

Pela primeira vez, Taylor não questionou. Ricocheteou.

Ele respirou o ar frio da noite e tentou pôr a cabeça no lugar. Zil. Precisava impedi-lo.

Mas só conseguia ver Drake. Drake nas sombras. Drake atrás de arbustos e árvores. Drake com sua mão de chicote.

Drake, e não Zil.

Fechou os olhos com força. Desta vez seria diferente. Na ocasião ele não tivera escolha, a não ser deixar que Drake o dominasse. Não tivera escolha a não ser ficar parado e suportar... suportar...

Notou Howard vindo atrás. Isso o surpreendeu um pouco, até ele perceber que Howard veria aquilo como uma oportunidade de usar Orc em troca de lucro.

— Howard? Em que condições o Orc está?

Howard deu de ombros.

— Apagado, totalmente bêbado.

Sam xingou baixinho.

— Veja se consegue acordá-lo.

Dava as ordens automaticamente, sem precisar pensar, mas ainda se sentia num sonho. Sem focalizar direito

Drake. De algum modo aquele animal estava de volta. De algum modo, estava vivo.

Como deveria lutar com alguma coisa que não pudesse ser morta? Do Zil ele podia cuidar. Mas Drake? Um Drake que podia retornar dos mortos?

Vou queimá-lo, disse a si mesmo. Vou queimá-lo centímetro a centímetro. Vou transformá-lo num pedaço de carvão. Vou reduzi-lo a cinzas.

E espalhar as cinzas sobre um quilômetro de terra e mar.

Matá-lo. Destruí-lo. Destruir os restos dos restos dos restos.

Vamos ver se ele voltaria de lá.

— Se eu trouxer o Orc, isso vai te custar alguma coisa — disse Howard. — Ele já lutou com o Drake antes.

— Vou queimá-lo — murmurou Sam consigo mesmo. — Vou matá-lo pessoalmente.

Howard pareceu achar que Sam se referia a Orc ou a ele, e partiu o mais rápido que pôde, sem dizer uma palavra.

O posto de gasolina não ficava longe. Só alguns quarteirões.

Sam andava pelo meio da rua. Não havia luzes. Apenas silêncio. Seus passos ecoavam.

Andava com as pernas rígidas de medo.

Tinha esquecido de mandar Taylor pegar Lana. Lana seria necessária. Mas Taylor pensaria nisso. Era inteligente.

Lembrou-se do toque curador de Lana naquele dia, enquanto os últimos efeitos da morfina sumiam e a dor, como um maremoto de fogo, o consumia. O toque dela, e a onda recuando lentamente.

Ele havia gritado. Tinha certeza.

Tinha gritado até ficar rouco naquele dia. E nos pesadelos desde então.

— Cinzas — disse Sam.

Sozinho na rua escura. Andando em direção à coisa que mais temia no mundo.

Astrid estava tremendo. Sentia todo tipo de emoção. Medo. Fúria. Até ódio.

E amor.

— Albert, não sei quanto tempo mais podemos deixar o Sam envolvido — disse ela.

— Você está chateada — respondeu Albert.

— É, estou chateada. Mas essa não é a questão. Sam está fora de controle. Se quisermos ter um sistema, talvez tenhamos de encontrar outra pessoa para fazer o papel de salvador.

Albert suspirou.

— Astrid, não sabemos o que está lá fora, no escuro. E talvez você esteja certa e o Sam esteja fora de controle. Mas eu? Eu fico realmente feliz por ser ele quem está lá, preparando-se para o que quer que seja.

Albert pegou seu onipresente caderno e saiu.

Para uma sala agora vazia e silenciosa, Astrid disse:

— Não morra, Sam. Não morra.

Taylor encontrou Edilio já a caminho do posto de gasolina. Ele estava com apenas um soldado, uma garota chamada Elizabeth. Os dois carregavam submetralhadoras, parte do arsenal que tinham encontrado havia muito tempo na usina nuclear.

Elizabeth girou e quase disparou uma rajada contra Taylor quando ela surgiu.

— Epa! — gritou Taylor.

— Desculpe. Eu pensei... Nós ouvimos tiros.

— No posto de gasolina. Sam já está indo para lá, disse para levar vocês.

Edilio assentiu.

— OK, vamos.

Taylor segurou-o e puxou-o de lado, para Elizabeth não ouvir.

— Sam está brigando com Astrid.

— Fantástico. Exatamente o que a gente precisava: os dois se engalfinhando. — Edilio passou a mão pelo cabelo cortado estilo exército. Ainda o mantinha curto, diferentemente da maioria dos garotos, que tinha desistido dos cuidados pessoais. — Não ouvi ninguém atirando nos últimos minutos. Provavelmente algum bêbado conseguiu uma arma.

— Não foi o que o seu cara disse — corrigiu Taylor, falando rápido. — Disse que o posto estava sendo atacado.

— Caine? — supôs Edilio.

— Ou Drake. Ou Caine *e* Drake.

— Drake está morto — disse Edilio monotonamente. Depois fez o sinal da cruz no peito. — Pelo menos é o que espero. Cadê a Brianna. E a Dekka?

— São as próximas da minha lista — disse Taylor, e ricocheteou para a casa onde Dekka estava morando. A casa estava escura, a não ser por um Samsol ardendo sinistramente na sala.

— Dekka? — gritou Taylor.

Ouviu um movimento no andar de cima. Ricocheteou para o quarto e encontrou Dekka se sentando na cama.

— Sam me mandou aqui. Disse para você correr até o posto de gasolina. Alguém está atirando por lá.

Dekka tossiu. Então cobriu a boca e tossiu de novo.

— Desculpe. Acho que estou com... — Tossiu de novo, com mais violência. — Estou bem — conseguiu dizer.

— O que quer que tenha, não passe para mim — disse Taylor, recuando. — Ei, sabe onde está a Brianna?

A expressão já sombria de Dekka ficou mais obscura ainda.

— Na casa dela. Com Jack, para o caso de você estar procurando por ele também.

— Jack? — disse Taylor, momentaneamente distraída pela possibilidade de uma boa fofoca. — Ela está com o Jack Computador?

— É, o Jack Computador. Nerdzinho, óculos, que faz coisas idiotas tipo desligar a usina nuclear, saca? Esse Jack. Ele está doente e ela está cuidando dele.

— Certo. Estou indo... Espera. Esqueci. Talvez seja bom ficar de olho no Drake.

As sobrancelhas de Dekka se elevaram rapidamente.

— O quê?

— Bem-vindo ao LGAR — disse Taylor, e mudou de canal. O quarto escuro de Dekka se transformou no de Brianna.

Jack havia posto um colchonete num canto do quarto de Brianna, mas não estava deitado nele. Estava numa grande cadeira de escritório, com os pés numa mesinha lateral e um cobertor enrolado no corpo. Roncava. Seus óculos estavam no chão. Brianna estava na cama.

— Acorda! — gritou Taylor.

Jack não se mexeu. Mas Brianna estava de pé e fora da cama em menos tempo do que o grito de Taylor demorou para ecoar.

— O que você... — disse Brianna. E então começou a tossir.

Era uma coisa estranha de se ver, porque Brianna tossia rápido. Fazia tudo rápido. Antigamente isso era só quando corria — algo que ela podia fazer quase à velocidade do som. Mas, nos últimos tempos, cada vez mais, essa velocidade transparecia no restante dos movimentos também. De modo que agora tossia muito mais rápido do que uma pessoa normal.

E então sentou-se tão de repente quanto havia se levantado.

Os olhos de Jack se abriram, trêmulos.

— Hein? — murmurou ele. Piscou duas vezes e procurou os óculos caídos. — O quê?

— Estamos com problemas — respondeu Taylor.

— Estou indo — disse Brianna. Ela se levantou de novo e então sentou-se outra vez.

— Ela está doente — explicou Jack. — Tipo uma gripe ou sei lá o quê. O mesmo que eu tive.

— Como assim, ela está doente? — perguntou Taylor. — Dekka me disse que *você* estava doente.

— Estava — resmungou Jack. — Ainda estou, um pouco, mas estou melhorando. Agora Brianna pegou.

— Interessante — disse Taylor com um risinho de desprezo.

— O que... — falou Brianna, e começou a tossir de novo.

— O que está acontecendo? — perguntou Jack, completando o pensamento de Brianna.

— Você nem quer saber. Cuide da Brisa. Provavelmente Sam consegue resolver isso sozinho.

— Resolver o quê? — conseguiu perguntar Brianna.

Taylor balançou a cabeça devagar, de um lado para o outro.

— Se eu respondesse Drake Merwin, o que você diria?

— Que ele está morto — respondeu Jack.

— É — disse Taylor, e ricocheteou.

Sam chegou ao posto. Edilio já estava lá. Sozinho.

Edilio não perdeu tempo.

— Cheguei há um minuto — disse. — Eu e Elizabeth. Não tinha ninguém aqui além do Marty, e ele estava ferido. Levou um tiro na mão. Mandei-o para o Penhasco com Elizabeth, para Lana dar um jeito nele.

— Você sabe o que está acontecendo?

— Marty disse que apareceu um grupo aqui. Atirando, gritando "morte às aberrações".

Sam franziu a testa.

— Zil? É isso? Eu pensei...

— É, sei o que você está pensando, cara. Mas não é o tipo de coisa do Drake. Se ele aparecer, a gente vai saber que foi ele, certo? Ele vai garantir que a gente saiba.

— Onde estão seus outros soldados?

— Fugiram. — Edilio parecia enojado.

— São só crianças — disse Sam. — Havia gente atirando neles. No escuro. Do nada. Quase qualquer um fugiria.

— É — disse Edilio, monossilábico. Mas Sam sabia que ele estava sem graça. O exército era sua responsabilidade. Ele escolhia os garotos e os treinava, motivando do melhor modo que podia. Mas crianças de 12, 13, 14 anos não deveriam estar lidando com esse tipo de loucura. Nem mesmo agora.

Nunca.

— Está sentindo esse cheiro? — perguntou Edilio.

— Gasolina. Então o Zil roubou gasolina? Acha que é isso? Ele queria usar um carro?

Na escuridão Sam não podia ver o rosto de Edilio, mas podia sentir a dúvida do amigo.

— Não sei, Sam. O que ele faria com um carro? Por que precisaria tanto a ponto de fazer isso? Zil é um babaca, mas não é totalmente idiota. Ele com certeza sabe que isso é ultrapassar o limite e que a gente vai atrás dele.

Sam confirmou com a cabeça.

— É.

— Você está legal, cara?

Sam não respondeu. Espiou a escuridão. Procurou nas sombras. Tenso. Preparado.

Finalmente forçou o punho a relaxar. Obrigou-se a respirar.

— Eu nunca saí por aí pensando em machucar ninguém — disse Sam.

Edilio esperou.

— Nunca saí pensando: vou matar alguém. Entro numa luta e penso: talvez eu tenha de machucar alguém. É. Penso isso. E machuquei. Você sabe: já passou por isso.

— É, já passei — respondeu Edilio.

— Mas se for ele... quero dizer, se de algum modo o Drake voltou... não vai ser simplesmente uma questão de fazer o que é necessário. Saca?

Edilio não respondeu. Sam continuou:

— Eu fiz o que tinha de fazer. Para salvar pessoas. Ou para me salvar. Dessa vez não vai ser assim. Quero dizer, se for ele.

— Cara, é o Zil. Zil e a Galera Humana fizeram isso.

Sam balançou a cabeça.

— É. O Zil. Mas eu sei que ele está por aí, Edilio. Sei que o Drake está por aí. Dá pra sentir.

— Sam...

— Se eu me encontrar com ele, vou matá-lo. Não em legítima defesa. Não vou esperar até que ele ataque. Se eu o vir, vou queimá-lo.

Edilio segurou-o pelos ombros, encarando-o.

— Ei! Escuta, Sam. Você está pirando. O problema é o Zil. Certo? Nós temos problemas de verdade, não precisamos de pesadelos. E de qualquer modo, não assassinamos a sangue-frio. Nem se for o Drake.

Sam tirou as mãos de Edilio de seus ombros com firmeza.

— Se for o Drake, eu vou queimá-lo. Se você, Astrid e o resto do conselho quiserem me prender por isso, ótimo. Mas não vou compartilhar minha vida com Drake Merwin.

— Bom, faça o que for preciso, Sam, e eu vou fazer também. Nesse momento, precisamos descobrir o que Zil está aprontando. Eu vou fazer isso. Quer ir? Ou quer ficar aqui no escuro falando em assassinato?

Edilio saiu pisando firme, baixando a metralhadora para a posição de disparo.

Pela primeira vez, Sam foi atrás de Edilio.

VINTE E DOIS | 14 HORAS E 17 MINUTOS

MARCHARAM PELA ESTRADA de acesso, deixando o posto de gasolina perdido lá atrás, no escuro.

Estavam em menor número agora. Alguns garotos, os fracos e medrosos, tinham sumido sem ser vistos, escapulindo para casa assim que tiveram uma prova da violência.

Molengas, pensou Zil. Covardes.

Agora era apenas uma dúzia, o núcleo, empurrando um carrinho de mão cheio de garrafas que tilintavam baixinho, deixando atrás de si o cheiro de gasolina.

Viraram à esquerda junto à escola, passando pelos prédios sinistros e escuros. Tão estranhos agora. Fazia tanto tempo, tudo aquilo!

Zil não conseguia identificar janelas individuais no prédio, mas dava para ver aproximadamente onde ficava a antiga sala de reuniões de sua turma. Imaginou-se na época. Imaginou-se sentado, entediado durante os anúncios matinais.

E agora ali estava, à frente de um exército. Um exército pequeno, mas dedicado. Todos juntos por uma grande causa. Praia Perdida para os humanos. Morte às aberrações. Morte aos mutantes.

Comandava a marcha com pernas firmes. A marcha para a liberdade e o poder.

À direita na Golding. Esquina da Golding com a Sherman, perto do canto noroeste da escola; essa era a área-alvo, como fora combinado com Caine. Caine só havia dito que eles deveriam começar na esquina da Golding com a Sherman. E seguir ao longo da Sherman em direção à praia. Queimar tudo que pudessem até chegar ao Boulevard Ocean. Então, se ainda restasse alguma gasolina, poderiam ir pela Ocean em direção à cidade. Não em direção à marina.

— Se eu vir vocês indo para a marina, seu idiotas, nosso acordozinho está acabado — alertara Caine.

Idiotas. Zil fumegou ao lembrar. A arrogância usual de Caine, seu desprezo por todo mundo que não fosse aberração como ele... Mas a hora dele iria chegar, prometeu Zil.

— Chegamos — disse. Mas essa não era uma frase histórica suficiente para dizer. E esse momento, não havia engano, era a história acontecendo no LGAR. O começo do fim das aberrações. O começo de Zil no comando.

Virou-se para os rostos que ele sabia que estavam cheios de expectativas, animados, empolgados. Podia sentir nas conversas sussurradas.

— Essa noite vamos dar um golpe a favor dos humanos — disse Zil. Era a frase que Turk havia inventado. Algo que todo mundo poderia citar. — Esta noite vamos dar um golpe a favor dos humanos! — gritou Zil, levantando a voz, não mais com medo.

— Morte às aberrações! — gritou Turk.

— Acendam! — exclamou Hank.

Isqueiros e fósforos estalaram. Minúsculos pontos amarelos na noite negra, lançando sombras fantasmagóricas nos olhos selvagens e nas bocas repuxadas em caretas de medo e fúria.

Zil pegou a primeira garrafa — coquetel Molotov, era como Hank disse que aquilo se chamava. A chama do isqueiro acendeu o pavio encharcado de gasolina.

Zil se virou e jogou a garrafa na direção da casa mais próxima.

Ela voou como um meteoro, girando.

Então chocou-se nos degraus de tijolos e explodiu. Chamas se espalharam por vários metros da varanda.

Ninguém se mexeu. Todos os olhos estavam fixos. Rostos fascinados.

A gasolina derramada ardia num fogo azul. Durante um tempo, pareceu que não faria nada além de queimar na varanda.

Mas então uma cadeira de balanço, de vime, pegou fogo.

Depois a treliça.

E de repente as chamas estavam lambendo as colunas que sustentavam o teto da varanda.

Um grito louco, de comemoração, soou.

Mais garrafas foram acesas. Mais arcos de fogo girando.

Uma segunda casa. Uma garagem. Um carro parado com os pneus vazios.

Gritos de choque e horror saíram de dentro da primeira casa.

Zil não se permitiu ouvi-los.

— Em frente! — gritou. — Queimem tudo!

Iam arrastando os pés e cambaleando pelo escuro, os restos meio mortos de fome do bando de Caine.

— Olha! — gritou Bug. Ninguém podia vê-lo, claro, nem sua mão estendida, apontando. Mas todos olharam mesmo assim.

Um brilho laranja iluminava o horizonte.

— É. O vagabundo idiota conseguiu — disse Caine. — Temos de ir depressa. Se alguém cair, vai ficar por conta própria.

Orsay subiu ao topo do penhasco, cansada mas impelida pela mão auxiliadora de Nerezza.

— Venha, Profetisa, estamos quase chegando.

— Não me chame assim — disse Orsay.

— É o que você é — insistiu Nerezza em voz baixa.

Todos os outros tinham ido à frente. Nerezza sempre insistia que os suplicantes saíssem da praia primeiro. Orsay suspeitava de que isso era porque Nerezza não queria que ninguém visse Orsay lutando e ralando os joelhos nas pedras. Nerezza parecia achar importante que o pessoal considerasse que Orsay estava acima de todas as coisas normais.

Uma profetisa.

— Não sou profeta — disse Orsay. — Sou só uma pessoa que ouve sonhos.

— Você está ajudando as pessoas — disse Nerezza enquanto rodeavam uma pedra meio enterrada que sempre causava dificuldade para Orsay. — Você está dizendo a verdade a eles. Mostrando o caminho.

— Eu não consigo nem achar o meu caminho — respondeu Orsay enquanto escorregava e caía sobre as palmas das mãos. Elas estavam arranhadas, mas não muito.

— Você mostra o caminho a eles. Eles precisam que alguém mostre um caminho para fora deste lugar.

Orsay parou, ofegando de cansaço. Virou-se para Nerezza, cujo rosto não passava de dois olhos que reluziam levemente, como de um gato.

— Sabe, eu não tenho total certeza. Você sabe disso. Talvez eu... talvez isso... — Ela não tinha uma palavra para definir o que sentia em momentos assim, de dúvida. Momentos em que uma voz pequenina, bem no fundo dela, parecia sussurrar alertas em seu ouvido.

— Você precisa confiar em mim — disse Nerezza, firme. — Você é a Profetisa.

Orsay chegou ao topo do penhasco. Olhou.

— Não devo ser grande coisa como profeta. Não previ isso.

— O quê? — disse Nerezza, um pouco abaixo.

— A cidade está pegando fogo.

— Olha, Tanner — disse Brittney, levantando um braço e apontando.

Seu irmão, agora reluzindo num verde-escuro, como um bilhão de pequenos nódulos de radioatividade, mas ainda assim Tanner, disse:

— É. É a hora.

Brittney hesitou.

— Por quê, Tanner?

Ele não deu resposta.

— Estamos fazendo a vontade do Senhor, Tanner?

Tanner não respondeu.

— Estou fazendo o que é certo. Não estou?

— Vá em direção às chamas, irmã. Todas as suas respostas estão lá.

Brittney baixou o braço. Parecia estranho, de algum modo. Tudo aquilo. Tudo era muito estranho.

Havia aberto caminho para sair da terra molhada. Por quanto tempo? Para sempre e sempre. Havia cavado como uma toupeira. Cega. Como uma toupeira. Não. Como uma minhoca.

Tanner começou a cantarolar. Um poema fantasmagórico que Brittney recordava de muito tempo atrás. Um dever de escola, uma coisa decorada e esquecida rapidamente.

Mas ainda estava enterrado em sua memória. E agora saía da boca de Tanner, da boca morta com um fogo de borda preta que pingava como magma.

Mas veja, em meio ao tropel dos atores
Uma forma se intromete, se arrasta!
Uma coisa sangrenta que, dos bastidores,
Enrosca-se para fora da solidão nefasta!
Enrosca-se! — enrosca-se! — com agonia mortal
Os atores se transformam em comida,
E os anjos soluçam vendo a bocarra da fera...

Tanner deu um sorriso medonho e disse:

De sangue humano tingida.

— Por que você está dizendo isso? Está me dando medo, Tanner.

— Não por muito tempo, irmã. Logo você vai entender a vontade do Senhor.

Justin acordou de repente. Rolou imediatamente para um lado e tateou o lugar onde estivera dormindo. Estava seco!

Viu? Ele tinha acertado. Ele não molhava *essa* cama.

Mas, só para garantir, deveria correr até o quintal dos fundos e fazer xixi, porque sentia uma pequena pressão. Usava o mesmo pijama velho; estavam na gaveta antiga. Estavam muito macios porque ainda eram dos velhos tempos. Sua mãe havia lavado esse pijama e deixado todo macio.

O piso estava frio sob os pés descalços. Não conseguira achar os chinelos antigos. Roger até havia ajudado a procurar. Roger Artista era legal. A única coisa nova em seu quarto era uma pintura que Roger havia colorido para ele. Mostrava Justin feliz, com a mãe, o pai e um prato de presunto com batata doce e biscoitos. Estava grudado com fita adesiva na parede de Justin.

Roger também havia achado o álbum de fotos para ele. Estava no andar de baixo, no armário da sala de jantar. Era cheio de fotos de Justin, da sua família e dos velhos amigos.

Agora, o álbum estava embaixo da cama de Justin. Sentia-se bem triste ao olhá-lo.

Esgueirou-se escada abaixo para não acordar Roger.

Os velhos banheiros não funcionavam mais. Todo mundo fazia xixi e cocô em buracos nos quintais dos fundos. Não era grande coisa. Mas era apavorante sair de casa à noite. Justin morria de medo de que os coiotes voltassem.

Achar o buraco foi mais fácil do que o normal. Havia uma espécie de luz lá fora, uma luz laranja e tremeluzente.

E não estava silencioso como era normal. Dava para ouvir crianças gritando. E parecia que alguém tinha largado um vidro, que se quebrou. E então ele ouviu alguém gritando, por isso correu de volta para casa.

Parou, pasmo. A sala estava pegando fogo.

Podia sentir o calor. A fumaça saía da sala, subindo a escada.

Justin não sabia o que fazer. Lembrou-se de que deveria parar, jogar-se no chão e rolar, caso pegasse fogo. Mas não estava pegando fogo, a casa é que estava.

— Ligue para o 911 — disse em voz alta. Mas isso provavelmente não funcionaria. Nada mais funcionava.

De repente, uma série de bips altos. Altos de verdade. Vinha lá de cima. Justin cobriu os ouvidos, mas ainda escutava.

— Justin! — gritou Roger lá em cima.

Então ele apareceu no topo da escada. Estava sufocando com a fumaça.

— Estou aqui embaixo! — gritou Justin.

— Espera aí, eu... — Então Roger começou a tossir. Tropeçou e caiu escada abaixo. Caiu de cara até o final. Então bateu no chão e parou.

Justin esperou que ele se levantasse.

— Roger. Acorda. Tem um incêndio! — disse Justin.

Agora o fogo saía da sala. Era como se estivesse comendo o carpete e as paredes. Era quente demais. Mais quente do que um forno.

Justin começou a sufocar com a fumaça. Queria fugir.

— Roger, acorda! Acorda!

Correu até Roger e puxou a camisa dele.

— Acorda!

Não conseguia mover Roger, e ele não acordava. Soltou um gemido e meio que se mexeu, mas depois caiu no sono de novo.

Justin puxou e puxou e chorou, e o fogo devia estar vendo ele ali chorando e puxando, porque começou a vir pegá-lo.

VINTE E TRÊS | 14 HORAS E 7 MINUTOS

TAYLOR ESTAVA COMEÇANDO a ficar preocupada quando apareceu no corredor do lado de fora da casa de Lana, no Penhasco.

Ela nunca ricocheteava direto no quarto de Lana. Todo mundo sabia que ela havia passado por um inferno indizível. E ninguém acreditava que tivesse superado totalmente.

Porém, maior do que a preocupação pela possível fragilidade de Lana era o respeito e o afeto profundo por ela. Havia crianças demais enterradas na praça, mas sem Lana o número seria quatro ou cinco vezes maior.

Taylor bateu à porta, e recebeu instantaneamente uma série interminável de latidos de Patrick.

— Sou eu, Taylor — gritou ela.

Uma voz que não revelava sono respondeu:

— Entre.

Taylor ricocheteou para dentro, ignorando a porta.

Lana estava na varanda, de costas para ela.

— Estou acordada — disse desnecessariamente. — Tem alguma coisa errada.

— Você está sabendo?

— Dá para ver.

Taylor foi para perto dela. Ao norte, perto da praia, o brilho alaranjado do fogo.

— Algum idiota queimou a casa com uma vela de novo? — sugeriu Taylor.

— Acho que não. Isso não é um acidente — disse Lana.

— Quem provocaria incêndios de propósito? Quero dizer, o que isso vai render?

— Medo. Dor. Desespero — respondeu Lana. — Caos. Rende o caos. Coisas malignas adoram o caos.

Taylor deu de ombros.

— Provavelmente é só o Zil.

— Nada no LGAR é *só* alguma coisa, Taylor. Esse é um lugar muito complicado.

— Sem, ofensa, Curadora, mas você está ficando cada vez mais esquisita.

Lana sorriu.

— Você não faz ideia.

A pequena flotilha de Quinn partiu para o mar. Escuro como sempre. Cedo demais. O sono ainda grudado nos olhos de todo mundo. Mas isso era normal. Rotina.

Eram um grupinho unido, pensou Quinn. Isso fazia ele se sentir bem. Por mais que tivesse feito bobagem na vida, essa era uma coisa bem-feita.

A frota pesqueira de Quinn. Alimentando o LGAR.

Enquanto saíam da marina e iam para o oceano, Quinn sentiu uma alegria incomum crescendo por dentro. O que eu fiz quando o LGAR aconteceu?, perguntou-se. Alimentei as pessoas.

Não era uma coisa ruim. O começo fora ruim, verdade. Ele havia pirado. Num determinado ponto traiu Sam, entregando-o a Caine. E nunca havia superado a lembrança daquela batalha medonha contra Caine, Drake e os coiotes.

Muitas lembranças nítidas, impossíveis de apagar. Desejava ser capaz de arrancá-las do cérebro. Mas em outras ocasiões percebia que não, que isso era bobagem. Eram todas essas coisas que faziam dele essa pessoa nova.

Ele não era mais Quinn, o covarde. Nem Quinn, o vira-casaca. Era Quinn, o pescador.

Puxava os remos, gostando da queimação saudável nos ombros. Estava virado para a Praia Perdida.

Por isso viu a primeira pequena flor de fogo. Um ponto laranja no escuro.

— Fogo — disse com calma. Estava num barco de pesca com anzol, com dois outros caras.

Eles se remexeram e olharam.

De um barco próximo, veio um grito.

— Ei, Quinn, viu aquilo?

— É. Continuem remando. Não somos o corpo de bombeiros.

Voltaram a remar, e os barcos se afastaram mais da costa. O suficiente para logo poderem baixar âncoras e jogar redes.

Mas agora todos os olhares estavam fixos na cidade.

— Está se espalhando — disse alguém.

— Está indo de casa em casa.

— Não — observou Quinn. — Não acho que esteja se espalhando. Acho... acho que alguém está provocando esses incêndios.

Sentiu o estômago se revirar. Seus músculos, quentes de tanto remar, ficaram subitamente rígidos e gelados.

— A cidade está pegando fogo — disse uma voz.

Olharam em silêncio as chamas cor de laranja se espalhando e subindo para o céu. A cidade não estava mais escura.

— Somos pescadores, e não bombeiros — disse Quinn.

Remos espirraram água. Forquetas estalaram. Barcos deslocaram água com um chapinhar baixo.

Sam e Edilio começaram a correr. Atravessaram a via expressa até a estrada de acesso. Passaram pelos carros enferrujados e batidos uns nos outros, nas fachadas de lojas ou que simplesmente pararam no meio da pista naquele dia fatídico em que todos os motoristas sumiram.

Correram pela Sheridan, passando pela escola à direita. Pelo menos ela não estava pegando fogo. Assim que chegaram ao cruzamento da Golding, a fumaça estava muito mais densa. Vinha em ondas na direção deles, impossível de ser evitada. Sam e Edilio engasgaram e diminuíram a velocidade.

Sam tirou a camiseta e amarrou sobre a boca, mas isso não adiantou muito. Seus olhos ardiam.

Agachou-se, esperando que a fumaça passasse por cima. Também não deu certo.

Sam agarrou o braço de Edilio e puxou-o. Os dois atravessaram a Golding e, protegidos pelas casas na Sheridan, descobriram que ali o ar estava mais límpido, embora ainda fedesse. As casas do lado oeste da Sheridan eram silhuetas negras recortadas sobre o lençol de chamas que subiam, dançavam e se enroscavam na direção do porto a partir da Avenida Sherman.

Começaram a correr de novo, seguindo pela rua e virando a esquina na Alameda, tentando assim ficar do lado favorável da brisa muito fraca. A fumaça ainda era densa, mas não soprava mais na direção deles.

O fogo estava em toda parte ao longo da Sherman. Rugia, famélico, vivo. Era mais intenso ao norte da Alameda, mas movia-se rápido para o sul em direção à água, pelo resto da Sherman.

— Por que o fogo está se movendo contra a brisa? — perguntou Edilio.

— Porque alguém está provocando novos incêndios — disse Sam, sério.

Ele olhou à esquerda e à direita. Pelo menos seis casas queimavam ali. O restante do quarteirão iria embora, não havia como impedir, não havia nada que pudessem fazer.

Pelo menos três incêndios ardiam à esquerda. Enquanto olhavam, Sam viu um fogo de artifício girando, uma chama que subiu em piruetas, fez um arco e se chocou contra uma casa mais adiante no quarteirão. Não ouviu o som do coquetel Molotov explodindo devido ao rugido do incêndio ao redor.

— Venha! — gritou, e correu para o incêndio mais novo.

Desejou que Brianna estivesse com ele, ou Dekka. Onde elas estavam? Ambas poderiam ajudar a salvar vidas.

Por pouco não trombou com um grupo de crianças, algumas de apenas 3 anos, todas amontoadas no meio da rua, rostos iluminados pelo fogo, olhos arregalados de medo.

— É o Sam!

— Graças a Deus, Sam está aqui! Sam está aqui!

— Sam, nossa casa está pegando fogo!

— Acho que meu irmãozinho está lá dentro!

Sam passou por eles, mas uma garota agarrou seu braço.

— Você precisa ajudar a gente!

— Estou tentando — disse ele, sério, e soltou-se. — Venha, Edilio!

A turma de Zil era uma silhueta, destacada por um lençol alaranjado que consumia a fachada de uma casa em estilo colonial. Eles dançavam, pulavam e corriam com coquetéis Molotov acesos.

— Não desperdicem! — gritou Hank. — Um Molotov, uma casa.

Antoine gritou enquanto balançava uma garrafa acesa.

— Aaaaarrrggh! Aaaaarrrggh! — Era como se ele é que estivesse pegando fogo. Jogou a garrafa bem alto, com força, e ela entrou direto por uma janela do andar de cima de uma velha casa de madeira.

Imediatamente houve gritos de terror vindos de dentro. Antoine gritou de volta, um eco do horror dos outros retorcido numa alegria selvagem.

Crianças saíram correndo pela porta da casa enquanto as chamas lambiam as cortinas.

Sam não hesitou. Levantou a mão com a palma para fora. Um tacho de luz verde brilhante desenhou uma linha até o corpo de Antoine.

Os gritos alucinados de Antoine cessaram imediatamente. Ele apertou uma vez o buraco de sete centímetros logo acima do cinto. Depois sentou-se na rua.

— É o Sam! — gritou um capanga de Zil.

Como se fossem um só, eles se viraram e correram, largando para trás garrafas cheias de gasolina. O líquido se derramou das garrafas espatifadas e pegou fogo imediatamente.

Sam partiu atrás deles, correndo para pular por cima das poças de gasolina incendiada.

— Sam, não! — gritou Edilio. Ele tropeçou no corpo de Antoine, que agora estava caído de costas, ofegando como um peixe, olhos arregalados em horror.

Sam não havia notado a queda de Edilio, mas ouviu o alerta gritado por ele:

— Emboscada!

Escutou a palavra, soube que era verdade, e sem pensar duas vezes jogou-se no chão, rolando. Parou a centímetros da gasolina acesa.

Pelo menos três armas estavam disparando. Mas os capangas de Zil não tinham treino com elas. Estavam atirando às cegas, as balas voando em todas as direções.

Sam se agarrou ao pavimento, tremendo ao ver que tinha escapado por pouco.

Onde estavam Dekka e Brianna?

Agora outra arma estava disparando. Era o rápido bam-bam-bam de Edilio, das rajadas curtas de sua metralhadora. Havia uma grande diferença entre Edilio com uma arma e algum vagabundo como o Turk. Edilio treinava. Edilio praticava.

Houve um berro alto de dor, e a emboscada terminou.

Sam se levantou alguns centímetros, o bastante para ver um dos atiradores de Zil. O garoto estava correndo para longe, como um fantasma na fumaça.

Tarde demais, pensou Sam. Apontou, direto para as costas do garoto. O facho de luz ardente pegou-o na parte de trás da canela. Ele gritou. A arma voou de sua mão e caiu ruidosamente na calçada.

Hank correu de volta para pegá-la. Sam disparou e errou. Hank rosnou para ele, o rosto como o de um animal selvagem. Correu para longe enquanto as balas de Edilio o perseguiam, abrindo um sulco no asfalto quente.

Sam pulou e ficou de pé. Edilio chegou correndo, ofegando.

— Eles estão fugindo — disse Edilio.

— Não vou deixar que escapem — respondeu Sam. — Estou cansado de ter de lutar com as mesmas pessoas o tempo todo. É hora de acabar com isso.

— O que você está dizendo, cara?

— Vou matar o Zil. Entendeu? Vou acabar com ele.

— Epa, cara. Não é isso que a gente faz. Nós somos os mocinhos, certo?

— Isso precisa acabar, Edilio. — Sam limpou a fuligem do rosto com as costas da mão, mas a fumaça havia enchido seus olhos de lágrimas. — Não posso continuar fazendo essas coisas, sem nunca chegar ao final.

— Não é mais você que decide isso.

Sam virou um olhar de aço para ele.

— Você também? Agora está do lado de Astrid?

— Cara, precisamos ter limites.

Sam ficou parado, olhando a rua. O fogo estava fora de controle. Toda a Sherman ardia, de uma ponta à outra. Se tivessem sorte, o incêndio não alastraria para outra rua. Mas, de um modo ou de outro, a Sherman estava perdida.

— Nós deveríamos estar tentando salvar as crianças que estão presas — disse Edilio.

Sam não respondeu.

— Sam — suplicou Edilio.

— Eu implorei para que Ele me deixasse morrer, Edilio. Rezei ao Deus de quem Astrid tanto gosta e disse: Deus, se Você está aí, me mate. Não me deixe sentir mais essa dor.

Edilio ficou quieto.

— Você não entende, Edilio — disse Sam, tão baixinho que duvidou que Edilio pudesse ouvi-lo acima do rugido e dos estalos do fogo ao redor. — Não há mais nada a se fazer com gente assim. É preciso matar todos eles. Zil. Caine. Drake. É preciso matar. Portanto, vou começar com o Zil e a galera dele. Você pode vir comigo ou não.

Ele começou a se mover na direção de Hank, que fugia.

Edilio não se mexeu.

VINTE E QUATRO | 14 HORAS E 5 MINUTOS

DEKKA NÃO PODIA simplesmente ficar sem fazer nada. Não podia. Não quando havia uma luta. Não quando Sam podia estar em perigo.

Metade das garotas do LGAR era apaixonada por Sam, mas para Dekka não era assim. O que ela sentia por ele era diferente. Os dois eram soldados. Sam, Edilio e Dekka, mais do que qualquer pessoa em Praia Perdida, eram a ponta da lança. Quando havia problema, os três eram os primeiros a se intrometer.

Bom, os três e Brianna.

Mas era melhor não pensar muito em Brianna. Isso só trazia tristeza, sofrimento e solidão. Brianna era o que era. Queria o que queria. E não era o mesmo que Dekka.

Quase com certeza não era o mesmo que Dekka. Se bem que Dekka nunca havia perguntado, nunca havia dito nada.

Dobrou-se com uma crise de tosse enquanto se levantava da cama.

Era melhor ao menos se vestir. Colocar umas roupas, e não sair cambaleando pela rua com uma calça de pijama de flanela e um casaco de capuz roxo. Mas outro ataque de tosse estrangulada a enfraqueceu. Precisava economizar as forças.

Sapatos. Definitivamente precisava de sapatos. Era o mínimo. Tirou os chinelos e procurou os tênis embaixo da cama. Encontrou depois de tossir ainda mais, e nesse ponto quase desistiu. Sam não precisava dela. O que quer que estivesse acontecendo...

Então notou o brilho alaranjado pela janela. Abriu a cortina. O céu estava cor de laranja. Viu fagulhas, como vaga-lumes. Abriu a janela e quase engasgou com a fumaça.

A cidade estava em chamas.

Calçou os tênis. Achou um cachecol e seu balde de água. Bebeu a água com sofreguidão. Seria uma noite sedenta. Depois enfiou o cachecol no resto da água, encharcando-o, e amarrou a coisa ensopada por cima da boca e do nariz. Parecia um bandido de pijama.

Saiu à rua. Uma cena espantosa, inacreditável, irreal. Crianças passavam, sozinhas ou em pequenos grupos, olhando para trás. Carregando umas coisinhas nos braços.

Uma garota com uma grande trouxa de roupas passou cambaleando.

— Ei! O que está acontecendo? — perguntou Dekka, a voz rouca.

— Tudo está pegando fogo — disse a menina, e continuou em movimento.

Dekka deixou-a seguir, pois tinha visto um garoto conhecido.

— Jonas! O que é isso?

O menino balançou a cabeça, apavorado. Apavorado e alguma coisa a mais.

— Ei, não me ignore, estou falando com você! — disse ela rispidamente.

— Não vou falar com você, sua aberração. Estou cheio de todos vocês. É por sua causa que isso está acontecendo.

— Do que você está falando? — Mas ela já havia adivinhado. — O Zil fez isso tudo?

Jonas rosnou para ela, o rosto transformado pela fúria.

— Morte às aberrações!

— Ei, idiota, você é um soldado.

— Não mais — respondeu Jonas, e saiu correndo.

Dekka oscilou. Estava fraca demais, diferente de como normalmente era, mas não havia dúvidas quanto ao que fazer. Se as crianças estavam correndo numa direção, ela precisava ir para a outra. Para dentro da fumaça. Para o brilho cor de laranja que jogava para o alto súbitos clarões de fogo, como dedos tentando alcançar o céu.

Diana tropeçava enquanto tentava se manter junto aos outros. Caine estava apertando o passo. O bando maltrapilho dos garotos da Coates trotava junto, aterrorizado com a ideia de ficar para trás.

Ela ainda tinha força suficiente para acompanhá-los, mas por pouco, e se odiava por tê-la. E odiava Caine por tê-la dado a ela. Pelo que ele havia feito. Por em que ele os havia transformado.

Mas, como os outros, corria para manter o ritmo estafante.

Atravessando a autoestrada, com o concreto liso sob os pés. Atravessando a estrada de acesso e correndo pelo pátio da escola. Era bizarro demais, pensou. Era o pátio da escola, onde o pessoal da cidade jogava futebol e fazia testes para animadores de torcida, e agora eles estavam correndo como ninguém jamais correra naquele campo com grama crescida demais.

O fogo estava ao leste, uma parede de chamas ao longo da Sherman. O caminho deles era pela rua Brace, a apenas dois quarteirões do fogo. Era um caminho direto pela Brace até a marina.

— E o Sam? — perguntou alguém. — E se a gente esbarrar com ele?

— Idiota — murmurou Caine. — Você acha que esse incêndio é coincidência? Tudo faz parte do meu plano. A Sherman isola o lado oeste da cidade. As crianças vão correr para a praça, do outro lado da Sherman, ou para a praia. Seja como for, vão ficar longe do nosso caminho. E Sam vai estar com eles.

— Quem está ali? — perguntou Diana. E parou. Caine e o restante fizeram o mesmo. Alguém vinha andando direto pelo meio da Brace. A princípio, era impossível dizer se vinha na direção deles ou se estava se afastando. Mas Caine reconheceu a silhueta no mesmo instante.

Os pelos em sua nuca se eriçaram. Nenhuma outra pessoa era assim. Ninguém.

— Não — sussurrou ele.

— A gente continua? — perguntou Penny.

Caine ignorou-a. Virou-se para Diana.

— Eu... Eu estou maluco?

Diana não falou nada. Sua expressão horrorizada serviu como resposta.

— Ele está indo embora — sussurrou Caine.

A fumaça soprou, e a aparição sumiu.

— Ilusão de ótica — disse Caine.

— Então vamos continuar indo reto?

Caine balançou a cabeça.

— Não. Mudança de planos. Vamos atravessar a cidade. Vamos até a praia e depois fazemos o caminho de volta.

Diana apontou um dedo trêmulo para a rua que queimava do outro lado.

— Passando pelo meio do fogo? Ou pelas ruas que vão estar cheias do pessoal do Sam?

— Tenho outro caminho — disse Caine. E foi rapidamente até uma cerca no quintal da casa mais próxima. — Vamos fazer nossa própria rua.

Levantou a mão, e a cerca dobrou-se para trás. Com um som de algo quebrando, cedeu.

— Passando pelos quintais — disse. — Vamos.

— Nós conseguimos, Líder! Nós conseguimos! — disse Hank. Tinha de gritar para ser ouvido acima do rugir das chamas.

Antoine estava caído no chão, chorando alto. Tinha tirado a camisa para ver o ferimento na lateral da cintura. Ficou deitado, gordo e molenga, chorando por causa da dor.

— Para de babaquice — disse Hank, sem paciência.

— Está maluco? — gritou Antoine. — Tem um buraco em mim! Tem um buraco! Ai meu Deus. Dói tanto!

Praia Perdida estava pegando fogo. Pelo menos grande parte dela. Zil saltou para cima de um trailer no estacionamento da praia. Dali podia ver boa parte da cidade.

A Sherman estava em chamas. Parecia que um vulcão entrara em erupção no meio da cidade. E agora as chamas avançavam para o centro de Praia Perdida, ao longo da Alameda.

Ele fizera tudo aquilo. Era sua criação. E agora todos saberiam que ele falava sério. Agora todos saberiam que era bom não mexer com Zil Sperry.

— Me levem até a Lana — gemeu Antoine. — Vocês precisam me levar para a Lana!

O sol ainda não havia nascido, por isso não era possível ver a nuvem de fumaça, mas Zil pressentia que ela era enorme. Não havia uma estrela visível no céu.

— Acha que a gente pegou o Sam? — perguntou Lance.

Ninguém respondeu.

— Será que a gente devia conseguir mais gasolina? — perguntou Turk. Como todos os outros, estava ignorando Antoine.

Zil não conseguia responder. Parte dele queria queimar absolutamente tudo. Até a última casa. Cada loja vazia e inútil. Incendiar tudo e dançar em cima desse trailer enquanto a cidade queimava.

O plano era criar o caos. E ajudar a aberração do Caine a fugir.

— Líder, precisamos saber o que fazer — insistiu Turk.

— Me ajuda — gemeu Antoine. — A gente tem que ficar junto, não é? Não é?

— Antoine — disse Hank. — Fica quieto ou eu vou fazer você ficar.

— Ele queimou um buraco em mim. Olha só! Olha só!

Hank olhou para Zil, que se virou para o outro lado. Não tinha resposta para o problema de Antoine.

A verdade é que Zil odiava ver qualquer tipo de ferimento. Não suportava ver sangue. E bastou um olhar rápido para o ferimento de Antoine para deixá-lo com o estômago revirado.

O que provavelmente não ajudou muito o menino machucado. Hank disse:

— Venha, Antoine. Venha comigo.

— O quê? O que você... Eu vou ficar bom, é só que dói, cara, dói demais.

— Vem, cara — disse Hank. — Vou levar você até a Lana. Venha.

Hank se abaixou e deu apoio a Antoine, que lutou para ficar de pé e berrou de dor.

Zil desceu a escada aparafusada na traseira do trailer.

— O que você acha, Lance? — Lance era bonito. Alto, maneiro, inteligente. Se ao menos toda a Galera Humana pudesse ser como Lance, pensou Zil, não pela primeira vez. Mas Antoine, gordo e bêbado; Turk, com aquele pé arrastado; e Hank, com sua cara de fuinha do mal, faziam parecer que ele era cercado por fracassados.

Lance pareceu pensativo.

— Está todo mundo espalhado. Confuso. O que vamos fazer se eles decidirem que somos responsáveis por queimar a cidade e resolverem vir atrás de nós?

Turk deu um riso de desprezo.

— Como se o Líder não tivesse pensado nisso. Vamos dizer ao pessoal que foi o Sam.

Zil ficou surpreso com a sugestão. Não havia considerado essa ideia, mas obviamente, Turk, sim.

— Sam, não — consertou Zil, improvisando. — Vamos culpar o Caine. O pessoal não vai acreditar que foi o Sam. Vamos dizer que foi o Caine e todo mundo vai acreditar.

— Eles viram a gente jogando os coquetéis Molotov — questionou Lance.

Turk fungou.

— Cara, você não sabe? As pessoas acreditam em todo tipo de coisa se você disser que é verdade. Elas acreditam até em discos voadores e coisa e tal.

— Foi o Caine — disse Zil, sem parar para pensar, e gostando mais a cada palavra. — Caine pode obrigar as pessoas a fazer o que ele quer, certo? Então, ele usou os poderes para nos obrigar a fazer isso.

— É — disse Turk, com os olhos brilhando. — É, porque ele queria fazer com que pensassem mal da gente. Queria pôr a culpa na gente, porque ele é uma aberração e nós lutamos contra as aberrações.

Hank reapareceu e parou atrás de Lance. O contraste entre os dois era mais nítido ainda quando estavam perto.

— Cadê o Toine? — perguntou Turk.

— Joguei na praia — respondeu Hank. — Ele não vai sobreviver. Não com aquele buraco. Só iria atrasar a gente.

— Então ele vai ser o primeiro a dar a vida pela Galera Humana — disse Turk solenemente. — Isso é fantástico. É sinistro. Assassinado pelo Sam.

Zil chegou a uma conclusão súbita.

— Para as pessoas acreditarem que o Caine é responsável por tudo isso, a gente precisa lutar contra ele.

— Lutar contra o Caine? — disse Turk com ar vazio. E inconscientemente deu um passo atrás.

Zil abriu um sorriso.

— Não precisamos vencer. Só temos de fazer com que pareça real.

Turk assentiu.

— Isso é esperto mesmo, Líder. Todo mundo vai achar que o Caine usou a gente e que a gente conseguiu expulsar ele depois.

Zil duvidou que *todo mundo* acreditaria. Mas alguns, sim. E essa dúvida atrasaria a reação de Sam enquanto o conselho tentava entender a situação.

Cada hora de caos fortaleceria Zil.

Será que seu irmão, Zane, teria tido ideias tão boas? E teria a coragem para realizá-las? Provavelmente, não. Zane estaria do lado de Sam.

Era quase uma pena ele não estar ali.

VINTE E CINCO | 14 HORAS E 2 MINUTOS

EDILIO TINHA VISTO Sam ir embora com um mau pressentimento. Que chance existiria, se Sam tinha enlouquecido? Que chance teria Edilio de consertar qualquer coisa?

— Como se eu pudesse — murmurou. — Como se qualquer um pudesse.

Era muito difícil ver o que estava acontecendo ao seu redor. Ouvia gritos. Berros. Risos. Só via fumaça e chamas.

Tiros espocaram. Não dava para saber de onde vinham.

Vislumbrou pessoas correndo. Tão iluminadas que pareciam estar queimando. Depois foram escondidas pela fumaça.

— O que eu faço? — perguntou-se.

— Uma pena não termos marshmallows. Essa é uma bela fogueira. Howard emergiu atrás de Edilio, em meio à fumaça, com Orc.

— Que merda — resmungou o monstro. — Tudo queimando.

Ellen, a chefe dos bombeiros, apareceu com dois outros garotos. E Edilio começou a perceber que eles estavam procurando por ele, em busca de respostas. Agora "chefe dos bombeiros" era um título praticamente vazio. Não havia água nos hidrantes. Mas pelo menos Ellen tinha alguma ideia do que estava acontecendo, o que era mais do que Edilio tinha a oferecer.

— Acho que o fogo está se movendo para o centro da cidade. Um monte de gente mora no caminho até lá — disse ela. — Temos de garantir que eles fiquem fora do alcance.

— É — concordou Edilio, grato por uma sugestão útil.

— E precisamos ver se ainda tem alguém dentro de alguma casa que já está pegando fogo. Alguém que a gente possa salvar.

— Certo. Certo — disse Edilio. E respirou fundo. — Certo, muito bem, Ellen. Você e seu pessoal vão correndo à frente do fogo, tirando as pessoas do caminho. Diga para irem para a praia ou atravessarem a estrada.

— OK — concordou Ellen.

— Orc, Howard e eu vamos ver se podemos salvar alguém.

Edilio não se incomodou em perguntar a opinião de Howard ou Orc. Simplesmente começou a andar, voltando direto pela Sherman. Não olhou para trás, para ver se estavam seguindo-o. Ou estavam ou não. Se não estivessem, bem, não dava para culpá-los.

Seguiu pela rua em chamas.

Agora o fogo estava dos dois lados. O som era como o de um tornado. O rugido aumentava, diminuía e aumentava de novo. Houve um estrondo alto quando um telhado desmoronou e fagulhas parecendo uma erupção de vaga-lumes saltaram para o céu.

O calor fez Edilio se lembrar de quando tinha enfiado o rosto no forno num dia em que a mãe estava assando um bolo. Um sopro de ar quente, primeiro vindo de um lado, depois do outro, golpeando-o repetidamente.

Olhando para trás, viu Howard perder o equilíbrio e cair. Orc agarrou-o e levantou-o de novo.

A fumaça enchia o ar, rasgando sua garganta, parecendo encolher os pulmões. Respirava em baldes, depois em copos, depois em colheres de chá.

Parou de andar. Em meio à nuvem podia ver uma interminável paisagem de chamas à frente. Carros queimavam nas garagens. Gramados crescidos demais, secos, ardiam com força quase explosiva.

Vidro se despedaçava. Traves desmoronavam. O asfalto da rua borbulhava nas bordas, liquefeito.

— Não posso — ofegou Edilio.

Virou-se de novo e viu que Howard já estava recuando. Orc permanecia impassível, imóvel.

Edilio pôs a mão no seu ombro de cascalho. Incapaz de falar, sufocando e chorando, guiou-o de volta para longe das chamas.

Roger não acordava. Roger Artista não acordava.

Justin precisava correr. Foi para o quintal.

Mas não podia fazer isso, não podia, não podia.

Correu de volta para dentro, e ouviu Roger tossindo feito louco. Estava acordado! Mas era como se não pudesse ver; os olhos estavam fechados, com toda aquela fumaça, e Roger começou a correr, mas bateu numa parede.

— Roger!

Justin correu para ele e agarrou a barra de sua camisa.

— É por aqui!

Puxou Roger para a cozinha, para a porta dos fundos.

O garoto cambaleou com ele. Mas tinha alguma coisa errada, porque agora o fogo e a fumaça estavam na frente deles. O fogo tinha dado a volta e tomado a cozinha.

A sala de jantar. Isso o fez pensar no álbum de fotos no andar de cima, embaixo da cama. Talvez pudesse subir e pegá-lo rapidinho.

Talvez, mas provavelmente não. Não havia uma porta ligando a sala de jantar ao quintal dos fundos, mas havia uma janela grande, e Justin levou Roger até lá.

— Eu vou... — Roger começou a dizer que ia abrir a janela, mas a fumaça estava em toda parte, fazendo seus olhos arderem, por isso ele teve de fechá-los, e a garganta queimar, por isso ele não podia falar.

Tateou às cegas procurando o trinco da janela.

Caine continuava apressando o passo. Empurrava uma cerca e passava. Quintais sufocados pelo mato. Piscinas fedorentas que tinham sido transformadas em banheiros. Lixo espalhado em toda parte.

No escuro, tropeçavam em moirões de cerca e brinquedos esquecidos. Trombavam em balanços e churrasqueiras.

Estavam fazendo muito barulho. Longe da rua, mas ruidosos. Crianças gritavam para eles, de janelas escuras:

— Ei, quem está aí? Sai do meu quintal.

Caine as ignorava. Continuar em movimento, essa era a chave. Continuar em movimento e chegar à praia.

Tinham uma chance, uma única chance. Precisava chegar à marina em alguns minutos. Sam e seu pessoal estariam confusos com a destruição, correndo de um lado para o outro feito loucos, tentando descobrir o que estava acontecendo. Mas cedo ou tarde ocorreria a alguém, a Astrid, se não ao Sam, que tudo aquilo era uma distração.

Ou Sam pegaria Zil e o pressionaria. Então o merdinha entregaria Caine. Num instante.

Caine não queria chegar à marina e encontrar Sam esperando por ele. Estava desesperado, no limite de sua força. Não podia vencer Sam. Não agora. Não esta noite.

Mesmo ali, a quarteirões do incêndio, o ar fedia. O cheiro de queimado estava em toda parte. Era quase suficiente para encobrir o cheiro de dejetos humanos.

Chegaram a outra rua. Não havia alternativa senão atravessá-la, como tinham feito nas ruas anteriores. Mas ali havia crianças demais para ser possível evitá-las com facilidade. Não tinham como dar a volta, não tinham o que fazer, a não ser blefar e continuar em frente.

Passaram por refugiados cheios de terror.

— Continuem, continuem — gritou Caine quando alguns do seu grupo se afastaram numa tentativa inútil de implorar por comida para duas crianças de 5 anos traumatizadas e cobertas de fuligem.

Então, logo à frente na rua, envolta em fumaça, uma forma.

— Abaixados! — sussurrou Caine. — Parem!

Espiou, com os olhos turvos. Era? Não. Claro que não. Loucura.

A forma se definiu: um garoto, um garoto comum, com braços e mãos, e nada parecido com aquela outra forma que ele vira na fumaça.

Caine se levantou, sentindo-se idiota por ficar com medo.

— Andem, andem — gritou.

Levantou as mãos e usou seu poder para empurrar o grupo adiante. Metade tropeçou e caiu.

Ele xingou-os.

— Andem!

Então, outra forma na fumaça. Aquele corpo, alto e magro. O braço que nunca acabava. Impossível. Era uma ilusão, como esta. A imaginação alimentada pela exaustão, pelo medo e pela fome.

— Penny, você está fazendo alguma coisa? — perguntou Caine.

Penny respondeu, com a voz rouca:

— O quê?

— Pensei ter visto uma coisa — disse Caine. Depois emendou. — Alguém. Na minha frente.

— Não fui eu — respondeu ela. — Eu nunca usaria meus poderes em você, Caine.

— Não — concordou Caine. — Não usaria. — Sua confiança estava se esvaindo. A mente tentava enganá-lo. Os outros logo perceberiam isso. Diana já sentia. Mas, afinal de contas, ela tivera a mesma alucinação, não foi?

— Estamos lentos demais — disse Caine. — Precisamos ir direto pela rua. Penny, um de nós dois derruba qualquer um que entre no caminho. OK?

Partiu pela rua, indo em direção à praia. Precisava lutar contra a ânsia de olhar por cima do ombro, procurando o garoto que não poderia estar ali de jeito nenhum.

Chegaram à praia em segurança. Mas ali deram com um grupo de cerca de vinte pessoas, todas olhando o incêndio boquiabertas, chorando, rindo, encorajando umas às outras. Metade parecia estar assistindo a um show, metade parecia estar queimando naquelas chamas.

A princípio não notaram o grupo de Caine, mas então um deles se virou e seus olhos se arregalaram ao ver Diana. E depois, Caine.

— É o Caine!

— Fique fora do meu caminho — alertou Caine. A última coisa que desejava era uma briga idiota e sem sentido, que só desperdiçaria seu tempo. Estava com pressa.

— Você! — gritou outro garoto. — Você começou o incêndio!

— O quê? Imbecil. — Caine foi abrindo caminho, usando suas mãos, e não o poder, evitando arrumar encrenca. Mas o grito foi repetido por outros, e agora uma dezena de crianças furiosas e aterrorizadas estava em cima dele, gritando, chorando. Então um deles tentou socá-lo.

— Chega — gritou Caine. Em seguida levantou a mão, e o garoto mais próximo saiu voando. Pousou com um estalo enjoativo a seis metros de distância.

Caine não chegou a ver a pessoa que o derrubou com um pé de cabra. O golpe pareceu vir de lugar nenhum. Estava de joelhos, confuso demais para sentir medo.

Viu o pé de cabra logo antes de ser acertado pela segunda vez. Foi um golpe mais fraco, e com a mira ruim, mas a dor no ombro esquerdo foi um choque. Lançou uma eletricidade que o entorpeceu até as pontas dos dedos.

Não esperaria um terceiro golpe. Levantou a mão direita, mas antes que pudesse pulverizar o menino, Penny agiu.

O garoto saltou para trás, quase tão longe quanto se Caine o tivesse jogado.

Gritou e brandiu o pé de cabra feito louco ao redor. Quando o objeto voou de suas mãos enfraquecidas pelo medo, ele começou a dar socos no ar.

— O que ele está vendo? — perguntou Caine.

— Aranhas muito grandes — respondeu Penny. — Grandes de verdade. E elas pulam bem rápido.

— Obrigado — grunhiu Caine. Em seguida se levantou e esfregou o braço entorpecido. — Espero que ele tenha um ataque cardíaco. Venham — gritou. — Não está longe. Fica comigo, todo mundo. De manhã vocês vão comer.

Maria não tinha energia suficiente para ir para casa. Não adiantava muito, na verdade... Não tinha chuveiro... não...
Deixou-se afundar na poltrona do escritório atulhado. Tentou levantar as pernas, descansar os pés numa caixa de papelão, mas até isso demandava energia demais.
Sacudiu o frasco de comprimidos que estava em sua mesa. Tirou a tampa e olhou dentro. Nem reconheceu a pílula, mas devia ser algum tipo de antidepressivo. Era tudo que havia conseguido com Dahra.
Engoliu-a a seco.
Quando havia tomado um comprimido pela última vez? Precisava manter um registro.
Duas crianças estavam de cama com algum tipo de gripe.
O que ela deveria...
Algo que poderia ser um sonho se fundiu perfeitamente com as lembranças, e Maria andou por um tempo num lugar cheio de crianças doentes, com cheiro de xixi, sua mãe fazendo sanduíches de pasta de amendoim com geleia em pilhas gigantescas para algum evento na escola e Maria embrulhando-os em Ziplocs e contando-os, colocando dentro de sacolas plásticas da mercearia.
— Você fez xixi nas calças? — perguntou sua mãe.
— Acho que sim. É o que parece, pelo cheiro. — Ela não estava sem graça, só irritada, desejando que a mãe não criasse caso por causa disso.
E então a porta se abriu e uma menininha entrou e se arrastou até o colo de Maria. Mas ela não conseguia mover os braços para abraçá-la de volta, porque eles eram feitos de chumbo.
— Estou cansada demais — disse Maria à sua mãe.

— Bem, nós fizemos 8 mil sanduíches — explicou a mãe, e Maria viu, pelas pilhas e pilhas que se equilibravam comicamente como algo saído de um livro do Dr. Seuss, que era verdade.

— Você parece doente.

— Estou bem — respondeu Maria.

— Quero minha mamãe — disse a menininha em seu ouvido, e lágrimas quentes rolaram no pescoço de Maria.

— Você deveria vir para casa agora — disse a mãe de Maria.

— Primeiro preciso lavar a roupa.

— Outra pessoa vai fazer isso.

Maria sentiu uma tristeza súbita e aguda. Sentiu-se afundando no piso de ladrilhos, encolhendo-se enquanto sua mãe olhava, não mais fazendo sanduíches.

A mãe deixou a faca coberta de pasta de amendoim e geleia de framboesa. Glóbulos da fruta tão vermelha pingavam do gume da faca, que era absurdamente grande para fazer sanduíches.

— Não vai doer — disse sua mãe. E estendeu a faca para Maria.

Maria acordou com um pulo.

A garota em seu colo havia caído no sono e feito xixi. Maria estava encharcada.

— Ah! — exclamou ela. — Ah, sai de cima de mim! Sai de cima de mim! — gritou, ainda meio sonhando, meio vendo aquela faca flutuando, o cabo na sua direção, pingando.

A menina caiu no chão e, atordoada, começou a chorar.

— Ei! — gritou alguém no quarto principal.

— Desculpe — murmurou Maria, e tentou se levantar. Suas pernas cederam e ela caiu sentada de novo, depressa demais. Enquanto caía, estendeu a mão para a faca, mas não era de verdade, embora o choro da menininha fosse, assim como a voz que gritava: — Ei, você não pode entrar aqui!

Na tentativa seguinte, Maria conseguiu se levantar. Cambaleou para fora. Viu três crianças, com o rosto cheio de terror.

Não eram da idade certa. Eram velhas demais.

— O que vocês estão fazendo aqui? — perguntou Maria.

Todo o quarto estava acordando, crianças se perguntando o que acontecia. Zadie, a ajudante que estivera gritando, disse:

— Acho que tem alguma coisa errada, Maria.

Mais duas crianças entraram pela porta da frente. Cheiravam a algo que não era xixi.

Um garoto entrou correndo, berrando. Tinha uma queimadura lívida nas costas da mão.

— O que está acontecendo?

— Ajuda a gente, ajuda a gente! — gritava um menino, e agora tudo era caos, mais crianças correndo pela porta. Maria reconheceu o cheiro, o cheiro de fumaça.

Abriu caminho não muito gentilmente entre os recém-chegados. Lá fora, tossiu ao encher os pulmões de fumaça.

Estava em toda parte, girando, pairando fantasmagórica no ar, e um brilho laranja se refletia nos vidros quebrados da prefeitura.

A oeste, uma língua de fogo subiu de repente para o céu e foi engolida por sua própria fumaça.

Não havia mais ninguém na praça. Ninguém, a não ser uma menina.

Maria esfregou os olhos cansados, encarando-a. Não era possível, não era possível, não era real, era algum fragmento do sonho.

Mas a menina continuava ali, o rosto sombreado, o brilho de aço cromado do aparelho dentário.

— Você viu ele? — perguntou a garota.

Maria sentiu algo morrer por dentro, sentiu medo e horror como o impacto de uma explosão em sua mente.

— Você viu o demônio? — perguntou Brittney.

Maria não pôde responder. Só conseguia olhar enquanto o braço de Brittney começava a se alongar, a mudar de forma.

Brittney piscou. Olhos frios, azuis e mortos.

Maria correu para dentro da creche. Bateu a porta e se jogou contra ela.

VINTE E SEIS | 13 HORAS E 43 MINUTOS

A FUMAÇA ALTERAVA a paisagem familiar das ruas para Sam. Ele estava atordoado, sem saber por um momento onde se encontrava ou que direção era qual. Parou, ouviu passos correndo atrás e girou, mãos levantadas, palmas para fora.

Mas os passos se afastaram.

Xingou, frustrado. A cidade estava queimando e a fumaça tornava quase impossível encontrar o inimigo.

Tinha de fazer isso, no calor da batalha, antes que Astrid interviesse e o obrigasse, de novo, a ficar parado, impotente, esperando que ela inventasse algum sistema que jamais conseguiriam colocar em prática.

Esta era a noite. Era a hora de fazer o que ele deveria ter feito um mês antes: acabar com Zil e sua insanidade.

Mas primeiro precisava achá-los.

Obrigou-se a pensar. O que Zil estaria tramando, além do óbvio? Por que ele decidiria queimar a cidade? Parecia ousado demais para o Zil. Parecia insano: ele também morava ali.

Mas os pensamentos de Sam eram interrompidos pela imagem recorrente de Drake. Ali, em algum lugar. Drake, que de algum modo tinha voltado dos mortos.

Claro que nunca tinham visto o corpo dele, não é?

— Concentre-se — ordenou Sam a si mesmo. O problema agora era que a cidade estava pegando fogo. Edilio estaria fazendo o possível para salvar os que precisavam ser salvos. O serviço de Sam era acabar com o terror.

Mas onde estaria Zil?

E estaria com Drake?

Será que era coincidência? Não. Sam não acreditava em coincidências.

De novo, um movimento vislumbrado através do véu de fumaça. De novo, Sam correu para ele. Desta vez a figura não desapareceu.

— Não... — gritou uma voz jovem, então engasgou e tossiu. Era um menino que parecia ter 6 anos.

— Saia daqui — disse Sam rispidamente. — Vá para a praia.

Continuou correndo, hesitou, virou à direita. Onde estaria o Drake? Não, o Zil. Onde estaria o Zil? Ele era real.

E de repente estava na mureta da praia. Praticamente tropeçou nela. Tinha mandado o garoto de 6 anos na direção errada. Mas era tarde demais para fazer alguma coisa com relação a isso. O garoto não era o único perdido esta noite.

Onde estavam Dekka, Brianna e Taylor? Onde estavam os soldados de Edilio?

O que estava acontecendo?

Sam viu um grupo de crianças correndo pela areia, na direção da marina. E por um momento quase pensou ter visto Caine. Estava alucinando. Imaginando coisas.

— Caiam fora, suas aberrações!

Ouviu isso com clareza. Pareceu vir de muito perto. Talvez fosse um truque de acústica.

Tentou atravessar a escuridão e a fumaça, mas agora não via nada, nem mesmo o Caine imaginário.

BLAM!

Um tiro de espingarda. Viu o clarão.

Correu. Seus pés bateram em algo macio, mas pesado. Ele voou e caiu de cara no chão. Com a boca áspera de areia, ficou de pé. Um corpo, alguém na areia.

Não tinha tempo para isso.

Era hora de ver quem era quem e o que era o quê. Levantou as mãos bem alto e uma bola de luz brilhante se formou no ar.

Na meia-luz fantasmagórica, viu uma dúzia dos capangas de Zil, meio armados.

Uma turba fugia deles.

Outro grupo, menor e parecendo estranhamente com velhos capengas, corria pela arrebentação, indo para a marina distante.

Zil e sua turma souberam imediatamente quem era responsável pela luz reveladora. Só podia ser...

— Sam!

— É o Sam!

— Corram!

— Atira nele! Atira nele!

Três disparos de espingarda em rápida sucessão. BLAM! BLAM! BLAM!

Sam atirou de volta. Faixas de luz verde ofuscante rasgaram a praia. Um grito de dor.

— Não fujam!

— Covardes!

BLAM! BLAM!

Agora havia alguém atirando metodicamente, manobrando a alavanca da espingarda.

Sam sentiu uma ardência forte no ombro. Caiu na areia, sentindo o ar deixar os pulmões.

Pessoas passavam correndo. Ele rolou de costas, as mãos preparadas.

BLAM!

As balas de chumbo bateram na areia, suficientemente perto para Sam ouvir o impacto.

Rolou para longe, várias vezes.

BLAM! BLAM!

Em seguida um clic. Um palavrão. Mais correria, pés batendo na areia.

Saltou de pé, mirou e disparou. A luz verde e mortal arrancou um grito de dor ou medo, mas a figura que se afastava não parou.

Sam se levantou mais devagar, desta vez. Havia areia em sua camisa, na boca, nos ouvidos. Nos olhos. Fumaça e areia, e seus olhos lacrimejavam. Não via nada além de borrões.

Agora a luz agia contra ele, tornando-o um alvo fácil. Balançou a mão, e o minúsculo sol se apagou. A praia estava escura de novo, com exceção de uma leve camada cinzenta que perolava o céu acima do oceano.

Cuspiu, tentando tirar a areia da boca. Esfregou os olhos suavemente, tentando se livrar dos grãos.

Havia alguém atrás dele!

A dor foi como fogo. Um talho que cortou sua camisa e rasgou a carne.

Sam girou com o impacto.

Uma forma escura.

Um som assobiado, afiado como navalha, e Sam, atordoado demais para se mexer, sentiu o golpe no ombro.

— E aí, Sammy. Quanto tempo, hein?

— Não — ofegou Sam.

— Ah, sim — rosnou a voz. Sam conhecia aquela voz. A que ele tanto temia. A que havia rido e zombado enquanto ele estava caído no chão polido da usina nuclear, gritando em agonia.

Sam piscou e lutou para abrir um olho, ver o que não poderia ser real. Levantou as mãos e disparou às cegas.

O assobio, o chiado. Sam se abaixou instintivamente e o golpe passou, inofensivo.

— O demônio! — gritou uma voz de menina.

Mas veio de trás, porque Sam havia se virado e corrido para longe.

Correu. Correu às cegas pela areia.

Correu, caiu, ficou de pé e correu de novo.

Só parou quando chegou à mureta, as canelas batendo no concreto. Caiu de cara no chão e ficou ali, ofegando.

Quinn fizera os barcos virarem para a praia, com pavor do que encontraria quando chegassem.

O fogo tinha se espalhado e agora parecia cobrir metade da cidade, embora não houvesse novas explosões. A fumaça os havia alcançado no mar. Os olhos de Quinn ardiam. Seu coração estava na garganta.

Outro massacre, não. Outra atrocidade, não. Chega! Ele só queria pescar.

Os remadores estavam em silêncio diante do espetáculo medonho de suas casas queimando.

Chegaram ao primeiro píer e viram um grupo de garotos cambaleando para cima dele, sem dúvida crianças em pânico, fugindo, achando que a marina seria segura.

Quinn gritou para eles.

Não houve resposta.

Seu barco tocou o batente de pneus que se balançava na água. Seus movimentos eram automáticos devido à longa prática. Jogou uma corda por cima das estacas e puxou o barco mais para perto. Os remos foram puxados para dentro. Patetão saltou no píer e prendeu o segundo cabo.

O bando de garotos cambaleando em terra ignorou-os e continuou em movimento. Moviam-se de forma estranha. Como velhos frágeis.

Havia algo esquisito neles...

E familiar.

Ainda faltava uma hora para o amanhecer. A única luz era do incêndio. As estrelas falsas estavam bloqueadas pela nuvem de fumaça.

Quinn saltou no píer.

— Ei, vocês! Ei! — gritou. Quinn era responsável pelos barcos. A marina era sua.

Os garotos continuaram andando, como se fossem surdos. Seguiam por um píer paralelo em direção aos dois barcos que eram mantidos com combustível para resgates: uma lancha de casco baixo e um Zodiac inflável.

— Ei! — gritou Quinn.

O garoto que ia à frente se virou para ele. Estavam separados por 5 metros de água, mas mesmo à luz débil Quinn reconheceu o formato dos ombros e da cabeça.

E a voz.

— Penny — disse Caine. — Mantenha nosso amigo Quinn ocupado.

Um monstro irrompeu da água num gêiser terrível.

Quinn berrou, aterrorizado.

O monstro subiu, cada vez mais alto. Tinha a cabeça de um elefante torturado, deformado. Dois olhos pretos, mortos, dentes curvos. A mandíbula se abriu, revelando uma língua comprida, pontuda.

Então a criatura rugiu, um som como uma centena de violoncelos enormes tocados com latas de lixo no lugar de arcos. Oco. Sofrido.

Quinn caiu para trás. Para fora do píer. Suas costas acertaram a borda do barco. O impacto o deixou sem ar e ele tombou de cabeça para baixo na água.

Em pânico, inspirou. A água salgada encheu sua garganta. Ele engasgou, tossiu e fez toda a força do mundo para não respirar de novo.

Quinn conhecia a água. Tinha sido um bom surfista e um excelente nadador. Não era sua primeira experiência de cabeça para baixo na água.

Muniu-se do medo e bateu as pernas com força, para se virar. A superfície, a barreira entre a água e o ar, a morte e a vida, estava a 3 metros. Um pé bateu na areia. Ali a água não era funda.

Começou a subir.

Mas o monstro estava tateando sob o píer. Braços insanamente longos, com mãos em garras impossíveis.

Os braços da criatura se estenderam e ele bateu os pés, recuando. Em pânico, chutando e empurrando a água, os pulmões ardendo.

Estava lento demais. Uma mão gigantesca se fechou em volta dele.

Os dedos o atravessaram.

Não houve dor.

Nenhum contato ou sensação.

A segunda garra varreu a água. Iria estripá-lo.

Mas passou através dele.

Ilusão!

Com o resto de suas forças, Quinn chegou à superfície. Engasgou com o ar e vomitou água salgada. O monstro havia sumido.

Patetão puxou-o, como um peso morto, para dentro do barco. Quinn ficou deitado no fundo, desconfortavelmente em cima dos remos.

— Tá tudo bem?

Quinn não conseguia responder. Se tentasse, sabia que vomitaria de novo. Sua voz ainda não havia retornado. Ainda sentia como se estivesse respirando através de um canudinho. Mas estava vivo.

E agora tudo se encaixava. O monstro. O som que ele fazia. Quinn sabia o que era.

Cloverfield.

Era o monstro do filme. O *mesmo* monstro, o *mesmo* som.

Sentou-se e tossiu.

Então se levantou no barco que balançava e viu Caine e sua turma subindo nos dois barcos a motor.

Caine olhou-o e deu um sorriso seco, irônico. Havia uma garota estranha com ele. Ela também olhou-o, mas não sorriu. Em vez disso mostrou os dentes tortos numa careta que era muito mais ameaça do que sorriso.

Um motor foi ligado, gutural e rouco. Depois outro.

Quinn ficou onde estava. Não havia chance de pegar Caine; ele poderia matá-lo com um gesto.

As duas lanchas foram se afastando devagar, cautelosamente, do píer.

Em seguida veio o som de pés correndo. Um grande grupo de garotos, alguns armados. Quinn reconheceu Lance, depois Hank. Finalmente Zil, ficando para trás, deixando os outros se adiantarem.

Chegaram ao fim do píer. Hank parou, mirou e disparou.

O tiro acertou o Zodiac. Numa exalação súbita, o ar foi expelido. O motor do barco borbulhou embaixo d'água enquanto a popa esvaziava e afundava.

Quinn ergueu a metade do corpo até o píer para ver. Seu queixo caiu.

Caine, molhado e furioso, levitou acima do Zodiac que afundava.

Jogou Hank e sua arma no ar. Ele subiu, girando, gritando de terror, impotente. Subiu sem parar, e o tempo todo Caine flutuava enquanto seus companheiros afundavam.

A 30 metros no ar, Hank parou. E então veio abaixo. Mas não estava caindo. Aquilo era rápido demais para ser uma queda. Rápido demais para ser a mera gravidade.

Caine lançou Hank do céu cinzento. Como um meteoro. Impossivelmente rápido, um borrão.

Hank acertou a água. Um esguicho enorme subiu, como se alguém tivesse disparado uma carga de profundidade.

Quinn conhecia as águas da marina. O lugar onde Hank caiu não teria mais de 2,5 metros até o fundo, que era de areia e conchas.

Não havia a mínima chance de Hank voltar à superfície.

Caine continuou voando enquanto Zil o olhava num horror impotente.

— Ora, ora — gritou Caine. — Mas que erro, Zil.

Zil e sua galera se viraram e correram. Caine gargalhou e baixou-se no segundo barco. Cinco pessoas de seu grupo continuavam na água, gritando, acenando, e depois xingando furiosas enquanto a lancha se afastava rugindo.

VINTE E SETE | 13 HORAS E 32 MINUTOS

— LEVANTA — sussurrou Paz, sacudindo o ombro de Sanjit.

Sanjit se acostumara havia muito tempo a acordar em horas estranhas. Essa parte de ser o garoto mais velho da família Brattle-Chance tinha perdido o charme havia muito tempo.

— É o Bowie? — perguntou.

Paz balançou a cabeça.

— Não. Acho que o mundo está pegando fogo.

Sanjit levantou a sobrancelha, cético.

— Isso parece meio exagerado, Paz.

— Vem ver.

Sanjit gemeu e rolou para fora da cama.

— Que horas são?

— Quase de manhã.

— A palavra-chave é "quase" — reclamou Sanjit. — Sabe qual é a melhor hora de acordar? Realmente de manhã. Muito melhor do que "quase" de manhã.

Mas seguiu-a pelo corredor até o quarto que dividia com Bowie e Pixie. A casa tinha 22 quartos, mas apenas Sanjit e Virtude haviam escolhido dormir sozinhos.

Pixie estava dormindo. Bowie se revirava, ainda sob o ataque da febre que não ia embora.

— A janela — sussurrou Paz.

Sanjit foi até a janela. Ela ia quase do chão ao teto, e tinha uma vista espantosa durante o dia. Ficou parado, olhando a distante cidade de Praia Perdida.

— Vai chamar o Chu — disse, depois de um momento.

Ela voltou com Virtude, que parecia venenosamente irritado, esfregando os olhos sonolentos e murmurando.

— Olha — disse Sanjit.

Virtude olhou, como Sanjit havia feito.

— É um incêndio.

— Você acha? — Sanjit balançou a cabeça, pasmo. — A cidade inteira deve estar pegando fogo.

Chamas vermelhas e laranjas formavam um ponto brilhante no horizonte. À luz cinzenta da madrugada ele viu uma enorme coluna de fumaça preta. A escala parecia ridícula. O fogo luminoso era um ponto, mas a fumaça parecia ter quilômetros de altura, em formato de um funil retorcido.

— E é para lá que eu deveria pilotar o helicóptero? — perguntou Sanjit.

Virtude saiu e voltou alguns minutos depois. Trazia um pequeno telescópio. Não era muito potente. Eles o haviam usado algumas vezes para tentar ver detalhes da cidade ou do litoral florestado mais perto da ilha. Nunca havia mostrado grande coisa. Agora não mostrava mais, porém, mesmo pouco ampliado, o incêndio parecia aterrorizante.

Sanjit olhou para Bowie, que estava gemendo enquanto dormia.

— Estou com uma sensação muito ruim — disse Virtude.

— O fogo não pode chegar até aqui — observou Sanjit, tentando parecer tranquilo e não conseguindo.

Virtude não disse nada. Só ficou olhando. E Sanjit percebeu que seu irmão e amigo estava vendo mais do que somente o incêndio.

— O que é, Chu?

Virtude suspirou, um som pesado que mais parecia um soluço.

— Você nunca me perguntou de onde eu vim.

Sanjit ficou surpreso com a mudança de assunto.

— Da África. Eu sei que você veio da África.

— A África é um continente, não um país — disse Virtude com um eco distante de seu jeito pedante. — Do Congo. É de onde eu sou.

— Certo.

— Isso não significa nada para você, não é?

Sanjit deu de ombros.

— Leões, girafas e coisa e tal?

Virtude nem se incomodou em fazer cara de desprezo.

— Aconteceu uma guerra lá que durou, tipo, uma eternidade. Pessoas matando umas às outras. Estuprando. Torturando. Coisas que você nem quer saber, irmão.

— É?

— Eu não estava num orfanato quando Jennifer e Todd me adotaram. Eu tinha 4 anos. Estava num campo de refugiados. Só me lembro de sentir fome o tempo todo. E de ninguém cuidar de mim.

— Onde estavam sua mãe e seu pai de verdade?

Virtude ficou em silêncio durante um longo tempo, e algum instinto alertou Sanjit para não pressionar.

Finalmente o menino respondeu:

— Eles vieram e começaram a botar fogo na nossa aldeia. Não sei por quê. Eu era muito pequeno. Só sei que minha mãe, minha mãe de verdade, me mandou correr e me esconder no mato.

— Entendi.

— Ela disse para eu não sair. Nem olhar. Disse: "Fique escondido. E feche os olhos com força. E cubra os ouvidos."

— Mas você não fez isso.

— Não — sussurrou Virtude.

— O que você viu?

— Eu... — Virtude respirou fundo, estremecendo. Numa voz tensa, que não parecia natural, disse: — Sabe de uma coisa? Não posso dizer. Não tenho palavras para aquilo. Não quero que elas saiam da minha boca.

Sanjit encarou-o, sentindo que olhava para um estranho. Virtude nunca havia falado sobre quando era pequeno. Sanjit censurou-se por ser tão autocentrado; nunca havia perguntado.

— Eu vejo aquele fogo e fico com uma sensação ruim, Sanjit. Tenho a sensação ruim de que aquilo está se preparando para acontecer de novo.

Taylor encontrou Edilio com Orc, Howard, Ellen e alguns outros. Estavam se afastando da parte pior do incêndio.

Vozes de dar pena gritavam nos andares superiores de uma casa que ardia como um fósforo. Taylor viu Edilio apertar os ouvidos com força.

Taylor agarrou a mão dele e puxou-a.

— Tem crianças naquela casa!

— É? — disse Edilio em tom selvagem. — Você acha?

Aquilo era tão diferente de como Edilio normalmente era que Taylor ficou chocada. Os outros olhavam-na como se ela fosse idiota. Todos ouviam os gritos.

— Eu posso ajudar — disse Taylor. — Posso ricochetear lá dentro e sair antes que o fogo me alcance.

O olhar furioso de Edilio se suavizou apenas um pouco.

— Você é corajosa, Taylor. Mas o que vai fazer? Você pode ricochetear, mas não pode carregar ninguém com você.

— Talvez eu possa... — Ela hesitou.

— Você não pode impedir o que está acontecendo lá. E não vai querer ricochetear só para ver. Acredite — disse Edilio. — Você não quer ver.

Os gritos não foram ouvidos de novo. Alguns minutos depois, o teto desmoronou.

— Agora o fogo está se espalhando sozinho. A gente devia tentar fazer um aceiro — disse Ellen.

— O quê? — perguntou Edilio.

— Um aceiro. É o que fazem em incêndios de florestas. Eles derrubam as árvores que estão no caminho do fogo. Isso impede que ele passe adiante.

— Está falando em derrubar casas? — perguntou Howard. — Está falando em Orc derrubar casas. Isso vai cust...

— Cala a boca, Howard — disse Orc. Não de forma perversa, mas definitiva.

Howard deu de ombros.

— Certo, grandão, se você quer ficar todo altruísta.

— Que seja — disse Orc.

Dekka trombou em Edilio. Literalmente. Era óbvio que estava meio cega pela fumaça.

— Dekka! — gritou Edilio. — Viu o Sam?

Ela tentou responder, então engasgou, tossiu e acabou negando com a cabeça.

— Certo. Venha com a gente. O fogo ainda está se espalhando.

— O que vocês...? — conseguiu dizer ela.

— Vamos fazer um aceiro — disse Edilio. — O fogo está pulando de casa em casa. Vamos derrubar algumas delas e empurrá-las para longe do fogo.

— Chamem o Jack também — sugeriu Dekka, espremendo as palavras e interrompendo à força a tosse áspera que veio em seguida.

— Boa ideia — disse Edilio. — Taylor?

Taylor desapareceu.

— Vamos, pessoal. — Edilio tentou incentivar seu grupo doente e desanimado. — Talvez ainda possamos salvar boa parte da cidade.

Ele foi na frente, e os outros o seguiram.

Onde estava o Sam? Geralmente seria ele que estaria na liderança. Sam estaria dando ordens.

Estaria ele bem? Teria alcançado o Zil? Teria feito o que havia ameaçado? Teria matado-o?

Edilio ainda podia ouvir ecos dos gritos vindos da casa em chamas. Sabia que iria ouvi-los durante muito tempo em seus sonhos. Não conseguiria ter muita compaixão pelo Zil se Sam cumprisse sua ameaça.

Mas mesmo agora aquilo não parecia certo, para Edilio. Era simplesmente outro sinal de um mundo enlouquecido.

Taylor ricocheteou de volta quando chegaram à Avenida Sheridan. Havia fumaça por toda parte. O fogo se alastrava pelos quintais dos fundos da Sherman em direção ao lado oeste da Sheridan.

— Jack está vindo. Brisa tentou se levantar, mas deu três passos e caiu.

— Ela está bem? — perguntou Dekka.

— Gripe e supervelocidade não combinam, acho. Ela vai sobreviver.

Edilio tentou entender o território ao redor. O fogo propagava-se a oeste. Não havia um vento normal, no LGAR nunca existia, mas pelo jeito o incêndio provocava seu próprio vento. Soprava um calor de maçarico. Sem dúvida o fogo seguiria aquele vento.

— Ele está vindo para cá — disse Ellen.

— É. — Os incêndios na Sherman transformavam em silhuetas a fileira de casas no lado oeste da Sheridan.

De repente, de dentro de um redemoinho de fumaça, saiu um menininho puxando um garoto maior.

— Ei, carinha — disse Edilio. — Saia daqui agora mesmo.

O menino, Edilio agora reconhecia, era Justin. Maria tinha pedido que ele ficasse de olho para ver se o achava. E Roger. Roger estava mal, incapaz de falar ou mesmo de abrir os olhos.

— Não tente falar — disse Edilio. — Justin, vá para a praça, OK? Vocês dois. Lana vai estar lá, provavelmente. Vá até ela ou procure Dahra Baidoo, OK? Agora mesmo! Saiam daqui!

Os dois garotos cobertos de fuligem partiram, engasgando, cambaleando, Justin ainda puxando Roger.

— Acho que não podemos salvar as casas daquele lado — disse Ellen. — Mas aqui a rua é bem larga. E se a gente puder derrubar as casas do lado leste, empurrá-las para trás, talvez seja suficiente.

Jack vinha pela rua, parecendo atordoado e cauteloso.

— Obrigado por vir, Jack — disse Edilio.

Jack lançou um olhar raivoso para Taylor, que abriu um sorriso de desculpas. Alguma coisa havia acontecido lá, mas agora não era hora de se preocupar com isso. Taylor tinha convencido Jack, e era só isso que Edilio precisava saber.

— Certo — disse Edilio. — Vamos derrubar aquela casa. Taylor, verifique se tem alguém lá dentro. Dekka, acho que vou pedir para você enfraquecer a estrutura primeiro. Depois Orc e Jack podem ir com tudo.

Orc e Jack se entreolharam. Orc adorava a própria força. Jack sentia-se quase envergonhado pela dele. Mas isso não significava que estaria disposto a ser superado por Orc.

— Você pega o lado esquerdo — disse Orc.

Taylor surgiu de novo.

— Não tem ninguém na casa. Olhei todos os cômodos.

Dekka levantou as mãos bem alto. Edilio imaginou se a doença diminuiria o poder dela, mas a mobília da varanda já estava subindo, sem peso, chocando-se no beiral. Uma bicicleta fora de uso havia muito tempo flutuou para o céu.

A casa gemeu e estalou. Poeira e lixo subiram numa espécie de chuva invertida, em câmera lenta.

Então, de repente, Dekka baixou as mãos. A bicicleta, os móveis e o lixo despencaram de volta na terra. A casa reclamou ruidosamente. Parte do teto caiu.

Orc e Jack se adiantaram.

Orc deu um soco, atravessando uma parede em um canto. Fez um gancho com o braço e puxou as traves de apoio. Era um trabalho duro. Ele fez força, e de repente o canto se partiu. A forração externa lascou para fora, caibros estalaram e se projetaram como ossos numa fratura múltipla. O canto da casa tombou ligeiramente.

Jack arrancou um poste de luz da base de cimento, entregou a Orc e em seguida pegou outro. Assim que a casa foi reduzida a gravetos, lascas e tubos quebrados, Dekka levantou toda aquela bagunça do chão.

Seguiu-se uma espécie de dança desajeitada e perigosa. Orc e Jack usaram os postes compridos para empurrar o entulho sem peso para fora da rua. Mas não era fácil, porque Dekka precisava ficar ajustando a gravidade para impedir que o entulho subisse para o céu, e Orc e Jack precisavam lutar com os diferentes níveis de gravidade que às vezes deixavam os postes quase sem peso, e outras vezes devolviam o peso inteiro do metal.

Por fim a casa destruída foi empurrada para as áreas de estacionamento atrás das construções que ficavam de frente para a San Pablo e a praça da cidade. Quando terminaram com essa primeira casa, o fogo saltou para a que ficava a oeste deles. Mas agora havia pelo menos uma chance de que não conseguisse atravessar a Sheridan.

Trabalharam durante toda a manhã. Percorreram três quarteirões da Sheridan, derrubando as casas que corriam mais perigo. Edilio e Howard revistavam cada casa, tiravam crianças do perigo e corriam atrás de Dekka, Orc e Jack, pisoteando brasas que caíam do lado leste da rua e abafando a grama incendiada com tampas de latas de lixo e pás.

O som daquilo tudo, as pancadas, rasgos e estrondos súbitos, juntava-se aos estalos e sopros do fogo que abria caminho pelo lado oeste da rua.

Eram os sons de Praia Perdida morrendo.

VINTE E OITO | 13 HORAS E 12 MINUTOS

O BARCO SE afastava ruidosamente de Praia Perdida.

Agora eram apenas sete. Caine. Diana. Penny. Tyrell. Jasmine. Bug. E Tinta. Tinta havia ganhado o apelido devido à mania de cheirar tinta usando uma meia. Sua boca vivia da cor da tinta que ele tivesse encontrado mais recentemente. No momento, era vermelha, notou Caine. Como se Tinta tivesse virado vampiro.

Dos sete, apenas dois tinham poderes úteis: Penny e Bug. Diana ainda tinha a capacidade de medir os poderes alheios com precisão, mas que utilidade isso teria?

Os outros três só estavam ali porque tiveram a sorte de não estarem no Zodiac. Se bem que talvez fosse azar: os que haviam caído na marina provavelmente estavam sendo alimentados pelo pessoal do Sam.

— Aonde a gente vai, cara? — perguntou Tinta, provavelmente pela décima vez desde que haviam partido.

— Para a ilha do Bug — respondeu Caine. Estava sentindo-se paciente. Havia chegado até ali, provado que ainda era capaz de prejudicar Sam, que ainda podia realizar um plano. Por mais fraco que estivesse, havia tido sucesso ao levar seus seguidores da Coates pelo coração do território inimigo.

O motor fazia um barulho tranquilizador. A cana do leme vibrava na mão de Caine. Uma lembrança do mundo antigo, cheio de máquinas, produtos eletrônicos e comida.

O barco estava apinhado. Não era nenhuma grande embarcação. Era uma lancha, rasa, de fundo chato e costado baixo. Fibra de vidro branco-sujo. Ou talvez fosse alumínio. Caine não se importava.

Havia apenas três coletes salva-vidas na lancha. Tyrell, Bug e Penny estavam com eles, presos com variados graus de eficácia. Um barco cheio de refugiados famintos.

Diana não pegou um colete. Caine sabia por quê. Ela não se importava mais se continuaria viva. Fazia horas que não falava.

Era como se por fim tivesse desistido. Agora Caine podia olhá-la abertamente sem ter de fingir que não estava espiando. Ela não mais atacaria com alguma observação perversa e engraçada.

O que estava ali eram os restos de Diana. Era o que sobrava se você tirasse a beleza, a espirituosidade e a força dela. Um esqueleto de cabelos quebradiços, trêmulo, carrancudo, de carne macilenta.

— Estou vendo mais de uma ilha — comentou Penny.

— É — disse Caine.

— Qual é a certa?

Não era hora de admitir que não sabia. E provavelmente era uma hora bem ruim para admitir que, se errassem e desembarcassem na ilha errada, provavelmente morreriam por lá. Não restava força suficiente em nenhum deles para ficar pulando de ilha em ilha.

— Tem comida lá? — perguntou Tyrell com esperança.

— Tem — respondeu Caine.

— Era de umas pessoas, tipo, totalmente ricas, uns atores — disse Bug. Uma voz vinda da sombra fraca de um garoto sentado na proa.

— Tem gasolina suficiente para chegar lá? — perguntou Tyrell.

— Acho que vamos descobrir — respondeu Caine.

— E se acabar? — perguntou Tinta. — Quero dizer, o que a gente faz se a gasolina acabar?

Agora Caine estava cansado de bancar o líder confiante.

— Vamos ficar à deriva e morrer aqui, no mar azul e profundo.

Isso fez todo mundo calar a boca. Todos sabiam o que aconteceria antes de simplesmente se deixarem morrer de fome na calmaria do mar.

— Você viu — disse Diana a Caine. Nem tinha energia suficiente para olhá-lo.

Ele poderia mentir. Mas de que adiantava?

— É — respondeu Caine. — Vi.

— Ele não está morto — disse Diana.

— Acho que não.

Caine sentia uma aversão profunda à ideia de que Drake poderia estar vivo. Não somente porque ele culparia Caine por sua morte. Não somente porque Drake jamais perdoaria, jamais esqueceria, jamais pararia.

Caine odiava a ideia de Drake estar vivo porque esperava que pelo menos a morte fosse real. Podia encarar a morte, se fosse preciso. Não podia encarar a ideia de morrer e depois viver de novo.

Jasmine se levantou, trêmula.

Caine olhou-a, indiferente, mas esperando que ela não fizesse o barco virar.

Sem dizer uma palavra, Jasmine tombou pela lateral. Bateu na água com estrondo.

— Ei — disse Diana sem muito ânimo.

Caine manteve a mão na cana do leme. Jasmine não voltou à superfície. Uma espuma branca marcava o local onde ela havia afundado, agradecida.

Agora restavam seis, pensou Caine, embotado.

Hank morto.

Antoine sumido, perdido em algum lugar daquela loucura, talvez morto também, pelo ferimento que sofrera.

Zil sentou-se, tremendo. Sentindo-se em casa em seu complexozinho idiota; com sua namoradinha idiota, Lisa, olhando-o como uma vaca; com o idiota do Turk murmurando no canto, tentando inventar algum tipo de explicação para sugerir que tudo aquilo era na verdade uma coisa boa.

Agora Sam viria atrás dele. Zil tinha certeza. Sam viria atrás dele. As aberrações iriam triunfar. Se mataram Hank e talvez Antoine também... ah, Deus, então era só questão de tempo.

Caine podia facilmente ter esmagado Zil na água daquele jeito. Se fosse Zil quem tivesse atirado, Caine o teria matado tão facilmente quanto havia matado Hank. Ele! O Líder!

Isso não estava nos planos. Zil deveria usar a confusão do incêndio para juntar o máximo de normais que pudesse e tomar a prefeitura. Aprisionar Astrid, mantê-la como refém para que Sam não pudesse...

Que idiota. Era o plano de Caine. Como ele iria juntar crianças no meio de todo aquele caos? No meio da fumaça, do pânico e da confusão, com Sam acertando Antoine, e depois o Hank.

Idiota, idiota, idiota.

E depois o ataque a Caine, para fazer com que parecesse uma coisa boa. Mais idiota ainda. Ele não podia enfrentar as aberrações cara a cara.

Zil ainda podia ver a expressão de Hank enquanto subia no ar. O grito que rasgou sua garganta quando ele desceu a toda velocidade. A impressão de que o tempo estava quase parando enquanto esperavam que Hank voltasse para a superfície, sabendo que não voltaria. Sabendo que não havia como sobreviver àquela queda.

Como se mergulhasse de um prédio numa tigela d'água, tinha dito Lance. Hank estava enterrado sob a lama submarina. E poderia ter sido Zil. Poderia ter sido ele, com a cabeça enterrada na lama, talvez ainda vivo por tempo suficiente para tentar respirar.

— O bom é que o pessoal vai acreditar totalmente em nós — estava dizendo Turk enquanto roía as unhas.

— O quê? — respondeu Zil rispidamente.

— Com o Hank morto pelo Caine — explicou Turk. — Quero dizer, ninguém vai pensar que a gente tinha um acordo com ele.

Zil confirmou com a cabeça, distraído.

— É verdade — disse Lance. Não riu exatamente, mas quase. E por um segundo Zil viu algo diferente no garoto. Algo que não combinava com o rosto bonito e o jeito descolado.

— Talvez a gente devesse parar com isso.

Lisa. Zil ficou surpreso ao escutar a voz dela. Geralmente não dizia nada. Geralmente só ficava parada como um dois de paus. Como uma vaca idiota. Na maior parte do tempo ele a odiava, e agora a odiava muito, porque ela estava vendo a verdade, que Zil havia perdido.

— Parar com o quê? — perguntou Lance. Ele claramente não gostava de Lisa também. Zil sabia de uma coisa com certeza: Lisa não era bonita a ponto de Lance se interessar por ela. Não, era só o melhor que Zil podia conseguir. Pelo menos por enquanto.

— Quero dizer... — começou Lisa, mas terminou dando de ombros e ficando quieta de novo.

— O que a gente precisa fazer — disse Turk — é dizer às pessoas que tudo foi coisa do Caine. A gente diz que o Caine queimou a cidade.

— É — concordou Zil sem convicção. Em seguida baixou a cabeça e olhou para o chão, para o tapete sujo e puído. — As aberrações.

— Certo — disse Turk.

— Foram as aberrações — insistiu Lance. — Quero dizer, foram mesmo. Quem mandou a gente fazer isso? O Caine.

— Exatamente — disse Turk.

— A gente só precisa de mais gente — continuou Lance. — Quero dizer, Antoine era quase só um drogado idiota. Mas o Hank...

Zil levantou a cabeça. Talvez ainda houvesse esperança. Assentiu para Lance.

— É. É isso. A gente precisa de mais gente.

— Se o pessoal souber que a gente estava tentando impedir o Caine, vamos ter muito mais gente — disse Turk.

Lance deu um sorriso débil.

— Nós tentamos impedir o Caine de queimar a cidade toda.

— Hank morreu tentando — disse Zil.

Quando falou, soube que Turk já meio que acreditava. Na verdade, ele próprio já meio que acreditava.

— Lance, o pessoal vai ouvir você. Você e Turk, e você também, Lisa: vão lá. Espalhem a notícia.

Ninguém se mexeu.

— Vocês precisam fazer o que eu mando — disse Zil, tentando parecer que era forte e não como se estivesse implorando. — Eu sou o Líder.

— É — concordou Turk. — Só que... quero dizer, talvez eles não acreditem na gente.

— Você está com medo? — perguntou Zil irritado.

— Eu, não — respondeu Lisa. — Eu vou. Vou sair por aí e dizer a verdade a todos os nossos amigos.

Zil espiou-a cheio de suspeita. Por que ela estava sendo tão corajosa de repente?

— Legal, Lisa — disse. — Quero dizer, seria heroico.

Lance suspirou.

— Acho que, se ela pode fazer, eu também posso.

Só Turk permaneceu sentado. Olhou furtivamente para Zil.

— É melhor alguém ficar aqui para proteger você, Líder.

Zil deu um sorriso sem humor.

— É... Se o Sam vier, tenho certeza de que você vai fazer ele parar, Turk.

— É a tribulação — disse Nerezza.

Orsay não falou nada. Tinha ouvido essa palavra antes. Será que ela própria a havia usado?

Como se adivinhasse, Nerezza explicou:

— Tribulação. O tempo de tormento. Quando as pessoas procuram um profeta que lhes diga o que fazer. Você profetizou que isso aconteceria.

— Foi? Não lembro. — Sua memória era um sótão entulhado, cheio de brinquedos quebrados e móveis velhos. Estava ficando cada vez mais difícil ter certeza de onde estava, ou de quando, e havia desistido de perguntar por quê.

Estavam no início da área incendiada, no meio da Sheridan. A destruição era medonha, fantasmagórica à luz da manhã. A fumaça ainda subia de uma dúzia de casas ou mais. Chamas ainda podiam ser vistas aqui e ali, saindo de janelas queimadas.

Algumas casas estavam incólumes, cercadas por devastação. Como se tivessem sido poupadas por intervenção divina. Algumas casas estavam queimadas pela metade. Algumas, dava para ver, tinham sido estripadas mas os exteriores pareciam quase intactos a não ser por manchas de fuligem ao redor das janelas enegrecidas.

Uma casa ali perto havia perdido apenas o telhado, que estava queimado e caído. A pintura externa, de um verde alegre, tinha apenas umas poucas manchas de queimado, mas o topo havia sumido, com apenas alguns caibros pretos contra o céu. Espiando pelas janelas, Orsay viu o que restava de telhas e madeira, amontoadas e pretas. Como se alguém tivesse chegado, arrancado o teto e usado a casa como uma lata de lixo para jogar as cinzas.

Do outro lado da rua, a devastação era diferente. Parecia que um tornado surgira e empurrara uma sequência inteira de casas para fora dos alicerces.

— Não sei o que fazer — disse Orsay. — Como eu poderia dizer a qualquer outra pessoa o que fazer?

— É um julgamento — respondeu Nerezza. — Dá para ver. Todo mundo pode ver. É um julgamento. Uma tribulação mandada para lembrar as pessoas de que não estão agindo certo.

— Mas...

— O que os seus sonhos lhe contaram, Profetisa?

Orsay sabia o que os sonhos lhe haviam contado. Sonhos de todos os que estavam lá fora, de todos que viam uma garota chamada Orsay andando dentro de suas mentes adormecidas. A garota que levava mensagens aos seus filhos e em troca mostrava aos pais visões espantosas da vida dentro do LGAR. Visões de seus filhos encurralados e queimando.

Encurralados e morrendo.

É, os sonhos de todas aquelas pessoas boas eram angustiantes, sabendo o que acontecia ali dentro. E elas estavam frustradas demais, porque sabiam — aquelas pessoas boas, aqueles adultos, aqueles pais — que *havia* uma saída para seus filhos aterrorizados.

Os sonhos de Orsay lhe haviam mostrado isso. Haviam mostrado que Francis tinha emergido em segurança, recebido pelos pais com lágrimas de gratidão depois de fazer o puf.

Isso tinha deixado Orsay feliz. Fazer o puf aos 15 anos libertava a pessoa do LGAR. Era algo que ela podia esperar para si mesma. Escapar, quando chegasse a hora.

Mas nos últimos tempos havia imagens diferentes. Essas lhe vinham não da parede do LGAR, e nem mesmo quando estava dormindo. Não eram sonhos, exatamente. Eram visões. Revelações. Aninhavam-se por trás de outros pensamentos. Como ladrões se esgueirando dentro do cérebro.

Sentia como se não tivesse mais controle sobre o que acontecia dentro de sua cabeça. Como se tivesse deixado uma porta destrancada e agora não tivesse como conter uma enchente de sonhos, visões, imagens vagas e terríveis.

Essas novas visões não mostravam somente os que haviam escapado do LGAR chegando à idade mágica. Essas novas imagens eram de crianças que tinham morrido e, no entanto, agora se abraçavam com força às mães do lado de fora.

Tinha visto imagens dos que haviam perecido na noite anterior, no incêndio. A agonia seguida pela morte seguida pela fuga para os braços amorosos dos pais.

Até Hank. O pai de Hank não estava esperando junto à Cúpula, mas foi notificado pela patrulha rodoviária da Califórnia. Os policiais ligaram para seu telefone. Acharam-no num boliche em Irvine, onde ele estava bebendo chopp e flertando com a moça do bar. Teve de apertar uma das mãos sobre o ouvido para escutar acima do som das bolas rolando e dos pinos caindo.

— O quê?

— O seu filho, Hank. Saiu! — disse o policial.

Orsay viu as imagens, sabia o que elas significavam e sentiu-se enjoada por isso.

— O que seus sonhos estão lhe dizendo, Profetisa? — pressionou Nerezza.

Mas Orsay não podia dizer. Não podia dizer que a própria morte, e não somente o puf, não somente o Grande Quinze Anos, era uma saída.

Ah, meu Deus. Se ela contasse isso às pessoas...

— Diga — insistiu Nerezza. — Sei que seus poderes estão aumentando. Sei que você está vendo mais do que antes.

O rosto de Nerezza estava perto do de Orsay. A mão apertava o braço dela. Nerezza pressionava Orsay com toda a força de sua vontade. Orsay podia sentir essa vontade, essa necessidade, essa fome pressionando-a.

— Nada — sussurrou Orsay.

Nerezza recuou. Por um momento, um rosnado lampejou em seu rosto. Como um animal.

Nerezza olhou-a, furiosa. Depois, com um esforço, suavizou a expressão.

— Você é a Profetisa, Orsay.

— Não estou me sentindo bem — disse Orsay. — Quero ir para casa.

— Os sonhos. Eles não deixam você dormir muito bem, não é? Você deveria voltar para a cama.

— Não quero mais sonhar.

VINTE E NOVE | 11 HORAS E 24 MINUTOS

HUNTER TINHA SEIS pássaros na sacola. Três eram corvos, que não tinham muita carne. Um era uma coruja. Corujas tinham um gosto bem ruim, mas possuíam mais carne. E dois eram pássaros com penas coloridas, que eram bem gostosos. Hunter não sabia como eram chamados, mas sempre procurava por eles porque eram gostosos, e Albert ficaria muito feliz em ter alguns daqueles.

Estava no alto, do lado oposto da montanha ao norte da cidade, levando a sacola com os pássaros mortos. Trabalho duro. Carregava-os a tiracolo, numa bolsa que as mães usavam para levar bebês.

Hunter tinha uma mochila com seu saco de dormir, sua panela, seu copo, meias extras e outra faca. Às vezes as facas quebravam, apesar de que a que estava em seu cinto vinha durando um bom tempo.

Estava seguindo dois cervos. Tinha rastreado os dois durante a noite. Se os pegasse, iria matá-los. Depois usaria a faca para limpá-los como havia aprendido, tirando as entranhas. Não poderia carregar os dois cervos ao mesmo tempo. Teria de estripar um deles e pendurar numa árvore, então voltar mais tarde para pegá-lo.

Farejou. Tinha aprendido que podia sentir o cheiro dos animais que estava caçando. Os cervos possuíam um cheiro especial, assim como os guaxinins e os gambás. Farejou, mas agora o que chegou ao seu nariz foi o cheiro de fogo.

Hunter franziu a testa, se concentrando. Será que havia acampado naquele lugar recentemente? Ou alguém mais teria acendido fogueiras ali em cima?

Estava numa fenda profunda, com árvores escuras a toda volta e acima. Hesitou. O cheiro de fogo não parecia de fogueira de acampamento. Não era só madeira e mato queimando.

Estava ali, imóvel, despreparado, quando um cervo grande, com a galhada completa, apareceu do nada. Não o viu. Estava correndo; não em pânico, mas em passo firme, saltando ágil por cima de troncos caídos e se desviando dos espinheiros mais densos.

Mirou as duas mãos na direção do cervo. Não houve clarão de luz. Nada que desse para ver ou ouvir.

O cervo deu mais dois passos e caiu para a frente.

Hunter correu até ele. O cervo estava ferido, mas não morto.

— Não se preocupe — sussurrou Hunter. — Não vai doer.

Estendeu a palma da mão para a cabeça do cervo. Os olhos do animal ficaram leitosos e ele parou de respirar.

Hunter tirou a mochila e a sacola com os pássaros dos ombros e pegou a faca.

Estava empolgado. Era o maior cervo que já havia pegado. Não conseguiria carregá-lo de jeito nenhum. Teria de cortá-lo em pedaços. Seria muito trabalhoso.

Tomou um gole comprido do cantil e sentou-se, contemplando o serviço a fazer.

Fazia um bom tempo que não dormia, perseguindo os outros dois cervos. Agora estava com sono. E não havia mais necessidade de continuar. Com os pássaros e aquele cervo, teria dois dias de trabalho só para cortar a carne e carregar para a cidade.

Havia algumas cavernas rasas não muito longe daquele lugar, mas em algumas havia cobras voadoras. Era melhor não chegar perto daquelas coisas. Era melhor ficar ali, em campo aberto.

Encostou a cabeça num tronco macio meio apodrecido e caiu no sono instantaneamente.

Não soube quanto tempo dormiu, não tinha relógio, mas o sol estava no alto quando acordou com o som de movimentos desajeitados. Alguém tentando se manter despercebido e não conseguindo.

— Oi, Sam — disse Hunter.

Sam parou onde estava.

Hunter sentou-se.

— O que você está fazendo aqui?

Sam olhou em volta como se procurasse uma resposta. Hunter achou que ele parecia estranho. Não como o Sam de sempre. Estava com a aparência que alguns animais tinham às vezes quando Hunter os acuava e eles sabiam que era o fim.

— Só estou... é... andando — respondeu Sam.

— Fugindo?

Sam pareceu espantado.

— Não.

— Estou sentindo cheiro de fogo.

— É. Houve um incêndio. Na cidade. E aí? Isso é um cervo?

Parecia uma pergunta idiota para Hunter.

— É.

— Eu estava ficando com fome — confessou Sam.

Hunter deu seu sorriso torto. Metade da boca não funcionava direito.

— Posso preparar um pássaro para a gente. Mas tenho de entregar o cervo para Albert.

— Um pássaro seria ótimo.

Sam sentou-se com as pernas cruzadas no tapete de agulhas de pinheiro. Estava machucado. Havia sangue na camisa e ele movia o ombro de um jeito rígido.

— Posso cozinhar com as mãos, mas o gosto fica melhor se usar fogo.

Hunter juntou agulhas de pinheiro secas, gravetos e uns dois pedaços maiores de madeira. Logo estava com uma fogueira acesa. Limpou um dos pássaros coloridos, queimou os cotocos das penas e cortou-o em pedaços menores. Depois espetou-os com um cabide de arame que tirou da mochila e colocou-os sobre os carvões na borda da fogueira.

Dividiu a carne com uma justiça escrupulosa. Sam comeu, esfomeado.

— A vida que você leva aqui em cima não é muito ruim — disse ele.

— Menos quando tem mosquitos. Ou pulgas.

— É, bom, todo mundo tem pulgas, já que a maioria dos cachorros e gatos... é... acabaram.

Hunter confirmou com a cabeça. Depois disse:

— Não tenho muita conversa.

Quando viu que Sam não entendera, Hunter explicou:

— Às vezes minha cabeça não quer me dar palavras.

Lana o havia curado do melhor modo que pôde, mas o crânio jamais voltou a ficar totalmente direito. Ela havia consertado o cérebro o suficiente para ele não fazer xixi nas calças, como fez durante um tempo depois da surra. E, quando falava, ele quase sempre conseguia se fazer entender. Mas Lana não tivera como retorná-lo totalmente à normalidade.

— Tudo bem — disse Hunter, sem perceber que não havia dito nada daquilo em voz alta. — Só estou diferente, agora.

— Você é importante. É uma salvação para o pessoal. Os coiotes incomodam você?

Hunter balançou a cabeça e comeu mais um pedaço da carne quente do pássaro.

— A gente fez um trato. Eu não vou aonde eles caçam. E não caço coiotes. Então eles não me incomodam.

Durante um tempo nenhum dos dois falou nada. A fogueira se apagou. O resto do pássaro foi consumido. Hunter jogou terra em cima do fogo, extinguindo-o de vez.

— Talvez eu pudesse trabalhar com você — disse Sam. E levantou a mão. — Acho que posso caçar também.

Hunter franziu a testa. Isso era confuso.

— Mas você é Sam e eu sou Hunter.

— Você poderia me ensinar o que sabe. Sobre os animais. E como achá-los. E como cortar a carne e coisa e tal.

Hunter pensou nisso, mas então a ideia escapou de seu cérebro. E ele percebeu que havia se esquecido do que Sam estava falando.

— Se eu voltar, vou fazer coisas — disse Sam, olhando as cinzas da fogueira quase morta.

— Você é bom em fazer coisas.

Sam pareceu ficar com raiva. Então seu rosto se suavizou até só parecer triste.

— É. Só que nem sempre quero fazer essas coisas.

— Eu sou o Hunter. Por isso caço.

— Meu nome de verdade é Samuel. Era um profeta da Bíblia.

Hunter não sabia o que era "profeta". Ou "Bíblia".

— Foi o cara que escolheu o primeiro rei de Israel.

Hunter assentiu, atarantado.

— Você acredita em Deus, Hunter?

Hunter sentiu uma pontada súbita de culpa. Baixou a cabeça.

— Eu quase matei aqueles garotos.

— Que garotos?

— Zil. E os amigos dele. Os que me machucaram. Eu estava caçando uma corça e vi eles. E podia ter.

— Podia ter matado eles.

Hunter assentiu.

— Para dizer a verdade, Hunter, eu gostaria que você tivesse feito isso.

— Sou caçador — disse ele, e riu porque achou engraçado. — Não Matador de Garotos. — Ele riu. Era uma piada.

Sam não riu. Na verdade, parecia com vontade de chorar.

— Você conhece o Drake, Hunter?

— Não.

— É um cara com uma espécie de cobra no lugar do braço. Uma cobra. Ou um chicote. Ele não é um garoto de verdade. Por isso, se o vir, pode caçá-lo.

— Certo — disse Hunter, em dúvida.

Sam mordeu o lábio. Parecia com vontade de dizer outra coisa. Levantou-se, os joelhos estalando depois de tanto tempo sentado.

— Obrigado pela carne, Hunter.

Hunter olhou-o se afastar. Um garoto com braço de cobra? Não. Nunca tinha visto nada assim. Seria incrível. Seria mais estranho ainda do que as cobras que tinha visto nas cavernas. As que tinham asas.

Isso o fez lembrar. Levantou a manga para examinar o ponto onde a cobra havia cuspido nele. Doía. Havia uma feridinha, uma espécie de buraco. O buraco havia criado casca, como qualquer um dos incontáveis machucados que Hunter havia sofrido ao andar pelo mato.

Mas quando olhou a casca da ferida, Hunter ficou perturbado ao ver que era de uma cor estranha. Não era avermelhada, como a maioria. Essa era verde.

Desenrolou a manga de volta. E se esqueceu disso outra vez.

Sanjit estava na beira do penhasco. O binóculo não mostrava muitos detalhes, mas não era difícil ver a nuvem de fumaça. Era como um enorme ponto de exclamação retorcido acima de Praia Perdida.

Inclinou o binóculo para cima. Longe, no céu, a fumaça parecia se espalhar horizontalmente, como se batesse num teto de vidro. Mas isso só podia ser impressão.

Virou-se para a direita e focalizou o iate. Sua visão foi da proa à popa. O helicóptero.

Chu estava tentando soltar uma pipa com Pixie. Ela não estava decolando. Nunca decolava, mas Pixie continuava com esperança, e Chu continuava tentando. Porque, refletiu Sanjit, por mais que Virtude fosse carrancudo, ele era uma boa pessoa. Algo que Sanjit não sabia se poderia dizer sobre si mesmo.

Paz estava lá dentro, vigiando Bowie. A febre dele tinha parado de subir e baixar o tempo todo. Mas Sanjit sabia que não deveria pensar que essa era uma melhora permanente. Eles haviam tido altos e baixos assim durante muito tempo.

Olhou o helicóptero. De jeito nenhum conseguiria pilotá-lo. Teria de convencer Chu com relação a isso. Porque, se Sanjit tentasse, mataria todos eles.

E se não pilotasse, Bowie podia morrer.

Estava perdido demais em pensamentos sombrios para notar que Virtude vinha correndo para ele.

— Ei, tem um barco vindo para cá.

— O quê?

Virtude apontou para mar.

— Ali.

— O quê? Não estou vendo nada.

Virtude revirou os olhos.

— Não está vendo aquilo, mesmo?

— Ei, eu não cresci procurando leões na savana.

— Leões. É. Era o que eu passava a maior parte do tempo fazendo: procurando leões.

Sanjit pensou que quase conseguia ver um ponto que poderia ser um barco. Mirou com o binóculo. Demorou um tempo para captar, e encontrou-o através das ondulações na água.

— É um barco!

— Não é à toa que chamam você de Sabedoria — disse Virtude secamente.

— Tem gente nele. — Sanjit entregou o binóculo a Virtude.

— Parecem umas seis pessoas — disse Virtude. — Não dá para ver muito bem. Nem tenho certeza se estão vindo para cá. Podem estar indo para uma das outras ilhas. Ou podem só estar pescando.

— A cidade pega fogo e de repente temos um barco cheio de gente vindo para cá? — disse Sanjit, cético. — Acho que não estão pescando.

— Estão escapando de Praia Perdida — concordou Virtude. — Fugindo de alguma coisa.

— Do incêndio.

Mas Virtude balançou a cabeça, com ar sombrio.

— Não, irmão. Pense bem. Acontece um incêndio, por isso você pula num barco e vai para uma ilha? Não. Você simplesmente vai para onde não tem fogo. Tipo a próxima cidade.

Sanjit ficou em silêncio. Estava meio sem graça. Agora, pensando direito, era óbvio. Chu estava certo. O que quer que estivessem fazendo no barco, não era para fugir do incêndio.

— O que vamos fazer se eles vierem para cá? — perguntou Virtude.

Sanjit não tinha uma resposta fácil. Enrolou.

— Eles vão ter dificuldade para desembarcar. Mesmo sem ondas quebrando, eles nunca vão conseguir sair daquele barco e escalar os penhascos.

— A não ser que a gente ajude.

— O que eles vão fazer é dar a volta e descer passando pelo iate. Se forem na direção certa, vão ver. Há uma boa chance de acabarem se afogando se tentarem fazer isso. Esmagados entre o iate as pedras. Mesmo sem ondas quebrando. É difícil demais.

— Se a gente ajudasse, eles conseguiriam — disse Virtude com cautela. — Eles vão demorar um tempo para chegar aqui. Não é exatamente um barco rápido. E eles ainda estão longe. — Ele olhou de novo pelo binóculo. — Não sei.

— Não sabe o quê?

Virtude deu de ombros.

— Não é bom decidir que a gente não gosta de pessoas sem ao menos dar uma chance.

Sanjit sentiu os pelos da nuca se eriçando.

— O que você está dizendo, Chu?

— Não sei. Não estou dizendo nada. Eles provavelmente são legais.

— Eles parecem legais?

Virtude não respondeu. Sanjit notou que o maxilar dele estava tenso. A testa franzida. Os lábios comprimidos numa linha fina.

— Eles parecem legais, Chu? — repetiu Sanjit.

— Eles poderiam ser... tipo... refugiados, saca? O que vamos fazer? Mandar irem embora?

— Chu. Eu estou perguntando. Eles parecem legais para você? Por mais maluco que pareça, acho que confio no seu instinto.

— Eles não parecem os homens que saíram da selva para atacar nossa aldeia. Mas a sensação é igual.

— Onde a gente deveria desembarcar? — perguntou Diana.

As ilhas, que ela estivera observando pelo que pareciam dias, estavam finalmente ao alcance. A lancha bamboleava diante de penhascos nus que pareciam ter 30 metros de altura.

— Tem de haver alguma coisa, como um cais ou sei lá o quê — disse Bug. Ele estava nervoso, Diana sabia. Se sua história sobre essa ilha fosse uma fantasia, Caine faria com que ele desejasse estar morto.

— Estamos quase sem gasolina — observou Tyrell. — Deve ter tipo um galão. Dá para ouvir o líquido chacoalhando, sabe?

— Nesse caso, o barco não importa — disse Caine. — Ou sobrevivemos aqui, na ilha, ou morremos. — Ele lançou um olhar maléfico para Bug. — Alguns de nós antes dos outros.

— Para onde vamos? — perguntou Penny. — Direita ou esquerda?

— Alguém tem uma moeda para jogar cara ou coroa? — sugeriu Diana.

Caine se levantou. Protegeu os olhos e espiou à esquerda. Depois à direita.

— Os penhascos parecem mais baixos à direita.

— Você não pode usar seus poderes mágicos e levitar a gente até o topo? — perguntou Tinta, e depois deu um risinho nervoso, babando nos lábios manchados de vermelho.

— Eu estava pensando nisso — respondeu Caine, pensativo. — É uma longa subida. Não sei. — Em seguida olhou as pessoas no barco. Diana sabia o que vinha em seguida. Imaginou, preguiçosamente, quem teria a honra.

— Vamos lá, Tinta — continuou Caine. — Você é praticamente inútil, pode ser você.

— O quê? — O alarme de Tinta foi cômico. Em outra ocasião, Diana sentiria pena dele. Mas isso era vida ou morte, sem segundas chances.

E Caine estava certo: Tinta não contribuía com nada vital, exatamente. Não tinha poderes. Não era bom de briga. Era um drogado imbecil que havia fritado o pouco cérebro que possuía.

Caine levantou as mãos e Tinta flutuou para fora do banco. Era como se Caine estivesse erguendo-o pelo meio do corpo, porque os pés e mãos de Tinta balançavam. Seu cabelo comprido, de um marrom cor de rato, pairava e redemoinhava como se ele estivesse num tornado em câmera lenta.

— Não, não, não — gemia ele.

Tinta flutuou acima da água.

— Se você o baixasse um pouco seria como se ele estivesse andando sobre a água — disse Penny.

Tinta chegou mais perto do penhasco, ainda pouco mais de 1 metro acima d'água, mas agora a uns 6 ou 8 do barco.

— Sabe, Penny — disse Diana —, não é tão engraçado assim. Se der certo, todos nós vamos do mesmo jeito.

De algum modo esse fato não havia ocorrido a Penny. Diana sentiu uma espécie de satisfação distante pelo modo como o prazer sádico se transformava em preocupação no rosto da garota.

— Certo, agora a altitude — disse Caine. Tinta começou a subir de novo, paralelamente à face do penhasco composto de terra socada, quase nua, pontilhada por protuberâncias de pedra e alguns arbustos dispersos que pareciam ter escolhido um local muito precário para crescer.

Tinta subiu. Diana prendeu o fôlego.

— Não, não, não! — A voz de Tinta flutuava de volta para baixo, mas era ignorada. E ele não estava mais chutando. Em vez disso tentava girar de frente para o penhasco, os braços se estendendo para fora, procurando alguma coisa, qualquer coisa, em que se agarrar.

Na metade do caminho, à altura de um prédio de cinco andares, a ascensão de Tinta diminuiu nitidamente. Caine respirou fundo. Não parecia estar se esforçando fisicamente. Seus músculos não estavam retesados; o poder não tinha a ver com os músculos. Mas sua expressão era séria e Diana soube que, de algum modo incomensurável, ele estava usando todo o seu poder.

Tinta subiu, porém mais lentamente.

E então escorregou. Caiu.

O garoto gritou.

E parou a apenas 3 metros do mar.

— Vamos pegá-lo — disse Caine. Tyrell baixou o motor de popa dentro d'água e o barco foi na direção do garoto que gritava e gemia.

Caine baixou-o no barco. Ele pousou com força, sentado, e começou a soluçar.

— Bom, não deu certo — disse Diana.

Caine balançou a cabeça.

— É. Acho que estamos longe demais. Eu poderia jogá-lo dessa distância. Já joguei carros longe assim. Mas não posso fazer ele levitar.

Ninguém sugeriu que ele atirasse o Tinta. O alerta de Diana, de que o que desse certo seria feito a todos eles, os manteve em silêncio. Diana avaliou mentalmente a distância que Tinta havia percorrido. Talvez 20, 25 metros no total. Certo. Agora sabia o alcance dos poderes de Caine. Talvez chegasse o dia em que esse conhecimento seria muito útil.

TRINTA | 10 HORAS E 28 MINUTOS

SAM NÃO TINHA ideia do que estivera fazendo, nem mesmo por quê.

Havia fugido de Praia Perdida num pânico cego. Esse fato vergonhoso preenchia sua mente, afastando até mesmo a fome.

Tinha visto Drake e entrado em pânico.

Pirado.

Perdido a cabeça.

Depois de conseguir uma refeição grátis com Hunter, foi em direção à usina nuclear. Era lá que tudo aquilo havia acontecido.

A surra, as chicotadas; aquilo tinha sido tão ruim que, mesmo quando Brianna encontrara morfina no suprimento de remédios da usina e cravado a agulha nele, mesmo assim, mesmo depois que o analgésico o inundou, a dor era medonha demais para suportar.

Mas ele havia suportado. E tinha vivido as horas de pesadelo em seguida, as alucinações da morfina, as horas cambaleando, tropeçando, precisando gritar.

Tinha lutado de novo contra Drake, mas foi Caine quem finalmente matara o psicopata. Caine jogou Drake por um poço de mina que, em seguida, desmoronou na cabeça de Drake. Nada poderia ter sobrevivido.

No entanto, Drake estava vivo.

Desde aquele dia, Sam suportara a vida por saber que Drake estava morto, enterrado sob toneladas de pedra; morto, desaparecido, para jamais ser encarado de novo. Esse fato lhe permitira ir em frente.

Mas se Drake não pudesse ser morto...

Se fosse imortal...

Será que Drake faria parte da vida no LGAR para sempre?

Sam sentou-se na borda do penhasco, a 800 metros da usina. Tinha encontrado uma bicicleta no caminho e pedalado até que o pneu estourou. Depois andou pela sinuosa estrada litorânea, pretendendo retornar à usina, à sala onde aquilo havia acontecido. Ao lugar onde Drake o havia destruído.

Era isso, pensou enquanto olhava para o mar vasto e brilhante: Drake havia destruído alguma coisa dentro dele. Sam tinha tentado consertar. Tinha tentado voltar a ser Sam. O Sam que todo mundo esperava que ele fosse.

Astrid fizera parte disso. O amor e coisa e tal. Era piegas demais, mas o amor o havia mantido longe do desespero. O amor e o consolo frio de saber que Drake morrera e Sam sobrevivera.

Amor e vingança. Bela combinação.

E responsabilidade, percebeu de repente. Isso havia ajudado de um modo estranho, saber que as crianças precisavam dele. Saber que era necessário.

Agora Astrid estava dizendo que ele não era necessário. E, por sinal, que não era tão amado assim. E o conforto de pensar no corpo de Drake, destruído e enterrado? Tinha sumido.

Tirou a camisa. O ferimento no ombro não parecia grande coisa. Quando sondou com o dedo, pôde sentir alguma coisa dura e redonda logo embaixo da pele.

Apertou a ferida, encolhendo-se de dor. Apertou mais um pouco e a bolota de chumbo saiu, junto com um pouquinho de sangue.

Olhou. Era uma bala de chumbo de espingarda. Jogou-a longe. Um Band-Aid seria legal, mas ele teria de se contentar em lavar o machucado.

Começou a descer do penhasco, precisando de alguma coisa para fazer e esperando encontrar algo para comer nas poças de maré das pedras.

Era uma escalada difícil. Não sabia se conseguiria subir de novo. Mas o esforço físico parecia necessário.

Eu poderia pular na água e nadar, disse a si mesmo.

Poderia nadar até não aguentar mais.

Não tinha medo do oceano. Não dava para ser surfista e ter medo do oceano. Poderia começar a nadar, direto em frente. Dali eram 16 quilômetros até a distante parede do LGAR. Dali não dava para vê-la; nunca dava normalmente, a não ser que você estivesse bem perto. Ela possuía uma característica cinzenta, acetinada, pseudorrefletora, que enganava o olhar. Pelo que eles sabiam, era uma esfera completa, uma cúpula, mas se parecia com o céu, e à noite parecia ter estrelas.

Imaginou se poderia chegar à parede. Provavelmente não. Não estava em tão boa forma quanto nos velhos tempos.

Provavelmente iria se esgotar depois de um quilômetro e meio. Se nadasse com vontade, talvez um quilômetro e meio, dois. E depois, se deixasse, o oceano iria levá-lo para baixo, engoli-lo. Não seria a primeira pessoa a ser vencida pelo Pacífico. Havia ossos humanos espalhados por todo o piso do oceano, dali até a China.

Chegou às pedras e se dobrou desajeitadamente para lavar o ferimento com água salgada.

Depois começou a procurar nas poças de maré. Peixinhos rápidos. Alguns moluscos pequenos demais para sequer se incomodar em abri-los. Mas, depois de meia hora, havia catado alguns punhados de mariscos, três caranguejos pequenos e um pepino-do-mar de 15 centímetros. Pôs tudo numa pequena poça. Então apontou a palma de uma das mãos para a poça e lançou luz suficiente para ferver a água salgada.

Sentou-se nas pedras lisas e comeu o cozido de frutos do mar, tirando cautelosamente os pedaços de dentro do caldo quente. Estava delicioso. Meio salgado, o que seria ruim mais tarde se não achasse água doce, mas delicioso.

Seu humor melhorou depois de comer. Sentado perto da água, sozinho, sem ninguém exigindo nada. Nenhuma ameaça terrível para afugentar e enfrentar. Nenhum detalhe irritante.

De repente, para seu próprio espanto, deu uma gargalhada.

Quanto tempo fazia que não ficava sentado sozinho, sem ninguém pegando no seu pé?

— Estou de férias — disse a ninguém. — É, vou tirar um tempo de folga. Não, não, não vou atender ao telefone nem olhar meu Black-Berry. Além disso, não vou queimar buracos em ninguém. Nem levar uma surra de matar.

Uma pedra grande escondia Praia Perdida, o que era ótimo. Ele podia vislumbrar a ilha mais próxima, e olhando para o norte podia ver a faixa de terra que se projetava da usina nuclear.

— Lugar legal — disse, olhando ao redor de seu poleiro rochoso. — Se tivesse um isopor cheio de refrigerante, estaria feito.

Sua mente vagueou até Praia Perdida. Como as pessoas estariam se virando depois do incêndio? Como estariam lidando com Zil?

O que Astrid estaria fazendo? Provavelmente bancando a chefe de todo mundo, com sua confiança de sempre.

Visualizar Astrid não ajudava. Havia duas imagens em sua mente, disputando o domínio. Astrid de camisola, aquela que era recatada e séria até que por acaso ela passasse diante de uma fonte de luz e então...

Sam afastou essa imagem. Não ajudava em nada.

Visualizou a outra Astrid, com a expressão altiva, fria e cheia de desprezo que ela mostrava nas reuniões do conselho.

Amava a primeira Astrid. A Astrid que ocupava seus devaneios e às vezes os sonhos à noite.

Não suportava a outra Astrid.

As duas o frustravam, apesar de em maneiras muito diferentes.

Não que não existissem outras garotas bonitas no LGAR, prontas para se jogar em cima de Sam. Garotas que talvez não fossem tão moralistas, nem se achassem superiores.

Parecia a Sam que, no mínimo, Astrid estava ficando cada vez mais assim. Estava virando menos a Astrid de seus devaneios e mais a Astrid que precisava controlar tudo.

Bom, ela era a presidente do conselho, e Sam havia concordado que não podia comandar as coisas sozinho. Nunca quisera comandar nada, para começo de conversa. Tinha resistido, na verdade. Astrid é que o havia manipulado para assumir a responsabilidade.

E depois a tirou dele.

Sam não estava sendo justo. Sabia disso. Estava com pena de si mesmo. Sabia disso também.

Mas o negócio da Astrid era que a resposta era sempre "Não". Não para qualquer coisa. Mas, quando as coisas davam errado, de repente a responsabilidade era dele.

Bom, não mais.

Estava cansado de ser controlado. Se Astrid e Albert queriam mantê-lo em alguma caixinha, de onde poderiam tirá-lo quando quisessem, para depois nem deixar que ele fizesse o serviço, podiam esquecer.

E se Astrid queria pensar que ela, o Pequeno Pete e Sam formavam algum tipo de família, só que Sam nunca podia... bem, ela podia esquecer isso também.

Você não fugiu por nada disso, disse uma voz cruel em sua cabeça. *Não fugiu porque Astrid não quer dormir com você. Nem porque ela é mandona. Você fugiu do Drake.*

— Tanto faz — disse Sam em voz alta.

E então ocorreu-lhe um pensamento que o abalou. Tinha virado herói por causa de Astrid. E quando pareceu perdê-la, deixou de ser esse cara.

Seria possível? Seria possível que a arrogante, frustrante, manipuladora Astrid era o motivo para ele poder bancar Sam, o Herói?

Havia mostrado alguma coragem antes, em ações que lhe valeram o apelido de Sam Ônibus Escolar, mas tinha se afastado imediatamente dessa imagem, feito o máximo para desaparecer de volta no anonimato. Era alérgico à responsabilidade. Quando o LGAR chegou, ele era só mais um garoto. E, mesmo depois, fizera o máximo para evitar o papel que os outros queriam forçá-lo a representar.

Mas então surgira Astrid. Ele fizera tudo por ela. Por ela, tinha sido o herói.

— É, bem — disse às pedras e à água. — Nesse caso estou ótimo sendo o antigo Sam comum.

Sentiu-se reconfortado com o pensamento. Durante um tempo. Até que a imagem do Mão de Chicote veio à tona de novo.

— É só uma desculpa — admitiu Sam ao oceano. — Não importa o que esteja acontecendo com Astrid, você ainda tem de fazer isso.

Independentemente de qualquer coisa, precisava enfrentar Drake.

— Fico feliz por você também ter visto, Chu — sussurrou Sanjit. — Porque, se não, eu teria certeza de que estava maluco.

— Foi aquele cara, o garoto. Ele fez isso. De algum modo.

Os dois estavam nas pedras acima do penhasco. Praticamente não havia um centímetro da ilha que não haviam explorado, tanto antes quanto depois do grande desaparecimento. Boa parte da ilha fora despida de árvores numa época em que alguém havia criado ovelhas e cabras ali. Mas nos arredores ainda existiam bosques virgens, de carvalhos anões, mogno e cipreste, e dezenas de arbustos com flores. As raposas da ilha ainda caçavam nesses bosques.

Em outros locais, palmeiras oscilavam altas acima de pedras caídas, mas não havia praias na ilha San Francisco de Sales, nem enseadas convenientes. Nos dias de criação de ovelhas os pastores baixavam os animais em cestos de vime. Sanjit tinha visto os restos abandonados desses aparatos e pensado em se balançar por cima da água pela simples diversão, mas decidiu que era loucura ao notar que as traves de apoio estavam comidas por formigas e cupins.

A ilha era quase impenetrável, motivo pelo qual seus pais adotivos a haviam comprado. Era um lugar aonde os paparazzi não podiam ir. No interior da ilha existia uma pequena pista de pouso, com tamanho suficiente para receber jatos particulares, e no complexo residencial havia o heliporto.

— Eles estão indo para o leste — comentou Sanjit.

— Como ele fez aquilo? — perguntou Virtude.

Sanjit havia notado que Virtude não era rápido em se adaptar a circunstâncias novas e inesperadas. Sanjit crescera nas ruas, com trambiqueiros, batedores de carteira, mágicos e outros que se especializavam na ilusão. Não achava que o que havia acabado de testemunhar fosse ilusão; acreditava que era real. Mas estava pronto para aceitar isso e ir em frente.

— É impossível — disse Virtude.

O barco ia se movendo de novo, para leste, o que era bom. Era o caminho mais longo ao redor da ilha. Eles demorariam horas e horas para chegar onde o iate estava encalhado.

— Não é possível — repetiu Virtude, e agora isso estava começando a dar nos nervos de Sanjit.

— Chu. Absolutamente todos os adultos desapareceram de uma hora para a outra, não há TV nem rádio, nem aviões no céu, nem barcos passando. Você não deduziu que não estamos exatamente na terra do possível? Nós fomos apanhados, sequestrados e adotados de novo. Só que desta vez não foi para os Estados Unidos. Não sei onde estamos nem o que está acontecendo. Mas, irmão, nós já passamos por isso antes, entendeu? Novo mundo, novas regras.

Virtude piscou uma vez. Duas. Assentiu.

— Foi mais ou menos o que aconteceu, não é? Então, o que vamos fazer?

— O que for necessário para sobreviver.

E então o velho e familiar Virtude estava de volta.

— Essa é uma frase bonita, *Sabedoria*. Tipo coisa de filme. Infelizmente, é meio sem significado.

— É. É, sim — admitiu Sanjit, rindo. Deu um tapa no ombro de Virtude. — Dizer alguma coisa mais significativa é com você.

— Vocês podem cuidar das coisas por uns minutos? — perguntou Maria. John olhou para os três ajudantes: três crianças que estavam na programação de trabalho ou, no caso de uma, era um fugitivo sem teto que tinha vindo à creche procurando abrigo e foi posto para trabalhar.

Durante a noite e a manhã a população da creche tinha mais do que dobrado. Agora os números estavam começando a diminuir um pouco, à medida que as crianças saíam sozinhas ou em pares, procurando irmãos ou amigos. Ou casas que, pelo que Maria tinha ouvido, podiam não existir mais.

Maria sabia que provavelmente não deveria deixar ninguém ir embora. Pelo menos até ter certeza de que era seguro.

— Mas quando seria isso? — murmurou. Piscou algumas vezes, tentando focalizar. Sua visão estava estranha. Era mais do que simplesmente sono. Um borrão que transformava as bordas em néon quando ela mexia a cabeça rápido demais.

Procurou e achou seu frasco de comprimidos. Quando sacudiu, não houve barulho.

— Não, não é possível. — Ela abriu-o e olhou dentro. Levantou-o. Ainda estava vazio.

Quando havia acabado? Não conseguia lembrar. A fera da depressão devia ter vindo e ela devia ter lutado com os últimos remédios.

Em algum momento. Antes. Devia ter.

— É — disse em voz alta, com a voz engrolada.

— O quê? — perguntou John, franzindo a testa como se mal conseguisse prestar atenção.

— Nada. Estava falando sozinha. Preciso achar o Sam, Astrid ou alguém; quem estiver no comando. Estamos sem água. Precisamos do dobro da quantidade normal de comida. E preciso de alguém para... você sabe... — Ela perdeu a linha de pensamento, mas John não pareceu notar. — Use um pouco da comida de emergência para dar a elas até eu voltar.

Maria saiu antes que John pudesse perguntar como ele deveria dividir quatro latas de legumes mistos e um saco de ervilhas secas entre trinta ou quarenta crianças famintas.

Perto da praça, as coisas não pareciam muito diferentes do usual. O cheiro era diferente — de fumaça, e o fedor acre de plástico derretido. Mas a princípio a única evidência do desastre era o cobertor de névoa marrom que pairava sobre a cidade. Isso e uma pilha de entulho atrás do McDonald's.

Maria parou diante da prefeitura, pensando que talvez fosse encontrar o conselho trabalhando para tomar decisões, organizando, planejando. John havia saído com eles antes, mas, como ele tinha voltado para casa, eles também deviam ter feito o mesmo.

Precisava falar com Dahra. Ver que remédios ela teria disponíveis. Conseguir alguma coisa antes que a depressão a engolisse de novo. Antes que ela... alguma coisa.

Não havia ninguém nas salas, mas Maria pôde ouvir gemidos de dor vindos da enfermaria no porão. Não queria pensar no que estava acontecendo lá embaixo. Não, agora não; Dahra iria chutá-la para fora.

Ainda que, na verdade, a menina só fosse levar alguns segundos para pegar um Prozac ou qualquer outra coisa que tivesse.

Maria quase trombou em Lana, que estava sentada do lado de fora, na escadaria da prefeitura, fumando um cigarro.

As mãos dela estavam manchadas de vermelho. Ninguém tinha água para desperdiçar lavando sangue.

Lana olhou para ela.

— E aí? Como foi sua noite?

— A minha? Ah, não muito boa.

Lana assentiu.

— Queimaduras. Demoram muito tempo para curar. Noite ruim. Noite muito ruim.

— Cadê o Patrick?

— Lá dentro. Ele acalma as crianças. Você deveria arranjar um cachorro para a creche. Ajuda as crianças... Ajuda, você sabe, a não deixar elas notarem que perderam os dedos no fogo.

Ela deveria verificar alguma coisa. Não, não eram remédios. Outra coisa. Ah, claro.

— Odeio ter que perguntar isso, sei que você teve uma noite difícil — disse Maria. — Mas um dos meus meninos, o Justin, apareceu chorando por causa do amigo dele, Roger.

Lana quase sorriu.

— Roger Artista? Ele vai sobreviver, provavelmente. Mas eu só tive tempo de impedir que ele morresse na hora. Vou ter de passar muito mais tempo com o cara antes de ele poder fazer mais algum desenho.

— Alguém zzabe o que aconteceu? — Os lábios e a língua de Maria pareciam inchados.

Lana deu de ombros. Acendeu um segundo cigarro na guimba do primeiro. Era um sinal de riqueza, de certa forma. O suprimento de cigarros era escasso no LGAR. Mas claro que a Curadora teria o que quisesse. Quem iria dizer não?

— Bom, depende de em quem você acredite — respondeu Lana. — Algumas crianças estão dizendo que foi o Zil e os idiotas dele. Outras estão dizendo que foi o Caine.

— Caine? Isso é loucura, não é?

— Nem tanto. Já ouvi o pessoal dizer coisas mais loucas. — Lana riu sem achar graça.

Maria esperou que ela acrescentasse alguma coisa. Não queria perguntar, mas precisava:

— Mais loucas?

— Lembra da Brittney? A garota que morreu na grande luta da usina nuclear? E foi enterrada ali? — Lana apontou com o cigarro. — Tem crianças dizendo que a viram andando por aí.

Maria começou a falar, mas sua boca desajeitada estava seca.

— E coisas ainda mais malucas do que isso — continuou Lana.

Maria sentiu um arrepio fundo.

— Brittney? — perguntou.

— Acho que as coisas mortas nem sempre ficam mortas.

— Lana... o que você sabe?

— Eu? O que *eu* sei? Não sou eu que tenho um irmão no conselho.

— John? — Maria ficou surpresa. — Do que você está falando?

Ouviram um gemido alto, de dor, vindo do porão. Lana não se abalou, mas notou a expressão preocupada de Maria.

— Ele vai sobreviver.

— Aonde você quer chegar, Lana? Está querendo... é... dizer alguma coisa?

— Um garoto me disse que Astrid mandou ele espalhar a notícia de que Orsay está falando um monte de besteiras. O mesmo garoto disse, algumas horas depois, que Howard mandou ele espalhar a notícia de que qualquer um que veja qualquer coisa maluca está falando besteira. Aí o garoto perguntou ao Howard: o que você quer dizer com "maluca"? Porque tudo é maluco no LGAR.

Maria imaginou se deveria rir. Não conseguiu. Seu coração estava martelando e a cabeça latejando sem parar.

— Enquanto isso, adivinha o que o Sam fez há dois dias? Foi no Penhasco perguntar se por acaso eu recebi algum telefonema do gaiáfago.

Maria ficou totalmente imóvel. Queria desesperadamente que Lana explicasse o que quisera dizer com relação a Orsay. Concentração, Maria, disse a si mesma.

Lana continuou depois de um momento:

— Veja só, o que o Sam queria de verdade era saber se ele está morto. O gaiáfago. Se ele está morto de verdade. E adivinha só.

— Não sei, Lana.

— Bom, não está. Entendeu? Não foi embora. Não morreu. — Lana respirou fundo e olhou o sangue seco nas mãos, como se notasse pela primeira vez. Descascou um pouco dele com a unha do polegar.

— Não estou entendendo...

— Nem eu — disse Lana. — Aquela coisa estava lá, comigo. Na minha mente. Eu podia sentir que ela estava... me... usando. — Ela pareceu envergonhada. Sem graça. E então seus olhos chamejaram com raiva. — Pergunte ao seu irmão, ele está com os outros: Sam, Astrid e Albert. E ao mesmo tempo que Sam me pergunta se o gaiáfago ainda é a mesma criatura adorável, o pessoal do conselho pede para as outras crianças saírem detonando Orsay e garantindo que ninguém pense que algo está errado.

— John nunca mentiria para mim — disse Maria, mas com uma falta de convicção que até ela podia sentir.

— Ahã. Alguma coisa está errada. Alguma coisa está muito, muito errada. E agora? A cidade foi quase destruída por um incêndio e Caine roubou um barco e saiu navegando. O que isso diz a você?

Maria suspirou.

— Estou cansada demais para adivinhações, Lana.

Ela se levantou. Jogou o cigarro longe.

— Lembre-se: o LGAR está sendo ótimo para algumas pessoas. Já pensou no que aconteceria se a parede sumisse amanhã? Seria bom para você. Seria bom para a maioria das pessoas. Mas seria bom para Sam, Astrid e Albert? Aqui eles são importantes. No mundo real, são só garotos.

Lana esperou, olhando Maria com atenção. Como se estivesse aguardando que ela dissesse alguma coisa ou reagisse. Ou negasse. Qualquer coisa.

Mas Maria só conseguiu pensar em dizer:

— John faz parte do conselho.

— Exato. Então talvez você devesse perguntar a ele o que está realmente acontecendo. Porque eu? Eu não sei de nada.

Maria não tinha resposta para isso.

Lana ajeitou os ombros e foi na direção do porão infernal. Virou-se na metade do caminho e disse:

— Outra coisa que eu quase esqueci: sabe o tal garoto? Ele disse que Brittney não era a única pessoa oficialmente morta andando no meio do incêndio.

Maria esperou. Tentou não demonstrar nada, mas Lana já vira a resposta em seus olhos.

— Ah — disse Lana. — Então você também viu.

Lana assentiu uma vez e desceu a escada.

A Escuridão. Maria só ouvira outros falando dela. Como histórias do bicho-papão. Lana disse que ela a havia usado.

Será que Lana não via? Ou simplesmente se recusava a ver? Se era verdade que, de algum modo, Brittney estava viva, que Drake estava vivo, Maria podia adivinhar exatamente como o gaiáfago tinha usado o poder dela.

TRINTA E UM | 9 HORAS E 17 MINUTOS

ASTRID HAVIA ESPERADO que Sam voltasse a noite inteira.

Esperou a manhã inteira.

Sentindo o fedor de fumaça.

Da sala da prefeitura viu o incêndio se espalhar por toda a extensão da Sherman, pelo lado oeste da Sheridan, pelo quarteirão único da rua Grant, e por dois quarteirões do Boulevard Pacific.

Parecia que com certeza chegaria à praça, mas finalmente a marcha do fogo se interrompera.

Agora quase todas as chamas estavam apagadas, mas uma nuvem de fumaça continuava a subir.

O Pequeno Pete estava dormindo no canto, encolhido e com um cobertor puído em cima. Seu videogame estava no chão, ao lado.

Astrid sentiu uma onda enorme de nojo. Estava furiosa com Sam. Furiosa com o Pequeno Pete. Furiosa com o mundo inteiro ao seu redor. Enjoada de todos e tudo.

E principalmente, admitia, estava enjoada de si mesma.

Desesperadamente enjoada de ser Astrid Gênio.

— Tremendo gênio — murmurou. O conselho da cidade, presidido por aquela garota loura... Qual era o nome dela? Ah, certo: Astrid. Astrid Gênio. Presidente do conselho que deixou metade da cidade queimar até os alicerces.

No porão da prefeitura, Dahra Baidoo distribuía os escassos comprimidos de ibuprofeno e Tylenol vencido para crianças com queimaduras, como se isso fosse consertar alguma coisa, enquanto elas esperavam que Lana fosse de uma em uma, curando com seu toque.

Astrid podia ouvir os gritos de dor. Havia vários andares entre ela e o hospital improvisado. Não eram suficientes.

Edilio entrou cambaleando. Estava praticamente irreconhecível. Preto de fuligem, sujo, empoeirado, com arranhões e cortes, a roupa pendendo em trapos.

— Acho que conseguimos — disse, e deitou no chão.

Astrid se ajoelhou perto dele.

— Vocês contiveram o fogo?

Mas Edilio não conseguia mais responder. Estava inconsciente. Acabado.

Howard apareceu em seguida, em condições apenas ligeiramente melhores. Em algum momento durante a noite e a manhã tinha perdido seu risinho de desprezo. Olhou para Edilio, assentiu como se isso fizesse perfeito sentido, e se deixou afundar pesadamente numa poltrona.

— Não sei quanto você paga a esse cara, mas não é o suficiente — disse Howard, indicando Edilio com a cabeça.

— Ele não faz isso em troca de pagamento — respondeu Astrid.

— É, bem, ele é o motivo para a cidade inteira não ter pegado fogo. Ele, Dekka, Orc e o Jack. E Ellen. A ideia foi dela.

Astrid não queria perguntar, mas não pôde se conter.

— E o Sam?

Howard balançou a cabeça.

— Não vi.

Astrid encontrou um paletó no armário, que provavelmente estava ali desde a época do prefeito de verdade. Era xadrez, espalhafatoso. Estendeu-o sobre Edilio. Em seguida foi à sala de reuniões e voltou com uma almofada, que pôs sob a cabeça dele.

— Foi o Zil? — perguntou Astrid a Howard.

Howard de uma risada, mas o som pareceu um latido.

— Claro que foi o Zil.

Astrid apertou os punhos com força. Sam havia exigido carta branca para ir atrás do Zil. Quisera dar um jeito na Galera Humana.

Astrid o havia impedido.

E a cidade pegou fogo.

E agora o porão estava cheio de crianças feridas.

E as que estavam *apenas* feridas tinham sorte.

Astrid torceu as mãos em um nó, um gesto angustiado, de oração. Sentia uma ânsia incontrolável de cair de joelhos e exigir algum tipo de explicação de Deus. Por quê? Por quê?

Seu olhar caiu sobre o Pequeno Pete, sentado em silêncio, brincando com seu jogo morto.

— E não é tudo — disse Howard. — Você tem água?

— Eu pego — disse uma voz. Albert havia entrado na sala sem se fazer notar. Encontrou o jarro d'água e serviu um copo para Howard, que o esvaziou com um longo gole.

— Obrigado. Esse trabalho dá sede.

Albert ocupou a cadeira que Astrid havia deixado vaga.

— O que mais?

Howard suspirou.

— Durante toda a noite as pessoas aparecem, certo? Com histórias malucas. Cara, não sei o que é verdade e o que não é.

— Conte algumas — pediu Albert em voz fraca.

Edilio roncava baixinho. Algo naquele som fez Astrid sentir vontade de chorar.

— Certo. Bom, tem crianças dizendo que viram Satã. Sério, com chifres de diabo e coisa e tal. E outras mantiveram o pé no chão um pouco mais, dizendo que era o Caine, mas muito magro e agindo de modo muito estranho.

— Caine? — Os olhos de Astrid se estreitaram. — Caine? Aqui? Em Praia Perdida? Isso é loucura.

Albert pigarreou e se remexeu na cadeira.

— Não. Não é loucura. Quinn também viu. De perto. Caine roubou os dois barcos de emergência ontem à noite, ou hoje de madrugada. Dependendo do seu ponto de vista.

— O quê? — A exclamação esganiçada fez Edilio se agitar.

— É. Sem dúvida era o Caine — disse Albert numa voz forçadamente calma. — Ele veio durante a pior parte do incêndio, quando tudo estava confuso. Quinn e o pessoal dele estavam voltando, querendo ajudar, e ali estava o Caine, com talvez uma dúzia de pessoas.

Enquanto Albert dava os detalhes, Astrid ficou gelada. Não era coincidência. Não podia ser coincidência. Era planejado. De algum modo, no fundo da mente, tinha visualizado Zil pirando, surtando, talvez perdendo o controle de uma situação. Mas não era isso. Não se Caine estivesse envolvido. Caine não pirava. Caine planejava.

— Zil e Caine? — disse Astrid, sentindo-se idiota por ao menos pensar nisso.

— O negócio do Zil é o ódio contra as aberrações — observou Howard. — E o Caine? Vamos encarar: ele é tipo o Príncipe de Gales das aberrações.

Albert levantou uma sobrancelha.

— Sabe, se o Sammy é o rei... — explicou Howard. — Certo, a piada não é boa se eu preciso explicar.

— Caine e Zil — disse Astrid. De algum modo, a sensação era melhor quando colocava os nomes nessa ordem. Zil era um bandido Um babaca do mal, deturpado, que explorava as diferenças entre as aberrações e os normais. Mas não era inteligente. Talvez fosse esperto. Mas não inteligente.

Não. Caine era inteligente. E na cabeça de Astrid era impossível que o mais idiota dos dois estivesse no controle. Não, Caine tinha de estar por trás de tudo isso.

— E também... — disse Albert.

Ao mesmo tempo Howard disse:

— Além disso...

Edilio acordou de repente. Pareceu surpreso e confuso ao se ver no chão. Olhou os outros ao redor e coçou o rosto.

— Você perdeu um pedacinho — disse Howard. — Caine e Zil trabalharam juntos nisso.

Edilio piscou como uma coruja. Começou a se levantar, depois suspirou, desistindo, e apoiou as costas na mesa.

— E também — repetiu Albert antes que Howard pudesse continuar — deve ter havido algum tipo de desentendimento. Porque os caras do Zil começaram a atirar no Caine enquanto ele ia embora. Acertaram um dos barcos. Quinn tirou uns garotos do Caine de dentro da água.

— O que vocês fizeram com eles?

Albert deu de ombros.

— Deixamos lá. Eles não iam a lugar nenhum. Estão morrendo de fome. E Quinn acha que talvez estejam meio loucos.

Albert ficou repuxando meticulosamente alguma coisa presa em sua calça.

— Caine apagou o Hank. Foi o Hank que atirou.

— Jesus. — Astrid fez o sinal da cruz rapidamente, esperando que isso transformasse a palavra de blasfêmia em bênção. — Quantas crianças morreram ontem à noite?

Edilio respondeu:

— Quem sabe? Sabemos de duas, no incêndio. Deve haver outras. Provavelmente nunca vamos saber com certeza. — Um soluço alto escapou. Ele enxugou os olhos. — Desculpem. Só estou cansado.

Então chorou em silêncio.

— Acho melhor eu falar isso logo também — disse Howard. — Alguns garotos estão dizendo que viram Drake. E um monte de gente viu Brittney.

O silêncio se estendeu. Astrid encontrou uma cadeira e sentou-se. Se Drake estava vivo... Se Caine estava trabalhando com o Zil...

— Cadê o Sam? — perguntou Edilio de repente, como se tivesse acabado de notar.

Ninguém respondeu.

— E Dekka? — perguntou Astrid.

— No porão — respondeu Edilio. — Ela trabalhou um tempão. Ela, Orc e Jack. Mas ela está doente. Cansada e doente. E teve uma queimadura feia numa das mãos. Para ela foi o fim. Mandei que fosse procurar Dahra. Lana vai... você sabe, quando ela tiver terminado com... Cara, desculpe — disse ele enquanto começava a chorar de novo. — Não posso cavar sepulturas. Outra pessoa vai ter de fazer isso, certo? Não posso mais.

Astrid percebeu que Albert e Howard estavam encarando-a, um com curiosidade intensa, o outro com um risinho cansado.

— O quê? — perguntou rispidamente. — Vocês dois também são do conselho. Não me olhem como se tudo estivesse por minha conta.

Howard deu um sorriso sinistro.

— Talvez seja melhor trazermos o John para cá, não é? Ele é do conselho também. Sammy está sumido. Dekka fora de combate, Edilio pirando, e não é para menos, pela noite que teve.

— É. A gente deveria chamar o John — disse Astrid. Parecia errado trazer o menino para aquilo, mas ele era do conselho.

Howard gargalhou, um riso alto e longo.

— É, vamos trazer o John. Assim podemos enrolar por mais tempo. Podemos continuar sem fazer nada por um pouquinho mais de tempo.

— Pega leve, Howard — disse Albert.

— Pegar leve? — Howard saltou de pé. — É? Onde você estava ontem à noite, Albert? Hein? Porque não vi você lá fora na rua, ouvindo as crianças gritando, vendo elas correndo machucadas, com medo e sufocando, e o Edilio e o Orc lutando, e a Dekka pondo os pulmões para fora e Jack chorando e...

— Sabe quem mais não conseguiu aguentar? — continuou Howard, furioso. — Sabe quem mais não conseguiu suportar o que estava acontecendo? O Orc. O *Orc*, que não tem medo de nada. O Orc, que todo mundo acha que é algum tipo de monstro. Ele não aguentou. Ele não estava aguentando... mas continuou. E onde você estava, Albert? Contando seu dinheiro? E você, Astrid? Rezando para Jesus?

A garganta de Astrid se apertou. Não conseguia respirar. Por um momento o pânico ameaçou dominá-la. Queria correr para fora da sala, fugir e nunca mais olhar para trás.

Edilio se levantou e abraçou Howard. Ele deixou, e então fez uma coisa que Astrid nunca esperava presenciar. Enterrou o rosto no ombro de Edilio e chorou, soluçando com força.

— Estamos desmoronando — sussurrou Astrid, apenas para ela própria.

Não existia uma escapatória fácil. Tudo que Howard havia dito era verdade. Ela podia ver a verdade refletida na expressão atordoada de Albert. Os dois, os espertos, os inteligentes, os grandes defensores da verdade, da equidade e da justiça, não tinham feito nada enquanto outros trabalhavam até a exaustão.

Astrid havia pensado que seu trabalho era trazer ordem ao caos quando a noite de horror finalmente acabasse. E aquela era a hora de fazer isso. Aquela era a hora de mostrar que podia fazer o que era necessário.

Onde estava o Sam?

Então uma percepção chocante a acertou com força total. Era assim que Sam se sentia? Era assim que ele vinha se sentindo desde o início? Com todos os olhares voltados para ele? Com todo mundo esperando uma decisão? Ao mesmo tempo em que duvidavam, criticavam e atacavam?

Queria vomitar. Estivera ali durante boa parte do tempo. Mas não tinha sido *a pessoa*. Não era ela quem fazia aquelas escolhas.

E agora... era.

— Não sei o que fazer — disse. — Não sei.

* * *

Diana se inclinou por cima da lateral do barco e mergulhou a cabeça na água. A princípio manteve os olhos fechados, pretendendo voltar para cima assim que o cabelo estivesse molhado.

Mas o fluxo de água fria em volta das orelhas e do couro cabeludo era tão agradável que ela quis ficar ali e ver. Abriu os olhos. A água salgada ardia. Mas era uma dor nova, e ela a acolheu.

O mar era uma espuma verde, passando em redemoinhos pela lateral do barco. Imaginou, preguiçosamente, se Jasmine apareceria flutuando na direção dela, o rosto inchado, pálido...

Mas não, claro que não. Isso havia sido muito antes. Horas antes. Horas que parecem semanas quando você está faminta, queimada de sol, e a sede grita para você beber, beber a água linda e verde como ponche, como refrigerante, como chá de hortelã refrescante, tão fria ao redor da cabeça.

Só precisava se soltar. Deslizar para a água. Não duraria muito. Estava fraca demais para nadar por muito tempo, e então deslizaria água abaixo como Jasmine havia feito.

Ou talvez só devesse manter a cabeça ali embaixo e respirar fundo a água. Isso serviria? Ou ela simplesmente acabaria engasgando e vomitando?

Caine não iria deixá-la se afogar, claro. Senão ficaria totalmente sozinho. Ele iria tirá-la da água. Ela não podia se afogar enquanto Caine não tivesse partido, e então ela talvez partisse também porque, por mais triste que fosse se dar conta disso, ele era tudo que tinha.

Os dois. Cachorrinhos doentes. Corrompidos, arrogantes, cruéis e frios, ambos. Como ela podia amar alguém assim? Como ele podia? Processo de eliminação? Nenhum dos dois conseguiria encontrar mais ninguém?

Até mesmo as espécies mais perversas, mais feias, encontravam parceiros. Moscas encontravam parceiros. Vermes, bem, quem sabia? Provavelmente. O fato era...

Pânico súbito! Puxou a cabeça de volta e ofegou. Engasgou, ofegou e começou a chorar com o rosto nas mãos, soluçando sem lágrimas porque era preciso ter algo dentro de si para produzir lágrimas. A água que escorria dos cabelos parecia lágrimas.

Ninguém notou. Ninguém se importava.

Caine estava olhando a ilha que passava à esquerda.

Tyrell estava verificando o mostrador de combustível, nervoso, a cada dois segundos.

— Cara, está quase vazio. Olha, está no vermelho.

Os penhascos eram íngremes e impossíveis. O sol batia na cabeça de Diana e, se alguém tivesse aparecido por magia ao lado dela e dito: aqui, Diana, aperte esse botão e... esquecimento...

Não. Não, isso é que era incrível enquanto ela pensava. Não. Ainda não. Ainda escolheria viver. Até mesmo essa vida. Mesmo que significasse passar os dias e as noites consigo mesma.

— Ei! — disse Penny. — Olha aquilo. É... tipo... uma abertura?

Caine protegeu os olhos e espiou, concentrado.

— Tyrell. Ali.

O barco se virou lentamente para o penhasco. Diana imaginou se eles iriam simplesmente bater na parede. Talvez. Não podia fazer nada a respeito.

Mas então viu também; nada mais do que um espaço escuro na pedra íngreme, castigada pelo sol. Uma abertura.

— Provavelmente é só uma caverna — disse Tyrell.

Não estavam longe do penhasco e não demoraram muito a ver que o que a princípio parecia uma caverna era na verdade uma rachadura na rocha. Em algum momento uma parte do penhasco havia desmoronado, criando uma entrada estreita, com não mais do que 6 metros de largura na base, porém cinco vezes mais larga no topo. Mas a base da reentrância estava atulhada de pedras. Não havia praia de areia esperando-os, nenhum lugar para ancorar o barco.

E, no entanto, se eles pudessem ancorar, uma pessoa conseguiria subir por aquela rocha inclinada até o topo do penhasco.

O motor pegou e falhou várias vezes, provocando um tremor no casco.

Tyrell xingou furiosamente e gritou:

— Eu sabia, eu sabia!

O barco continuou se movendo em direção à abertura. O motor morreu. O barco perdeu o rumo.

Ficou à deriva, e a abertura foi se afastando lentamente.

Apenas 6 metros. Tão perto!

Depois 9 metros.

Doze.

Caine virou os olhos frios para sua pequena tripulação. Estendeu a mão, e Penny se elevou de seu banco. Lançou-a em direção à costa. Ela voou, girando e gritando pelo ar, e pousou espirrando água a pouco mais de um metro da pedra mais próxima.

Não havia tempo para ver se ela havia sobrevivido. Caine estendeu a mão e lançou Bug, que desapareceu na metade do voo mas criou um esguicho de água tão perto das pedras que Diana se perguntou se ele teria quebrado a cabeça.

O barco continuou se afastando.

Qual seria o alcance para Caine lançar uma pessoa de 25, 40 ou 50 quilos com alguma precisão?, pensou. Devia estar perto do limite dele.

O olhar de Diana encontrou o de Caine.

— Proteja a cabeça — alertou ele.

Diana cruzou os dedos na nuca e apertou os braços com força, cobrindo as têmporas.

Sentiu uma mão gigantesca, invisível, apertá-la com força, e em seguida foi lançada pelo ar.

Não gritou. Nem mesmo enquanto as rochas cresciam em sua direção. Iria bater nelas de cabeça, de jeito nenhum sobreviveria. Mas então a gravidade assumiu o controle e sua linha reta se tornou um arco voltado para baixo.

As pedras, a água espumante, tudo veio no mesmo piscar de olhos, e o mergulho. Profunda e fria, a água encheu sua boca de sal.

Houve uma dor aguda quando seu ombro bateu numa pedra. Ela sacudiu as pernas, e os joelhos rasparam uma parede de cascalho quase vertical.

Suas roupas pesavam, apertadas em volta do corpo, prendendo os braços e as pernas. Diana lutou, surpresa ao ver com que força lutava, o quanto queria alcançar a superfície brilhante e ensolarada que estava a um milhão de quilômetros acima.

Quando chegou à superfície, foi apanhada pelas ondas suaves e jogada como uma boneca contra uma pedra escorregadia de líquen. Tentou se agarrar com as duas mãos enquanto engasgava. Unhas na pedra. Pés forçando os pedregulhos que escorregavam embaixo dela.

De repente estava de pé, com a cintura fora d'água. Numa pequena plataforma de pedra, ofegando.

Esperou ali por um momento, recuperando o fôlego. Então foi em frente até um local mais seco, sem notar os arranhões e os cortes. Parou, com toda a sua energia exaurida.

Caine já havia chegado em terra. Deixou-se cair, exausto, molhado, mas ao mesmo tempo triunfante.

Diana escutou vozes chamando seu nome.

Piscou para afastar a água e tentou focalizar o barco. Já estava longe demais. Tyrell e Tinta, de pé nele, gritavam:

— Me pega! Me pega!

— Caine, você não pode deixar a gente aqui!

— Você pode pegá-los? — perguntou Diana, num grasnado rouco.

Caine balançou a cabeça.

— É longe demais. De qualquer modo...

Diana conhecia o "de qualquer modo". Tyrell e Tinta não tinham poderes. Não fariam nada de útil para Caine. Eram apenas duas bocas a mais para se alimentar, mais duas vozes reclamonas a se suportar.

— É melhor começarmos a escalar — disse Caine. — Eu posso ajudar nos lugares mais difíceis. Vamos conseguir.

— E vai haver comida e tudo o mais lá em cima? — perguntou Penny, olhando desejosa para o topo do penhasco.

— É melhor esperarmos que sim — respondeu Diana. — Não temos mais nenhum lugar para ir, e nenhuma maneira de chegar lá.

TRINTA E DOIS | 8 HORAS E 11 MINUTOS

ASTRID TINHA IDO olhar a área do incêndio. Fazendo a coisa certa.

Crianças haviam gritado com ela. Exigiram saber por que ela deixara isso acontecer. Exigiram saber onde Sam estava. Inundaram-na com reclamações, preocupações e teorias loucas, até ela recuar.

Depois disso se escondeu. Recusava-se a abrir a porta quando alguém batia. Não foi para o escritório. Seria a mesma coisa, lá.

Mas durante todo dia aquilo ficou devorando-a. A sensação de inutilidade. Uma sensação de inutilidade tornada muito pior pela percepção crescente de que precisava de Sam. Não porque estivessem diante de alguma ameaça. Agora a ameaça estava praticamente no passado.

Precisava de Sam porque ninguém tinha respeito algum por ela. Agora só havia uma pessoa capaz de acalmar uma turba de crianças ansiosas e fazer o que precisava ser feito.

Quisera acreditar que podia fazer isso. Mas havia tentado, e eles não ouviram.

No entanto, Sam ainda não estava em lugar algum. Por isso, apesar de tudo, a situação continuava em seus ombros. Esse pensamento a deixou enjoada. Deu vontade de gritar.

— Precisamos sair, Petey. Andar, andar. Vamos.

O Pequeno Pete não respondeu ou reagiu.

— Petey. Andar, andar. Vem comigo.

O Pequeno Pete olhou-a como se ela pudesse ou não estar ali. Depois voltou ao jogo.

— Petey. Escuta!

Nada.

Astrid deu dois passos, agarrou o irmão pelos ombros e sacudiu-o. O jogo voou pelo carpete.

O Pequeno Pete levantou os olhos. Agora tinha certeza de que ela estava ali. Agora estava prestando atenção.

— Ai meu Deus, Petey, desculpe, desculpe — gritou Astrid, e tentou puxá-lo para perto. Nunca, jamais o havia sacudido. Aquilo acontecera depressa demais, como se algum animal tivesse assumido o controle de seu cérebro; e de repente ela estava em movimento e o havia agarrado.

— Ahhh ahhh ahhh ahhh! — O Pequeno Pete começou a berrar.

— Não, não, não, Petey, desculpe, não foi de propósito.

Envolveu-o com os braços, mas não conseguia tocá-lo. Alguma força impedia que fizesse contato físico.

— Petey, não, você precisa me deixar...

— Ahhh ahhh ahhh ahhh!

— Foi um acidente! Eu perdi o controle, é só... eu só... não posso, Petey, para, para com isso!

Ela correu para pegar o jogo. Estava quente. Estranho. Levou-o de volta ao Pequeno Pete, mas por um instante seu passo falhou. A sala pareceu se deformar e oscilar ao seu redor.

Os berros frenéticos do Pequeno Pete a trouxeram de volta.

— Ahhh ahhh ahhh ahhh!

— Cala a boca! — gritou Astrid, tão confusa e perturbada quanto furiosa. — Cala a boca! Cala a boca! Aqui! Toma seu brinquedo idiota!

Ela deu um passo atrás, para longe, não confiando em si mesma para ficar perto dele. Odiando-o naquele momento. Aterrorizada com a possibilidade de aquela coisa furiosa dentro dela golpeá-lo de novo.

Uma voz dentro dela racionalizava, mesmo agora. Ele é um pirralho irritante. Faz essas coisas de propósito.

Foi tudo culpa dele.

— Ahhh ahhh ahhh ahhh!

— Eu faço tudo por você! — gritou.

— Ahhh ahhh ahhh ahhh!

— Dou comida a você, limpo você, vigio você e protejo você. Para com isso! Para com isso! Não aguento mais. Não aguento!

O Pequeno Pete não parou. Não pararia enquanto não quisesse, ela sabia, até que a loucura dentro de sua cabeça se esgotasse.

Deixou-se cair numa cadeira da cozinha. Ficou sentada com a cabeça entre as mãos, repassando a lista de seus fracassos. Antes do LGAR eles não eram muitos. Havia tirado 9 uma vez, quando deveria tirar 10. Umas duas vezes tinha sido cruel sem querer com pessoas, lembranças que a incomodavam até agora. Nunca aprendera a tocar um instrumento... Não era tão boa quanto gostaria na pronúncia do espanhol...

— Ahhh ahhh ahhh ahhh!

Tinha desejado fazer tantas coisas boas! Quisera recomeçar a terapia e as lições do Pequeno Pete. Fracasso. Quisera consertar a igreja e descobrir algum modo de as crianças comparecerem nas manhãs de domingo. Fracasso. Quisera escrever uma constituição para o LGAR, criar um governo. Fracasso.

Tinha tentado impedir que Albert transformasse tudo numa questão de dinheiro. Havia fracassado. E, o que era igualmente ruim, Albert teve sucesso. Ele estava certo, ela estava errada. Agora Albert alimentava Praia Perdida, e não ela.

Quisera encontrar um modo de impedir que Howard vendesse bebida e cigarros às crianças. Queria argumentar com Zil, fazer com que ele agisse como um ser humano decente. Fracasso e fracasso.

Até seu relacionamento com Sam tinha desmoronado. E agora ele havia fugido, abandonado-a. Tinha ficado de saco cheio, supunha ela. Cheio dela, do Pequeno Pete e de todo o resto.

Alguém tinha ouvido outra pessoa dizer que Hunter o vira deixando a cidade. Deixando. Indo para onde? A máquina de fofocas não tinha resposta. Mas tinha certeza de quem era a culpa: de Astrid.

Ela quisera ser corajosa, forte, inteligente e correta.

E agora estava escondida em casa porque sabia que, se saísse, todos iriam olhá-la em busca de respostas que ela não possuía. Era a presidente do conselho numa cidade que quase queimara até os alicerces.

Fora salva, mas não por Astrid.

Finalmente o Pequeno Pete ficou em silêncio. Seus olhos vazios se concentravam no jogo outra vez. Como se nada tivesse acontecido.

Ela imaginou se ele ao menos se lembraria de sua perda de controle. Imaginou se sabia como ela estava aterrorizada, impotente e derrotada. Sabia que ele não se importava.

Ninguém se importava.

— Certo, Petey — disse com a voz trêmula. — Ainda precisamos sair. Andar, andar. É hora de sair e conversar com meus muitos amigos — disse ironicamente.

Desta vez ele seguiu-a, dócil.

Astrid pensava em visitar de novo a área queimada. O hospital do porão. Encontrar Albert e descobrir quando ele teria comida.

Mas, quando chegou à rua, foi cercada em minutos, como sabia que aconteceria. Crianças vinham até ela. Mais e mais, até haver dezenas, acompanhando-a enquanto ela tentava retornar à área do incêndio. Gritavam, exigiam, insultavam, imploravam, pediam. Ameaçavam.

— Por que não quer falar com a gente?

— Por que não responde?

Porque não tinha respostas.

— OK — disse por fim. — OK! OK! — Empurrou um garoto que estava gritando na sua cara sobre o sumiço da irmã mais velha, que tinha ido visitar uma amiga. Na Sherman.

— OK — repetiu Astrid. — Vamos ter uma reunião da cidade.

— Quando?

— Agora mesmo. — Abriu caminho pela multidão, que seguiu enquanto ela ia em direção à igreja.

Ah, Sam riria um bocado vendo isso. Mais de uma vez ele havia ficado de pé no altar tentando pacificar um grupo de crianças aterrorizadas. E ela, Astrid, olhava e avaliava o desempenho dele. Então, quando a pressão finalmente ficou grande demais, ela havia formado o conselho e tentado colocá-lo de lado.

Bem, Sam, pensou enquanto subia naquele altar arruinado, você pode ter o cargo de volta quando quiser.

O crucifixo que, muito tempo atrás, Caine havia usado para esmagar um garoto chamado Cookie tinha sido colocado de pé encostado, depois havia caído e sido posto de pé outra vez. Agora estava tombado numa pilha de entulho. Doía em Astrid vê-lo assim. Pensou em pedir voluntários para levantá-lo de novo, mas não era hora. Não, não era a hora de pedir nada a ninguém.

Edilio veio com Albert, mas nenhum dos dois se apresentou, em solidariedade a ela.

— Se vocês todos se sentarem e pararem de tentar falar ao mesmo tempo, podemos fazer a reunião — disse Astrid.

A reação foi alta e cheia de zombaria. Uma onda de palavras amargas varreu-a.

— Ei, o shopping está fechado, não tem comida!

— Ninguém trouxe água, a gente está com sede!

— Machucado...

— Doente...

— Com medo...

E de novo e de novo: cadê o Sam? Cadê o Sam? Com essas coisas acontecendo, o Sam deveria estar por perto. Ele morreu?

— Pelo que sei, Sam está bem — disse Astrid com calma.

— É, e a gente pode confiar totalmente em você, né?

— Podem — respondeu Astrid sem convicção. — Podem confiar em mim.

Isso provocou risos e mais insultos.

Alguém gritou:

— Deixa ela falar, ela é a única que ao menos está tentando.

— Astrid só sabe mentir e não fazer nada — contra-atacou uma voz.

Astrid conhecia a voz. Howard.

— Astrid só sabe falar — disse Howard. — Blá-blá-blá. E a maior parte é pura mentira.

Nessa hora a multidão de crianças ficou em silêncio, olhando enquanto Howard se levantava devagar, rigidamente, e se virava para os outros.

— Sente-se, Howard — disse Astrid. Até ela podia ouvir a derrota na própria voz.

— Você escreveu algum tipo de lei que te faz chefe de todo mundo? Porque eu achava que você era a rainha das leis.

Astrid lutou contra a ânsia de ir embora. Como Sam tinha feito, aparentemente. Apenas sair da cidade. Não seria uma perda para ninguém.

— Temos de pensar em como vamos nos organizar e agir, Howard — disse Astrid. — As pessoas precisam de comida.

— Isso mesmo — gritou uma voz.

— Como você vai fazer isso acontecer? — perguntou Howard.

— Certo, bem, amanhã todo mundo vai fazer seus trabalhos normais — respondeu Astrid. — Vai ser ruim durante uns dias, mas vamos ter comida e água de novo. As plantações ainda estão lá. Os peixes ainda estão no oceano.

Isso teve um efeito calmante. Astrid podia sentir. Ajudou a lembrar as crianças de que nem tudo fora perdido no incêndio. É, talvez ela pudesse criar uma relação com elas, afinal de contas.

— Fale sobre o zumbi — disse Howard.

O rosto e o pescoço de Astrid ficaram vermelhos, traindo sua culpa.

— E depois talvez você possa explicar por que impediu que Sam pegasse o Zil antes que ele queimasse a cidade toda.

Astrid conseguiu dar um sorriso torto.

— Não me venha com sermões, Howard. Você é um traficante vagabundo.

Deu para ver que o insulto havia acertado o alvo.

— Se as pessoas querem comprar coisas, eu garanto que elas possam fazer isso — respondeu Howard. — Assim como Albert. De qualquer modo, eu nunca me coloquei num pedestal e disse que era grande coisa. Eu e o Orc fazemos o que fazemos para nos virar. Não somos nós que fingimos ser tão perfeitos, poderosos e que estão acima de todo mundo.

— Não, você está abaixo de todo mundo — disse Astrid.

Parte de Astrid sabia que, enquanto mantivesse a discussão como uma disputa pessoal entre ela e Howard, os outros não se meteriam. Mas isso não iria levá-los a lugar nenhum. Não daria resultados.

— Você ainda não explicou nada, Astrid — disse Howard, como se lesse sua mente. — Me esqueça. Eu sou só *eu*. E a tal garota que estava morta e não está mais? E as pessoas que dizem que viram o Drake andando por aí? Você tem alguma resposta, Astrid?

Ela pensou em blefar. Em outra hora, outro dia, teria encontrado um modo de lançar o escárnio frio sobre Howard e fazê-lo se calar. Mas não conseguia encontrar isso dentro de si. Não agora.

— Sabe, Howard — começou Astrid em voz cansada. — Eu cometi um monte de erros ultimamente e...

— E quanto à Profetisa? — interveio uma voz diferente. — E quanto a Orsay?

— Maria? — Astrid não conseguia acreditar. Maria Terrafino, com o rosto vermelho de raiva, a voz falhando.

— Acabei de falar com meu irmão. Meu irmão, que nunca, na vida inteira, mentiu para mim — disse Maria.

Ela veio andando pelo corredor da igreja. A multidão abriu espaço para ela. Mãe Maria.

— Ele admitiu para mim, Astrid. Que ele mentiu. Mentiu porque você mandou.

Astrid queria negar. As palavras estavam na ponta da língua. Mas não conseguiu fazer com que saíssem.

— Maria está certa, pessoal — disse Howard. — Astrid mandou todos nós mentirmos. Sobre a Brittney e sobre Orsay.

— Orsay é uma fraude — disse Astrid debilmente.

— Talvez — respondeu Howard. — Mas você não tem certeza. Nenhum de nós tem.

— Orsay não é uma fraude. Ela me disse uma coisa que só eu sabia — disse Maria. — E profetizou que uma tribulação estava chegando.

— Maria, isso é um truque antigo — disse Astrid. — Isso aqui é o LGAR: uma tribulação está sempre chegando, para o caso de você não ter notado. Nós estamos enfiados até o pescoço em tribulações. Ela está manipulando você.

— É, bem diferente de você — interveio Howard, com a voz pingando sarcasmo.

Todos os olhares estavam fixos nela. Incrédulos. Raivosos. Acusadores. Assustados.

— Orsay diz que a gente pode saltar nos 15 anos — disse Maria. — Disse para eu largar meu fardo. Que foi isso que minha mãe disse a ela no sonho. Para eu largar meu fardo.

— Maria, você sabe que não é assim — insistiu Astrid.

— Não. Não sei — respondeu Maria, tão baixinho que Astrid quase não escutou. — Nem você.

— Maria, aquelas crianças precisam de você — implorou Astrid.

De repente, inesperadamente, o embate havia se tornado uma questão de vida e morte. O que Maria estava falando era de suicídio. Astrid tinha certeza. A lógica lhe dizia que isso era provavelmente verdade, mas sua fé lhe dizia com mais certeza ainda: desistir, render-se, aceitar algo que, mesmo de longe, parecia suicídio, jamais poderia ser bom. Era uma piada que Deus não faria.

— Talvez não — disse Maria baixinho. — Talvez o que essas crianças precisem é de um modo de sair daqui. Talvez as mães e os pais delas estejam esperando por elas, e talvez sejamos nós que estejamos mantendo todos separados.

E ali estava: a coisa que Astrid havia temido desde a primeira vez em que ouvira falar das supostas profecias de Orsay.

O silêncio na igreja era quase absoluto.

— Nenhum dos pequenos está perto dos 15 anos — disse Astrid.

— E nem vão chegar nesse lugar horrível. — A voz de Maria ficou embargada. Astrid reconheceu o desespero: ela própria o havia sentido enquanto suportava a crise do Pequeno Pete. Tinha sentido isso muitas vezes desde o início do LGAR.

— Nós estamos no inferno, Astrid — continuou Maria, quase implorando que ela entendesse. — Isso. *Isso* é o inferno.

Astrid podia imaginar como era a vida de Maria. O trabalho constante. A responsabilidade constante. O estresse insuportável. A depressão. O medo. Tudo era muito pior para Maria do que para quase todo mundo.

Mas aquilo não podia continuar. Precisava parar. Mesmo que significasse ferir Maria.

— Maria, você tem sido uma das pessoas mais importantes e necessárias do LGAR — disse com cuidado. — Mas sei que tem sido duro para você.

Astrid tinha uma sensação ruim por dentro, sabendo o que ia dizer, o que tinha de dizer. Sabendo que era traição.

— Maria, olha, eu sei que você não consegue encontrar os medicamentos que precisa tomar. Sei que você andou tomando muitos remédios, tentando controlar esses pensamentos ruins dentro da sua cabeça.

O silêncio na igreja era total. Crianças olhavam para Maria, depois para Astrid. Aquilo havia se transformado num teste para descobrir em quem iriam acreditar. Astrid sabia a resposta.

— Maria, sei que você está lidando com anorexia e depressão. Qualquer um que olhe para você percebe disso.

A multidão se agarrava a cada palavra.

— Sei que você vem lutando contra alguns demônios, Maria.

Maria soltou um riso incrédulo.

— Está me chamando de maluca?

— Claro que não — respondeu Astrid, mas de um modo que ficou claro até mesmo para os mais jovens ou mais idiotas que ela estava alegando exatamente isso. — Mas você tem algumas... questões mentais que podem estar dificultando seu pensamento.

Maria se encolheu como se alguém tivesse lhe dado um tapa. Olhou ao redor, procurando um rosto amigável, procurando sinais de que nem todo mundo concordava com Astrid.

Astrid viu os mesmos rostos. Eles haviam se tornado duros e cheios de suspeita. Mas toda essa suspeita era voltada para Astrid, e não para Maria.

— Acho que você precisa ficar um tempo em casa — disse Astrid. — Vamos arranjar alguém para cuidar da creche, enquanto você se recupera.

Howard estava de queixo caído.

— Você está demitindo Maria? E *ela* é quem está pirada?

Até Edilio ficou pasmo.

— Não acho que Astrid esteja falando para Maria não cuidar da creche — disse rapidamente, com um olhar de alerta para Astrid.

— É exatamente isso que estou falando, Edilio. Maria caiu nas mentiras de Orsay. Isso é perigoso. Perigoso para Maria se ela decidir saltar fora. E perigoso para as crianças se ela continuar ouvindo Orsay.

Maria cobriu a boca com uma das mãos, aparvalhada. A mão tocou seus lábios, depois foi para o cabelo. Então ela apertou a frente da blusa.

— Você acha que eu faria mal a uma das minhas crianças?

— Maria — disse Astrid, encontrando um tom implacável. — Você é uma pessoa perturbada, deprimida, que está sem medicação e falando que talvez seria melhor se aquelas crianças morressem e fossem encontrar os pais.

— Não é isso que eu... — começou Maria. Em seguida pegou fôlego rapidamente. — Sabe de uma coisa? Vou voltar ao trabalho. Tenho mais o que fazer.

— Não, Maria — disse Astrid enfaticamente. — Vá para *casa*. — Depois, para Edilio: — Se ela tentar entrar na creche, impeça.

Astrid esperava que Edilio concordasse, ou pelo menos obedecesse. Mas quando olhou para ele, soube que não seria assim.

— Não posso fazer isso, Astrid — respondeu Edilio. — Você fica dizendo que a gente precisa de leis e coisa e tal, e sabe o que mais? Você está certa. Nós não temos leis dizendo que eu tenho direito de impedir Maria. E sabe do que mais nós precisamos? Precisamos de leis para impedir que você tente fazer esse tipo de coisa.

Maria saiu da igreja seguida por aplausos estrondosos.

— Ela pode machucar as crianças — disse Astrid, esganiçada.

— É, e Zil queimou metade da cidade porque você disse que a gente não podia impedi-lo — contra-atacou Edilio.

— Eu sou a presidente do conselho — suplicou Astrid.

— Quer que a gente vote isso? — perguntou Howard. — Porque podemos votar agora mesmo.

Astrid ficou congelada. Olhou para um mar de rostos, nenhum que a apoiasse.

— Petey. Venha — disse ela.

Levantou a cabeça bem alto enquanto atravessava a multidão e saía da igreja.

Outro fracasso. O único consolo era que seria o último como presidente do conselho.

TRINTA E TRÊS | 7 HORAS E 51 MINUTOS

— NÃO ESTOU vendo nenhuma grande mansão — disse Diana. — Só árvores.

— Bug — gritou Caine.

— Boa sorte para encontrá-lo — disse Diana. Bug estivera nitidamente visível durante a escalada. Caine pegou-o uma vez, quando ele caiu.

Mas, quando chegaram ao topo do penhasco, estavam diante de uma linha de árvores, e não de um fabuloso refúgio hollywoodiano. Árvores e mais árvores.

Penny enlouqueceu. Começou a gritar.

— Cadê? Cadê? — E a correr para a floresta.

— Bug! — gritou Caine. Não houve resposta.

— É — disse Diana. — Nós confiamos no Bug. E cá estamos. — Ela se virou e viu o barco. Estava se afastando cada vez mais. A caminho da distante usina nuclear, talvez. Pode ser que eles conseguissem sobreviver. Talvez fossem se dar melhor do que ela.

— Ovelha! — Era a voz de Penny, a alguma distância.

Diana trocou um olhar com Caine. Será que Penny estava louca? Talvez, mas estaria tendo uma alucinação com ovelhas?

Os dois avançaram pela floresta. Logo viram que as árvores eram apenas um cinturão estreito e que para além delas estava uma campina ensolarada, com capim que chegava à altura dos joelhos.

Penny estava na beira da campina, olhando, apontando e oscilando como se pudesse tombar a qualquer momento.

— São de verdade, certo? — perguntou ela.

Diana protegeu os olhos e... sim, eram de verdade. Três bolas de algodão branco-sujo com caras pretas, quase ao alcance. As ovelhas se viraram e os encararam com olhos estúpidos.

Caine agiu rapidamente. Levantou a mão e arrancou uma das ovelhas do chão. Ela voou e bateu com um barulho nauseante numa grande árvore. Caiu no chão, com a lã branca marcada de vermelho.

Todos partiram para cima dela como tigres. Bug, subitamente visível, arrancando a lã, desesperado para expor a carne. Mas com as mãos nuas, as unhas quebradiças e até mesmo com os dentes moles e sem fio, não podiam alcançá-la.

— Precisamos de alguma coisa afiada — disse Caine.

Penny achou uma pedra com gume. Grande demais para ela carregar, mas não pesada demais para Caine. A pedra subiu no ar e desceu como um cutelo.

Foi uma sujeira. Mas deu certo. E os quatro rasgaram nacos de cordeiro cru.

— Estão meio com fome, hein?

Dois garotos estavam ali, como se tivessem aparecido do nada. O mais alto havia falado. Seus olhos eram inteligentes, zombeteiros e cautelosos. O rosto do outro era impassível, inexpressivo.

Os dois estavam vestidos com bandagens. Bandagens enroladas nas mãos. O garoto mais baixo tinha um lenço enrolado na parte inferior do rosto.

O silêncio se estendeu enquanto Caine, Diana, Penny e Bug encaravam e eram encarados de volta.

— Vocês são o quê, múmias? — perguntou Diana. Enxugou o sangue de ovelha da boca e depois percebeu que ele havia encharcado sua blusa e que não teria como limpar aquilo.

— Somos leprosos — disse o garoto mais alto.

Diana sentiu o coração falhar várias vezes.

— Meu nome é Sanjit — continuou, e estendeu a mão que parecia ter cotocos de dedos enrolados com gaze. — Esse é o Chu.

— Fiquem longe! — reagiu Caine bruscamente.

— Ah, não se preocupem — disse Sanjit. — Nem sempre é contagioso. Quero dizer, às vezes, claro. Mas nem sempre.

Ele baixou a mão.

— Vocês têm lepra? — perguntou Caine.

— Tipo as histórias da escola dominical? — disse Bug.

Sanjit confirmou com a cabeça.

— Não é tão ruim. Não dói. Quero dizer, se o seu dedo cai, você quase nem sente.

— Eu senti quando meu pênis caiu, mas não doeu muito — disse o que se chamava Chu.

Penny soltou um gritinho. Caine se remexeu, desconfortável. Bug foi desaparecendo enquanto se afastava.

— Mas mesmo assim as pessoas têm medo da lepra — disse Sanjit. — Bobagem. Mais ou menos.

— O que vocês estão fazendo aqui? — perguntou Caine, cauteloso. Ele havia largado a carne, mantendo as mãos a postos.

— Ei, eu é que deveria perguntar isso — reagiu Sanjit, não com grosseria, mas definitivamente não querendo ser pressionado por Caine. — Nós moramos aqui. Vocês acabaram de chegar.

— Além disso, mataram uma das nossas ovelhas — disse Chu.

— Aqui é a colônia de leprosos de San Francisco de Sales — continuou Sanjit. — Não sabiam?

Diana começou a rir.

— Uma colônia de leprosos? É onde estamos? Foi por isso que quase nos matamos?

— Cala a boca, Diana — disse Caine rispidamente.

— Vocês querem voltar para o hospital com a gente? — ofereceu Sanjit, esperançoso. — Todos os pacientes adultos, as enfermeiras e os médicos sumiram; simplesmente desapareceram um dia. Nós estamos sozinhos.

— Ouvimos dizer que tinha uma mansão de um artista de cinema aqui.

Os olhos de Sanjit se estreitaram. Ele olhou para o lado, como se tentasse entender o que ela estava falando. Depois disse:

— Ah, entendi o que aconteceu. Todd Chance e Jeniffer Brattle pagam por esse lugar. É tipo uma instituição de caridade deles.

Diana não conseguia parar de rir. Uma colônia de leprosos. Era sobre isso que Bug havia lido. Uma colônia de leprosos sustentada por dois astros de cinema ricos. A obra de caridade deles.

— Acho que Bug pode ter entendido mal alguns detalhes — conseguiu dizer em meio ao riso seco e áspero que não se diferençava muito de soluços.

— Podem ficar com a ovelha — disse Chu.

Diana parou de rir. Os olhos de Caine se estreitaram.

Sanjit completou rapidamente:

— Mas a gente preferiria que vocês voltassem com a gente. Quero dizer, é meio solitário aqui.

Caine olhou para Chu. Chu encarou, depois desviou o olhar.

— Ele não parece querer que a gente vá para esse tal hospital — disse Caine, indicando Chu.

Diana viu o medo nos olhos do garoto mais novo.

— Mande eles tirarem as bandagens — disse. Agora toda a ânsia de rir havia sumido. Os dois garotos tinham olhos brilhantes. As partes visíveis pareciam saudáveis. O cabelo não estava quebradiço e fraco como o dela.

— Vocês ouviram — disse Caine.

— Não — respondeu Sanjit. — Não é bom para a nossa lepra, ficar exposta.

Caine respirou fundo.

— Vou contar até três e depois vou jogar seu amiguinho mentiroso aqui direto contra uma árvore. Fiz isso com essa ovelha.

— Ele vai fazer — alertou Diana. — Não pensem que não.

Sanjit baixou a cabeça.

— Desculpe — disse Chu. — Eu estraguei tudo.

Sanjit começou a desenrolar a gaze de seus dedos perfeitamente saudáveis.

— Certo, vocês pegaram a gente. Então permitam que eu dê as boas-vindas à ilha de San Francisco de Sales.

— Obrigado — respondeu Caine secamente.

— E sim, nós temos alguma comida. Talvez vocês queiram se juntar a nós. A não ser que prefiram continuar com o sushi de ovelha.

Durante toda a manhã e o início da tarde, as traumatizadas crianças de Praia Perdida andavam de um lado para o outro, perdidas e confusas.

Mas Albert não estava perdido nem confuso. Durante todo o dia as crianças iam ao seu escritório no McDonald's. Ele tinha uma cabine lá, num canto perto da janela, de modo que pudesse olhar para a praça e ver o que estava acontecendo.

— Hunter chegou com um cervo — informou um garoto. — E uns pássaros. Uns 35 quilos de carne aproveitável.

— Bom — respondeu Albert.

Quinn entrou, parecendo cansado e fedendo a peixe. Deixou-se cair na cadeira diante de Albert.

— Nós voltamos pro mar. O resultado não foi muito bom, porque começamos tarde, mas devemos ter uns 20 quilos aproveitáveis.

— Bom trabalho — disse Albert. E calculou de cabeça. — Temos uns 160 gramas de carne por cabeça. Nada vindo das plantações. — Ele bateu na mesa, pensando. — Não vale a pena abrir o shopping. Vamos fazer um jantar na praça. Assar a carne, fazer um cozido com o peixe. Cobrar um Berto por pessoa.

Quinn balançou a cabeça.

— Cara, você quer mesmo juntar todo esse pessoal num lugar só? Aberrações e normais? Do jeito que está todo mundo maluco?

Albert pensou.

— Não temos tempo para abrir o shopping e precisamos usar esses produtos.

Quinn deu um meio sorriso.

— Produtos. — Ele balançou a cabeça. — Cara, o único sujeito com quem não estou preocupado para quando o LGAR acabar, ou mesmo que ele não acabe, é você, Albert.

Ele assentiu, aceitando o elogio como a simples declaração de um fato.

— Eu me mantenho focado.

— É. É verdade — concordou Quinn, num tom que fez Albert pensar no que ele queria dizer.

— Ei, por sinal, um dos meus caras acha que viu o Sam. Nas pedras, logo abaixo da usina.

— Sam ainda não voltou?

Quinn balançou a cabeça.

— A pergunta número um ultimamente é: cadê o Sam?

Albert apertou os lábios.

— Acho que Sam está tendo algum tipo de colapso.

— Bom, não é para menos, né?

— Talvez — admitiu Albert. — Mas acho que ele só está fazendo birra. Está com raiva porque não é mais a única pessoa no comando.

Quinn se mexeu, desconfortável.

— Ele é o cara que vai direto pro perigo quando a maior parte de nós está com a bunda escondida embaixo de uma mesa.

— É. Mas esse é o serviço dele, não é? Quero dizer, o conselho paga vinte Bertos por semana a ele, que é o dobro do que a maioria das pessoas ganha.

Quinn não pareceu gostar muito dessa explicação.

— Isso não muda o fato de que ele poderia ser morto. E, sabe, mesmo assim não é um pagamento justo. O meu pessoal ganha dez Bertos por semana para pescar, e é um trabalho duro, mas, cara, um monte de gente pode fazer. Só um cara pode fazer o trabalho do Sam.

— É. A única pessoa. Mas o que nós precisamos é de mais gente fazendo esse serviço. Com menos poder.

— Você não está ficando antiaberração, está?

Albert descartou a ideia.

— Não me acuse de ser idiota, certo? — Isso o irritou: Quinn defendendo o Sam. Ele não tinha nada contra Sam. Sam os havia mantido a salvo de Caine, daquele maluco do Drake e do Líder da Matilha, Albert sabia disso. Mas a era dos heróis estava acabando, ou pelo menos ele esperava que sim. Precisavam construir uma sociedade de verdade, com leis, regras e direitos.

Estavam em Praia Perdida, afinal de contas, e não na Praia do Sam.

— Ouvi outro garoto, talvez o quarto, dizer que viu Drake Merwin durante o incêndio — disse Quinn.

Albert fungou.

— Tem um monte de besteira rolando por aí.

Quinn olhou-o por tempo suficiente para deixar Albert quase desconfortável. Em seguida, disse:

— Acho que, se for verdade, é melhor torcermos para que o Sam decida voltar.

— Orc pode cuidar do Drake. E vai fazer isso em troca de meia garrafa de vodca — disse Albert, sem dar importância.

Quinn suspirou e se levantou para sair.

— Às vezes eu me preocupo com você, cara.

— Ei, eu estou alimentando as pessoas, caso você não tenha notado. Astrid fala e Sam faz birra, mas eu faço o serviço que tem de ser feito. Eu. Por quê? Porque não falo, simplesmente faço.

Quinn sentou-se de volta. Inclinou-se para a frente, apoiando os cotovelos nos joelhos.

— Cara, você não se lembra das provas da escola? Múltipla escolha: A, B, C, D ou E, todas as respostas acima.

— E daí?

— Cara, às vezes o certo é "todas as respostas acima". Esse lugar precisa de você. E precisa de Astrid. E do Sam. É "todas as respostas acima", Albert.

Albert piscou, sem entender.

— Assim, sem ofensas — disse Quinn rapidamente. — Mas é tipo: Astrid falando sem parar que a gente precisa de algum tipo de sistema, você contando o seu dinheiro e o Sam agindo como se todo mundo devesse calar a boca, sair do caminho e deixar que ele frite quem se meter com ele. E vocês três não estão se impondo de verdade. Não estão trabalhando juntos, que é o que nós, as pessoas comuns, precisamos. Porque, de verdade, não estou tentando ser um babaca nem nada, mas cara: nós precisamos de um sistema, precisamos de você e dos seus Bertos, e às vezes precisamos que o Sam apareça e dê umas porradas por aí.

Albert não disse nada. Seu cérebro estava processando aquilo, mas ocorreu-lhe depois de um minuto que não havia dito nada e que Quinn continuava esperando uma resposta, encolhido como se esperasse um ataque brusco de Albert.

Então Quinn se levantou de novo, balançou a cabeça, triste, e disse:

— Certo, saquei. Vou só continuar pescando.

Albert o encarou.

— Jantar coletivo na praça esta noite. Espalhe a notícia, certo?

TRINTA E QUATRO
7 HORAS E 2 MINUTOS

DIANA COMEÇOU A chorar quando Sanjit pôs a tigela de cereal na frente dela. Ele serviu leite de uma caixa longa-vida, e ele era tão branco, e o cereal, tão cheiroso, tão maravilhosamente ruidoso chacoalhando na tigela azul!

Estendeu os dedos para pegá-la. Depois notou a colher. Estava limpa. Brilhante.

Com dedos trêmulos, mergulhou a colher no cereal e levou-a aos lábios. O resto do mundo desapareceu, apenas durante alguns instantes. Caine e Penny devoravam o conteúdo de suas tigelas, Bug completamente visível enquanto fazia o mesmo. Mas tudo que ela notava, tudo que sentia, era a textura crocante e fresca, a onda do açúcar, o choque do reconhecimento.

É, isso era comida.

As lágrimas de Diana escorriam do rosto para a colher, acrescentando um toque de sal à segunda colherada.

Piscou e viu Sanjit olhando-a. Ele segurava a caixa de cereal de tamanho industrial numa das mãos, a postos, e a caixa de leite na outra.

Penny riu, cuspindo cereal com leite.

— Comida — disse Caine.

— Comida — concordou Bug.

— O que mais vocês têm? — perguntou Caine.

— Vocês precisam ir devagar — disse Sanjit.

— Não diga como eu devo comer.

Sanjit não recuou.

— Vocês não são as primeiras pessoas esfomeadas que eu já vi.

— Mais alguém da Praia Perdida? — perguntou Caine, cortante.

Sanjit trocou um olhar com o garoto mais novo, Virtude. Ele havia dito a Diana qual era seu nome verdadeiro.

— Então a coisa está bem ruim no continente — disse Sanjit.

Caine terminou o cereal.

— Mais.

— Se uma pessoa passando fome come muito de uma vez, passa mal — disse Sanjit. — Vai acabar vomitando tudo.

— Mais — disse Caine com ameaça inconfundível na voz.

Sanjit serviu mais, depois fez o mesmo com os outros.

— Desculpe, não temos Captain Crunch nem Froot Loops — explicou Sanjit. — Jennifer e Todd curtem alimentação saudável. Acho que não gostariam de ser fotografados com crianças gordas.

Diana notou a ironia. E, enquanto engolia a segunda tigela percebeu, também, que seu estômago estava doendo. Obrigou-se a parar.

— Tem bastante comida — disse Sanjit gentilmente, só para ela. — Vá com calma. Dê tempo para seu corpo se acostumar.

Diana assentiu.

— Onde você viu outras pessoas esfomeadas?

— Onde eu cresci. Mendigos. Talvez eles ficassem cansados de mendigar às vezes, ou só tinham uma fase de azar, e ficavam bem famintos.

— Obrigada pela comida — disse Diana. Em seguida enxugou as lágrimas e tentou sorrir. Mas lembrou-se de que suas gengivas estavam inchadas, vermelhas, e que seu sorriso não estava lá muito atraente.

— Também vi escorbuto algumas vezes — disse Sanjit. — É o que vocês têm. Vou dar umas vitaminas. Vocês vão melhorar em alguns dias.

— Escorbuto — respondeu Diana. Parecia ridículo. Escorbuto era uma coisa de filmes de piratas.

Caine estava olhando o cômodo ao redor, avaliando. Estavam em uma enorme mesa de madeira logo atrás da cozinha. Os bancos compridos podiam acomodar trinta pessoas.

— Legal — disse Caine, balançando a colher para indicar o cômodo.

— É a mesa dos empregados — respondeu Virtude. — Mas a gente come aqui porque a mesa da família é meio desconfortável. E a sala de jantar formal... — Ele deixou no ar, temendo ter dito algo que não deveria.

— Então vocês são tipo super-ricos — disse Penny.

— Nossos pais são — respondeu Virtude.

— Nossos padrastos — corrigiu Sanjit.

— Jennifer e Todd. "J-Todd" — disse Caine. — É o que eles eram, certo?

— Acho que eles preferiam "Toddifer" — respondeu Sanjit.

— E então. Quanta comida vocês têm? — perguntou Caine, sem rodeios, não gostando de ver que Sanjit não tremia de medo.

Fazia muito tempo que ninguém encarava Caine sem medo, percebeu Diana. Sanjit não fazia ideia do que estava enfrentando.

Bom, ele aprenderia logo.

— Chu? Quanta comida a gente tem?

Virtude deu de ombros.

— Quando eu calculei, era o suficiente para nós dois por uns seis meses.

— São só vocês dois? — perguntou Diana.

— Eu pensei que J-Todd tinham, tipo, uns dez filhos, sei lá — disse Bug.

— Cinco — explicou Sanjit. — Mas não estávamos todos aqui na ilha.

Diana não acreditou. No mesmo instante em que as palavras saíram da boca de Sanjit, ela não acreditou. Mas continuou em silêncio.

— Diana — disse Caine. — Você leu nossos dois amigos aqui?

Para Sanjit, Diana disse:

— Preciso segurar sua mão. Só um momento.

— Por quê? — perguntou Virtude, defendendo o irmão.

— Eu posso saber se vocês têm alguma... mutação estranha — respondeu Diana.

— Como ele — disse Sanjit, assentindo na direção de Caine.

— Esperemos que não — murmurou Diana. Seu estômago estava se acomodando o suficiente e agora ela queria, queria muito, saber o que mais havia atrás das portas da despensa.

Sanjit deu-lhe a mão. Com a palma para cima. Como se estivesse fazendo um gesto de paz. Mão aberta. Confiante. Mas seus olhos não estavam do mesmo jeito.

Diana segurou a mão do garoto. A dele estava imóvel. A dela tremia.

Ela fechou os olhos e se concentrou. Havia algum tempo que não fazia isso. Tentou se lembrar da última vez, mas as lembranças eram fragmentos espalhados, e cansava demais tentar entendê-los.

Sentiu a coisa funcionando. Apertou os olhos com força, ao mesmo tempo aliviada e com medo.

— Ele é um zero — disse Diana. Depois, para Sanjit. — Desculpe. Não queria dizer desse modo.

— Não pensei que quisesse — respondeu Sanjit.

— Agora você — disse Diana a Virtude.

Virtude estendeu a mão como se estivesse cumprimentando-a. Os dedos meio dobrados como se pensasse em fechá-los. Diana segurou-a. Havia alguma coisa ali. Não eram duas barras, não chegava a tanto. Imaginou qual seria o poder dele, e se ao menos ele tinha alguma consciência disso.

As mutações ocorriam em diversos graus, em diferentes ocasiões. A maioria das crianças parecia jamais desenvolver poderes. Algumas desenvolviam uns inúteis. Apenas duas vezes Diana havia lido poderes quatro barras: Caine e Sam.

— Ele é um — disse a Caine.

O garoto assentiu.

— Bom, isso é ao mesmo tempo bom e ruim. Ruim porque, se vocês tivessem poderes sérios, poderiam ser úteis para mim. Bom porque, como não têm, tenho poucos motivos para me preocupar.

— Isso parece meio idiota — observou Sanjit.

Bug e Penny ficaram olhando, incrédulos.

— Quero dizer, parece legal, mas quando você pensa bem, não faz sentido — disse Sanjit. — Se eu tivesse esses poderes dos quais vocês falam, eu seria uma ameaça. Não tenho, portanto não sou tão útil quanto seria se tivesse. Útil e ameaçador são na verdade a mesma coisa, aqui. — Mas, enquanto dizia, ele deu um sorriso enorme e de aparência inocente.

Caine devolveu o sorriso, mas era como um tubarão sorrindo para o Nemo.

Não, não era isso. O sorriso de Sanjit era mais astuto. Como se soubesse que o que estava fazendo era perigoso.

Não eram muitas pessoas que não se dobravam diante de Caine. Diana fazia isso, mas sabia desde muito tempo que isso era parte do apelo que tinha para ele: Caine precisava de alguém que não se intimidasse.

Mas a mesma coisa não funcionaria para Sanjit. Ela imaginou se teria algum modo de alertá-lo de que não estava lidando com um valentão da escola que iria puxar sua cueca.

Viu o brilho perigoso no olhar de Caine. Sentiu como todo mundo prendeu o fôlego. Sanjit provavelmente percebera o mesmo, mas sustentou o olhar e manteve aquele sorriso contagioso.

— Pegue outra coisa para eu comer — disse Caine finalmente.

— Sem dúvida — respondeu Sanjit. Virtude acompanhou-o para fora da sala.

— Ele está mentindo com relação a alguma coisa — disse Caine em voz baixa para Diana.

— A maioria das pessoas mente — respondeu ela.

— Mas não você, Diana. Não para mim.

— Claro que não.

— Ele está escondendo alguma coisa — disse Caine. Mas então Sanjit e Virtude voltaram trazendo uma bandeja cheia de latas de pêssego em calda e uma caixa de biscoito água e sal e grandes vidros de geleia e pasta de amendoim. Luxos inimagináveis, muito mais valiosos do que ouro.

O que quer que Sanjit estivesse escondendo, pensou Diana, nem de longe era tão importante quanto o que estava lhes dando.

Comeram, comeram e comeram. Sem se importar se o estômago doía. Sem se importar se a cabeça latejava.

Nem se importando quando o cansaço e a exaustão os dominaram e, um a um, começaram a cair no sono.

Penny escorregou da cadeira, como um bêbado desmaiado. Diana olhou sonolenta para Caine, para ver se ele iria reagir, mas o garoto simplesmente pousou a cabeça na mesa.

Bug estava roncando.

Diana olhou para Sanjit, praticamente incapaz de focalizar. Ele piscou para ela.

— Ah — disse Diana, e então cruzou os braços sobre a mesa e pousou a cabeça.

— A coisa vai ficar bem feia quando eles acordarem — disse Virtude.
— Talvez a gente devesse matá-los.

Sanjit segurou o irmão e puxou-o para um abraço rápido.

— É. Certo. Nós somos um par de assassinos desesperados.

— Mas o Caine pode ser. Quando ele acordar...

— O Ambien que eu dei deve manter todos dormindo pelo menos por um tempo. E quando acordarem, vão estar amarrados. E nós teremos ido embora. Pelo menos espero. Do jeito que a coisa parece estar, é melhor primeiro juntarmos comida. O que significa subir e descer um bocado.

Virtude engoliu em seco.

— Você vai fazer isso mesmo?

O sorriso de Sanjit havia sumido.

— Vou tentar, Chu. É só isso que eu posso fazer.

TRINTA E CINCO | 1 HORA E 27 MINUTOS

FINALMENTE SAM ESTAVA onde soubera o tempo todo que iria parar. Tinha levado o dia inteiro para chegar ali. O sol já ia baixando em direção ao horizonte falso.

A usina nuclear de Praia Perdida estava mergulhada num silêncio fantasmagórico. Nos velhos tempos, ela criava um rugido constante. Não do reator nuclear, mas das turbinas gigantescas que transformavam o vapor superaquecido em eletricidade.

As coisas permaneciam como ele havia deixado. Um buraco aberto na parede da sala de controle. Carros esmagados aqui e ali, por Caine ou por Dekka. Todas as evidências da batalha que acontecera poucos meses antes.

Atravessou a sala da turbina. As máquinas cram do tamanho de casas encurvadas, monstros de metal transformados em lixo.

A sala de controle também estava como Caine e ele haviam deixado. A porta arrancada das dobradiças por Jack. O sangue seco — de Brittney, na maior parte — como uma crosta marrom e flocosa no chão polido.

Os computadores antigos estavam apagados. As luzes de alerta e de indicação estavam todas extintas, a não ser por um leve ponto de luz lançado por um único facho de emergência. A bateria iria se esgotar logo.

Não era de espantar que Jack tivesse se recusado a voltar ali. Não era o medo da radiação. Era o medo dos fantasmas. Doía no fundo de Jack, pensou Sam, ver máquinas inutilizadas.

Os passos de Sam ecoavam baixos enquanto ele andava. Sabia aonde ia, aonde tinha de ir.

Havia um crachá numa mesa, um daqueles de alerta que mudavam de cor quando os níveis de radiação eram altos. Sam pegou-o e olhou, sem certeza se ligava.

Fosse seguro ou não, iria ao reator.

A luz do sol brilhava através do buraco aberto por Caine no vaso de contenção feito de concreto. Mas era fraca: pôr do sol refletido nas montanhas.

Sam levantou a mão e formou uma bola de luz. Ela não revelou nada além de sombras.

Chegou ao local. Ali mesmo Drake havia mostrado que podia usar uma reação em cadeia e matar todos os seres vivos dentro do LGAR.

Bem ali Drake havia dito qual era o preço.

Era aquele o chão onde Sam ficou caído, apanhando.

Viu a embalagem da seringa de morfina que Brianna havia cravado nele. Ali, também, o chão estava coberto por uma crosta marrom.

Um ruído! Ele girou, levantando as mãos e lançando um facho brilhante de luz.

Algo estalou. Sam disparou de novo e girou o facho mortal da esquerda para a direita, lentamente, queimando qualquer coisa que tocasse.

Uma escada da passarela superior despencou no chão. Um monitor de computador explodiu como uma lâmpada queimada.

Sam se agachou, preparado. Prestando atenção.

— Se alguém está aí, é melhor dizer — disse para as sombras. — Porque eu vou matar você.

Nenhuma voz se pronunciou.

Sam criou uma segunda luz e jogou-a para o alto. Agora as sombras se entrecruzavam, lançadas por duas luzes que competiam.

Outra luz, e outra e mais outra. Montou-as de acordo com a sua vontade, e pendurou-as no ar como lanternas japonesas. Não viu ninguém.

Seus fachos de energia haviam cortado cabos e fundido painéis de instrumentos. Mas não havia corpos caídos no chão.

— Era um rato, provavelmente — disse.

Estava tremendo. As luzes ainda não bastavam, continuava escuro demais. E mesmo que houvesse mais iluminação, algo poderia estar escondido em algum lugar. Havia muitas reentrâncias, frestas, muitas máquinas esquisitas fornecendo esconderijos possíveis.

— Um rato — disse sem qualquer convicção. — Alguma coisa.

Mas não o Drake.

Não, Drake estava em Praia Perdida, se é que estava realmente em algum lugar além de na imaginação exacerbada de Sam.

A câmara do reator estava apenas um pouquinho mais clara do que quando ele havia entrado. Não tinha encontrado nada. Não descobriu nada.

— Mas arrebentei de vez esse lugar — disse.

E conseguiu o quê? Nada.

Enfiou uma das mãos pela gola da camiseta. Tocou a pele do ombro. Enfiou a mão embaixo do tecido e tocou o peito e a barriga. Passou os dedos ao longo das laterais do tronco e das costas. Sentiu novos ferimentos; as marcas ainda recentes do chicote de Drake... Mas o pior eram as lembranças dos ferimentos antigos.

Ele estava ali. Vivo. Estava ferido, sim, mas a pele não pendia em tiras.

E estava definitivamente vivo.

— Bem — disse Sam. — Então é isso.

Tinha precisado retornar a esse local porque ele o enchia de terror. Tinha precisado tomar posse do local. Esse mesmo onde havia implorado para morrer.

Mas não morrera.

Um a um apagou os Samsóis, até que apenas os leves raios indiretos do pôr do sol iluminassem a sala.

Ficou parado um momento, esperando que estivesse se despedindo de vez desse lugar.

Então virou-se e foi andando, indo para casa.

Brittney acordou de rosto para baixo na areia. Durante um momento terrível, achou que estava enterrada de novo.

O Senhor podia pedir qualquer coisa a ela, mas, por favor, Deus, isso não. Isso não.

Rolou, piscou e ficou surpresa ao ver que o sol ainda estava no céu.

Estava acima da linha de maré, a vários metros da fina renda de espuma. Algo, um calombo encharcado do tamanho de uma pessoa, estava entre ela e a água. Meio nas ondas, as pernas estendidas para a areia seca como se tivesse corrido para o oceano, tropeçado e se afogado.

Brittney se levantou. Passou a mão na areia úmida dos braços, mas ela se grudava à lama cinza que a cobria da cabeça aos pés.

— Tanner?

Seu irmão não estava perto. Ela estava sozinha. E agora o medo começou a fazê-la tremer. Medo pela primeira vez desde que havia saído do chão. O sentimento era um monstro escuro, que comia a alma.

— O que eu sou? — perguntou.

Não conseguia tirar o olhar da pessoa no chão. Não conseguia impedir que os pés a levassem mais para perto. Tinha de ver, mesmo sabendo, bem no fundo, que aquilo iria destruí-la.

Parou perto do corpo. Olhou-o. A camisa rasgada em tiras. A pele lacerada e inchada. As marcas de um chicote.

Um terrível som animalesco estrangulou a garganta de Brittney. Ela estivera ali, na areia, inconsciente, quando aquilo acontecera. Estivera bem ali, a poucos metros, enquanto o demônio golpeava esse pobre garoto.

— O demônio — disse Tanner, aparecendo ao lado dela.

— Eu não o impedi, Tanner. Fracassei.

Tanner não disse nada, e Brittney olhou-o, implorando.

— O que está acontecendo comigo, Tanner? O que eu sou?

— Você é Brittney. Um anjo do Senhor.

— O que você não está me contando? Sei que há alguma coisa. Posso sentir. Sei que você não está me contando tudo.

Tanner não sorriu. Não respondeu.

— Você não é real, Tanner. Você está morto e enterrado. Estou imaginando você.

Ela olhou para a areia úmida. Dois conjuntos de pegadas vinham até onde estava. As dela. E do pobre garoto na arrebentação. Mas havia um terceiro, também, que não era dela nem do garoto. E essas não se estendiam de volta pela praia. Estavam só ali. Como se pertencessem a alguém que tivesse se materializado do nada e depois desaparecido.

Quando Tanner continuou sem dizer nada, Brittney implorou:

— Diga a verdade, Tanner. Diga a verdade. — E depois, num sussurro trêmulo: — Eu fiz isso?

— Você está aqui para lutar contra o demônio — disse Tanner.

— Como posso lutar contra um demônio se não sei quem ou o que ele é, e se nem sei o que eu sou?

— Seja Brittney — respondeu Tanner. — Brittney era boa, corajosa e fiel. Brittney invocou seu salvador quando sentiu que estava enfraquecendo.

— Britney era... Você disse que Brittney *era*.

— Você pediu a verdade.

— Ainda estou morta, não é?

— A alma de Brittney está no céu. Mas você está aqui. E vai resistir ao demônio.

— Estou falando com um eco da minha própria mente — disse Brittney, não para Tanner, mas para si mesma. Ajoelhou-se e pôs a mão na cabeça molhada e desgrenhada do corpo caído. — Deus o abençoe, pobre garoto.

E levantou-se. Virou-se para a cidade. Iria para lá. Sabia que o demônio iria também.

Maria trabalhava na programação da semana seguinte, em seu escritoriozinho apertado. John estava parado junto à porta.

Na praça estavam começando a cozinhar a comida. Maria sentiu o cheiro, mesmo através do fedor onipresente de xixi, cocô, guache, massinha e sujeira.

Carne chamuscada, crocante. Precisaria comer um pouco, e em público. Caso contrário, todo mundo iria olhar para ela, apontar e murmurar: "anoréxica".

Maluca. Instável.

Maria está pirando.

Não era mais Mãe Maria. Era Maria Maluca. Maria sem remédios. Maria com remédios demais. Agora todo mundo sabia, graças a Astrid. Todos sabiam. Todos podiam visualizá-la: Maria procurando Prozac e Zoloft que nem o Gollum perseguindo o anel. Maria enfiando o dedo na garganta para vomitar enquanto as pessoas normais estavam reduzidas a comer insetos.

E agora pensariam que ela fora enganada por alguma fraude. Que fora enganada por Orsay.

Pensavam que ela era suicida. Ou coisa pior.

— Maria — disse John. — Está pronta?

Era tão doce, o seu irmãozinho. Seu irmãozinho mentiroso, tão doce e tão preocupado. Claro que era. Não queria ter de ficar cuidando de todas aquelas crianças sozinho.

— O cheiro da comida está bom, hein? — perguntou John.

Cheirava a gordura rançosa. Era enjoativo.

— É — respondeu Maria.

— Maria.

— O quê? — reagiu ela rispidamente. — O que você quer?

— Eu... Olha, desculpe por ter mentido. Sobre a Orsay.

— Quer dizer, a Profetisa.

— Não acho que ela seja profeta — disse John, com a cabeça baixa.

— Por quê, porque ela não concorda com Astrid? Porque não acha que a gente precisa ficar presa aqui?

John chegou mais perto. Pôs a mão no braço de Maria. Ela se soltou.

— Você me prometeu, Maria — implorou John.

— E você mentiu para mim — contra-atacou ela.

Havia lágrimas nos olhos do irmão.

— O seu aniversário, Maria. É daqui a uma hora. Você não deveria perder tempo com a programação, deveria estar se preparando. Você tem de prometer que não vai abandonar a mim nem a essas crianças.

— Eu já prometi. Está me chamando de mentirosa?

— Maria... — implorou John, ficando sem palavras.

— Prepare as crianças para sair. Tem comida. A gente precisa pegar a parte dos pequenos.

TRINTA E SEIS | 47 MINUTOS

A NOTÍCIA DO jantar havia se espalhado. Mas na verdade isso não era necessário. Só o cheiro bastava. Albert havia arrumado tudo com sua eficiência de sempre.

Astrid sentou-se na escadaria da prefeitura. O Pequeno Pete estava sentado alguns degraus atrás, jogando o jogo morto como se sua vida dependesse disso.

Astrid engoliu em seco, nervosa. Alisou as duas folhas de papel que tinha na mão. Ficava amassando-as inconscientemente e então, percebendo o que havia feito, as alisava de novo. Pegou uma caneta no bolso de trás, rabiscou algumas palavras, reescreveu, riscou-as e recomeçou todo o padrão de amassar e desamassar.

Albert estava ali perto, olhando o lugar inteiro, braços cruzados diante do peito. Como sempre, era a pessoa mais arrumada, mais limpa, mais calma, mais concentrada. Astrid invejava isso nele: o garoto estabelecia um objetivo e jamais parecia ter qualquer dúvida a respeito. Astrid quase se ressentia, mas não exatamente, do modo como ele havia aparecido e ordenado que ela parasse de sentir pena de si mesma e fizesse alguma coisa.

Mas tinha dado certo. Ela finalmente havia feito o que era preciso. Esperava que sim. Ainda não tinha mostrado os resultados a ninguém. As pessoas podiam simplesmente decidir que ela era louca. Mas esperava que não, porque mesmo depois de toda a dúvida, depois de todos os abusos que havia suportado, ainda achava que estava certa. O LGAR não podia ser simplesmente Albert ganhando dinheiro e Sam dando porrada. O LGAR precisava de regras, leis e direitos.

As pessoas chegavam atraídas pelo cheiro de carne. Não tinha muito para cada um, Albert havia deixado isso claro, mas depois do incêndio, com muitas crianças tendo perdido seus estoques limitados de comida, e sem nada vindo das plantações, a perspectiva de qualquer alimento fazia os estômagos roncarem e as bocas se encherem de água.

Albert tinha guardas preparados, quatro empregados dele, armados com bastões de beisebol, a arma-padrão do LGAR. E dois caras do Edilio, além do próprio, andavam com armas de fogo penduradas nos ombros.

O estranho era que isso não parecia mais estranho para Astrid. Um garoto de 9 anos vestido com trapos, dividindo uma garrafa de uísque com um de 11 de cabeça raspada e com uma capa feita de cobertor verde-oliva. Crianças de olhos profundos. Crianças com feridas abertas, sem tratamento, quase ignoradas. Meninos usando apenas cuecas samba-canção e botas. Meninas usando vestidos de noite das mães, encurtados com cortes grosseiros de tesoura. Uma menina que tinha tentado tirar o aparelho dentário com um alicate e agora não conseguia fechar a boca por causa do fio cheio de pontas se projetando entre os dentes da frente.

E as armas. Armas por toda parte. Facas, que iam desde grandes facas de cozinha enfiadas no cinto até as de caça, com ornamentadas bainhas de couro. Pés de cabra. Pedaços de cano com cabos de fita adesiva e correias. Alguns tinham sido mais criativos ainda. Astrid viu um menino de 7 anos carregando uma perna de mesa, de madeira, à qual havia colado grandes cacos de vidro.

E tudo isso havia se tornado normal.

Nessa praça, coiotes haviam atacado crianças indefesas. Isso tinha mudado a atitude de muita gente com relação a armas.

Mas, ao mesmo tempo, meninas carregavam bonecas. Meninos enfiavam bonequinhos de plástico nos bolsos de trás. Revistas em quadrinhos manchadas, rasgadas e velhas ainda se projetavam dos cós das calças ou eram seguradas por mãos com unhas compridas e imundas como as de um lobo. Crianças empurravam carrinhos de bebê com suas poucas posses.

As crianças de Praia Perdida eram, na melhor hipótese, uma visão lamentável. Mas agora estavam muito pior, depois do incêndio. Continuavam pretas de fuligem ou esbranquiçadas pelas cinzas.

As tosses eram o som de fundo. A gripe que estivera circulando certamente iria se espalhar pela multidão, pensou Astrid, séria. Pulmões prejudicados pela inalação seriam especialmente vulneráveis.

Mas ainda estavam vivas, disse a si mesma. Contra todas as chances, mais de noventa por cento das crianças que tinham sido aprisionadas no LGAR ainda estavam vivas.

Maria guiou os pequeninos da creche para a praça. Astrid olhou atentamente. Ela parecia normal. Segurou uma menina que já ia entrar na frente de um garoto andando de skate.

Será que estivera errada com relação a Maria? Ela jamais iria perdoá-la.

— Bom, e daí? — murmurou, cansada. — Nunca fui popular, mesmo.

Então, Zil e meia dúzia de pessoas de sua galera entraram na praça com um andar presunçoso, vindos do lado oposto. Astrid trincou o maxilar. Será que eles iriam se virar contra eles? Quase esperava que sim. As pessoas achavam que, como ela não havia deixado Sam ir atrás do Zil, Astrid talvez não desprezasse realmente o líder da Galera Humana. Mas isso não era verdade. Ela odiava Zil. Odiava tudo que ele havia feito e tudo que tentara fazer.

Edilio entrou rapidamente entre Zil e alguns garotos que tinham começado a andar na direção dele, com pedaços de pau e facas preparados.

Os garotos do Zil estavam armados com facas e bastões, assim como os que queriam pegá-los. Edilio estava armado com um fuzil de assalto.

Astrid odiou ver que era a isso que a vida tinha normalmente se resumido: minha arma é maior do que a sua.

Se o Sam estivesse aqui, seriam as mãos dele. Todo mundo tinha visto o que Sam podia fazer ou tinha ouvido as histórias contadas em detalhes vívidos. Ninguém o desafiava.

— É isso que o torna perigoso — murmurou Astrid.

Mas também era o que a havia mantido viva em mais de uma ocasião. Ela e o Pequeno Pete.

Odiava Sam por ter feito isso, por simplesmente ter ido embora assim. Desaparecer. Era uma atitude passivo-agressiva. Indigna dele.

Mas outra parte sua estava feliz por ele ter sumido. Se Sam estivesse ali, tudo teria a ver com ele. Se ele estivesse ali, cada palavra que Astrid falasse seria condicionada ao que Sam dissesse ou fizesse. As crianças estariam olhando o rosto dele em busca de pistas, esperando para ver se ele assentia, ria, dava um riso de desprezo ou aquele olhar frio, de aço, que ele adquirira nos últimos meses.

Orc entrou na multidão. As pessoas se afastaram para deixá-lo passar. Astrid viu Dekka, como sempre deixada sozinha pelas outras crianças, de modo que parecia ter um campo de força ao redor. A única pessoa que Astrid não viu foi Brianna. Brianna não podia deixar de ser vista ou percebida. Ainda devia estar doente demais para sair.

— Está na hora — disse Albert por cima do ombro.

— Agora? — Astrid ficou surpresa.

— Assim que dermos a comida eles irão em todas as direções. Eu consegui que eles viessem aqui e se comportassem por causa da comida. Quando ela acabar...

— Certo. — O coração de Astrid estava na garganta. Apertou os papéis de novo e se levantou depressa demais.

— Que nem Moisés, hein? — disse Albert.

— O quê?

— Que nem Moisés descendo da montanha com os Dez Mandamentos.

— Eles foram escritos por Deus — respondeu Astrid. — Isso, não.

Ela tropeçou ligeiramente, descendo a escada, mas controlou-se. Ninguém estava prestando muita atenção quando ela entrou na multidão. Um ou dois garotos a cumprimentaram. Muitos outros fizeram observações hostis ou grosseiras. A maioria das crianças estava concentrada nas pequenas fogueiras, onde pedaços de carne de cervo e peixe assavam em grelhas feitas de cabides de arame.

Astrid chegou à fonte, que ficava suficientemente perto das fogueiras para que as crianças notassem quando ela subiu e desdobrou os papéis.

— Gente... — começou ela.

— Ah, por favooor, discurso, não — reclamou uma voz.

— Eu... só tenho umas coisas a dizer. Antes de vocês comerem — disse Astrid.

Um gemido se elevou. Um garoto pegou um torrão de terra e jogou contra Astrid com mira ruim — e sem muito empenho. Orc deu dois passos, empurrando para o lado dois garotos, e soltou um grunhido grave, com seu rosto apavorante quase encostado no nariz do garoto. Isso acabou com o lançamento de terra.

— Continue, Astrid — ribombou Orc.

Astrid notou Edilio escondendo um sorriso. Um milhão de anos atrás, na vida antiga, Astrid havia ajudado Orc com o dever de casa.

— Certo — recomeçou ela. Respirou fundo, tentando se acalmar. — Eu... Bem. Quando o LGAR chegou, mudou a vida de todos nós. E desde então nós só tentamos nos virar, um dia depois do outro. Tivemos sorte porque algumas pessoas trabalharam muito e correram grandes riscos para ajudar a gente a conseguir.

— A gente pode comer agora? — gritou uma criança pequena.

— E todos estivemos concentrados em sobreviver e no que nós perdemos. Agora é hora de começar a trabalhar para o futuro. Porque vamos ficar aqui um tempo. Talvez pelo resto da vida.

Isso provocou algumas palavras ásperas, mas Astrid continuou:

— Precisamos de regras, leis, direitos e tudo o mais. Porque precisamos ter um pouco de paz e justiça.

— Eu só quero comida — gritou uma voz.

Astrid foi em frente:

— Então todos vocês terão de votar. Mas eu anotei uma lista de leis. Mantive tudo bem simples.

— É, porque a gente é idiota demais — disse Howard, subitamente logo diante dela.

— Não, Howard. Se alguém foi idiota, fui eu. Fiquei procurando um sistema perfeito, uma coisa que não comprometesse nada.

Isso atraiu a atenção de mais algumas crianças.

— Bom, não existe sistema perfeito. Por isso anotei um conjunto de leis imperfeitas. Regra número um: Cada um de nós tem o direito de ser livre e fazer o que quiser desde que nada que façamos prejudique outra pessoa.

Esperou. Não houve reclamações, nem mesmo da parte de Howard.

— Dois: Ninguém pode machucar ninguém, a não ser em legítima defesa.

De má-vontade, prestavam atenção. Nem todo mundo. Mas alguns estavam ouvindo, e um número maior à medida que ela continuava.

— Três: Ninguém pode tomar as posses de outras pessoas.

— Não que a gente tenha muitas posses para ser tomadas — disse Howard, mas foi silenciado por quem estava ao redor.

— Quatro: Somos todos iguais e temos exatamente os mesmos direitos. As aberrações e os normais.

Astrid viu o brilho de raiva no rosto de Zil. Ele estava olhando em volta, parecendo avaliar a multidão. Imaginou se ele agiria agora ou esperaria outra oportunidade.

— Cinco: Qualquer um que cometa um crime, roubar ou machucar alguém, será acusado e depois julgado por um júri de seis pessoas.

Alguns estavam perdendo o interesse de novo e começando a lançar olhares para a comida, mas outros esperavam com paciência, até mesmo respeito.

— Seis: Mentir para o júri é crime. Sete: As penalidades podem ir desde uma multa até a prisão durante um período de um mês ou mais, até o exílio permanente de Praia Perdida.

A maior parte da multidão gostou disso. Houve algumas palhaçadas, crianças apontando umas para as outras, algumas empurrando, a maioria bem-humoradas.

— Oito: Vamos eleger um novo conselho da cidade a cada seis meses. Mas o novo conselho não pode mudar essas nove regras iniciais.

— Já acabamos? — perguntou Howard.

— Só mais uma. A nona regra — disse Astrid. — E esta é a que mais me deixa em dúvida. Meio que odeio a ideia desta regra, mas não consigo ver outra saída. — Ela olhou para Albert, depois para Quinn, que franziu a testa e pareceu confuso.

Isso finalmente atraiu a atenção de todos.

Astrid dobrou o papel e enfiou no bolso.

— Todo mundo precisa obedecer a essas leis. Normais ou aberrações. Cidadão comum ou membro do conselho. Exceto...

— Exceto o Sammy? — sugeriu Howard.

— Não! — reagiu Astrid rispidamente. Depois, com mais calma, recusando-se a ser provocada. — Não, não exceto o Sam. Exceto no caso de uma emergência. O conselho terá o direito de suspender todas as outras regras durante um período de vinte e quatro horas se houver uma grande emergência. Nesse caso, o conselho pode nomear uma, ou várias pessoas, para agir como Defensores da Cidade.

— O Sammy — disse Howard, dando um riso cínico.

Astrid ignorou-o, e em vez disso se concentrou em Zil.

— E se você acha que isso é direcionado a você, Zil, pode ficar à vontade.

Em voz mais alta, Astrid gritou:

— Todos vocês terão a chance de votar, mas por enquanto, temporariamente, essas serão as leis desde que a maioria do conselho concorde.

— Eu voto sim — disse Albert rapidamente.

— Eu também — gritou Edilio de algum lugar no meio da multidão.

Howard revirou os olhos. Olhou para Orc, que assentiu. Howard suspirou de modo teatral.

— É, tanto faz.

— Certo, então — disse Astrid. — Com o meu voto, são quatro em sete. Portanto essas são as leis de Praia Perdida. As leis do LGAR.

— Podemos comer agora? — perguntou Howard.

— Uma última coisa — respondeu Astrid. — Eu menti para as pessoas. E fiz outras pessoas mentirem também. Isso não vai contra nenhuma dessas regras, mas mesmo assim é errado. O resultado é que o pessoal não vai confiar de verdade em mim no futuro. Por isso, peço demissão do conselho da cidade. Valendo a partir de agora.

Howard começou um aplauso irônico e lento. Astrid gargalhou. Isso nem mesmo a incomodou. Na verdade, sentia vontade de aplaudir junto. Como se finalmente conseguisse estar fora de si mesma, ver-se como uma pessoa esganiçada, controladora e ligeiramente ridícula.

Estranhamente, isso a fez sentir-se melhor.

— Agora vamos comer — disse. Em seguida desceu da fonte e, ao pousar no chão, sentiu-se mais leve. Como se um minuto antes pesasse 200 quilos e agora fosse leve e ágil como uma ginasta. Deu um tapinha no ombro de Howard e foi até Albert, que estava balançando a cabeça devagar.

— Legal — disse Albert. — Você se demitir.

— É. Então acho que agora preciso de um emprego, Albert. Você tem alguma vaga?

TRINTA E SETE | 33 MINUTOS

— EU NÃO molhei a cama nem nada — disse Justin. — Quero dizer, na minha casa.

Maria ignorou-o. Em vez disso, ficou analisando o desempenho de Astrid. Aquilo deixou-a amarga. Claro que Astrid havia encontrado uma saída do buraco que cavara para si mesma. A linda e inteligente Astrid. Devia ser fantástico ser Astrid. Devia ser fantástico ter tanta confiança a ponto de simplesmente ficar ali parada, baixando um conjunto de regras e depois sair andando lepidamente, com a loura e linda cabeça erguida.

— Posso ir ver o Roger depois de a gente comer?

— Tanto faz — disse Maria. Logo teria escapado de tudo isso. Livre daquele lugar medonho e dessas pessoas horrorosas. Iria sentar-se do lado de fora, com sua mãe, e contar as histórias sobre aquilo.

Agora Astrid estava na fila do churrasco. Astrid e o Pequeno Pete. Algumas pessoas lhe davam tapinhas nas costas. Rindo para ela. Gostando mais dela do que no passado. Por quê? Porque ela havia admitido que fez merda e depois tinha se demitido e os deixado com um novo conjunto de regras para ser seguidas.

A seu modo, Astrid havia feito o puf, pensou Maria.

Quantos minutos restavam até que Maria tivesse sua chance de escapar? Tirou o relógio de Francis do bolso. Meia hora.

Depois de todas as preocupações e de toda a ansiedade, o tempo ainda parecia correr em sua direção.

John estava olhando para ela, ao mesmo tempo em que arrebanhava as crianças para a frente da fila da comida. Olhando-a. Esperando algo dela. Como todo mundo.

Maria deveria entrar na fila da comida também, claro; revelar Astrid como mentirosa por tê-la chamado de anoréxica.

Mas, na verdade, o que Maria precisava provar a alguém?

Ignorou o aceno de John e as crianças ao redor e voltou para a creche. O lugar estava silencioso e vazio.

Aquilo havia sido toda a sua vida desde o início do LGAR. Sua vida inteira. Esse buraco sujo, fedorento, sombrio. Olhou-o. Odiou-o. Odiou-se por ter deixado que isso a definisse.

Não ouviu ninguém atrás. Mas sentiu.

Sua nuca pinicava.

Maria se virou. Ali. Atrás do plástico leitoso e translúcido que cobria o buraco entre a creche e a loja de ferramentas. Uma figura. Uma forma.

A boca de Maria ficou seca. Seu coração martelava.

— Onde eles estão, Maria? — perguntou Drake. — Onde estão os monstrinhos de nariz melequento?

— Não — sussurrou Maria.

Drake olhou para as bordas dos blocos de concreto com interesse distanciado.

— Foi inteligente, o modo como Sam fez isso. Queimou um buraco na parede. Não imaginei que aquilo ia acontecer.

— Você está morto — disse Maria.

Drake estalou a mão de chicote. O plástico foi cortado de cima a baixo.

Então atravessou-o. Entrou na sala onde ele e os coiotes tinham ameaçado matar as crianças.

Drake. Ninguém mais. Ninguém mais tinha aqueles olhos. Ninguém mais tinha aquele braço de jiboia cor de sangue seco.

Ele estava sujo, essa era a única diferença. Tinha o rosto manchado de lama. Havia lama em seu cabelo. Lama nas roupas.

O chicote se retorceu e se enrolou como se tivesse vida própria.

— Saia daqui — sussurrou Maria.

O que aconteceria se ela morresse ali dentro do LGAR? Não. Precisava ir embora. E precisava salvar as crianças.

Precisava. Não havia outra escolha. Fora uma idiota por ao menos pensar que havia qualquer outra opção.

— Acho que vou esperar a molecadinha voltar — disse Drake. Em seguida deu seu riso de lobo, e Maria pôde ver lama nos dentes. — Acho que é hora de terminar o que comecei.

Nesse momento Maria fez xixi nas calças. Pôde sentir, mas não conseguia se conter.

— Vá — disse Drake. — Vá pegá-los. Traga eles para cá.

Maria balançou a cabeça lentamente, os músculos aquosos e fracos.

— Vá! — rugiu Drake.

A mão de chicote pulsou. A ponta riscou uma linha de fogo na bochecha dela e Maria saiu correndo da sala.

Zil estava congelado pela indecisão. Astrid o havia ameaçado diretamente. A Nona Lei? Ela nem tinha fingido que não era sobre ele. Tinha virado os olhos azuis gelados para ele e feito a ameaça. Astrid! Aquela traiçoeira, amante de aberrações!

E agora? Astrid havia mostrado a lei, mostrado a ameaça, e agora todo mundo estava comendo peixe e carne de veado e falando sobre as leis dela.

Na véspera, Zil havia queimado uma grande parte da cidade. O resultado deveria ser o caos. Mas Agora Albert estava distribuindo comida e Astrid, leis, e era como se Zil não tivesse feito nada, como se ele não fosse alguém que deveria ser temido e respeitado.

Como se fosse um ninguém.

Ameaçado! E assim que Sam decidisse reaparecer...

— Líder, talvez fosse melhor a gente voltar para o complexo — sugeriu Lance.

Zil encarou-o, espantado. Lance estava sugerindo sair de fininho? As coisas deviam estar tão ruins quanto Zil temia, se até o Lance demonstrava medo.

— Não — argumentou Turk, mas não muito alto, nem com muito empenho. — Se a gente fugir, está feito. É só ficar lá esperando o Sam chegar e acabar com a gente.

— Ele está certo — disse uma voz de garota.

Zil girou e viu uma garota de cabelos escuros, bonita, mas que ele não conhecia. Não era da Galera Humana. A coisa certa a fazer era mandar que ela desse o fora, que parasse de ter o desplante de falar com ele. Ele era o Líder. Mas havia alguma coisa nela...

— Quem é você? — perguntou Zil, com os olhos apertados, cheios de suspeita.

— Meu nome é Nerezza.

— Nome estranho — comentou Turk.

— É — admitiu Nerezza. E sorriu. — É italiano. Significa escuridão.

Lisa estava parada atrás de Nerezza. Zil podia ver as duas. O contraste não foi favorável a Lisa. Nerezza parecia mais bonita quanto mais ele a olhava.

— Escuridão — disse Zil.

— Nós temos isso em comum — observou Nerezza.

— Sabe o que Zil significa? — perguntou Zil, pasmo.

— Sei o que é a escuridão. E sei que a hora dela está chegando.

Zil se lembrou de respirar.

— Não entendo.

— Ela vai começar logo — disse Nerezza. — Mande este aí — ela apontou com a cabeça para Lance — trazer suas armas.

— Vá — ordenou Zil a Lance.

Nerezza inclinou a cabeça um pouco e olhou para Zil com curiosidade.

— Você está pronto para fazer o que precisa ser feito?

— O que precisa ser feito?

— Matança. Deve haver matança. Não basta montar uma fogueira. As chamas devem ser alimentadas com corpos.

— Só das aberrações — disse Zil.

Nerezza gargalhou.

— Diga a si mesmo o que te deixa feliz. O jogo é caos e destruição, Zil. Jogue para vencer.

Edilio viu Nerezza com Zil. Não podia escutar o que estavam falando. Mas podia ler a linguagem corporal.

Havia algo errado ali.

Zil fascinado. Nerezza flertando, só um pouco.

Onde estava Orsay? Ele nunca tinha visto Nerezza sem Orsay. As duas eram inseparáveis.

Lance partiu correndo na direção do complexo de Zil.

Edilio olhou para Astrid, mas ela não estava prestando atenção. Seu irmãozinho tinha um pedaço de peixe numa das mãos e o jogo na outra.

O Pequeno Pete encarou-o, como se nunca tivesse visto Edilio e estivesse surpreso com o que via agora. O menino piscou uma vez. Franziu a testa. Então largou o resto do peixe e voltou instantaneamente ao jogo.

Houve um grito. Que cortou as conversas e o barulho de uma multidão de crianças comendo.

Edilio virou a cabeça.

Maria vinha correndo da creche. Gritando uma palavra, um nome.

— Drake! Drake!

Ela tropeçou e caiu de cara no concreto. Ajoelhou-se e levantou as palmas das mãos raladas, sangrentas.

Edilio correu para ela, empurrando crianças para fora do caminho sem muita gentileza.

Havia uma linha vermelho vivo no rosto de Maria. Pincel atômico? Tinta?

Sangue.

— Drake! Ele está na creche! — gritou Maria quando Edilio chegou perto dela. Ele nem diminuiu a velocidade; passou por ela com um pulo, girando a arma para a posição de disparo enquanto corria.

Alguém vinha saindo da creche. Edilio diminuiu a velocidade, levantou a arma, mirou. Daria uma chance para Drake se render. Contaria até três. E então apertaria o gatilho.

Brittney!

Edilio baixou a arma. Olhou, confuso. Será que Maria estava louca? Teria confundido uma garota morta com um monstro morto?

— Drake está lá dentro? — perguntou Edilio.

Brittney franziu a testa, confusa.

— Drake está lá dentro? Ele está lá dentro? Diga!

— O demônio não está lá — respondeu Brittney. — Mas está perto. Posso sentir.

Edilio estremeceu. O aparelho dentário dela ainda estava sujo de lama e minúsculos fragmentos de cascalho.

Passou por ela e parou junto à porta da creche. Ouviu dois soldados chegarem correndo.

— Fiquem atrás, a não ser que eu chame — disse. Em seguida empurrou a porta com o ombro e girou o cano da arma para a esquerda e a direita.

Nada. Vazia.

Maria tinha visto um fantasma. Ou, mais provavelmente, estava enlouquecendo, como Astrid havia dito. Estresse demais, problemas demais, sem descanso.

Enlouquecendo.

Edilio soltou uma respiração trêmula. Baixou a arma. Seu dedo estava tremendo no gatilho. Com cuidado, relaxou a mão e descansou o dedo na guarda do gatilho.

Então viu o plástico rasgado ao meio, de cima a baixo.

* * *

— Maria — disse Nerezza. — Coisas terríveis vão acontecer aqui, e logo.

Maria olhou para além dela. Olhos examinando a multidão. Viu Edilio sair da creche. Ele parecia ter visto um fantasma.

— O demônio está vindo — insistiu Nerezza. — Tudo vai queimar. Tudo será destruído. Você deve levar as crianças para a segurança!

Maria balançou a cabeça, desamparada.

— Eu só tenho... Estou quase sem tempo.

Nerezza pôs a mão no ombro dela.

— Maria. Logo você estará livre. Nos braços amorosos de sua mãe.

— Por favor — implorou Maria.

— Mas você tem um último grande serviço a realizar, Maria: você não deve deixar as crianças para trás, para a loucura que virá!

— O que eu devo fazer?

— Leve-as agora até a Profetisa. Ela espera no lugar dela. Leve as crianças para lá. Ao penhasco acima da praia.

Maria hesitou.

— Mas... não tem comida para elas lá. Não tem fraldas... não vou...

— Tudo que você precisa está lá. Confie na Profetisa, Maria. Acredite nela.

Maria ouviu um grito terrível. Um uivo de terror que se transformou em agonia. Do outro lado da praça, fora das vistas.

Crianças estavam correndo. Em pânico.

— O LGAR é para os humanos! — gritou Zil.

Uma arma disparou. Maria pôde ver os pequeninos se encolhendo, aterrorizados.

— Crianças! — ordenou ela. — Venham comigo. Me sigam!

Crianças que tinham perdido pais e avós, que tinham perdido amigos, escola e igreja. Que tinham sido abandonadas, negligenciadas, aterrorizadas, passado fome e aprendido a confiar somente em uma voz: de Mãe Maria.

— Venham comigo, crianças!

As crianças correram para ela. E Maria, uma pastora cambaleante, levou-as para longe da praça, na direção da praia.

Brittney havia chegado à praça, atraída não pelo cheiro de comida, mas por uma força que não entendia.

Agora viu crianças correndo e gritando.

— É o demônio? — perguntou ao seu irmão anjo.

— É — respondeu Tanner. — Você é.

Brittney viu crianças correndo. Correndo. Dela?

Viu Edilio, o rosto apavorado, saindo da creche, vindo na direção dela. Estava encarando-a, olhos arregalados, deixando as partes brancas totalmente visíveis.

Ela não entendeu por que ele teria medo dela. Brittney era um anjo do Senhor. Tinha sido mandada para lutar contra o demônio.

Mas agora viu-se incapaz de se mexer. Incapaz de forçar os membros a andar até onde queria, incapaz de olhar para onde queria. Era muito parecido com estar morta, pensou, com lembranças da terra fria nos ouvidos e na boca.

Edilio mirou contra ela.

Não, quis dizer Brittney. Não. Mas a palavra não saía.

— Drake — disse Edilio.

Ele ia atirar nela. Doeria? Ela morreria? De novo?

Mas uma multidão de crianças em fuga passou correndo entre os dois. Edilio levantou a arma para o céu.

— Corra — instigou Tanner.

Ela correu. Mas era difícil com aquele braço tão comprido e sua consciência sumindo enquanto outra mente dominava a sua.

Astrid viu e ouviu o pânico.

Viu os pequeninos correndo com Maria, uma multidão em pânico feita de crianças tropeçando e gritando, bebês nos braços dos ajudantes de Maria, todos correndo para a praia.

Havia imagens demais para ser processadas.

Zil com uma espingarda nas mãos, apontando para o ar.

Edilio saindo da creche.

Nerezza sorrindo calmamente.

E Brittney, vista de trás, olhando para longe.

O Pequeno Pete jogando seu jogo com intensidade febril. Dedos frenéticos. Como nunca havia jogado antes.

E então Nerezza movendo-se depressa, diretamente para Astrid, decidida. Tinha algo na mão — um pé de cabra.

Será que iria atacá-la?

Insano!

Nerezza levantou o pé de cabra e baixou-o com força súbita, chocante.

O Pequeno Pete tombou para a frente sobre o jogo, sem fazer nenhum som.

Nerezza se dobrou e virou o Pequeno Pete de barriga para cima.

— Não! — gritou Astrid, mas Nerezza não pareceu ouvi-la. Levantou o pé de cabra de novo, desta vez mirando a extremidade pontuda para o Pequeno Pete.

Astrid estendeu a mão, devagar demais, desajeitada demais. O pé de cabra baixou com força sobre seu pulso.

A dor foi chocante. Astrid gritou de dor e fúria. Mas Nerezza não tinha interesse nela; empurrou-a com a mão livre como se ela fosse um incômodo menor. E de novo mirou o pé de cabra contra o Pequeno Pete. Mas desta vez Nerezza estava desequilibrada e seu golpe saiu sem mira. O pé de cabra acertou a terra ao lado da cabeça do Pequeno Pete.

Astrid estava de pé e empurrou Nerezza um passo para trás.

— Para! — gritou Astrid.

Mas Nerezza não iria parar, nem ser distraída. Estava atrás do Pequeno Pete com uma decisão frenética.

Astrid deu-lhe um soco com o máximo de força que pôde. O punho acertou a base de seu pescoço, não o rosto. Não foi o bastante para machucar a garota morena, mas foi suficiente para atrapalhar sua mira de novo.

Então finalmente Nerezza se virou com fúria gélida contra Astrid.

— Ótimo. Quer ir primeiro? — Nerezza golpeou horizontalmente com o pé de cabra e acertou Astrid na barriga. Astrid se dobrou, mas jogou-se contra Nerezza, a cabeça abaixada como um touro, cega pela dor.

Acertou Nerezza e derrubou-a de costas. O pé de cabra voou da mão da garota e caiu na grama pisoteada.

Rápida, Nerezza se retorceu para pegá-lo. Astrid deu-lhe um soco na nuca. E de novo e de novo, mas mesmo assim a mão de Nerezza estava apenas a centímetros do pé de cabra.

Astrid arrastou-se para cima das costas de Nerezza, seu peso diminuindo a velocidade da garota. Astrid fez a única coisa que conseguiu pensar: mordeu a orelha dela.

O uivo de dor de Nerezza foi a coisa mais satisfatória que Astrid já ouvira.

Ela apertou o maxilar o máximo que pôde, sacudiu a cabeça para trás e para a frente, rasgando a orelha, sentindo gosto de sangue e batendo com os punhos na parte de trás da cabeça dela.

A mão de Nerezza se fechou sobre o pé de cabra, mas ela não conseguia virá-la para trás para alcançar Astrid. Golpeou às cegas com a ponta cortante da ferramenta, arranhando a testa de Astrid, mas sem conseguir tirá-la do lugar.

Astrid envolveu o pescoço de Nerezza com os dedos e apertou, agora soltando a orelha, cuspindo alguma coisa molenga e pondo toda a força em apertar a traqueia da garota.

Sentiu a pulsação no pescoço de Nerezza.

E apertou.

TRINTA E OITO | 32 MINUTOS

SANJIT E VIRTUDE carregavam Bowie numa maca improvisada que não passava de um lençol esticado entre os dois.

— O que vamos fazer? — perguntou Paz, torcendo as mãos, ansiosa.

— Vamos escapar — respondeu Sanjit.

— Que negócio é esse?

— Escapar? Ah, é uma coisa que eu já fiz algumas vezes na vida. Tem a ver com brigar ou escapar. Você não quer brigar, quer?

— Estou com medo — gemeu Paz.

— Não tem motivo para ficar com medo — disse Sanjit, lutando para segurar a borda do lençol enquanto andava de costas na direção do penhasco. — Olha o Chu. Ele não parece com medo, parece?

Na verdade Virtude parecia apavorado, mas Sanjit não precisava que Paz perdesse a cabeça. A parte apavorante ainda estava por vir. O medo só havia começado.

— Não? — perguntou Paz, em dúvida.

— Nós vamos correr para longe? — perguntou Pixie. Ela estava segurando um saco plástico cheio de peças de Lego, sabe-se lá por quê, mas parecendo decidida a mantê-lo.

— Bem, esperamos voar para longe — disse Sanjit, animado.

Ele trocou um olhar com Virtude, que estava se esforçando tanto quanto ele, as pernas bambas, os pés tropeçando na grama alta.

— Por que estamos fugindo? — gemeu Bowie.

— Ele acordou — disse Sanjit.

— Você acha? — reagiu Virtude entre duas respirações ofegantes.

— Como você está, carinha? — perguntou Sanjit.

— Minha cabeça dói — disse Bowie. — E quero um pouco d'água.

— Timing perfeito — murmurou Sanjit.

Tinham chegado à beira do penhasco. A corda ainda estava onde ele e Virtude haviam deixado no outro dia.

— Certo, Chu, você desce primeiro. Vou baixar os outros para você, um a um.

— Estou com medo — disse Paz.

Sanjit colocou Bowie no chão e flexionou os dedos com cãibra.

— Certo, prestem atenção, todos vocês.

Eles prestaram. Para surpresa de Sanjit.

— Escutem: nós todos estamos com medo, certo? Então ninguém precisa ficar me lembrando. Vocês estão com medo, eu estou com medo, todo mundo está com medo.

— Você está com medo também? — perguntou Paz.

— Me mijando — respondeu Sanjit. — Mas às vezes a vida fica difícil e assustadora, OK? Todos nós já estivemos em lugares assustadores. Mas estamos aqui, certo? Ainda estamos aqui.

— Eu quero ficar — disse Pixie. — Não posso deixar minhas bonecas.

— Vamos voltar para pegar elas outra hora — respondeu Sanjit.

Em seguida se ajoelhou, desperdiçando segundos preciosos, esperando que Caine, o mutante esquisito de olhos frios saísse da casa a qualquer momento.

— Pessoal. Nós somos uma família, certo? E vamos ficar juntos, certo?

Ninguém pareceu ter muita certeza.

— E vamos sobreviver juntos, certo? — pressionou Sanjit.

Longo silêncio. Longos olhares.

— Isso mesmo — disse Virtude finalmente. — Não se preocupem, pessoal. Vai dar certo.

Ele quase parecia acreditar.

Sanjit queria acreditar, também.

Astrid podia sentir as artérias, as veias e os tendões do pescoço de Nerezza. Podia sentir o modo como o sangue pulsava, tentando chegar ao cérebro da garota. Como os músculos se retorciam.

Sentiu a traqueia de Nerezza se convulsionando. Agora todo o seu corpo estava se convulsionando, num espasmo louco, os órgãos frenéticos por oxigênio, os nervos estremecendo enquanto o cérebro de Nerezza lançava desesperados sinais de pânico.

As mãos de Astrid apertaram. Seus dedos pressionaram, como se ela tentasse fechar os punhos e o pescoço de Nerezza estivesse apenas no caminho e, se ela fizesse força o suficiente...

— Não! — ofegou Astrid.

Soltou-a. Levantou-se depressa e recuou, olhando horrorizada para Nerezza enquanto esta engasgava e tentava puxar o ar.

Estavam quase sozinhas na praça. Maria tinha levado os pequenos para longe, correndo, e isso havia causado um pânico geral que fez com que quase todo mundo fosse atrás dela. Todos estavam seguindo para a praia. Astrid viu as pessoas correndo para longe dela.

E então viu a silhueta inconfundível que as seguia, presunçosa.

Quase poderia ser qualquer um, qualquer garoto alto e magro. Se não fosse o chicote que se enrolava no ar, envolvia descuidadamente o corpo e se desenrolava para saltar, estalando.

Drake gargalhava.

Nerezza sugou o ar. O Pequeno Pete se remexeu.

Tiros. Uma única rajada.

O sol estava se pondo sobre a água. Um pôr do sol vermelho.

Astrid passou por cima de Nerezza e virou o irmão. Ele gemeu. Seus olhos se abriram, trêmulos. Sua mão já estava se estendendo para o jogo.

Astrid pegou-o. Estava quente em sua mão. Uma sensação agradável passou pelo seu braço.

Astrid segurou a frente da camisa do Pequeno Pete com o punho dolorido.

— Qual é o jogo, Petey? — exigiu saber.

Podia ver os olhos dele ficando vítreos. O véu que separava o Pequeno Pete do mundo ao redor.

— Não! — gritou ela, o rosto a centímetros do dele. — Desta vez, não. Diga. Diga!

O Pequeno Pete olhou-a e sustentou o olhar; consciente, mas mesmo assim em silêncio.

Era perda de tempo exigir que o Pequeno Pete usasse palavras. Palavras eram ferramentas dela, não dele. Astrid baixou a voz.

— Petey. Mostre. Sei que você pode fazer isso. *Mostre*.

O chão se abriu embaixo de Astrid. A terra formou uma boca. Ela gritou e caiu, girando, para um túnel na lama iluminado por gritos feitos de néon.

Diana abriu um dos olhos. O que viu à frente era uma superfície de madeira. Um floco de cereal derramado era o objeto reconhecível mais próximo.

Onde ela estava?

Tinha tido um sonho terrível, cheio de detalhes abomináveis. Violência. Fome. Desespero. No sonho, ela fizera coisas que nunca, jamais faria na vida real.

Abriu os olhos de novo e tentou se levantar. Caiu para trás por muito, muito tempo. Mal sentiu o chão quando bateu de costas.

Agora viu pernas. Pernas de mesa, pernas de cadeiras, as pernas de um garoto usando jeans rasgados e, mais adiante, as pernas largadas, machucadas, de uma garota usando short. As de ambos estavam amarradas com corda.

Alguém roncava. Alguém perto demais. Um ronco vindo de uma fonte invisível.

Bug. O nome lhe veio. E com ele o choque de saber que não estava sonhando, que não tinha sonhado.

Era melhor fechar os olhos e fingir.

Mas as pernas da garota, Penny, lutaram contra as cordas. Diana ouviu um gemido.

Com mãos desajeitadas, agarrou a cadeira e colocou-se numa posição sentada. A ânsia de se deitar de novo era quase irresistível. Mas, mão ante mão, pé ante pé, forçou-se a sentar de novo.

Caine dormia. Bug roncava alto e invisível, no chão.

Penny piscou para ela.

— Eles drogaram a gente — disse, e então bocejou.

— É — concordou Diana.

— Nos amarraram também. Como você se soltou?

Diana esfregou os pulsos, como se tivesse sido amarrada. Por que Sanjit não a havia amarrado?

— Os nós estavam frouxos — disse.

A cabeça de Penny balançou um pouco. Seus olhos não focalizavam direito.

— Caine vai matar eles.

Diana assentiu. Tentou pensar. Não era fácil, com o cérebro ainda lento devido à droga que Sanjit havia usado.

— Eles podiam ter matado a gente — disse Diana.

Penny assentiu.

— São medrosos demais.

Ou talvez simplesmente não sejam assassinos, pensou Diana. Talvez só não fossem o tipo de gente que se aproveitaria de um inimigo adormecido. Talvez Sanjit não fosse o tipo de garoto que pudesse cortar a garganta de alguém enquanto dormisse.

— Estão fugindo — disse Diana. — Estão tentando escapar.

— Não dá para se esconder nessa ilha — observou Penny. — Não por muito tempo. Nós vamos achá-los. Corta a minha corda.

Penny estava certa, claro. Mesmo drogada, Diana sabia que isso era verdade. Caine acabaria encontrando-os. E ele *era* do tipo assassino.

Seu grande amor. Não era um animal como Drake, mas algo pior. Caine não iria matá-los numa fúria psicótica. Iria assassiná-los a sangue-frio. Diana saiu cambaleando da sala, movendo-se como bêbada, chocando-se num portal, absorvendo a dor e indo em frente. Janelas. Janelas grandes numa sala tão imensa que fazia a mobília, arrumada aqui e ali, em grupos separados, parecer brinquedos de uma casa de bonecas.

— Ei, me desamarra! — exigiu Penny.

Diana viu Sanjit imediatamente. Estava de perfil contra um céu vermelho, parado na beira do penhasco. Havia uma menininha com ele. Não era Virtude, era uma garota que Diana nunca tinha visto.

Era isso que Sanjit estivera escondendo: havia outras crianças na ilha.

Sanjit enrolou uma corda na garota, formando uma espécie de teia. Abraçou-a. Inclinou-se para falar cara a cara com ela.

Não, Sanjit não era do tipo assassino.

Então começou a baixar a garota aterrorizada para fora das vistas. Por cima do penhasco.

Veio um grito do outro cômodo. Bug. Ele gritava.

— Ah ah ah ah! Tira isso de cima de mim!

Bug estava acordado. Penny tinha usado seu poder para dar a Bug um belo ataque de adrenalina aterrorizado.

Enquanto Diana olhava, o próprio Sanjit começou a descer pela borda do penhasco. Ao fazer isso, se virou para a casa. Será que viu Diana ali parada, olhando?

Ouviu Penny entrar na sala, pelo menos tão tonta quanto a própria Diana.

— Sua idiota — rosnou Penny. — Por que não me desamarrou?

— Parece que o Bug cuidou disso.

Precisava distrair Penny antes que esta visse o que estava acontecendo. Antes que visse Sanjit.

Pegou um vaso numa mesa lateral. Era de um cristal muito bonito. Pesado.

— Isso é maneiro — disse.

Penny olhou-a como se ela estivesse louca. Então os olhos da menina focalizaram além de Diana. Pela janela.

— Ei — disse Penny. — Eles estão tentando...

Diana girou o vaso e acertou Penny na lateral da cabeça. Não esperou para ver o efeito; simplesmente cambaleou, com o vaso ainda na mão, até a cozinha.

Caine continuava dormindo, mas isso não duraria muito, provavelmente; não o bastante. O poder de alucinação de Penny era capaz de acordar os mortos. Ela lançaria terrores no sonho de Caine até acordá-lo, como tinha feito com Bug.

Diana levantou o vaso bem alto. Ocorreu-lhe, num momento de clareza deturpada que, ainda que Sanjit talvez não fosse do tipo de pessoa capaz de destruir o cérebro de alguém adormecido, aparentemente ela era.

Mas, antes que pudesse esmagar o vaso na cabeça de seu grande amor, a carne de Diana entrou em erupção. Bocas vermelhas enormes apareceram em seus braços, mordendo com dentes serrilhados, de tubarão. As bocas estavam comendo-a viva.

Diana gritou.

Em algum canto da mente, sabia que era Penny. Sabia que aquilo não era real, porque via as bocas, embora não pudesse senti-las, não de verdade, mas gritou e gritou, e seus dedos soltaram o vaso. De longe o som de cristal veio se despedaçando.

As bocas vermelhas estavam se arrastando pelos seus braços, comendo sua pele, deixando à mostra músculos e tendões, comendo e abrindo caminho até os ombros.

E então pararam.

Penny estava ali parada, rosnando. Escorria sangue pelo lado de sua cabeça.

— Não se meta comigo, Diana — disse Penny. — Eu poderia jogar você gritando daquele penhasco.

— Deixe eles irem — sussurrou Diana. — São só crianças legais. São só crianças legais.

— Não como a gente, você quer dizer. Você é uma idiota, Diana.

— Deixe eles irem embora. Não acorde o Caine. Você sabe o que ele vai fazer.

Penny balançou a cabeça, sem acreditar.

— Não acredito que ele goste de você, e não de mim. Você nem é bonita. Não mais.

Diana gargalhou.

— É isso que você quer? Ele?

Os olhos de Penny revelavam tudo. Ela olhava desejosa, amorosa, para Caine, ainda desmaiado.

— Ele é tudo — disse.

Penny estendeu a mão trêmula e acariciou gentilmente o cabelo do garoto.

— Desculpe se tenho de fazer isso, querido — disse.

Caine acordou gritando.

TRINTA E NOVE | 29 MINUTOS

ASTRID CAIU SEM parar, sabendo que não era real, sabendo que era tudo algum tipo de ilusão. Mas era muito difícil acreditar nisso enquanto sua roupa balançava e o cabelo voava e os braços se estendiam para as paredes de um túnel que não podia ser real, mas parecia.

Mas, depois de um tempo caindo, começou a sentir como se estivesse flutuando. Estava suspensa no ar, e as coisas não passavam mais a toda velocidade; flutuavam.

Símbolos, pensou Astrid.

Ficou aliviada ao ver que seu cérebro ainda funcionava. O que quer que estivesse acontecendo, qualquer que fosse o poder que estava criando aquele devaneio intenso, não estava fritando seu cérebro. O raciocínio permanecia intacto. As palavras estavam bem ali, onde ela as havia deixado.

Símbolos. Símbolos de néon arrumados numa paisagem escura.

Nem mesmo eram símbolos, percebeu: eram avatares.

Havia um rosto monstruoso emoldurado com cabelo escuro e comprido que se transformava em cobras. Olhos escuros e uma boca que pingava fogo.

Havia um ser feminino com raios cor de laranja, como fachos do pôr do sol brotando da cabeça.

Um masculino com uma das mãos levantada e uma luz verde transformada em bola. Esse avatar estava longe, na beira do campo de jogo escuro.

Um dos avatares não era masculino nem feminino, mas era metade de cada sexo. Tinha dentes de metal e um chicote.

Nerezza. Orsay. Sam. Mas o que era o quarto?

Era esse avatar que parecia ser disputado entre dois manipuladores, dois jogadores. Um deles era representado por uma caixa. A caixa estava fechada, a não ser por uma fresta que brilhava tanto a ponto de ser difícil olhar para ela. Como uma caixa de brinquedo contendo um sol.

Petey, sussurrou Astrid.

O outro jogador, ela mais sentiu do que viu. Tentou virar o olhar para ele, vê-lo, mas estava sempre fora do alcance. E percebeu que a caixa de luz estava impedindo-a, não permitindo que visse o oponente.

Para seu próprio bem. Protegendo-a.

Petey não deixava que ela olhasse o gaiáfago.

A mente de Astrid se inundou de imagens de outros avatares na sombra. Avatares escuros. Mortos. Vítimas do jogo.

Todos esses estavam em fileiras bem-arrumadas, como peões alinhados diante do vazio assassino de almas que era o gaiáfago.

— Astrid!

Alguém estava gritando seu nome.

— Astrid! Sai dessa!

O campo de jogo desapareceu.

Os olhos de Astrid viram a praça, seu irmão terminando de se levantar e Brianna sacudindo-a com força.

— Ei, o que está acontecendo? — perguntou Brianna, mais com raiva do que preocupada.

Astrid ignorou Brianna e procurou Nerezza. Ela não estava à vista.

— A garota, havia uma garota aqui — disse Astrid.

— O que está acontecendo, Astrid? Eu acabei... — Ela parou de falar por tempo suficiente para tossir dez, 12 vezes numa sucessão espantosamente rápida. — Acabei de impedir que o Lance batesse num garoto até quase matá-lo. Tem gente correndo para todo lado, feito malucos, na praia. Cara, eu tiro um dia de folga para cuidar dessa gripe idiota e de repente está tudo uma loucura!

Astrid piscou e olhou em volta, tentando absorver a quantidade exagerada de informações.

— É o jogo — disse ela. — É o gaiáfago. Ele alcançou Petey através do jogo.

— O quê?

Astrid soube que havia falado demais. Brianna não era a pessoa certa a quem contar a verdade sobre o Pequeno Pete.

— Você viu Nerezza?

— O quê, a garota que anda com Orsay?

— Ela não é uma garota, não de verdade. — Astrid agarrou o braço de Brianna. — Ache o Sam. Nós precisamos dele. Ache-o!

— OK. Onde ele está?

— Não sei — gritou Astrid. E mordeu o lábio. — Procure em toda parte!

— Ei — disse Brianna, em seguida se interrompeu para tossir até ficar com o rosto vermelho. Xingou, tossiu mais um pouco e finalmente disse: — Ei, eu sou rápida, mas nem eu posso procurar em todos os lugares.

— Deixe-me pensar um minuto. — Astrid fechou os olhos com força. Aonde? Aonde Sam teria ido? Ele estava magoado, com raiva, sentindo-se inútil.

Não, não era exatamente isso.

— Ah, meu Deus, onde? — pensou.

Não o tinha visto desde quando ele fora cuidar do Zil e do incêndio. O que havia acontecido para fazê-lo fugir? Teria feito alguma coisa da qual se envergonhava?

Não, não era isso, também. Ele tinha visto o garoto do chicote.

— A usina nuclear — disse Astrid.

— Por que ele iria lá? — Brianna franziu a testa.

— Porque é o lugar que mais dá medo nele.

Brianna pareceu em dúvida, mas então as rugas da testa relaxaram.

— É — disse. — É bem a cara do Sam.

— Você precisa achá-lo, Brianna. Ele é a melhor peça do Petey.

— Hummm... quê?

— Esquece — reagiu Astrid rispidamente. — Traga o Sam para cá. Agora!

— Como?

— Ei, você é a Brisa, certo? Descubra!

Brianna pensou um momento.

— É, tá bom. Estou indo para...

O "lá" se perdeu no vento.

Astrid entregou o jogo ao irmão. Ele olhou para o chão, distraído. Sentiu o jogo na mão por um momento, depois largou-o.

— Você precisa continuar jogando, Petey.

Seu irmão balançou a cabeça.

— Eu perdi.

— Petey, escute. — Astrid se ajoelhou diante dele e segurou-o, depois pensou melhor e soltou-o. — Eu vi o jogo. Você me mostrou. Eu estive dentro dele. Mas é de verdade, Petey. É de verdade.

O Pequeno Pete olhou para além dela. Desinteressado. Talvez sem ao menos vê-la, quanto mais ouvi-la.

— Petey, ele está tentando nos destruir. Você precisa jogar.

Empurrou o jogo para ele.

— Nerezza é o avatar do gaiáfago. Você a tornou real. Você lhe deu um corpo. Só você tem esse tipo de poder. Ele está usando você, Petey, está usando você para matar.

Mas se o Pequeno Petey se importou, ou sequer entendeu, não deu qualquer sinal.

***

Era uma fuga em pânico. Quase toda a população de Praia Perdida corria e ninguém sabia exatamente por que razão. Ou talvez todos soubessem, mas cada um tivesse um motivo.

Zil estava adorando. Ali, finalmente, estava o pânico cego e total que ele havia esperado que surgisse do incêndio. Ali estava toda a ordem se despedaçando completamente.

Crianças na praia tropeçavam na areia. Algumas corriam para a água, gritando.

Drake, vivo. Drake com a mão de chicote golpeando-as, como se estivesse arrebanhando gado para o mar.

Mais crianças acompanhando a estrada, correndo paralelamente à praia. Zil estava com elas, correndo com Turk ao lado, procurando as aberrações, vendo um garoto cujo único poder mutante era a capacidade de reluzir, inofensivo; mas era uma aberração e, como todas, tinha de ser destruída.

Turk parou, levantou sua espingarda, apontou e atirou. Errou, mas o garoto entrou em pânico e caiu de cara no meio-fio. Zil chutou-o e continuou correndo. Gritava numa alegria louca enquanto corria.

— Corram, suas aberrações! Corram!

No entanto, havia muito poucas aberrações na massa de crianças na estrada. Muito poucos alvos reais. Mas tudo bem, porque agora o objetivo era o medo; o medo e o caos.

Nerezza havia dito que aquilo estava chegando. Será que ela também era uma aberração?, pensou Zil. Odiaria matá-la, ela era gostosa e misteriosa, e muito melhor do que aquela chata e grudenta da Lisa.

Viu Lance adiante. O bom e velho Lance, mas ele havia perdido sua arma e seu bastão.

— Preciso de uma arma — gritou Lance. — Me dá alguma coisa!

Turk tinha um pedaço de pau cheio de pregos. Jogou-o para Lance. Partiram de novo, uma matilha de lobos perseguindo um rebanho de gado cheio de terror.

As crianças mais velhas estavam se afastando. Mas as gordas e as novas ficavam para trás, exaustas ou simplesmente incapazes de acompanhar, pelas pernas mais curtas.

Todas estavam apinhadas na estrada curva que levava ao hotel Penhasco.

Zil apontou.

— Aquele garoto ali. Ali! Ele adora as aberrações!

Lance chegou primeiro e girou o pau com pregos. O garoto se desviou e correu para fora da estrada, rolando encosta abaixo no meio dos arbustos até parar contra um cacto.

Zil gargalhou e apontou.

— Ele é seu, Turk!

E correu de novo, com Lance ao lado parecendo um deus guerreiro louro, como Thor, agora golpeando todo mundo, não mais diferenciando entre aberração ou não aberração; todos podiam morrer, todos que tinham se recusado a se juntar a Zil.

— Corram! — gritava Zil. — Corram, covardes! Juntem-se a mim ou corram para tentar se salvar.

Parou um minuto, sem fôlego devido à corrida morro acima. Lance parou ao seu lado. Outros, meia dúzia, os fiéis da Galera Humana; cada um deles era um herói humano, pensou Zil ferozmente.

Então o riso de Lance sumiu. Ele apontou. Lá embaixo, na estrada por onde tinham acabado de subir.

Dekka, andando, mas mesmo assim rápida.

Implacável.

Alguém estava ao lado de Zil. Podia senti-la. Nerezza. Olhou-a. O pescoço dela estava vermelho, como o primeiro estágio de um hematoma sério. Havia um corte em sua testa. Seus olhos estavam injetados e o cabelo, todo desgrenhado.

— Quem fez isso com você? — perguntou Zil, ultrajado.

Nerezza ignorou-o.

— Ela tem de ser impedida.

— Quem? — Zil apontou o queixo na direção de Dekka. — Ela? Como vou impedir *ela*?

— Os poderes dela não chegam tão longe quanto sua arma, Zil — disse Nerezza.

O garoto franziu a testa.

— Tem certeza?

— Tenho.

— Como você sabe? Você é uma aberração?

Nerezza gargalhou.

— O que eu sou? O que você é, Zil? É o Líder? Ou é um covarde que se esconde de uma aberração negra, gorda e lésbica? Porque você pode escolher agora mesmo.

Lance olhou nervoso para Zil. Turk começou a dizer alguma coisa, mas pareceu que não conseguia encontrar as palavras certas.

— Ela tem de ser impedida — disse Nerezza.

— Por quê? — perguntou Zil.

— Porque nós vamos precisar da gravidade, *Líder*.

Maria chegou ao topo da escada, perto do hotel Penhasco. Uma série de caminhos menores desciam até o penhasco propriamente dito.

Olhou para trás, querendo verificar as crianças, e viu aparentemente toda a população de Praia Perdida seguindo-a.

Havia gente espalhada por toda a estrada, algumas correndo, algumas chiando e ofegando, tentando respirar. Atrás da multidão, Zil e um punhado de capangas armados.

Mais adiante, crianças que haviam corrido para a praia estavam sendo arrebanhadas de volta para a estrada.

Esse segundo grupo fugia de um terror diferente. De onde estava, Maria podia ver claramente Drake, impelindo crianças aterrorizadas.

Algumas estavam na água. Outras tentavam subir pelo quebra-mar e pelas pedras que separavam a praia principal da outra menor, abaixo do penhasco.

Como a Profetisa havia dito. A tribulação do fogo. O demônio. E o pôr do sol vermelho em que Maria abandonaria seu fardo.

Gritou:

— Venham comigo, crianças, fiquem comigo!

E elas ficaram.

Seguiram-na pelos gramados que já haviam sido impecáveis até o penhasco. Até a beira do penhasco, com a parede vazia e inescrutável do LGAR logo à esquerda, o fim de seu mundo particular.

Lá embaixo na praia, Orsay estava sentada com as pernas cruzadas na pedra que havia se tornado seu púlpito. Algumas crianças já haviam chegado e tinham se reunido, aterrorizadas, ao redor. Outras desciam o penhasco em sua direção.

O sol se punha num incêndio vermelho.

Orsay estava sentada imóvel em sua pedra. Parecia não mover um músculo. Seus olhos estavam fechados.

Abaixo dela estava Jill, a Sereia, parecendo perdida, amedrontada, uma silhueta trêmula contra o show de luz no oeste.

— Nós vamos descer até a praia, Mãe Maria? — perguntou uma menininha.

— Eu não trouxe meu maiô — disse outra.

Agora faltavam apenas alguns minutos, Maria tinha consciência disso. Era o seu décimo quinto aniversário. Seu aniversário no Dia das Mães.

Olhou o relógio.

Sabia que deveria estar perturbada, com medo. Mas, pela primeira vez em muito, muito tempo, estava em paz. As perguntas das crianças não a alcançavam. Os rostos preocupados, ansiosos, virados para cima, eram distantes. Tudo finalmente ficaria bem.

A Profetisa não se mexeu. Ficou sentada calmamente, sem se abalar com a loucura ao redor, indiferente aos gritos, rogos e exigências.

A Profetisa viu que todos vamos sofrer um tempo de tribulação terrível. Isso virá muito em breve. E então, Maria, então virão o demônio e o anjo. E num pôr do sol vermelho seremos libertados.

A profecia de Orsay, contada a Maria por Nerezza.

Sim, pensou Maria. Ela é mesmo a Profetisa.

— Posso descer até a praia — disse Justin corajosamente. — Não estou com medo.

— Não precisa — respondeu Maria. E desarrumou os cabelos dele com carinho. — Vamos voar para baixo.

QUARENTA | 16 MINUTOS

A DESCIDA ATÉ o iate, o *Fly Boy Too*, fora suficiente para deixar Sanjit um ano mais velho. Por duas vezes quase deixou Bowie cair. Pixie havia batido a cabeça e começado a chorar. E Pixie conseguia dar uns uivos tremendos.

Paz estivera tranquila, mas impaciente. O que era normal, em tais circunstâncias.

E então viera a parte de colocá-los no iate. Era mais fácil do que descer o penhasco, mas mesmo assim não tinha sido mamão com açúcar.

Cara, mamão com açúcar não seria ótimo?, pensou Sanjit enquanto ele e Virtude arrebanhavam as crianças para a popa, na direção do helicóptero.

Mamão com açúcar. Seria muito melhor do que olhar aquele penhasco enorme e saber que estava se preparando para voar com todos diretamente para lá. Presumindo que ao menos conseguisse tirar o helicóptero do chão.

Na certa não chegaria suficientemente longe para se preocupar com a ideia de matar todo mundo no penhasco. Na certa só conseguiria altitude bastante para mergulhar no mar.

Não havia sentido em ficar pensando nisso. Agora não tinham como ficar ali. Nem mesmo se deixasse de lado as preocupações com Bowie. Tinha visto o que Caine podia fazer.

Precisava tirar as crianças da ilha. Levá-las para longe de Caine. Sanjit tinha visto os olhos do garoto ao falar com ele.

Imaginou se Diana estaria certa, que Virtude possuía algum tipo de poder mutante de avaliar pessoas. O mais provável é que ele fosse crítico demais.

Porém Virtude estivera certo ao falar sobre o mal que viria. Caine quase havia esmagado Sanjit contra uma parede. De jeito nenhum uma criatura como ele iria tolerar Pixie, Bowie e Paz, quanto mais Chu. Não iria compartilhar com eles um suprimento de comida cada vez menor.

— Como se as coisas fossem estar melhores no continente — murmurou.

— O quê? — perguntou Sanjit, distraído. Estava ocupado tentando prender o cinto em Bowie no banco de trás do helicóptero. Eram somente quatro bancos, um do piloto e três para os passageiros. Mas eram para adultos, de modo que os dois bancos de trás eram suficiente para os três pequenos.

Sanjit subiu no banco do piloto. O couro era rachado e bem gasto. No filme, o banco era de pano. Lembrava-se disso muito claramente. Era praticamente tudo de que lembrava.

Lambeu os lábios, agora incapaz de afastar o medo incontrolável da sensação de que iria matar todos eles.

— Você sabe fazer isso? — perguntou Virtude.

— Não! Claro que não sei! — gritou Sanjit. Depois, por causa dos pequenos, virou-se para trás e disse: — Com certeza! Claro que sei pilotar helicóptero. Dããã!

Virtude estava rezando. Olhos fechados, cabeça baixa, rezando.

— É, isso vai ajudar — disse Sanjit.

Virtude abriu um olho e disse:

— Estou fazendo o que posso.

— Irmão, eu não estava dando uma de engraçadinho — disse Sanjit. — Quero dizer que tenho esperança em Deus, nos deuses, nos santos ou em qualquer coisa que você tenha.

Virtude fechou os olhos.

— É pra gente rezar? — perguntou Paz.
— É. Rezem. Todo mundo rezando! — gritou Sanjit.
E apertou a ignição.
Não conhecia um deus específico a quem rezar. Era de religião hindu, mas somente por nascimento, não tinha exatamente lido os livros sagrados nem nada. Mas sussurrou:
— Quem quer que Você seja, se estiver ouvindo, agora seria uma boa hora para ajudar a gente.
O motor rugiu.
— Uau! — gritou Sanjit, surpreso. Meio esperara, meio torcera, que o motor nem ligasse.
O barulho era chocante. Sacudia o helicóptero incrivelmente.
— Ah... acho que é para eu puxar isso — gritou.
— Você *acha*? — falou Virtude, embora o som da voz fosse engolido pelo ruído do motor.
Sanjit pôs a mão no ombro de Virtude.
— Eu te amo, cara.
Virtude pôs a mão no coração e assentiu.
— Fantástico — disse Sanjit em voz alta, e achou que só ele conseguia ouvir a própria voz. — E agora que tivemos essa cena tocante, é hora de nossos heróis partirem numa flamejante bola de glória.
Virtude franziu a testa, se esforçando para escutar.
— Eu disse — gritou Sanjit a plenos pulmões — que sou invencível! Agora vamos voar!

Dekka viu a galera de Zil se dividir em dois grupos, seguindo à esquerda e à direita da estrada. Uma emboscada.
Hesitou. Seria bom ser Brianna agora. Brisa não era à prova de balas, mas era incrivelmente difícil de ser acertada quando se estava indo a 500 quilômetros por hora.
Se continuasse andando, eles iriam derrubá-la a tiros.
Onde estava Brianna? Ainda doente demais para sair, sem dúvida, caso contrário estaria no meio daquilo. Não era de perder uma briga.

Dekka sentia falta dela e ao mesmo tempo esperava que ela ficasse em casa, em segurança. Se alguma coisa acontecesse com Brianna, Dekka não sabia como continuaria vivendo.

Mas a grande pergunta era: onde estava Sam? Porque era Dekka quem estava seguindo por essa estrada? Ela nem sabia por que precisava fazer isso. Talvez nada fosse acontecer. Talvez Drake, subindo furioso da praia, pegasse Zil, e os dois acabariam um com o outro.

Gostaria de ver isso. Agora mesmo. Agora mesmo, antes que tivesse de subir pela estrada até o Penhasco.

— É, seria fantástico — disse.

Os vagabundos do Zil estavam perdendo a paciência. Não iam esperar. Estavam indo para ela, pelos dois lados da estrada. Com porretes. Bastões. Pés de cabra.

Espingardas.

Ela podia fugir. Viver. Ir embora. Achar Brianna e dizer: "Brisa, sei que você provavelmente não sente a mesma coisa, e que talvez isso só deixe você enojada e você só me odeie por estar dizendo, mas eu amo você."

Seu corpo se arrepiou de medo. Ela fechou os olhos por um segundo e sentiu, naquela escuridão temporária, como seria a morte. Só que não era possível sentir de verdade a morte, era?

Podia fugir. Ficar com Brianna.

Só que não, isso nunca iria acontecer. Viveria seus dias amando Brianna a distância. Provavelmente jamais contaria a ela como se sentia de verdade.

Pelo canto do olho, viu Edilio correndo direto para Drake, por trás. Estava sozinho, o garoto maluco, indo atrás do Drake. Mais longe, movendo-se devagar demais, vinha Orc.

Edilio poderia ter decidido ficar para trás, esperar pelo Orc. Talvez esperar demais enquanto Drake atacava as crianças aterrorizadas. Mas Edilio não havia tomado essa decisão.

Não estava esperando pelo Orc.

— E eu não vou esperar pelo Sam — decidiu Dekka.

Começou a andar.

A primeira arma disparou. Aquele escrotinho do Turk. O barulho foi alto como o fim do mundo. Dekka viu o fogo espirrar do cano. Bolotas de chumbo quente bateram no concreto diante dela. Algumas ricochetearam e se cravaram nas suas pernas.

Doeu. Doeria mais ainda depois.

Dekka não podia alcançar Turk ou Lance com seus poderes. A essa distância, não.

Mas poderia tornar muito difícil eles mirarem.

Levantou as mãos bem alto. A gravidade falhou.

Dekka andou através de um muro de terra, poeira e cactos em redemoinho.

Sam estava no portão retorcido da usina nuclear quando ouviu um jato de vento e viu um borrão.

O borrão parou e virou Brianna.

Ela estava segurando alguma coisa. Duas coisas.

Sam olhou os objetos nas mãos dela. Depois olhou para ela. Depois de novo para os objetos.

Esperou até que ela parasse de tossir, curvada.

— Não — disse ele.

— Sam, eles precisam de você. E não podem esperar que você ande feito uma tartaruga o caminho todo.

— Quem precisa de mim? — perguntou Sam com ceticismo.

— Astrid disse para eu pegar você. Custasse o que custasse.

Sam não pôde deixar de sentir satisfação.

— Então... a Astrid precisa de mim.

Brianna revirou os olhos.

— É, Sam, você ainda é necessário. É um deus para nós, meros mortais. Não podemos viver sem você. Mais tarde vamos construir um templo. Está satisfeito?

Sam assentiu, não querendo concordar, só dizer que entendia.

— É o Drake?

— Acho que o Drake é só uma parte. Astrid estava apavorada. Na verdade, acho que sua namorada pode ter tido um dia muito ruim.

Brianna largou o skate na frente de Sam.

— Não se preocupe, não vou deixar você cair.

— É? Então por que trouxe o capacete?

Brianna jogou-o para ele.

— Para o caso de isso acontecer.

Edilio estava com dificuldade para correr na areia, mas talvez não fosse por isso que não parecia capaz de alcançar Drake.

Talvez não quisesse alcançá-lo. Talvez estivesse morrendo de medo dele. Orc havia lutado com Drake uma vez e o resultado fora empate. Sam havia lutado com ele e perdido.

Caine o havia matado.

E, no entanto, ali estava o Drake. Vivo. Como Sam sabia. Como Sam havia temido. O psicopata estava vivo.

Edilio cambaleou e tropeçou na areia. Seu fuzil automático bateu com o cano e disparou, BAM BAM BAM na areia quando Edilio apertou acidentalmente o gatilho.

Ele ficou ajoelhado. Levante-se, disse a si mesmo. Levante-se, é isso que se faz. Levante-se.

Levantou-se. Começou a correr de novo. O coração martelando como se fosse saltar do peito.

Agora Drake não estava longe, a apenas uns 30 metros, talvez; não era longe. Chicoteando algum pobre garoto que tinha corrido devagar demais.

Edilio já vira os resultados daquele chicote terrível. A dor daquele chicote havia destruído alguma coisa em Sam.

Mas Edilio chegou mais perto. O truque seria chegar perto o bastante... mas não perto demais.

Drake ainda não o tinha visto. Edilio levantou o fuzil em posição. Quinze metros. Dali poderia acertar Drake, mas havia uma dúzia de outras crianças ao alcance, logo atrás. As balas nem sempre iam exatamente para onde você apontava. Ele poderia matar Drake. Mas também poderia matar as crianças que tentavam fugir.

Tinha de esperar até que as crianças ficassem fora do alcance.

Alinhou Drake na mira. Era difícil mirar com a arma no automático. O coice seria feroz. Você podia mirar o primeiro tiro, mas depois disso seria como jogar água com uma mangueira de incêndio.

Tinha de fazer Drake parar. Tinha de deixar que as crianças se afastassem.

— Drake! — gritou Edilio. — Drake!

Drake se imobilizou. Virou-se; não com pressa, lento. Lânguido.

Deu seu sorriso de fera. Seus olhos eram azuis e vazios de qualquer coisa além de diversão. O cabelo escuro estava embolado e sujo. A pele parecia manchada de lama. Havia terra em seus dentes.

— Ora, Edilio. Quanto tempo, cucaracha!

— Drake — disse Edilio, com a voz falhando de novo.

— Sim, Edilio? — respondeu Drake com educação exagerada. — Queria dizer alguma coisa?

O estômago de Edilio deu um nó. Drake estava morto. Morto.

— Você... você está preso.

Drake soltou uma gargalhada de surpresa.

— Preso?

— Isso mesmo.

Drake deu um passo na direção dele.

— Para. Para aí mesmo! — alertou Edilio.

Drake continuou em movimento.

— Mas eu estou indo me render, Edilio. Pode me algemar, policial.

— Para! Para ou eu atiro!

As crianças atrás de Drake continuavam correndo. Estariam suficientemente longe? Edilio precisava dar a elas todo o tempo que pudesse.

Drake assentiu.

— Entendi. Você é um garoto muito bom, Edilio. Está garantindo que as crianças saiam do caminho antes de me acertar.

Edilio achou que o chicote de Drake alcançaria três, talvez quatro metros. Ele não estava a mais do que o dobro dessa distância, agora. Edilio mirou o centro do corpo de Drake, o alvo maior, que era o que ele havia lido que deveria fazer.

Outro passo. Mais outro. Drake avançava.

Edilio deu um passo atrás. De novo.

— Ah, não é justo — zombou Drake. — Me manter fora do alcance, assim.

Drake se moveu de repente, com velocidade chocante.

BAM!

Clic!

O primeiro tiro acertou Drake no peito. Mas nenhuma outra bala voou.

Emperrada! A arma estava emperrada. A areia havia entrado no mecanismo de disparo. Edilio puxou a alavanca para trás, tentando...

Tarde demais.

Drake acertou-o e enrolou o chicote nas pernas de Edilio. De repente estava de costas, ofegando, e Drake parado acima dele.

A mão-cobra serpenteou até se enrolar no pescoço de Edilio, que se sacudiu. Tentou usar a arma como um porrete, mas Drake bloqueou-a facilmente com a mão livre.

— Eu chicotearia você, Edilio, mas não tenho tempo para me divertir — disse Drake.

O cérebro de Edilio girava, louco, embotando. Através dos olhos vermelhos, viu o sorriso de Drake a centímetros do rosto, saboreando o júbilo de ver Edilio morrer bem de perto.

Drake riu.

E então, enquanto perdia a consciência, enquanto caía num poço de escuridão, Edilio viu fios de metal crescendo sobre os dentes sujos de lama de Drake.

QUARENTA E UM | 12 MINUTOS

SANJIT HAVIA ESQUECIDO absolutamente tudo que tinha pensado que aprendera sobre pilotar um helicóptero.

Algo sobre uma alavanca que mudava a velocidade das lâminas do rotor.

Algo sobre ângulo de ataque.

Um cíclico. Pedais. Um coletivo. Qual era qual?

Experimentou os pedais. A cauda do helicóptero virou violentamente para a esquerda. Tirou os pés dos pedais. O helicóptero tinha praticamente girado para fora do convés.

— Bom, isso funciona bem! — gritou, esperando desesperadamente tranquilizar os outros.

— Você deveria subir primeiro, antes de tentar virar! — gritou Virtude.

— Você acha?

Então se lembrou de algo. Tinha de torcer alguma coisa para fazer com que os rotores dessem elevação. O que ele deveria torcer?

Mão esquerda. O coletivo. Ou seria o cíclico? Quem se importava? Era a única coisa que podia ser torcida.

Torceu-a. Suavemente. Sem dúvida, o ruído do motor aumentou e mudou de tom. E o helicóptero subiu.

Então começou a girar. Desviou em direção à proa, para a superestrutura, enquanto a cauda o fazia girar como um pião, no sentido horário.

Como um brinquedo de parque de diversões.

Os pedais. Era preciso usá-los para...

O helicóptero parou de girar no sentido horário. Hesitou. Depois começou a girar no sentido anti-horário.

Sanjit tinha uma consciência distante de que várias vozes gritavam. Cinco crianças estavam no veículo. Cinco gritos. Inclusive o dele.

Os pedais de novo. E o helicóptero parou de girar. Ainda estava se desviando em direção à superestrutura do iate, mas agora ia de costas.

Deu um giro completo com o coletivo, um giro completo, baby, e o helicóptero saltou para cima. Como um brinquedo em que Sanjit estivera uma vez, em Las Vegas. Como se o helicóptero estivesse preso a um cabo e alguém o puxasse em direção às nuvens.

Subiu e passou por cima da superestrutura. Sanjit viu-a sob os pés.

UAC! UAC! UAC!

Os rotores haviam acertado alguma coisa. Pedaços de arame e hastes de metal voaram. A antena de rádio do iate.

O helicóptero ainda estava subindo e continuava se desviando de costas na direção do penhasco.

A outra coisa. O não-sei-das-quantas o cíclico a haste a coisa perto da mão direita agarra agarra faz alguma coisa alguma coisa alguma coisa empurra para a frente frente frente. Girando de novo! Tinha esquecido os pedais, os pedais idiotas e agora seus pés não conseguiam achá-los e o helicóptero tinha girado 180 graus e com o cíclico inclinado para a frente ia a toda velocidade, direto para a parede do penhasco.

Ela devia estar a uns trinta metros.

Quinze.

Numa fração de segundo eles estariam mortos. E não havia nada que ele pudesse fazer para impedir.

Diana corria pela grama crescida demais. Caine estava à frente dela, indo mais rápido. Precisava alcançá-lo.

O som do motor do helicóptero estava ficando mais alto, mais perto.

Caine parou na beira do penhasco. Diana chegou lá, ofegando, a uns quatro metros de Caine.

Num átimo Diana entendeu o que Sanjit estivera escondendo. Lá embaixo, um iate branco estava amassado de encontro às pedras. Um helicóptero havia subido com dificuldade, girando feito louco para um lado e para o outro.

O rosto de Caine formou um sorriso maligno.

Penny vinha ofegando logo atrás. E Bug... bem, ele podia estar ali também. Não havia como saber.

Diana correu para perto de Caine.

— Não faça isso! — gritou.

Ele virou o rosto furioso para ela.

— Cala a boca, Diana.

Enquanto olhavam, o helicóptero girou de novo e partiu na direção do penhasco.

Caine levantou as mãos e o helicóptero parou de se mover para a frente. Estava tão perto que o rotor despedaçou um arbusto preso à face do penhasco.

— Caine, não faça isso — implorou Diana.

— Por que você se importa? — perguntou ele, genuinamente perplexo.

— Olha! Olha para eles! Tem criancinhas lá. Crianças pequenas.

A bolha do helicóptero estava a distância de poder ser acertada com uma pedrada. Sanjit lutava com os controles. Virtude, ao lado, agarrava com força a almofada do banco. Três crianças menores estavam amontoadas no banco de trás, gritando e cobrindo os olhos, não tão pequenas a ponto de não saberem que estavam a uma fração de segundo da morte.

— Acho que Sanjit deveria ter pensado nisso antes de mentir para mim — disse Caine.

Diana agarrou o braço dele, então pensou melhor e estendeu a mão para o rosto. Apertou-a contra a bochecha dele.

— Não faça isso, Caine. Estou implorando.

— Eu faço — disse Penny, aparecendo do outro lado de Caine. — Vamos ver ele pilotar com a cabine cheia de escorpiões!

Era a coisa errada a dizer, Diana sabia.

Caine rosnou:

— Você não vai fazer nada, Penny. Eu tomo as decisões aqui.

— Não, você faz o que ela manda — respondeu Penny. E praticamente cuspiu as palavras para Diana. — Essa bruxa! Aqui, bonitona.

— Para trás, Penny! — alertou Caine.

— Não tenho medo de você, Caine — gritou Penny. — Ela tentou te matar enquanto você estava inconsciente. Ela...

Antes que pudesse terminar a acusação, Penny voou pelo ar. Flutuou, gritando, acima das lâminas do rotor que giravam em alta velocidade.

— Vá em frente, Penny! — berrou Caine. — Pode me ameaçar com seus poderes! Faça com que eu perca a concentração!

Penny gritou, histérica, sacudindo-se loucamente, olhando aterrorizada para as lâminas que giravam abaixo.

— Deixe eles irem embora — implorou Diana.

— Por quê, Diana? Por que está me traindo?

— Traindo você? — Diana riu. — Traindo você? Eu estou com você todo dia, toda hora, desde o início desse pesadelo!

Caine olhou-a.

— Mas mesmo assim você me odeia.

— Não, seu idiota doente, eu amo você. Não deveria. Não deveria. Você é doente por dentro, Caine, doente! Mas eu amo você.

Caine levantou uma sobrancelha.

— Então deve amar o que eu faço. Quem eu sou.

Ele sorriu, e Diana soube que tinha perdido a discussão. Dava para ver nos olhos dele.

Afastou-se. Recuou na direção do penhasco. Sentiu com os pés a borda enquanto sustentava o olhar dele.

— Eu ajudei você quando pude, Caine. Fiz de tudo. Mantive você vivo e troquei seus lençóis sujos de merda quando a Escuridão tomou você. Traí Jack por sua causa. Traí todo mundo por sua causa. Comi... Deus me perdoe, comi carne humana para ficar com você, Caine.

Algo tremulou no olhar frio de Caine.

— Não vou ficar com você para isso, Caine — disse Diana.

Deu mais um passo para trás. Deveria ser uma ameaça, não algo definitivo.

Mas foi um passo a mais do que deveria.

Diana sentiu o horror súbito, sabendo que ia cair. Seus braços giraram. Mas pôde sentir que estava longe demais, longe demais.

E no fim, pensou, não seria melhor assim?

Não seria um alívio?

Parou de lutar e se deixou cair de costas no penhasco.

Astrid corria puxando o Pequeno Pete.

De jeito nenhum poderia ter adivinhado, disse a si mesma enquanto ofegava e puxava, seu coração martelando com o medo do que veria quando chegasse ao Penhasco.

De jeito nenhum poderia saber que o jogo era real. Que tinha se tornado real quando a última pilha acabou. E que o oponente do Pequeno Pete no jogo não era nenhum programa num chip, e sim o gaiáfago.

Ele havia alcançado o Pequeno Pete. Tinha usado o vasto poder do Pequeno Pete para dar vida ao seu avatar, Nerezza.

Orsay também havia tocado uma vez a mente do gaiáfago. Era como uma infecção — assim que você tocava aquela mente inquieta e maligna, ela mantinha algum tipo de gancho cravado em você. Um gancho enterrado em sua mente.

Sam havia dito que Lana ainda sentia o gaiáfago por dentro. Ainda não estava livre dele. Mas Lana sabia, tinha consciência disso. Talvez isso lhe desse uma defesa. Ou talvez o gaiáfago simplesmente não precisasse mais dela.

Chegaram à estrada do Hotel Penhasco.

Mas o caminho estava bloqueado pelo que parecia um tornado. Um tornado chamado Dekka.

Dekka levantou o redemoinho à frente e foi andando com firmeza.

BLAM.

Uma punhalada de fogo praticamente invisível através do entulho que voava girando.

— Acerta ela! Acerta as aberrações! — berrou Zil.

Dekka continuou em movimento, ignorando a dor nas pernas, ignorando o sangue que enchia os sapatos, chapinhando.

Alguém estava correndo atrás dela. Gritou para trás, por cima do ombro, sem olhar.

— Fique longe, idiota!

— Dekka! — Era a voz de Astrid.

Ela chegou correndo, puxando o irmãozinho esquisito.

— Não é uma boa hora para gritar comigo, Astrid! — gritou Dekka.

— Dekka. Nós temos de chegar ao Penhasco.

— Eu vou aonde o Zil estiver — respondeu Dekka. — Tenho o direito de me defender. Ele começou essa briga.

— Escute — disse Astrid, ansiosa. — Não estou tentando impedir você. Estou dizendo para agir depressa. Nós precisamos passar. Agora.

— O quê? O que está acontecendo?

— Assassinato. Precisamos passar. Você precisa passar!

Alguém veio correndo contra elas, pelo lado. Pisou perto demais da zona sem peso e saiu voando, dando cambalhotas, girando lentamente.

E disparou enquanto subia. A arma espocando em direções aleatórias.

Mas agora eles estavam circulando para ir por trás dela. Moviam-se cautelosamente, longe de seu campo. Ela podia vê-los se esgueirando dos arbustos para os morrinhos e os cactos.

Uma bala zuniu tão perto de seu ouvido que ela pensou que podia ter sido acertada.

— Para trás, Astrid! Estou fazendo o que posso.

— Faça o que for necessário.

— Se eu derrubar o Zil, o resto vai fugir.

— Então derrube.

— Sim, senhora — respondeu Dekka. — Agora saia daqui!

Dekka tinha visto Zil pela última vez na estrada, à direita e mais a frente, fora do alcance.

Baixou as mãos.

Milhares de quilos de terra e entulho que tinham ido para o alto caíram. Dekka correu direto para a tempestade, olhos fechados, a mão sobre a boca.

Quase trombou em Zil. Saiu da coluna de entulho que caía e praticamente o derrubou.

Espantado, Zil girou o cano da espingarda na direção dela, mas Dekka já estava perto demais. O cano a acertou como um porrete, batendo na lateral da cabeça, mas não com força suficiente para atordoar.

Zil tentou recuar para poder atirar melhor, mas a mão de Dekka saltou à frente, agarrou a orelha dele e puxou-o em sua direção.

Agora ele conseguiu enfiar o cano da espingarda sob o queixo dela, com força suficiente para fazer os dentes baterem. Ela afastou a cabeça para trás e ele puxou o gatilho. A explosão foi como uma bomba explodindo diante de seu rosto.

Mas ela não o soltou. Puxou-o mais para perto enquanto ele gemia de dor e terror.

Dekka apontou a mão livre para o chão. A gravidade simplesmente desapareceu.

Agora presos num abraço frenético, lutando, Dekka e Zil flutuaram para cima. A terra e o entulho subiram com eles. Estavam no centro revolto de um tornado. Zil se soltou a custo de uma orelha rasgada e sangrenta.

Dekka deu-lhe um soco. Os nós de seus dedos o acertaram bem no nariz. Socou de novo e errou. O primeiro soco a fizera girar para longe de Zil. O garoto estava tentando posicionar a arma, mas estava tendo o mesmo problema para se mover e lutar em gravidade zero.

Os olhos de Dekka estavam fechados, cheios de areia que voava. Não podia ver com certeza o quanto haviam subido, não podia ter certeza se seria o suficiente.

Zil girou e gritou em triunfo. O cano da arma estava a centímetros dela.

Dekka chutou loucamente. Sua bota acertou a coxa de Zil. Os dois voaram para longe um do outro com o impacto, agora flutuando a três metros de distância. Mas Zil continuava com a espingarda apontada para ela. E a distância não era suficiente para Dekka largá-lo sem cair também. Ainda não.

— Olhe para baixo, gênio — rosnou ela.

Zil, com os próprios olhos apertados, olhou.

— Atire em mim e você vai cair — gritou Dekka.

— Aberração nojenta! — gritou Zil.

Ele puxou o gatilho. O som foi ensurdecedor. Dekka sentiu o vento das balas de chumbo ao passarem voando perto de seu pescoço. Algo a acertou, como um soco.

O coice da espingarda lançou Zil 2 metros para trás.

— É. Longe o suficiente — disse Dekka.

Zil gritou, aterrorizado. Uma única vogal que continuou pelos dez segundos que ele demorou para cair e se chocar contra a terra.

Dekka limpou a sujeira dos olhos e espiou.

— Estava mais alto do que eu pensei — disse.

QUARENTA E DOIS | 6 MINUTOS

MARIA TERRAFINO OLHOU o relógio. Faltavam minutos.
A hora estava chegando. Cedo demais.
— Só quero que vocês, crianças, saibam que eu amo todas vocês — disse. — Afaste-se do penhasco, Alice. Ainda não é hora. Temos de esperar para vocês irem comigo.
— Aonde a gente vai? — perguntou Justin.
— Para casa. Para nossa casa de verdade. Para nossas mamães e papais.
— Como a gente vai fazer isso? — perguntou Justin.
— Eles estão esperando — apontou Maria. — Do outro lado da parede. A Profetisa mostrou o caminho.
— Minha mamãe? — perguntou Alice.
— É, Alice. A mamãe de todo mundo.
— O Roger pode ir também? — perguntou Justin.
— Se ele se apressar — respondeu Maria.
— Mas ele está doente. Os pulmões dele estão ruins.
— Então ele irá outra hora. — A paciência de Maria estava se esgotando. Por mais quanto tempo teria de ser essa pessoa? Por mais quanto tempo teria de ser Mãe Maria?
Agora outras crianças estavam chegando mais perto. Tinham sido impelidas morro acima, contra a parede do LGAR, pelas batalhas que aconteciam lá embaixo. Drake. Zil. Pessoas más, pessoas medonhas,

prontas para machucar e matar. Prontas para machucar ou matar aquelas crianças, a não ser que Maria as salvasse.

— Logo — cantarolou Maria.

— Não quero ir sem o Roger — disse Justin.

— Você não tem escolha — explicou Maria.

Justin balançou a cabeça com firmeza.

— Vou pegar ele.

— Não — disse Maria.

— Vou, sim — reagiu Justin, teimoso.

— Cala a boca! Eu disse NÃO! — gritou Maria. Em seguida agarrou Justin e puxou-o com força pelo braço. Os olhos dele se encheram de lágrimas. Ela sacudiu-o com força e ficou gritando: — NÃO, NÃO! Você vai fazer o que eu mandar!

Soltou-o, e ele caiu no chão.

Maria recuou e olhou para baixo, horrorizada. O que tinha feito? O que tinha feito?

Tudo ficaria bem, muito bem, quando chegasse a hora. Ela iria embora desse lugar. Iria, iria e iria, e todas as crianças iriam com ela, sempre iam, e então estariam livres.

Era pelo bem delas.

— Maria! — Era John. Ela não conseguia imaginar como ele tinha conseguido passar pelas lutas que aconteciam abaixo na estrada, mas ali ele estava.

— Crianças — disse John. — Venham comigo.

— Ninguém vai sair daqui — disse Maria.

— Maria... — A voz de John se embargou. — Maria...

Sanjit estava dividido entre ficar olhando num terror vazio para a parede do penhasco a apenas alguns centímetros da ponta dos rotores que giravam ou para a visão medonha de uma garota, a que se chamava Penny, pendendo no ar acima daqueles mesmos rotores.

Caine estava de pé no topo do penhasco, sem medo de cair. Ele não *poderia* cair, percebeu Sanjit. Caine podia pisar para fora da borda e, como o Papa-léguas, simplesmente ficar parado no ar, fazer "bip-bip" e partir de volta a toda velocidade para a terra firme.

O mesmo não acontecia com a garota chamada Penny.

A outra, Diana, estava implorando para ele. O que estaria dizendo? Largue a garota? Faça o helicóptero cair?

Sanjit achava que não. Tinha visto algo muito errado nos olhos de Diana, mas não era assassinato.

O assassinato vivia nos olhos de Caine.

Sanjit estava com o cíclico puxado totalmente para trás. Os rotores queriam se afastar do penhasco, mas Caine não deixava.

Diana deu um passo atrás. Andou com passos indecisos até a beira do penhasco.

— Não! — gritou Sanjit, mas ela já estava caindo, caindo.

Tudo aconteceu numa fração de segundo. Diana parou no ar.

O aperto de Caine soltou o helicóptero. De repente, a aeronave se impulsionou para trás.

Penny caiu. As pás recuaram.

Ela passou longe dos rotores, Diana flutuou no ar e o helicóptero rugiu para trás como se estivesse na ponta de um elástico esticado.

Diana foi mais lançada para a grama do que levantada de volta. Rolou, caiu esparramada e levantou os olhos bem a tempo de Sanjit encará-la por uma fração de segundo antes de estar totalmente ocupado.

O helicóptero estava se movendo para trás, mas caindo, como se pretendesse bater com o rotor de cauda no convés do iate embaixo.

A outra coisa, a outra coisa, levanta levanta torce torce e o helicóptero foi. Girou loucamente enquanto de novo Sanjit se esquecia do pedal, mas estava subindo. Girando, subindo e girando mais e mais rápido, e agora Sanjit era sacudido loucamente enquanto lutava para encontrar os pedais.

Em sentido horário, mais devagar, mais devagar, pausa, sentido anti-horário mais rápido, mais rápido, mais lento, pausa.

O helicóptero pairava no ar, mas agora longe do penhasco. Sobre o mar, e duas vezes mais alto do que o penhasco.

Sanjit estava tremendo de nervosismo, os dentes batendo. Virtude continuava rezando, na maior parte palavras sem sentido, nada em inglês.

As crianças atrás gritavam.

Mas, pelo menos por alguns instantes, o helicóptero não estava caindo nem girando. Estava subindo.

— Uma coisa de cada vez — disse Sanjit a si mesmo. — Pare de ir para cima. — Ele afrouxou o aperto mortal, e o manete de torcer voltou para o neutro. Manteve os pedais onde estavam. Não moveu o cíclico.

O helicóptero estava apontando para o continente. Não na direção de Praia Perdida, exatamente, mas para a terra.

Virtude parou de rezar. Espiou Sanjit com olhos enormes.

— Acho que me caguei um pouquinho.

— Só um pouquinho? — perguntou Sanjit. — Então você tem nervos de aço, Chu.

Em seguida mirou e empurrou o cíclico.

O helicóptero rugiu em direção ao continente.

Brittney olhou para Edilio no chão. Ele estava com o rosto para baixo, na areia.

Tinha a marca de um chicote. O pescoço estava em carne viva e sangrando, como se tivesse sido linchado.

Tanner estava ali também, olhando para ele.

— Ele morreu? — perguntou Brittney, com medo.

Tanner não respondeu. Brittney se ajoelhou ao lado de Edilio. Podia ver grãos de areia se movendo quando ele respirava.

Vivo. Por pouco. Pela graça de Deus.

Brittney tocou o rosto dele. Seus dedos deixaram um rastro de lama. Levantou-se.

— O demônio — disse ela. — O maligno.

— É — concordou Tanner.

— O que eu devo fazer?

— O bem — respondeu Tanner. — Deve servir a Deus e resistir ao mal.

Ela olhou-o, os olhos turvos de lágrimas.

— Não sei como.

Tanner espiou para além de Brittney, levantando os olhos brilhantes para o morro que se erguia atrás dela.

Ela deu as costas a Edilio. Avistou Zil caindo no chão. Dekka baixando devagar, numa coluna de poeira. Astrid com o irmãozinho. Crianças correndo morro acima, ainda em pânico.

— Calvário — disse Tanner. — Gólgota.

— Não — respondeu Brittney.

— Você deve fazer a vontade de Deus.

Brittney ficou parada. Seus pés não sentiam o calor da areia. Sua pele não sentia a brisa suave do oceano. Ela não sentia o cheiro de maresia.

— Suba o morro, Brittney. Suba até o local da morte.

— Vou subir.

Começou a andar. Estava sozinha; todos os outros estavam adiante, ela era a última a subir o morro.

Dekka estava chegando ao chão. Astrid corria em frente, puxando Nêmesis.

Como sabia que deveria chamá-lo assim? Conhecia o Pequeno Pete dos velhos tempos. Sabia o nome dele. Mas em sua mente o nome Nêmesis havia se formado, ao vê-lo. E um jorro de fúria total.

Ele é o maligno, Senhor? Ela parou, momentaneamente confusa enquanto Astrid e o Pequeno Pete corriam adiante.

Seu braço estremeceu. Esticou-se. Estranho demais.

E o aparelho dentário estava ficando líquido, deixando apenas uma lisura metálica sobre dentes de tubarão.

Zil estava deitado, gemendo, as pernas torcidas em ângulos impossíveis.

Brittney passou por ele.

Encontraria o maligno quando chegasse ao topo. E então começaria a batalha.

— Todo mundo dê as mãos — disse Maria.

As crianças reagiram lentamente. Mas então, uma a uma, com os rostinhos virados para o pôr do sol, estenderam as mãos umas para as outras.

Os ajudantes de Maria, carregando os bebês, estavam enfileirados com todas as outras.

— Está chegando a hora, crianças — disse ela.

— Segurem-se com força...

— Estejam preparadas, crianças. Preparadas para pular. Vocês precisam pular bem alto para chegar nos braços de suas mães...

Maria sentiu a coisa começando, como sabia que aconteceria. A hora havia chegado.

Quinze anos antes, nesta exata hora, neste exato minuto, Maria Terrafino tinha nascido...

Sam não conseguia ouvir nada além de um vento de furacão nos ouvidos. Não podia sentir nada além da rotação frenética das rodas do skate sob os pés, chacoalhando todos os ossos do corpo. Isso e as mãos de Brianna em suas costas, empurrando, de novo e de novo, e agarrando-o, ajeitando-o, guiando-o numa viagem que fazia a montanha-russa mais louca que Sam já havia experimentado parecer um passeio tranquilo.

Subindo a estrada que partia da usina.

Descendo pela via expressa, desviando-se de carros abandonados ou batidos.

Em seguida alguns segundos alucinantes atravessando a cidade.

Uma curva tão fechada que ele decolou, saindo totalmente da prancha e voando pelo ar.

Brianna correu à frente dele, agarrou seus dois pés que se sacudiam e guiou-os de volta para o skate. Como um saco de cimento. Sam não podia acreditar que não havia quebrado as duas pernas, tamanha foi a força com que bateu, mas as mãos de Brianna firmaram-no, empurrando e guiando.

Em seguida um borrão e uma parada súbita, chocante, de revirar o estômago.

Tinha quase certeza de que gritara o tempo todo.

— Chegamos — disse Brianna.

O tempo parou para Maria. As pessoas se imobilizaram. Até as moléculas de ar pareceram interromper a vibração.

É, como os outros haviam descrito. O puf. O Grande Quinze Anos.

E ali, ah, meu Deus, sua mãe.

A mãe de Mãe Maria, pensou ela. Não linda, talvez; não tão linda na realidade como havia se tornado na lembrança. Mas tão calorosa e convidativa!

— Venha, querida — disse sua mãe. — É hora de abandonar o fardo.

— Mãe... senti tanta saudade!

Sua mãe estendeu as mãos, com um abraço à espera. À espera. Braços abertos. O rosto sorrindo entre as lágrimas.

— Mãe... Estou com medo...

— Venha para mim, querida. Segure as mãos deles com força e venha para mim.

— Os pequeninos... minhas crianças...

— As mamães de todos eles estão comigo. Tire-as desse lugar medonho, Maria. Liberte-as.

Maria deu um passo à frente.

QUARENTA E TRÊS | 0 MINUTO

ASTRID GRITOU:

— Segure as crianças! Segure as crianças!

E saltou para segurar a criança mais próxima. Outras ficaram simplesmente olhando. Estavam boquiabertas, atordoadas, enquanto Maria dava um passo, como num sonho, para fora do penhasco.

Maria sumiu de vista. Ainda estava tentando andar enquanto caía. Suas mãos seguravam com força. Crianças caíram com ela. Uma reação em cadeia. Uma puxando a outra, que puxava a outra.

Dominós despencando pelo abismo.

Justin tentou ficar para trás quando Maria puxou-o pela beira do penhasco, mas não tinha força suficiente para se soltar do aperto de aço.

Caiu.

E então a menininha que segurava sua outra mão caiu atrás dele.

Justin não gritou. Não houve tempo.

Pedras vinham voando em sua direção. Rápidas como na vez em que uma bola acertou seu rosto num jogo de queimada. Mas ele sabia que as pedras não ricocheteariam, deixando só uma ardência.

Um monstro de pedra abriu as mandíbulas para recebê-lo. Dentes serrilhados, de pedra, que iriam mastigá-lo.

O aperto de Astrid era fraco demais.

A criança que ela havia agarrado foi arrancada de sua mão. Desapareceu sobre a borda.

Ela se virou, olhos arregalados de horror.

Brittney estava ali, bem ali, encarando-a. Mas o rosto dela ia mudando, retorcendo-se, numa horrível máscara derretida.

E Sam!

Sam, olhando.

E Brianna, um borrão súbito enquanto saltava do penhasco.

Maria sentiu o aperto das crianças se afrouxar. Não estavam caindo, estavam voando. Voando livres.

Sua mãe estendeu os braços e, finalmente livre, Maria voou para ela.

Justin sentiu a mão de Mãe Maria simplesmente desaparecer. Estava ali, segurando com força, num momento.

No seguinte, não estava mais.

Justin caiu.

Mas atrás dele algo caiu mais rápido; um vento, um jorro, um foguete. Ele estava a meio caminho das pedras quando a coisa rápida o agarrou, tirando o ar de seus pulmões.

Ele voou de lado. Como uma bola de beisebol que acabasse de ser acertada pelo bastão. Agora estava rolando pela areia da praia, rolando como se nunca fosse parar.

Bateu na areia à frente dos outros que, sem a velocidade de Brianna, simplesmente caíam em direção às pedras.

— Ora, ora, se não é Astrid — disse Brittney com a voz de Drake. — E trouxe o Retardado com você.

Brittney, cujo braço agora era comprido como uma jiboia, cujo aparelho dentário fora substituído por um sorriso de tubarão, gargalhou.

— Surpresa! — disse a coisa que não era Brittney.

— Drake! — ofegou Astrid

— Você é a próxima, bonitinha. Você e seu irmão idiota. Do precipício. Pulem!

Drake deu um golpe com a mão de chicote.

Astrid cambaleou para trás.

Estendeu a mão para o Pequeno Pete. Agarrou a dele. Mas ela escorregou de seu aperto. Em vez disso, Astrid segurou o videogame. Olhou para aquilo, sem compreender.

Deu um passo para trás, no ar, tentou se recuperar, balançou os braços feito louca, tentando manter o equilíbrio. Mas pôde sentir a verdade: não tinha mais volta.

E então, enquanto desistia, enquanto aceitava o fato da morte e invocava Deus para salvar seu irmão, algo bateu com força em suas costas.

Sacudiu-se para a frente. Os dois pés em terra firme.

— De nada — disse Brianna.

O impacto arrancou o jogo de sua mão. Ele girou pelo ar e bateu numa pedra, despedaçando-se.

Drake recuou seu braço de chicote.

— Ah, eu estava esperando por isso — disse Brianna.

— Não, Brisa — interveio Sam. — Esse é meu trabalho.

Drake girou, vendo Sam pela primeira vez. O sorriso enlameado de Drake sumiu.

— Sam! — disse ele. — Está mesmo pronto para outra rodada?

Seu chicote pulsou.

Sam levantou a mão, com a palma para fora. Uma luz verde brilhante chamejou. Mas o chicote havia atrapalhado sua mira. Em vez de abrir um buraco no meio de Drake, ele acertou o pé do garoto.

Drake berrou de fúria. Tentou dar um passo adiante, mas seu pé não estava apenas queimado — havia sumido. Ele apoiou o peso num cotoco queimado.

Sam mirou e disparou, e Drake caiu de costas. Agora os dois pés haviam sumido.

Mas sob o olhar de Sam, as pernas começaram a se regenerar. Crescendo de volta.

— Viu? — disse Drake através dos dentes trincados mais de fúria e triunfo do que de dor. — Eu não posso ser morto, Sam. Vou ficar com vocês para sempre.

Sam levantou as duas mãos.

Fachos de luz verde acenderam, fazendo desaparecer a parte que ia crescendo. Sam passou a luz lentamente pelas pernas de Drake. Pelas canelas. Pelos joelhos. A mão de chicote se sacudia e golpeava, mas Sam estava fora do alcance.

Drake gritou.

As coxas queimavam. Os quadris. Mas Drake continuava vivo, gritando e gargalhando.

— Você não pode me matar!

— É, bem, vamos ver se é verdade — disse Sam.

Mas então uma voz gritou:

— Cante, Jill! Cante!

Nerezza, com o rosto não mais coberto de pele e sim de algo que pareciam bilhões de células se arrastando, reluzindo num verde que não era muito diferente da luz mortal de Sam.

— CAAAAANTA, Sereia! — gritou Nerezza. — CAΛAANTA!

Jill sabia que música deveria cantar. A música que John havia ensinado.

Tinha passado a temer Nerezza. Tinha sentido medo dela praticamente desde o início, mas então chegara o momento em que Orsay mandou Nerezza ir embora.

As últimas palavras que Orsay falou foram:

— Não posso continuar desse jeito.

— Como assim? — perguntara Nerezza.

— Você... você precisa ir embora, Nerezza. Não posso continuar desse jeito.

Foi então que Nerezza fez aquela coisa horrível com Orsay. Com as mãos em volta da garganta dela. Apertando. Orsay mal parecera lutar de volta, como se aceitasse aquilo.

Nerezza a havia carregado até a pedra e colocado-a lá em cima.

— Ela vai ficar bem — mentiu Nerezza a Jill. — E se você fizer exatamente o que eu mandar, também vai.

Agora Orsay observava com olhos opacos, vazios. Não tinha visto Maria levar as crianças até o penhasco.

Não tinha visto ela puxar as crianças pela borda.

Não tinha visto quando elas caíram.

Mas Jill tinha visto.

E Jill cantou.

Contudo, como o andarilho,
O som se põe no remanso
A escuridão cai sobre mim.
Uma é pedra o meu descanso;
Mas em meus sonhos estarei
Mais perto, meu Deus, de vós
Mais perto, meu Deus, de vós
Mais perto de vós!

A luz mortal de Sam morreu.

Brianna ficou totalmente imóvel.

Astrid se imobilizou no meio do grito.

As crianças de Praia Perdida, todas que estavam ao alcance do som da voz da Sereia, pararam e se viraram para a menina.

Todas, menos três.

O Pequeno Pete cambaleou em direção ao seu videogame.

Nerezza gargalhou e estendeu a mão para Drake, que rapidamente estava recuperando o que havia perdido.

— Continue cantando, Sereia! — gritou Nerezza, risonha, em triunfo.

Sam sabia, de um modo distante e remoto, o que estava acontecendo. Sua mente ainda funcionava, mas a um décimo da velocidade normal, as engrenagens girando como um moinho de vento sob uma brisa fraquíssima.

Drake quase conseguia ficar de pé. Num momento partiria para cima ele. Terminaria o que havia começado.

A lembrança da dor borbulhava lentamente dentro de Sam. Porém, ele não tinha capacidade de se mover, de agir, de fazer. Só podia olhar, em desamparo. Como antes. Desamparado.

Mas então, com o canto do olho, viu algo muito estranho. Algo estava voando muito rápido sobre o oceano.

Ouviu um voop voop voop distante.

Alto.

Mais alto.

Muito alto.

Sam tentou se mover e descobriu que conseguia.

— Não! — gritou Nerezza.

Sam disparou uma vez. Os raios acertaram Nerezza no peito. Era o bastante para matar qualquer um. Abrir um buraco em qualquer coisa viva.

Mas Nerezza não queimou. Simplesmente olhou Sam com uma expressão de ódio frio. Seus olhos reluziam, verdes. Uma luz tão forte que quase rivalizava com o fogo de Sam. E então ela sumiu.

Drake ficou olhando seus pés crescerem de volta. Mas não rápido o suficiente.

— Agora, Drake — disse Sam. — Onde estávamos?

Sentiu Astrid ao seu lado.

— Vá em frente — disse ela, séria.

— Sim, senhora — respondeu Sam.

Sanjit havia dominado a arte de voar em frente.

Quase havia dominado a arte de apontar numa direção específica. Era possível fazer isso com os pedais. Desde que fosse muito, muito gentil e muito, muito cuidadoso.

Mas não tinha exatamente certeza de que sabia parar.

Agora estava indo em direção à terra a uma velocidade espantosa. E achava que poderia continuar por um pouco mais de tempo. Em especial porque não sabia exatamente como parar. Exatamente.

Mas então Virtude gritou:

— Para!

— O quê?

Virtude estendeu a mão, agarrou o cíclico e puxou-o com força para a esquerda.

O helicóptero se inclinou de lado subitamente, feito louco, no momento em que Sanjit notou que o céu logo adiante não era exatamente o céu. Na verdade, quando visto do ângulo certo, ele se parecia demais com uma parede.

A máquina guinchou acima da cabeça de um monte de crianças que pareciam assistir ao pôr do sol do penhasco.

Inclinou-se totalmente de lado, e os trens de pouso passaram raspando em algo que definitivamente não era céu.

Em seguida estava livre de novo, mas ainda de lado e descendo rápido na direção do solo. Uma piscina vazia, quadras de tênis e telhados passaram numa fração de segundo.

Sanjit voltou o cíclico para a direita mas se esqueceu completamente dos pedais. O helicóptero girou 360 graus no ar, diminuiu a velocidade, lutou para subir, e depois pairou.

— Acho que vou pousar — disse Sanjit.

O aparelho desceu com um estrondo. O plástico da cúpula rachou e craquelou. Sanjit sentiu como se sua coluna tivesse recebido uma marretada.

Desligou o motor.

Virtude estava olhando, tremendo e talvez murmurando alguma coisa.

Sanjit se virou no banco.

— Vocês estão bem? Bowie? Pixie? Paz?

Recebeu três confirmações trêmulas.

Sanjit riu e tentou bater na mão erguida de Virtude, mas eles erraram. Sanjit riu de novo.

— E aí — disse. — Querem ir de novo?

Drake berrou de medo enquanto a luz verde queimava, subindo de maneira implacável por seu corpo.

O garoto era só fumaça da cintura para baixo quando de sua boca saiu a voz de Brittney.

Os dentes de Drake relampejaram com metal.

O rosto magro e cruel do psicopata se desfez. O rosto cheio e sardento de Brittney emergiu.

— Não para, Sam! — gritou Brittney. — Você precisa destruir tudo, cada pedacinho.

— Não posso — disse Sam.

— Você precisa! — exigiu Brittney em meio aos gritos. — Mata ele! Mata o maligno!

— Brittney... — respondeu Sam, impotente.

— Mata ele! Mata ele!

Sam balançou a cabeça. Olhou para Astrid. O rosto dela era um espelho do seu.

— Brisa — disse Sam. — Corda. Correntes. Um monte. O que você puder encontrar. Agora!

Astrid viu o Pequeno Pete. Ele estava em segurança. Procurando seu jogo. Procurando, mas felizmente não perto do penhasco.

Ela se forçou a ir até a extremidade do penhasco. Ela precisava ver.

Inclinou-se por cima da borda.

Dekka estava deitada numa poça de lama sangrenta. Seus dois braços estavam estendidos para o penhasco.

O menininho chamado Justin mancava para fora da água, segurando a barriga. Brianna o havia salvado. Dekka salvara os outros.

E onde Astrid havia esperado ver pequenos corpos embolados, crianças se abraçavam.

Com lágrimas nos olhos, acenou levemente para Dekka.

Dekka não viu e não acenou de volta. Baixou devagar os braços e ficou ali deitada, a própria imagem da exaustão.

Maria não estava à vista. Astrid fez o sinal da cruz e rezou em silêncio para que, de algum modo, ela estivesse certa e nos braços da mãe.

— Petey? — chamou.

— Ele está aqui — respondeu alguém.

O Pequeno Pete havia parado perto da parede do LGAR. Estava agachado.

— Petey — chamou Astrid.

O Pequeno Pete se levantou com seu videogame, a tela despedaçada deixando cair fragmentos de vidros de sua mão.

Seus olhos encontraram os de Astrid.

O Pequeno Pete uivou como um animal. Como uma coisa louca, numa voz impossivelmente alta.

— Ahhhhh! — Um grito de perda, um grito louco e trágico.

De repente a parede do LGAR sumiu.

Astrid olhou, pasma, uma paisagem de vans com antenas de transmissão por satélite, carros, um motel, uma multidão, pessoas comuns, adultas, atrás de uma corda de segurança, olhando.

O Pequeno Pete caiu de costas.

E num clarão, tudo sumiu.

A parede estava de volta.

E o Pequeno Pete estava em silêncio.

QUARENTA E QUATRO | Três dias depois

— COMO ESTÁ indo? — perguntou Sam a Howard.

Howard olhou na direção de Orc para responder.

Os dois haviam sido realocados, recebido uma casa nova. Era uma das poucas em Praia Perdida que tinha porão. Não existiam janelas no porão. Nem eletricidade, claro, mas Sam havia deixado uma das suas pequenas luzes acesa.

O único modo de entrar ou sair do porão era por uma escada que descia da cozinha. Ali, na base da escada, eles haviam pregado caibros grossos na horizontal e na vertical, formando uma grade. Os espaços entre eles eram de somente 7 centímetros.

No topo da escada, a porta fora reforçada com um armário pesado que Orc empurrara contra ela.

Duas vezes por dia Orc empurrava o armário para o lado. Depois descia a escada e espiava lá dentro. Em seguida voltava e recolocava a barricada.

— Era Brittney ou Drake quando você desceu pela última vez? — perguntou Sam.

— A garota — respondeu Orc.

— Ela disse alguma coisa?

Orc deu de ombros.

— A mesma coisa de sempre. Mata ele. Me mata.

— É.

— Quanto tempo você acha que consegue manter isso assim? — perguntou Howard a Sam.

Não era uma solução ótima, manter a criatura morta-viva trancada no porão para ser vigiada por Orc. Mas a alternativa era destruir aquela coisa. Destruí-la. Destruí-lo. E para Sam isso se parecia muito com assassinato

Astrid e Edilio haviam trabalhado durante dois longos dias para tentar entender o desastre que acontecera no LGAR. Todos os indivíduos que tinham tido contato direto com a Escuridão, que haviam tocado a mente do gaiáfago, haviam sido usados como peões num jogo de xadrez.

O poder de Orsay fora subvertido. Sua empatia e sua gentileza foram voltadas contra ela própria enquanto o gaiáfago enchia seus sonhos com imagens tiradas da imaginação da própria garota. Ela havia mostrado às crianças um caminho que parecia levar à liberdade, mas que em vez disso levava à morte.

O Pequeno Pete fora enganado para acreditar que estava jogando. E seus próprios poderes tinham sido usados para criar Nerezza, a principal jogadora do gaiáfago.

Nerezza havia guiado Orsay e, quando a oportunidade naquela última noite terrível surgira, pressionou Zil para o ataque.

Lana ainda se recusava a admitir que o gaiáfago pudera usar seus poderes de cura para trazer Brittney e Drake de volta à vida.

De certa forma, Drake, o Mão de Chicote, era criação de Lana. A escuridão a havia usado para dar o chicote a Drake. E a havia usado para dar uma segunda vida a ele. Não era de espantar, pensou Sam, que ela se recusasse a acreditar nisso.

Lana havia passado dias curando os feridos. E então ela e Patrick saíram da cidade. Ninguém a vira desde então.

Sam e Astrid tinham conversado honestamente sobre seus erros. Astrid se censurou por ser arrogante e desonesta, e muito lenta para entender o que estava acontecendo.

Sam sabia bem demais como havia falhado. Ficara aterrorizado por sua própria fraqueza e reagira desconfiando dos amigos. Tinha ficado paranoico e finalmente se afundado na autopiedade, e fugido. Abandonando o posto.

Mas o gaiáfago havia subestimado Brittney. Ele precisara do poder dela, de sua imortalidade, tanto quanto do poder de Lana, para trazer Drake de volta do túmulo.

Brittney havia lutado contra ele a cada passo do caminho. Sem saber contra o que estava lutando, mesmo assim resistiu contra Drake tomar conta do corpo que os dois compartilhavam. Mesmo quando o gaiáfago encheu sua mente despedaçada com visões do irmão morto, a fé e a força de vontade de Brittney impediram que o demônio que ela sentia dentro de si própria escapasse completamente.

O gaiáfago quisera dobrar a vontade das crianças de Praia Perdida. Quisera que elas desistissem, abandonassem a esperança. Só assim as crianças do LGAR seriam suas escravas.

No final, fracassou. Mas por uma questão de milissegundos. Se Zil conseguisse atrasar Dekka só um pouquinho, ou se Drake não tivesse sido retardado pelo heroísmo de Edilio, as crianças que saltaram com Maria teriam morrido.

Este seria o golpe fatal para a pequena sociedade que lutava em Praia Perdida.

Eles haviam sobrevivido, mas por pouco.

E talvez tivessem feito mais do que simplesmente sobreviver: as leis de Astrid estavam funcionando. Tinham sido votadas por todas as crianças, reunidas depois do dia do Grande Salto de Maria — como Howard havia batizado.

Para Sam era uma coisa amarga pensar que, depois de tudo que tinha feito, Maria fosse conhecida por sua loucura final. Esperava que, de algum modo, ela estivesse mesmo viva, do lado de fora.

Não haveria uma sepultura na praça para Maria. Agora havia uma para Orsay.

Talvez eles nunca soubessem se aquele breve vislumbre de um mundo do lado de fora da parede do LGAR era real ou apenas um último truque da Escuridão. A única pessoa que poderia saber estava falando menos ainda do que o usual. O Pequeno Pete havia caído em algo que parecia um coma desde que tinha segurado os pedaços de seu videogame quebrado. Ele comia. Mas era só isso.

Se o Pequeno Pete morresse, só Deus sabia o que aconteceria com esse universo que ele havia criado. E se as crianças descobrissem como o Pequeno Pete era ao mesmo tempo poderoso e vulnerável, quanto tempo de vida lhe restaria?

— Eu perguntei quanto tempo você acha que a gente consegue continuar com isso — repetiu Howard.

— Não sei, cara — respondeu Sam. — Acho que vamos viver um dia de cada vez.

— Como tudo — concordou Howard.

Ouviram o som fraco da voz de Drake. Um uivo abafado de fúria.

— Ele faz isso quando assume o controle — disse Howard. — Isso e um monte de ameaças. Na maioria das vezes é "Vou matar vocês todos!" e esse tipo de coisa. Estou meio que me acostumando.

— Ele quer que a gente sinta medo. Quer que a gente desista — respondeu Sam.

Howard deu seu sorriso travesso.

— É, bem, a gente não quer isso, não é?

— Não.

Mas aquela voz louca gritando, mesmo abafada, ainda provocava um arrepio na coluna de Sam.

— Vocês precisam de alguma coisa? — perguntou Sam.

Howard respondeu:

— Quer dizer, fora um hambúrguer, uma torta de pêssego, um pote de sorvete, um DVD, uma TV, um telefone, um computador e uma passagem só de ida para longe da Malucolândia?

Sam quase sorriu.

— É. Fora isso.

Então saiu. A rua estava vazia. O sol irreal brilhava alto. Sam se curvou e tossiu. A gripe que andava pela cidade finalmente o havia pegado.

Mas ele estava vivo. E era só isso que podia pedir no LGAR.

Este livro foi composto na tipologia Sabon LT Std,
em corpo 11/16,65 e impresso em papel off-white
no Sistema Cameron da Divisão Gráfica
da Distribuidora Record.